너의 기억을 지워줄게

너의 기억을 지워줄게

All Is not Forgotten

웬디 워커 지음 | 김선형 옮김

북로그컴퍼니

앤드루, 벤, 크리스토퍼를 위하여

1

놈은 제니를 쫓아 집 뒤편 숲으로 들어갔다. 숲은 여섯 달 내내 눈에 덮여 있었던 낙엽과 나뭇가지투성이였다. 제니는 어쩌면 놈이 다가오는 소리를 들었을지도 모른다. 돌아서서 검은색 울 마스크 쓴 놈을 봤을지도 모른다. 제니의 손톱 밑에서 발견된 섬유는 바로 그 마스크에서 뜯겨져 나온 것일지도 모른다. 바싹 마른 잔가지들이 노인의 뼈처럼 뚝뚝 부러지며, 엎어지는 제니의 맨무릎을 마구 할퀴었다. 놈은 팔뚝으로 우악스럽게 제니를 찍어눌렀다. 얼굴과 가슴이 바닥에 짓눌리는 동안, 제니는 6미터 거리도 안 되는 잔디밭 스프링클러에서 뿜어져 나온 물이 자신의 얼굴에 떨어지는 것을 느꼈으리라. 발견 당시 제니의 머리카락은 젖어 있었다.

어린 시절 제니는 뜨거운 여름날엔 스프링클러 물줄기를 잡으러 집 마당을 뛰어다니곤 했지만 시린 봄날 저녁엔 멀찌감치 피해 다녔다고 한다. 그런 제니를 아기였던 남동생이 따라다녔다. 남동생은 홀딱 벗어 통통한 배를 드러낸 채 다리와 장단이 맞지 않는 팔을 허우적거렸다. 가끔은 개까지 끼어들었다. 개가 얼마나 요란하게 짖어대는지, 아이들 웃음소리는 하나도 들리지 않았다. 엄청나게 넓은 녹색 잔디밭은 미끄럽고 축축했으며, 탁 트인 하늘에는 새하얀 솜털 같은 구름이 떠다녔다. 어머니는 집 안에 앉아 창밖으로 아이들을 지켜봤고, 퇴근하는 아버지 양복에서는 커피, 새 가죽, 타이어 따위의 자동차 쇼룸 냄새가 났다. 잔디밭을 가로질러 숲으로 들어갔을 때 스프링클러가 움직이고 있었느냐는 질문을 받자마자 제니는 이제 고통스럽기만 한 어린 시절의 기억들을 떠올렸다.

강간은 한 시간 가까이 이어졌다. 법의학자들이 삽입 부위의 혈액 응고 정도와 범인이 압박 방법을 바꿀 때마다 제니의 등, 팔, 목에 다르게 자국 난 멍의 정도를 보고 추정한 시간이다. 그 한 시간 동안 파티는 계속됐다. 제니가 쓰러져 있던 자리에서도 보였을 것이다. 사람들이 왔다 갔다 할 때마다 창밖으로 쏟아지던 화려한 조명이 깜박거렸을 정도로 큰 파티였다. 10학년은 거의 다 왔고, 9학년과 11학년 중에서도 몇 명이 왔다. 페어뷰 고등학교는 코네티컷 교외에서도 소규모라서 학년 구분이 훨씬 느슨했다. 운동, 연극, 음악회 모두 학년 구분이 없었다. 수학이나 외국어 수업도 실력에 따라 월반할 수 있었다. 제니는 우등반에 들어가 본 적이 없었다. 그래도 자신이 똑똑하며 유머 감각이 뛰어나다고 생각했다. 수영, 필드하키, 테니스 같은 운동도 곧잘 했다. 그러나 육체가 성숙해질 때까지 이것이 얼마나 훌륭한 자질인지는 실감하지 못했다.

파티가 열리던 밤은 제니의 인생에서 가장 기분 좋은 순간이었다. 어쩌면 "내 인생 최고의 밤이 될 거야."라고 말했을지도 모른다. 누에고치 같은 사춘기를 보내고 이제야 사람이 된 느낌이 들었을 것이다. 잔인한 치아 교정기와 젖살, 티셔츠를 입으면 티가 나긴 하지만 브래지어에 비해 터무니없이 작은 가슴, 여드름과 멋대로 뻗치는 머리카락은 이제 어디에도 없었다. 남자애들은 관심 있는 여자애를 향한 마음을 성격이 털털했던 제니에게 곧잘 털어놨다. 정작 제니에게 관심 갖는 남자애는 없었다. 내 짐작이 아니라 제니가 한 말이다. 열다섯 살치고 꽤나 뚜렷한 자기 판단이다. 보기 드물게 자의식이 강한 아이였다. 부모님과 선생님의 세뇌에도 불구하고, 제니는 페어뷰 여학생에게 있어 최고의 자산은 미모라고 믿었다. 그리고 드디어 자신이 흡족할 만큼 여인의 모습으로 성장하자 로또에 당첨된 기분이 들었다.

그리고 그 소년이 있었다. 더그 헤이스팅스. 월요일 화학과 유럽사 수업 사이 쉬는 시간이었다. 복도에서 마주친 그가 제니를 파티에 초대했다. 제니는 이 부분을 아주 구체적으로 진술했다. 더그의 옷차림, 표정, 그리고 그가 태연한 척했지만 살짝 긴장한 듯 보였다는 것까지 똑똑히 기억했다. 제니는 토요일 아침 어머니와 함께 파티에 갈 때까지 일주일 내내 무슨 옷을 입을지, 머리를 어떻게 할지, 무슨 색 매니큐어를 칠할지, 온통 그 생각뿐이었다. 나는 좀 놀랐다. 내가 알기로 더그 헤이스팅스는 행실이 썩 좋은 애가 아니다. 나도 부모로서 이 정도 의견은 가질 권리가 있다. 물론 그의 처지가 안쓰럽기는 하다. 강압적인 아버지에, 어머니는 부모 노릇을 할 생각이 전혀 없어 보였다. 어쨌든 나는 제니가 그 남자애를 제대로 보지 못했다는 사실에 약간 실망했다.

파티는 제니가 상상한 그대로였다. 부모님이 멀리 외출한 틈을 타 아이들은 마티니 잔에 칵테일을, 크리스털 텀블러에 맥주를 따라 마시며 어른 흉내를 냈다. 더그는 거기서 제니를 만났다. 그러나 그는 혼자가 아니었다.

공격을 당했을 때, 제니가 있는 데까지 음악 소리가 쩌렁쩌렁 울렸다고 한다. 꽤 익숙한, 한 번 들으면 가사가 머릿속에서 맴돌곤 하는 그런 류의 유행가들이 들렸다고 한다. 그렇게 요란한 음악 소리, 낮은 웃음소리가 열린 창문 밖으로 끊임없이 흘러나왔다. 그와 동시에 제니는 훨씬 더 가까운 데서 나는 또 다른 소리를 들었을 것이다. 범인의 타락한 숨소리 그리고 제 목에서 나오는 애끓는 비명 소리를.

놈이 일을 끝낸 후 어둠 속으로 사라지고 나서야 제니는 팔꿈치로 땅을 짚고 겨우 땅에 처박힌 얼굴을 들 수 있었다. 그때 바람이 뺨을 스치고 지나갔다. 살갗이 축축했다. 얼굴이 마르기 시작했지만 땅에 처박혔을 때 묻은 낙엽들은 딱 들러붙어 떨어질 줄을 몰랐다.

그때도 제니는 여전히 그 소리를 들었을 것이다.

제니는 간신히 몸을 일으키고 앉아 온몸에 지저분하게 들러붙은 것들을 떨어내려 애썼다. 손등으로 뺨을 쓸자 낙엽이 부스스 떨어졌다. 그때 허리까지 말려 올라간 치마와 훤히 드러난 성기가 눈에 들어왔을 것이다. 제니는 양손을 짚고 짧은 거리를 기어갔던 것으로 보인다. 아마도 속옷을 가지러 갔던 것 같다. 발견 당시, 제니는 속옷을 손에 쥐고 있었다.

그 소리는 점점 커져 결국 멀지 않은 데서 사생활을 즐기던 커플의 귀에까지 들어갔다. 잔디밭 쪽으로 기어가는 제니의 손과 무릎 밑에서 나뭇가지들이 부러지고 튀었다. 나는 제니가 기어가는 모습을 그려봤다. 술기운에 말을 듣지 않는 몸, 시간마저 멈춰버린 듯한 충격. 제니는 결국 그 자리에 털썩 앉아 엉망이 된 속옷을 바라보며, 엉덩이에 닿은 맨땅을 느끼며 상처를 헤아렸을 것이다.

속옷은 입지 못할 만큼 갈기갈기 찢겼고, 온통 피와 흙으로 끈적거렸다. 그 소리는 더욱 커졌다. 제니는 자기가 얼마나 오랫동안 숲에 있었을까 생각했을 것이다.

제니는 다시 기어가기 시작했다. 그러나 아무리 기어도 그 소리는 점점 커질 뿐이었다. 물에 젖은 부드러운 잔디밭, 숲에 들어오기 전까지 있었던 그곳에 돌아가려고 얼마나 기를 썼을까.

제니는 얼마 가지 못했다. 아마 그 소리, 그 거슬리는 신음 소리가 자신의 머릿속에서, 그러다 자신의 입에서 나오고 있다는 사실을 깨달았을 것이다. 피로가 덮쳤고 무릎과 팔이 풀썩 꺾였다.

제니는 늘 스스로를 강인한 소녀, 불굴의 의지를 지닌 운동선수라고 자부했다고 말했다. 몸과 마음 모두 튼튼하다고. "몸과 마음이 튼튼해야 훌륭한 삶을 살 수 있다." 어릴 때부터 아버지가 입버릇처럼 해주던 말이었다. 아마 제니는 일어나라고 자신을 다그쳤을 것이다. 다리에게, 팔에게 명령을 내렸을 것이다. 그러나 의지로는 꿈쩍도 할 수 없었다. 아무리 마음을 다잡아도 팔다리는 제니를 원래 있던 자리로 데려다주지 못했다. 제니는 엉망진창으로 더럽혀진 채 흙바닥에 누워 몸뚱어리를 웅크리고 있을 뿐이었다.

눈물이 줄줄 흘렀다. 끔찍한 절규가 울려 퍼졌고, 결국 그 소리를 들은 누군가가 달려왔다. 그날 이후, 제니는 어째서 힘과 기지와 의지로 그 일을 막지 못했는지 스스로에게 묻고 또 따졌다. 맞서 싸우려 했는지, 누구 없느냐고 소리를 질렀는지, 그냥 포기하고 가만히 있었는지, 전혀 아무것도 기억나지 않았다. 아무도 일이 다 끝날 때까지 제니의 소리를 듣지 못했다. 제니는 어떤 전투든 반드시 승자와 패자, 승리자와 희생자로 나뉜다는 것을, 그 두 가지밖에 남지 않는다는 것을 이제 잘 안다고 말했다. 그리고 자신이 돌이킬 수 없을 만큼 철저히 패배했다는 사실을 인정하게 됐다고 말했다.

제니 크레이머가 강간당한 이 이야기를 처음 들었을 때, 나는 어디까지가 사실인지 분간할 수 없었다. 감식 증거, 목격자 증언, 범죄 심리 프로파일링, 여기에 치료를 받으며 분절되고 파편화된 제니의 기억으로 재구성된 이야기였기 때문이다. 사람들은 끔찍한 트라우마를 마음속에서 지워버리는 걸 두고 기적의 치료라고 하지만 그것은 마술도 아니고, 특별히 과학적이라 할 수도 없다. 나중에 다 설명해주겠다. 이야기의 초반인 지금 하고 싶은 말은, 이 아름다운 소녀에게는 그 치료가 결코 기적이 아니었다는 거다. 마음속에서 지워진 트라우마의 흔적이 소녀의 몸과 영혼에 여전히 남아 있었기에 나는 그 삭제된 기억을 반드시 돌려줘야 한다는 생각이 들었다. 기이하기 짝이 없는 소리로 들릴지도 모르겠다. 전혀 납득할 수 없는 충격적인 생각이라고 할지도 모르겠다.

앞서 말했다시피 페어뷰는 작은 도시다. 지난 몇 년 동안 나는 지역 신문이나 이스트 메인에 자리잡은 지나의 가게에 붙어 있었던 학교 연극, 테니스 경기 홍보물에서 제니의 사진을 꽤 여러 번 봤다. 시내를 다니거나, 친구들과 극장을 나서거나, 우리 애들이 나오는 학교 음악회에 출연한 제니를 알아보기도 했다. 성숙한 여자의 매력을 풍기려 애썼지만, 그럴수록 오히려 천진무구한 어린아이 같았다. 아무리 유행하는 짧은 치마와 크롭트셔츠를 입었어도 소녀였다. 여인이 아니었다. 제니를 보면 세상을 낙관하게 됐다. 모든 아이가 그런 인상을 주는 것은 아니다. 때로 몰려다니는 10대들이 삶의 질서를 엉망으로 흩뜨리는 메뚜기

떼처럼 보일 때도 많다. 그런 아이들의 경우 대개는 뇌사 상태의 좀비들처럼 휴대전화에 딱 달라붙어 기껏해야 연예계 가십이나 즉각적 쾌감을 주는 비디오, 음악, 잘난 척하는 트위터와 인스타그램 그리고 스냅챗에 목숨을 건다. 10대는 원래 이기적이다. 두뇌가 미성숙하니까. 그런데 그런 어지러운 시절을 보내면서도 다정한 본성을 잃지 않아 눈에 띄는 아이들이 있다. 어른이 인사하면 눈을 맞추고 예의 바르게 미소 지으며 먼저 지나가시라고 양보할 줄 아는 아이들. 질서 정연한 사회에서 존경이 어떤 것인지 아는 아이들. 제니는 그런 아이였다.

그 사건 이후 거품처럼 보글거리던 즐거움이 싹 사라진 제니를 보면서 인간이란 존재 자체에 분노가 솟구쳤다. 숲에서 벌어진 일을 아는 한 그런 생각을 하지 않을 수 없었다. 인간이라면 누구나 음란한 사건, 폭력과 공포에 이끌리기 마련이다. 아닌 척하지만 본성은 어쩔 수 없다. 길가에 구급차가 서 있으면 피투성이 몸뚱어리 한번 보겠다고 모든 차들이 속도를 줄이고 기어간다. 하지만 그런다고 다 악인은 아니지 않은가.

그 온전했던 아이가 더럽혀지고 짓밟혔다. 순결을 도둑맞고 영혼이 만신창이가 된 아이. 신파로 들릴지도 모르겠다. 그래, 진부하다. 그러나 놈은 수술이 필요할 정도로 세게 제니의 몸을 찢고 들어갔다. 한번 생각해보자. 놈은 왜 하필 소녀를 골랐을까? 아마 순결하길 바랐을 것이다. 그래야 몸뿐 아니라 순수함까지 유린할 수 있을 테니까. 가장 내밀한 살이 찢겨 너덜너덜해진 순간, 제니가 감내해야 했을 고통을 생각해보자. 그리고 이제 놈이 반복해 삽입하며 제니의 몸을 고문하던 한 시간 동안, 또 다른 무엇이 찢기고 너덜너덜해졌을지 생각해보자. 얼마나 많은 표정이 쾌락거리가 됐을까? 놀라움, 두려움, 공포, 괴로움, 순응, 결국 의식을 차단하며 무관심해진 것까지. 그 하나하나가 이 괴물에게 빼앗기고 탐욕스럽게 잡아먹힌 제니의 일부분이다. 그리고 비록 치료는 끝났어도 — 여전히 제니는 무슨 일이 일어났는지 기억하기에 — 연인과의 첫 순간에 대한 낭만적인 백일몽, 수많은 사랑 이야기를 떠올리며 짓는 미소, 자신 또한 한 사람에게 세상 그 누구보다 사랑받으리란 기대, 이 모든 가능성이 사라진 셈이다. 그럼 여인으로 성장하는 소녀에게 뭐가 남을까? 제니는 우리가 살아가는 동안 심장에 담아두는 그것들을 모두 잃고 말았다.

정확히 짚어 말하진 못했지만 제니는 코를 찔렀던 냄새를 기억했다. 어떤 노래도 기억했는데 그건 그 노래가 한 번 이상 반복되었을 가능성이 있다. 뒷문으로 나와 잔디밭을 가로질러 숲으로 갈 수밖에 없었던 정황도 기억했다. 스프링클러는 기억하지 못했지만, 이는 이야기를 재구성하며 보완됐다. 스프링클러는 9시에 켜져 10시에 꺼지도록 돼 있었다. 커플이 뒤뜰에서 제니를 발견했을 때 잔디는 축축했지만 공기는 건조했다. 강간은 그사이에 일어났다.

더그는 어떤 남자 선배의 질투심에 불을 지르고픈 한 소녀의 계획을 돕고 있었다. 그 애의 따분한 동기는 굳이 설명할 가치도 없다. 중요한 것은 일주일 내내 키워온 제니의 판타지가 단 한순간에 박살이 나고 말았다는 사실이다. 당연히 제니는 술로 슬픔을 묻으려 했다. 제일 친한 친구인 바이올렛은 제니가 보드카를 몇 잔씩 들이켰다고 말했다. 제니는 한 시간도 못 돼 화장실에서 토했고, 몇몇이 이를 두고 놀렸으며, 제니의 수치심은 더욱 커졌다. 못된 여자애들이 나오는 인기 드라마의 대본이라 해도 좋을 정도였다. 물론 그다음 대목은 드라마와 전혀 달랐다. 혼자서 울고 싶어 제니가 숲으로 달려나간 뒤의 일 말이다.

나는 화가 났다. 굳이 감정을 변명할 생각은 없다. 정의가 구현되길 바랐다. 그러나 이 괴물이 너무나 주도면밀해, 과학적 증거는 손톱 밑의 울 섬유뿐이었다. 제니의 기억 없이 정의 구현은 꿈도 꿀 수 없었다. 페어뷰는 작은 도시다. 그렇다, 이미 한 소리다. 내가 하고 싶은 말은, 페어뷰는 외지인이 굳이 와서 범죄를 저지를 만한 데가 아니라는 것이다. 낯선 사람이 두 블록도 되지 않는 번화가를 걸어가면 그를 따라 사람들의 고개가 돌아간다. 물론 단순한 호기심 때문이다. 누구 친척인가? 누가 이사 오나? 특별한 행사나 운동 경기, 축제, 그런 일들이 있을 때만 외지인들이 찾아온다. 주민 대부분은 다른 마을 사람들이 찾아오면 반갑게 맞는다. 다들 친절하고 사람들을 잘 믿는다. 물론 아무 일 없는 주말에 찾아오는 이방인은 눈에 띈다.

이런 이야기를 늘어놓는 이유는 다음과 같은 명백한 결론 때문이다. 치료를 받지 않은 채 기억이 온전했더라면 제니가 범인을 알아볼 수 있었을지도 모른다. 손톱 밑에서 섬유가 발견됐다는 것은 제니가 마스크를 움켜쥐었다는 뜻이다. 어쩌면 마스크를 벗기거나 걷어올려서 얼굴을 봤을지도 모른다. 목소리를 들었을 수도 있다. 그 한 시간 내내 놈이 완벽하게 침묵했을까? 그건 좀 말이 안 된다. 범인이 얼마나 키가 컸는지, 말랐는지 뚱뚱했는지, 제니가 파악했을 수도 있다. 범인의 손이 주름졌는지 팽팽했는지도 말이다. 반지를 꼈을 수도 있다. 금반지 혹은 소속팀 문양이 있는 반지였을 수도 있다. 범인은 스니커즈를 신었을까? 아니면 로퍼? 작업용 장화? 낡은 신발이었을까? 기름이나 페인트 얼룩이 묻어 있지는 않았을까? 아니면 먼지 하나 없었을까? 아이스크림 가게에서 범인 근처에 앉으면 제니는 알아볼 수 있었을까? 카페는? 아니면 학교 점심시간은? 본능적인 육감으로 느낄 수 있었을까? 한 시간이면 정말 많은 것을 알 수 있다.

어쩌면 제니 크레이머에게 이런 걸 바란 것 자체가 잔인한 일이었는지도 모른다. 그런 바람을 실천한 내가 잔인했는지도 모른다. 여러분도 알게 되겠지만, 이는 뜻밖의 결과들로 이어졌다. 그러나 그 모든 불의, 내 안에 지펴진 분노, 제니의 고통을 이해할 수 있는 능력, 이 모두가 합쳐져 나는 그만 외곬으로 치닫고 말았다. 결국 나는 제니 크레이머에게 세상에서 가장 무서운 악몽을 돌려주기로 했다.

2

제니의 부모님은 10시 30분에 전화를 받았다. 두 사람은 컨트리클럽 회원인 다른 부부 두 쌍과 함께 저녁을 먹고 있었다. 그런데 모임 장소가 클럽이 아니라 그중 한 부부의 집이었다. 그날 저녁, 제니의 어머니 샬럿 크레이머는 시내를 가로질러 달리는 차 안에서 본전을 찾으려면 클럽에서 식사해야 한다고 불평했다. 남편 톰이 말하길, 샬럿은 클럽 사교계를 좋아했다. 라운지에서 항상 칵테일을 제공하기 때문에 누구든 다른 회원들과 어울릴 수 있었다.

톰은 여느 일요일 골프 칠 때를 빼고는 클럽 출입을 꺼렸다. 대학 친구와 제니가 속한 육상부에서 만난 아빠 둘이 톰의 골프 상대였다. 반면 샬럿은 사교적이기도 했고, 다가오는 시즌에 수영장 운영 위원회에 들어가려고 노리고 있었다. 때문에 클럽에서 토요일을 보내지 않으면 어쩐지 아까운 기회를 놓치는 기분이 들었다. 이는 톰과 샬럿 부부의 불화를 초래한 여러 요인 중 하나였다. 두 사람은 한 차를 타고 멀지도 않은 거리를 가면서 결국 나중에는 아무 대화도 나누지 않게 됐고, 별것 아닌

말에도 서로 짜증을 냈다.

나중에 두 사람은 이 일을 두고 딸이 참혹하게 강간당한 마당에 참 사소한 일로 다투었다고 회상했다.

소도시가 좋은 점 중 하나는 적당히 융통성을 발휘할 수 있다는 것이다. 대도시와 달리 기소나 소송에 대한 두려움이 크지 않다. 그래서 파슨스 형사도 크레이머 부부를 부르면서, 그냥 제니가 파티에서 술을 마셔서 병원으로 실려 왔다고만 했다. 아이의 생명은 전혀 위태롭지 않다고 안심시키기까지 했다. 톰은 그렇게 말해준 것이 고마웠다. 저녁 식사 자리에서 병원까지 차를 몰고 가는 몇 분간은 끔찍한 괴로움을 피할 수 있었으니까. 강간 사실을 알고 난 뒤로는 일분일초가 말 그대로 무자비한 고뇌의 연속이었다.

샬럿은 남편처럼 고마워하지 않았다. 일부 사실만 듣고 딸의 부주의에 머리끝까지 화가 났다. 동네 사람들도 다 알게 될 텐데 집안 꼴을 뭐라고 생각할까? 부부는 병원으로 가는 동안 딸에게 어떤 벌을 줘야 할지, 외출 금지와 휴대전화 압수 중 뭐가 더 나을지 의논했다. 물론 사실을 안 샬럿은 죄책감을 느끼고 형사를 원망했다. 샬럿이 이해는 간다. 자식에게 화를 낼 이유만 듣고 갔는데, 참혹하게 폭행당했다는 사실을 알면 마음이 어떨까? 그래도 나는 톰에게 조금 더 공감이 간다. 내가 어머니가 아니라 아버지라서 그런지도 모르겠다.

부부가 도착했을 때 병원 로비에는 아무도 없었다. 본질적인 개선 없이 외관만 번드르르하게 바꿨다고 믿는 사람도 많지만, 어쨌든 지난 몇 년간 병원 측에서 기금도 모으고 리모델링도 한 결과는 대단했다. 원목 패널, 새 카펫, 조명은 부드러웠고, 구석에 참하게 걸린 무선 스피커에서는 클래식이 흘러나왔다. 톰의 말에 따르면, 샬럿이 무서운 기세로 안내대를 향해 '돌진'했다. 톰은 아내를 따라가 그 옆에 섰다. 눈을 감고 음악을 들으며 끓는 피를 진정시켰다. 샬럿이 혹독하게 나올까 봐 걱정됐고, 그래서 자신이 '균형'을 맞출 수 있길 바랐다. 제니는 푹 자야 했다. 부모가 아직도 자신을 사랑하고 있으며 이제 모든 게 다 괜찮으리란 것을 알아야 했다. 나머지는 머리가 맑아진 다음에 생각해도 늦지 않았다.

부부는 각자의 역할을 잘 알았다. 훈육은 샬럿의 몫이었다. 아들 루커스의 경우에는 종종 역할이 바뀌기도 했다. 열 살짜리 남자애니까 그랬을 것이다. 톰은 새파란 하늘을 묘사하듯이 역할 분담을 설명했다. 당연하다는 듯이, 어느 가족이나 다 그렇다는 듯이. 이론적으로는 그 말이 옳다. 언제나 각자 맡아서 연기해야 할 역할이 있기 마련이다. 수시로 편을 바꾸고, 좋은 경찰과 나쁜 경찰 노릇을 하기도 한다. 그러나 크레이머 가족의 경우에는 자연스럽게 밀물과 썰물이 이어지는 것이 아니라 온전히 샬럿의 필요에 맞춰졌다. 다른 가족들은 샬럿이 독점하지 않은 나머지 역할들을 맡아야 했다. 바꿔 말하자면, 톰이 다들 그러지 않느냐고 한 집안 사정은 사실 몹시 비정상적이고 지속 불가능한 것이었다.

간호사는 치료실 문을 열어주며 안됐다는 듯 미소 지었다. 부부는 그 간호사가 누군지 몰랐다. 어차피 간호사 같은 보조직과는 거의 안면이 없었다. 봉급이 적은 전문직 종사자들은 대부분 페어뷰가 아니라 인근 도시인 크랜스턴에 살았다. 톰은 간호사의 미소를 기억했다. 그 미소는 사건이 생각보다 심각하다는 첫 번째 징후였다. 사람들은 스쳐가는 얼굴 표정에 숨은 메시지들을 과소평가한다. 그러나 친구의 10대 자녀가 술을 마시다 잡혔을 때 그 친구에게 어떤 미소를 짓겠는가? 아마 가벼운 공감 정도일 것이다. "애들, 진짜 키우기 힘들지. 우리가 어땠는지 기억나?" 그럼 폭행당한 10대의 부모에게는? "세상에! 정말 안됐어요! 애가 불쌍해서 어떡해!" 이런 미소를 보내지 않을까? 그 눈빛에, 으쓱하는 어깨에, 입 모양에 다 담겨 있다. 간호사가 그런 미소를 짓자, 아내를 진정시킬 궁리만 하던 톰은 어서 딸을 봐야겠다고 생각했다.

세 사람은 보안 문으로 들어가 중환자 분류 데스크를 지나 또 다른 원형 데스크로 향했다. 간호사들이 책상에 앉아 서류를 정리하거나 컴퓨터에 뭔가를 입력하고 있었다. 거기 있던 여자가 또 걱정 어린 미소를 보냈고, 수화기를 들어 의사를 호출했다.

나는 그 순간을 생생하게 그릴 수 있다. 샬럿은 베이지색 칵테일드레스를 입고, 금발 머리를 꼼꼼하게 땋아 올렸다. 가슴 앞으로 팔짱을 낀 것은 제니를 보게 될 순간에 대비하는 한편, 딸을 놓고 왈가왈부할 것이 틀림없는 병원 직원들에 대처하기 위해서였다. 톰은 자신보다 20센티미터 가까이 작은 아내 옆에 서 있었다. 그는 카키색 바지 호주머니에 손을 넣은 채로 본능적으로 커지는 불안감에 무게중심을 이쪽 다리에 실었다가 다시 다른 다리에 싣기를 반복했다. 두 사람 모두 의사를 기다리는 몇 분이 마치 몇 시간처럼 느껴졌다고 말했다.

예리한 샬럿은 경찰 셋이 구석에서 종이컵에 든 커피를 마시고 있다는 것을 금세 알아차렸다. 경찰들은 크레이머 부부를 등지고 서서 간호사와 이야기를 나누고 있었다. 샬럿과 눈이 마주친 간호사가 뭐라고 속삭였고, 경찰들이 돌아서서 샬럿을 봤다. 다른 쪽을 보던 톰 역시 자신들에게 집중되는 이목을 느꼈다.

둘 다 의사가 정확히 뭐라고 말했는지 기억하지 못했다. 샬럿은 의사와 아는 사이라는 것을 곧 깨달았다. 의사의 딸이 루커스보다 한 학년 아래였다. 샬럿은 제니의 평판이 한층 더 염려됐고, 괜히 아들마저 덩달아 피해를 입지 않을까 불안해졌다. 로버트 베어드 박사는 30대 후반으로, 몸매가 땅딸막하고 다부졌으며 가느다란 머리카락은 연갈색이었다. 특정 단어를 말하는 의사의 다정한 파란 눈이 가늘어졌고, 볼은 팽팽해졌다. 부부는 딸의 상태를 설명하는 의사의 말을 띄엄띄엄 기억했다.

"회음부와 항문 외부가 찢어져서…… 직장과 질 부위…… 목과 등의 멍…… 외과 수술…… 몇 바늘 꿰매 봉합했고……."

의사의 입에서 흘러나온 그 단어들은 외국어처럼 부부 주위를 맴돌았다. 샬럿은 고개를 저으며 태연하게 "아니에요."라고 거듭 말했다. 의사가 다른 환자의 부모와 착각했다고 생각하고, 망신을 덜어주기 위해 더 이상 구체적인 내용을 말하지 못하게 하려 애썼다. 샬럿은 딸의 이름을 되풀이하며, 딸이 파티에서 '심하게 놀다가' 여기로 실려 왔다고 말했다. 톰은 아무 말도 하지 않았다. 아무 소리도 내지 않으면 이 순간을 자신이 예감하는 나락으로 굴러떨어지지 않게 막을 수 있을 것 같았다.

베어드 박사가 말을 멈추고 경찰들을 쳐다봤다. 파슨스 형사가 느릿느릿 걸어왔다. 내키지 않아 하는 기색이 역력했다. 베어드와 파슨스가 한쪽으로 가서 이야기를 나눴다. 베어드가 고개를 젓고 자신의 검은색 구두를 내려다봤다. 한숨을 쉬었다. 파슨스가 변명하듯 어깨를 으쓱했다.

베어드가 부부 쪽으로 돌아왔다. 기도하듯 손을 모으고, 명백하고 간결하게 진실을 전했다.

"따님은 주니퍼 로드에 있는 집 뒤편 숲에서 발견됐습니다. 강간을 당했습니다."

베어드 박사는 톰 크레이머의 몸에서 흘러나온 소리에 대해 이렇게 설명했다. 말도, 신음도, 뱉은 숨도 아닌 한 번도 접한 적 없는 소리. 마치 죽음의 소리 같았다고. 톰 크레이머의 일부가 살해당한 것만 같았다고. 다리에 힘이 풀린 톰이 베어드 앞에 주저앉자 그가 톰의 팔을 붙잡아 일으켜 세웠다. 간호사가 달려왔다. 의자를 가져다주겠다고 했지만 톰은 거절했다.

"우리 딸 어디 있어요! 우리 아기 어디 있느냐고!"

톰은 의사를 밀치며 물었다. 커튼이 쳐진 쪽으로 달려간 그를 간호사가 잡았다. 간호사는 뒤에서 톰의 양 팔뚝을 붙잡고 길을 안내하며 말했다.

"따님은 이쪽에 있어요. 괜찮을 거예요……. 잠들었어요."

간호사가 중환자 분류 데스크 쪽으로 가서 한쪽 커튼을 젖혔다.

우리 딸, 우리 첫 아이 메건이 — 메건은 지금 대학에 가고 없다 — 태어난 뒤로 자신들에게 언젠가 이런 일이 일어나지 않을까 계속 상상하게 된다고 아내가 말한 적이 있다. 메건이 처음 우리 차 운전대를 잡고 진입로를 빠져나가는 모습을 지켜봤을 때, 아프리카로 여름 캠프를 떠났을 때, 마당 나무를 기어오르는 것을 붙잡았을 때. 백 년도 더 된 일 같다. 이런 일이 수도 없었다. 아내는 눈을 감고 사람 살점과 금속 덩어리가 한데 뒤엉켜 길가에 널브러진 광경이나 반달칼을 치켜든 부족장 앞에 무릎 꿇고 앉아 흐느껴 우는 우리 딸을 그리곤 했다. 아니면 나무 밑에 목이 부러진 채 나뒹구는 딸의 몸뚱이라든가. 부모란 원래 공포를 안고 살아가기 마련이고, 그 공포에 대처하는 방식은 너무나 다양하다. 아내는 이미지들을 눈앞에 선명하게 그려 그 고통을 느낀 다음 공포를 상자에 넣어 선반에 올려둔다. 불안이 슬그머니 다가오면 그 상자를 들여다보고 걱정이 자기 안에 자리를 잡고 삶의 기쁨을 먹어치우기 전에 흘려보낸다.

아내는 내게 이런 이미지들을 생생하게 묘사해 보였고, 때로는 내 품에서 울기도 했다. 모든 묘사의 중심에 있는 것, 그리고 그 동질성 때문에 더욱 강력한 설득력을 갖게 되는 요소는 순수와 타락의 대비다. 선과 악. 이 세상에 자식보다 더 순수하고 선한 존재가 또 있을까?

병실에서 딸을 본 순간, 톰은 아내가 상상만 했던 참혹한 광경과 마주했다. 멍든 얼굴 옆에 늘어진, 리본으로 예쁘게 묶은 머리카락. 아직 어린애처럼 통통한 뺨에 번진 검은 마스카라. 부러진 손톱에 남아 있는 분홍색 매니큐어. 톰이 딸에게 생일 선물로 사준 탄생석 귀걸이는 한 짝뿐, 피범벅이 된 반대편 귓불에는 아무것도 없었다. 의료 기구들, 피에 젖은 면봉들이 놓인 금속 테이블이 딸을 둘러싸고 있었다. 아직 처치할 것이 남아 병실을 치우지 않은 것이었다. 흰 가운을 입은 여자가 병상 옆에 앉아 혈압을 재고 있었다. 청진기를 건 그 여자는 이쪽을 슬쩍 쳐다봤을 뿐 다시 검은 고무 펌프에 붙은 다이얼로 눈길을 돌렸다. 여경이 방해되지 않도록 한쪽 구석에 서서 수첩에 뭔가 바삐 쓰고 있었다.

죽기 직전 '한평생이 섬광처럼 눈앞을 스치듯' 톰의 눈에 분홍색 강보에 싸인 신생아가 보였다. 품에 안겨 쌔근쌔근 자는 아기가 목덜미에 내쉬는 따뜻한 숨결을 느꼈다. 손바닥에 폭 들어가는 아주 작은 손. 온몸으로 다리를 감싸 안는 포옹. 통통한 배에서 터져 나오는 높은 웃음소리도 들었다. 두 사람의 관계는 아이의 비행이란 함정에 빠져 망가지지 않았다. 다 샬럿 크레이머 덕분이었다. 의도한 것이 전혀 아니라 하더라도 샬럿이 두 사람에게 큰 선물을 준 셈이었다.

범인에 대한 분노가 끓어오를 때가 오겠지만 아직은 아니었다. 무엇보다 그 순간 톰이 보고 느끼고 들은 것은 어린 딸을 지키지 못한 자신의 실패였다. 그 절망은 가늠할 수도, 형용할 수도 없다. 톰은 간호사와 창백한 얼굴로 생기 하나 없이 누워 있는 딸의 침대 옆에 쓰러져 어린아이처럼 흐느껴 울기 시작했다.

샬럿 크레이머는 의사와 함께 남아 있었다. 충격적으로 들리겠지만 샬럿은 강간당한 딸을 해결해야 할 문제로 받아들였다. 파이프가 터져 지하실에 물이 차오른 사고와 다를 바 없었다. 아니 조금 더 심각하게 불길에 집이 다 타버렸다고 해야 할까. 핵심은 따로 있었다. 죽지 않고 살아남았다는 것. 샬럿의 사고는 즉시 집을 재건하는 방향으로 흘렀다.

샬럿은 가슴 앞으로 팔짱을 끼고 베어드 박사에게 물었다.

"어떤 종류의 강간이죠?"

베어드는 무슨 소리인지 몰라 머뭇거렸다.

샬럿은 다시 물었다.

"파티에서 누가 기분에 휩쓸려 그런 건가요?"

베어드는 고개를 저었다.

"모릅니다. 파슨스 형사는 좀 더 알지도 모르겠군요."

샬럿은 답답해지기 시작했다.

"제 말은, 검사 소견 말이에요. 강간 키트를 쓰셨나요?"

"네. 법으로 정해져 있으니까요."

"그럼 아실 것 아니에요. 뭔가 시사하는 단서가 있을 거잖아요."

"크레이머 부인, 아무래도 제니를 보셔야 할 것 같습니다. 그런 다음에 좀 더 조용한 데에서 남편분과 다 함께 이 문제를 의논해야 할 것 같군요."

샬럿은 기분이 상했지만 지시에 따랐다. 그녀는 까다로운 사람이 아니다. 지금까지 내 설명이 다른 인상을 줬다면 맹세코 일부러 그런 것이 아니다. 나는 샬럿 크레이머를 깊이 존중한다. 그녀는 그리 편치 않은 인생을 살았으며, 어린 시절의 트라우마에 놀랍도록 순순히 적응했다. 이는 그녀의 강인한 기질을 잘 보여준다. 남편의 기를 꺾긴 했지만, 내가 보기에 그녀는 남편을 진심으로 사랑했다. 그리고 아이들도 사랑했다. 제니에게 더 높은 잣대를 들이대긴 했어도, 공평하게 사랑했다. 그러나 사랑은 과학이 아니라 예술의 어휘다. 우리는 제각기 다른 말로 사랑을 표현하고, 우리 몸 안에서도 다르게 느낀다. 사랑은 누군가를 울리고, 또 다른 누군가를 웃게 한다. 누군가를 화나게도 하고, 또 다른 누군가를 슬프게도 한다. 누군가를 흥분시키는가 하면 또 다른 누군가를 나른한 만족감에 잠들게도 한다.

샬럿은 프리즘을 통해 사랑을 체험했다. 이 역시 비난조로 들릴 테지만 설명하려면 어쩔 수 없다. 이러다 또 다들 그녀를 싫어하게 만들지도 모르겠다. 그러나 샬럿은 어릴 적 박탈당한 것을 제 손으로 만들어내기 위해 필사적으로 애썼다. 바로 전통적인(심지어 샬럿은 '따분하다'고 말하기까지 했다) 미국 가정 말이다. 샬럿은 비슷한 생각을 가진 윤리적이고 근면한 사람들이 모였다는 이유로 이 도시를 좋아했고, 조용한 동네에 있는 뉴잉글랜드 식민지 스타일 주택이란 이유로 자신의 집을 아꼈다. 톰과의 결혼 생활도 마찬가지였다. 톰은 좋은 직업—훌륭한 직업이 아니다—을 가진 가정적인 남자였다. 훌륭한 직업을 가진 남자들은 가정을 멀리하는 법이다. 톰은 자동차 대리점 몇 군데를 관리했는데 대개

BMW나 재규어 같은 고급 차를 취급했다. 나는 이 일이 '보따리 장사'와는 전혀 다르다는 걸 안다. 샬럿이 모든 조건을 초월해 돔을 사랑했는지, 그건 아무도 모를 일이었다. 샬럿은 자기 자식들이라서, 또 어느 모로 보나 나무랄 데 없어서 아이들을 사랑했다. 아이들은 똑똑하고 운동신경도 좋고 (대체로) 순종적이었지만, 동시에 지저분하고 시끄럽고 어리석고 품과 노력도 많이 들었다. 때문에 가치 있는 소일거리였고, 클럽에서 점심을 하며 친구들과 떠들어대는 수다의 원천이기도 했다. 샬럿은 이런 삶의 조각 모두를 사랑했다. 그래서 제니가 '망가졌을' 때 필사적으로 고치려고 들었다. 아까도 말했지만, 망가진 집은 수리해야 했다.

제니는 응급실에 도착한 뒤에 진정제를 맞았다. 발견한 아이들 말로는 의식이 깜박깜박했다. 술보다는 충격 때문이었을 공산이 크다. 눈을 뜨고 있었고, 똑바로 일어나 앉아 약간의 부축만 받고 잔디밭을 가로질러 라운지체어까지 걸어갔다. 아이들의 설명에 따르면 제니는 그들이 누군지, 자신이 어디에 있는지, 또 무슨 일이 일어났는지를 모두 아는 것처럼 보이다가도 몇 초 뒤에는 질문에 아무런 반응을 하지 않았다고 했다. 긴장증이었다. 그녀는 도움을 청했다. 울기도 했다. 그러다 멍해졌다. 구급대원들도 똑같은 행동을 보고했지만 진정제를 놓지 않는 것이 원칙이었다. 히스테리를 일으킨 시점은 병원에서 검사가 시작됐을 때다. 베어드 박사는 안정제를 놓으라고 지시했다. 출혈이 우려할 수준이라서 동의를 받을 때까지 기다리지 못하고 검사에 필요한 약제를 우선 처방해야 했다.

겉보기와 달리 샬럿은 딸의 모습에 크게 동요했다. 사실 내가 받은 인상으로 보자면, 처음 그 순간에는 톰과 상당히 비슷한 감정을 느꼈을 것이다. 침실 밖에서는 신체 접촉이 거의 없는 부부 사이였지만(물론 침실에서는 기계적으로 성교했다) 샬럿은 양손으로 톰의 팔을 꼭 붙잡았다. 남편의 셔츠 소매에 얼굴을 묻고 "하느님, 맙소사."라고 속삭였다. 톰의 기억에 아내는 울지 않았지만 평정심을 잃지 않으려 안간힘을 쓰느라 붙잡고 있는 자기 팔에 손톱을 박았다. 샬럿은 침을 삼키려 했지만 입안이 바싹 말라 있었다.

파슨스 형사는 커튼 사이로 두 사람을 봤다. 자식을 내려다보던 부부의 얼굴을 기억했다. 일그러진 톰의 얼굴은 온통 눈물투성이였다. 살갗에 괴로움이 새겨져 있었다. 잠시 흐트러졌던 샬럿의 얼굴에는 곧 결연한 표정이 떠올랐다. 파슨스는 그들을 가리켜 뻣뻣한 상류층이라고 했다. 그리고 눈길을 돌리지는 않았지만 그런 내밀한 순간에 그들을 지켜보고 있기가 불편했다고 했다. 톰의 유약함과 샬럿의 강인함을 보고 깜짝 놀랐다고도 했다. 하지만 인간 감정을 좀 더 깊이 이해하는 사람이라면 오히려 그 반대라는 사실을 알아차렸을 것이다. 감정을 억누르기보다 닥치는 대로 겪는 데 훨씬 더 큰 힘이 필요하다.

베어드 박사가 부부 뒤에 서서 제니의 침대 발치에 걸린 차트를 확인했다.

"가족 라운지 쪽에서 말씀을 나눌까요?"

베어드가 제안했다.

톰이 고개를 끄덕이고 눈물을 훔쳤다. 그러고는 허리 굽혀 딸의 머리에 키스하다 그만 울음을 터뜨리고 말았다. 샬럿은 제니의 얼굴에서 머리카락을 쓸어내려주고, 손등으로 뺨을 어루만지며 속삭였다.

"착한 우리 천사…… 우리 착하고 착한 천사."

부부는 베어드와 파슨스를 따라 복도를 지나 잠긴 문을 여러 개 지났다. 문을 지나면 또 다른 복도가 나왔고, 이윽고 가구 몇 점과 텔레비전이 있는 작은 라운지가 나왔다. 베어드가 커피나 음식을 권했지만 부부는 사양했다. 베어드는 문을 닫았다. 파슨스는 부부 맞은편, 의사 옆자리에 앉았다.

그다음 일을 샬럿은 이렇게 설명했다.

"그 사람들이 말을 빙빙 돌리면서 제니 친구들에 대해 물었어요. 파티에 간 줄 알았느냐, 남자애들과 무슨 문제는 없었냐, 학교나 동네나 SNS에서 괴롭힘을 당하고 있다고 말한 적이 있냐. 톰은 넋이 나간 사람처럼 그 질문들에 대답했어요. 다 함께 논의해야 하는 문제를 피하고 있다는 걸 전혀 모르는 눈치였어요. 그때 질문들이 부당했다든가, 어느 시점에서 아예 대답도 하지 말았어야 했다든가, 그런 뜻이 아니에요. 하지만 그만하면 됐다 싶더군요. 누구든 나서서 뭐라도 진실을 말해줬으면 싶었어요. 나도 내가 모든 걸 쥐고 흔들려는 경향이 있다는 걸 잘 알아요. 그래서 톰이 '남자답게' 나서줬으면 했던 거고요. 집이 완벽한 상태이고, 냉장고에 먹을거리가 꽉 차 있고, 옷을 전부 깨끗하게 세탁해 다림질까지 마친 후 제자리에 들어 있을 때에는 내 멋대로 한다고 불평하는 사람이 아무도 없거든요. 아무튼 결혼 생활에서 남자가 남자 역할을 하는 게 중요하다는 걸 잘 아니까, 나도 정말 많이 노력한단 말이에요. 그런데 그때는 도저히 두고 볼 수가 없더라고요. 도저히!

그래서 그 남자들 이야기를 뚝 끊고 말했죠. '누구든 좋으니 우리 딸한테 무슨 일이 일어났는지 말해줘요.'라고요. 베어드 박사와 그 형사가 먼저 입을 열고 싶지 않은 듯이 서로를 쳐다보더군요. 결국 의사가 졌어요. 어떻게 강간당했는지 말해줬죠. 내가 바란 방식은 아니더군요. 딸아이가 좋아하던 어떤 남자애가 기분에 휩쓸려 저지른 짓이었다면 좋았을 텐데. 아, 맙소사, 이 말이 얼마나 어처구니없게 들리는지 알아요. 페미니스트들이 내 머리를 매달려고 하겠죠, 안 그런가요? 그런 강간은 진짜 강간이 아니라거나 벌 받을 만한 일이 아니란 게 아니에요. 믿어주세요. 루커스가 좀 더 크면 절대적으로 확실한 동의 없이 그런 짓을 하면 어떤 꼴을 당할 수 있는지 똑똑히 가르칠 거예요. 남자들은 책임감이 있어야 한다고 생각해요. 섹스에 관한 한 남자와 여자는 동등하지 않다는 걸 알아야 한다고요. 단순히 육체적인 문제만이 아니에요. 심리적으로도 마찬가지예요. 여자애들은 아직 하기 싫은 일을 해야 한다는 압박감을 느끼는데, 남자애들, 남자들은 여자들이 어떤 기분인지 제대로 이해하지 못하거든요. 아무튼 내가 바란 방식은 아니었어요. 사실은 내가 가장 두려워한 방식이었죠. 파슨스 형사가 설명해줬어요. 놈이 마스크를 쓰고 있었다고. 딸애 얼굴을 땅에 처박고 짓눌렀다고. 놈이……. 죄송해요. 차마 입 밖에 내기가 어렵네요. 마음속에서 그 말들이 들리는데, 그걸 입에 담는 건 또 달라서."

샬럿은 잠시 말을 멈추고 마음을 추슬렀다. 샬럿에게는 그녀만의 방식이 있었고 언제나 그 방식을 써먹었다. 숨을 깊이 들이마시고 눈을 감은 다음 재빨리 고개를 털고 천천히 숨을 내쉬었다. 그러고 나서 눈을 뜨고 먼저 바닥을 내려다본 다음 간신히 되찾은 통제력을 확신하는 의미로 고개를 끄덕였다.

"그냥 말해버릴래요. 전부 다요. 빨리 해치우고 끝내버리겠어요. 딸애는 뒤에서, 질과 항문으로, 그러니까 명백하게 앞뒤로, 한 시간 동안 강간을 당했어요. 좋아요, 말했어요. 다 끝났어. 병원에서 강간 키트로 검사했어요. 살정자제와 라텍스의 흔적을 찾았다더군요. 이…… 이 괴물이 콘돔을 썼어요. 터럭 하나도 찾아내지 못했죠. 그리고 그날 밤 크랜스턴에서 파견된 감식반도 놈이 음모를 다 제거한 모양이라고 했어요. 상상이 가세요? 놈은 이 강간을 올림픽에 나가는 수영 선수처럼 치밀하게 준비한 거예요. 뭐, 금메달을 따지는 못했지만 말이죠. 몸에 남은 상처는 전부 깨끗하게 나았어요. 앞으로도 다른 여자들과 다른 느낌은 전혀 받지 않을 거예요. 그리고 감정적으로는 글쎄요……."

샬럿이 다시 말을 멈췄다. 이번에는 평정심을 되찾는다기보다 더욱 강화하기 위해서였다. 그러고는 거친 말투로 내뱉었다.

"이 생각을 한 기억이 나네요. 치료법이 있어서 천만다행이구나. 놈이 우리 어린 딸에게 한 짓을 우리가 싹 다 없애버렸죠. 그러니까 상스러운 말을 써서 죄송한데, '개새끼 엿이나 먹어라' 하고 생각했어요. 놈은 이제 존재하지도 않는 거예요."

3

샬럿과 톰 크레이머는 제니에게 그 치료법을 쓰는 문제로 의견이 갈렸다. 승자는 샬럿이었다.

의학계는 여전히 기억의 형성과 유지에 대해 연구하고 있다. 연구들이 증가세를 보이고, 새로운 연구 결과가 정기적으로 등장한다. 우리 뇌는 기억을 장기와 단기로 나눠 보관하고, 나중에 이 보관소에서 기억을 찾아내서 복원하는 과정을 거친다. 과학자들은 이 기억 보관소가 어마어마하다고 믿는다. 수십 년 동안 신경 과학자들은 기억이 뇌세포를 연결하는 시냅스에 저장되며, 뇌세포(또는 뉴런) 자체에 저장되지 않는다고 믿어왔다. 그런데 이제는 그것이 사실이 아니며, 우리 역사를 보관하는 것은 뉴런이라고 여긴다. 또한 기억이 변한다는 사실도 발견했다. 사실 기억은 보관소에서 꺼낼 때마다 매번 바뀐다.

트라우마를 유발하는 사건에 한해 기억을 삭제하는 여러 가지 치료요법은 수년에 걸쳐 동물과 인간을 대상으로 한 일련의 임상 시험 끝에 개발됐다. 시작은 모르핀이었다. 1950년대에도 의사들은 외상이 발생한 초기에 모르핀을 고용량 투여하면 PTSD(외상후 스트레스 장애)가 호전된다는 사실을 알고 있었다. 이건 우연히 발견됐다. 화상을 입은 어린이들에게 순전히 통증 완화의 목적으로 모르핀을 투여했는데, 즉시 고용량을 투여받은 쪽이 저용량 혹은 아예 투여받지 않은 쪽보다 눈에 띄게 PTSD 증세가 적었다. 2010년에는 모르핀이 화상 후유증을 앓는 아이들에게 미치는 영향을 다룬 공식 논문이 발표됐다. 모르핀은 다른 약과 함께 수년 동안 전장의 병사들을 치료하는 데 쓰였는데 트라우마와 모르핀, PTSD의 상호 관계를 연구하는 사람들은 트라우마 발생 즉시 모르핀을 고용량 투여할 경우 부상당한 남녀의 PTSD가 유의미하게 감소한다는 결과를 얻었다.

그 이유는 다음과 같다. 우리는 매일 아침 눈을 뜨면서부터 보고 듣고 느끼는 경험을 한다. 우리 뇌는 이 정보를 처리해 기억으로 저장한다. 이를 '기억 강화'라고 한다. 각 사건에는 이에 상응하는 정서가 있기 마련이다. 뇌는 그 정서의 영향을 받아 화학물질을 분비하며, 화학물질은 그 사건을 적당한 캐비닛에 정리한다. 우리 정서를 사로잡는 사건들은 굳게 잠긴 금속 캐비닛에 저장된다. 그것은 나중에 겪은 사건들로 대체되거나 쉽게 환기되지 않는다. 덜 도발적인 다른 사건들, 예컨대 지난 목요일 저녁에 무슨 요리를 했다든가 하는 것들은 얇은 종이 서류철 같은 데 보관된다. 이런 기억들은 시간이 흐르면 다른 종이 서류철들에 묻혀버리고, 어느 시점이 되면 찾을 수도 없다. 아예 서류 세단기로 보내질 수도 있다. 일부 연구자들은 모르핀이 노르에피네프린을 차단하여 금속 캐비닛에 저장돼야 할 사건을 종이 서류철에 들어갈 사건으로 축소시킴으로써 사건에 대한 정서적 반응을 줄인다고 믿는다. 이것이 치료 요법의 첫 번째 단계다.

어떤 사건을 분류하고 저장하려면 뇌의 화학물질들이 상호작용을 해야 한다. 그렇다면 이 화학물질들에 간섭함으로써 파일 분류 과정을 방해할 수 있다는 것도 이해가 될 것이다. 이런 이유로 폭음을 하면 '필름이 끊기는' 것이다. 어떻게 로힙놀(데이트 강간 약물) 같은 약물이 몸속에 들어가 사람을 '멀쩡히' 기능하게 하면서도 그사이에 벌어진 일을 전혀 기억하지 못하게 하는지도 설명이 된다. 뇌에서 파일을 처리하는 직원들이 휴가를 간 것이다. 그러면 어떤 사건도 분류나 보관이 되지 않고, 아예 일어나지도 않았던 일처럼 소실돼버린다. 그러나 이것은 단기 기억 단계다. 두 번째 단계의 치료에서는 장기 기억의 강화 단계에서 파일 처리 직원들을 휴가 보낼 수 있다고 주장하는 혁신적인 약물, 벤자트랄이 쓰인다. 벤자트랄은 장기 기억에 필요한 단백질을 차단해 시냅스의 작동을 막음으로써 단기 기억을 폐기시킨다.

트라우마 치료에 있어 까다로운 부분은 타이밍이다. 단기 기억이 장기 기억으로 강화되는 시간은 명확하지 않다. 모든 기억은 뇌의 다른 부위와 관련이 있으며, 부위는 기억의 구성 요소에 따라 달라진다. 시각, 청각, 아니면 촉각인가? 음악, 수학, 아니면 새로운 사람을 만난 것과 관련이 있나? 트라우마가 발생할 때 뇌는 기능하고 있고, 파일 작업 역시 진행 중이다. 이 치료 요법은 트라우마가 발생한 지 몇 시간 이내에 이루어져야 하고, 사건 일부가 이미 장기 기억 저장소에 보관돼버렸다면 완전한 효과를 거두지 못한다.

제니의 경우는 완벽했다. 강간이 시작됐을 때 이미 취해 있었다. 피습 도중 쇼크에 빠졌다. 반 시간 이내에 진정제를 맞았다. 그리고 두 시간

이내에 치료 요법이 이루어졌다. 열두 시간 뒤 깨어났을 때에는 내가 앞서 언급한 소소한 파편적 기억만 남았다.

톰 크레이머 역시 가족 라운지에서 나눈 대화를 기억하고 있었다. 어떤 심정으로 대화를 나눴을지 이루 헤아릴 수 없기에 그냥 그의 말을 그대로 옮기고, 그가 울지 않았다는 말만 덧붙이겠다. 이 시점에서는 흘릴 눈물도 남지 않았을 것이다.

"정확히 무슨 말이 오갔는지는 기억나지 않습니다. 그저 계속해서 '강간'이란 말이 들렸어요. 참으로 잔인하고 무도한 유린이었습니다. 용의자도 없었습니다. 놈이 주도면밀해서 콘돔을 썼고, 음모를 면도했을 가능성도 있다더군요. 그 사람들 생각으로는, 뭐 나중에 감식반이 확인한 사실이기도 합니다만, 놈이 검은색 울 마스크를 썼다고 했습니다. 얼굴과 머리를 전부 가리는 스키 마스크 말입니다. 한 시간가량 이어졌다더군요. 하지 말아야 하는데, 그 생각이 뇌리를 떠나지 않습니다. 제니가 강간당하고 여덟 달 뒤에 다시 병원에 갔을 때, 아직 다 끝난 게 아니었다는 걸 알았습니다. 집에 가서 바닥에 엎드려 얼굴을 처박아봤습니다. 딸애가 하고 있었다던 자세를 말입니다. 그리고 한 시간 동안 있었죠. 한 시간 동안 고문을 당하다니, 그건 너무나 깁니다. 우리 중 그 누구도 감히 상상조차 못할 만큼 길어요. 그건 장담합니다.

아무튼…… 그 치료 말입니다. 병원에서 절차를 설명해주더군요. 투여할 약물에 대해서도요. 하루 정도 혼수상태에 빠질 수 있고, 운이 좋으면 강간에 대한 기억을 차단할 수 있고, 최소한, 이건 확실하다더군요, 향후 겪을 수 있는 PTSD를 줄여줄 거라는 이야기였습니다. PTSD는 사람을 폐인으로 만들 수도 있고, 몇 년씩이나 치료해야 한다더군요. 베어드 박사는 치료 요법과 치료를 받지 않을 경우의 후유증에 대해 더 잘 알고 싶으면 정신과 의사와의 상담을 주선해주겠다고 했습니다. 일 분, 일 분이 지날 때마다 효과가 떨어진다고 했습니다.

샬럿의 눈이 휘둥그레지더군요. '좋아요!' 심지어 나를 쳐다보지도 않고 이렇게 말했습니다. '당장 해요! 대체 뭘 기다리는 거죠?' 샬럿이 일어서서 둘 다 자기 명령을 따라 당장 움직이라는 듯이 손가락으로 문을 가리켰습니다. 하지만 내가 팔을 잡았어요. 내가 뭐 그렇게 똑똑한 사람은 아닙니다만, 그건 아니란 생각이 들었거든요. 기억을 못 하면 이 괴물을 잡는 데 딸애가 어떻게 도움을 주겠습니까? 놈을 철창에 처넣어야 하는데, 마땅한 형벌을 받게 해야 하는데, 딸애가 도움을 줄 수 없잖아요. 파슨스 형사는 무슨 말인지 정확히 안다는 듯이 고개를 끄덕이고 땅바닥만 보더군요. 그러다 결국 아주 어려울 거라고 고백했습니다. 약이 온전히 효과를 발휘하지 못해도, 딸애가 기억하는 단편적 사실들이 법정에서 신빙성을 의심받을 거라더군요. 물론 그렇겠죠, 안 그런가요? 그러니까 말이 안 되잖아요. 게임 오버인 거죠. 내 말 좀 들어보십시오. 딸의 회복보다 놈을 잡아서 벌주는 걸 더 바랐다는 뜻이 아닙니다. 우리 딸애가 회복하기를 바랐죠. 하지만 애 엄마는 까맣게 잊고 아예 없던 일로 치는 걸 회복이라고 생각했어요. 나는 악마를 대면해야 회복할 수 있다고 생각했고요. 놈의 눈을 똑바로 들여다보고 훔쳐 간 걸 조금이라도 되찾아 와야 한다고요. 내가 옳았던 겁니다, 안 그런가요? 빌어먹을, 내가 틀렸으면 좋았을 텐데, 내가 옳았단 말입니다."

나는 당연히 떠오르는 질문을 던졌다.

"그렇게 확신했다면 어째서 동의한 겁니까?"

톰은 몇 초간 이 질문을 곱씹었다. 아마 자신에게 이 질문을 수만 번도 더 했을 테지만, 대답을 입 밖으로 낸 적은 없었으리라. 이제야 소리 내어 말하게 된 그는 당연히 알고 있지 않느냐는 듯이 무표정한 얼굴로 나를 쳐다봤다. 자기 결혼 생활에 작용하는 역학이 전혀 명백하지도 정상적이지도 않다는 사실을 아직 깨닫지 못하고 있었다.

"혹시라도 내가 틀려서 제니가 그 일을 극복하지 못하면 내가 욕을 먹게 될 테니까요. 왜 동의했느냐고 물었습니까? 내가 비겁한 놈이라 그랬습니다."

4

내가 아직 말하지 않은 것이 있다. 제니의 등에 새겨진 문양. 앞선 이야기에서는 그리 중요하게 다루지 않았지만, 이제는 설명하고 넘어가야겠다. 사건 당일에는 모든 일이 너무 빨리 벌어져버렸다. 제니는 발견된 지 한 시간도 안 돼 병원에 입원했다. 그리고 곧바로 진정제를 맞았다. 그로부터 반 시간이 지나기 전에 도착한 부모는 정신없이 치료와 관련된 결정을 내려야 했다. 정신과 의사가 제니의 손등에 꽂힌 정맥주사로 치료제를 넣었다. 살펴보고 서명해야 할 서류가 많았다. 치료비 보증금도 내야 했다. 치료는 보험 처리가 되지 않았다. 그러고 나서야 제니는 강간으로 입은 상해를 복구하는 수술과 법의학적 검사를 받을 준비에 들어갔다.

톰은 제니가 들것에 실려 수술실로 들어가는 순간까지 함께 있었다. 마치 딸이 공장에 들어가는 것 같았다고 말했다. 디트로이트에서 포드를 팔 때 자동차 공장에 간 적이 있다. 그곳에서는 금속 부품, 너트와 볼트, 플라스틱, 전선과 컴퓨터 칩 등의 부품을 장착하기 위해 수천 명의 노동자들이 바삐 손을 놀리고 있었다. 정신을 조작하는 약물을 투약받고 일종의 강제 혼수상태에 빠진 제니의 축 늘어진 몸뚱이에 다섯 사람이 매달려 각자 할 일을 하는 모습을 보자 톰은 바로 그 공장이 떠올랐다. 그 이미지는 끔찍하게 심란했는데, 자신이 그 상황에서 그렇게 고분고분하다는 사실도 너무나 괴로웠다. 딸애를 들것에서 안아 올리고, 허공에 주먹질하며 다들 내 딸에게서 떨어지라고 외치고 싶었다. 그러나 물론 그런 짓은 하지 않았다.

두 사람의 차이를 비난할 생각은 없지만, 샬럿은 진정제를 맞은 딸처럼 잠들어 이 모든 일을 잊고자 했다. 의료진이 뭘 하는지 보지도 않았다. 대신 집에 가서 베이비시터를 보내고, 수면제를 먹고, 루커스에게 담요를 덮어준 다음 곁에 놓인 간이침대에 누워 몸을 웅크렸다. 그녀는 아들의 숨소리를 들으며 잠들었다. 나중에 알게 된 사실인데, 그 전에도 톰과 한 침대를 쓰지 않으려고 자주 그랬던 모양이다.

제니는 성기와 내장에 생긴 열상을 봉합받은 뒤 중환자실로 옮겨졌다. 베어드 박사가 잠깐 나와서 톰을 찾았다. 곧이어 파슨스 형사가 따라왔다. 바로 그때 톰은 제니의 등에 새겨진 문양에 대해 처음 알게 됐다. 파슨스는 이렇게 설명했다.

"법의학적 검사에 대한 예비 보고서를 받았습니다. 체액과 체모를 확보했지만, 아는 바와 같이 의미 있는 증거가 될 만한 건 없었습니다. 검사를 하다가 등에서 상처가 발견됐습니다. 깊이로 봐서는 절개에 가까웠어요. 2.5센티미터에 불과한데도 열일곱 바늘이나 꿰매야 했죠. 몸이 워낙 더럽고 다른 찰과상이 많아서 씻어내기 전까지는 몰랐습니다. 이 상처에서 피가 계속 흘렀습니다. 제니가 공격당한 숲을 수색한 팀이 막대기를 하나 찾아냈습니다. 칼 같은 것으로 깎았는지, 한쪽 끝이 창처럼 뾰족했습니다. 길이는 겨우 30센티미터 정도였습니다. 피부는 제니 것밖에 없었지만, 네오프렌이란 섬유가 같이 발견됐습니다. 운동 장갑에 쓰이는 소재죠. 조각칼처럼 그 막대기로 천천히 표피를 벗겨낸 것 같다더군요."

파슨스 형사는 서른한 살 된 청년이다. 그러니 그날 밤, 크레이머 부부에게 제니의 소식을 그런 식으로 전한 것이다. 젊은이는 자신의 결정이 어떤 결과를 불러올지 보지 못하는 법이니까. 인간이 경험하는 가장 큰 굴욕 중 하나는 스스로 알아서 처신할 수 있게 될 때쯤에는 처신할 뭔가가 거의 남아 있지 않다는 것 아닐까?

페어뷰에는 형사가 할 일이 별로 없다. 이곳은 다른 데, 예를 들어 인접한 크랜스턴처럼 상황이 더 '활발한' 데로 올라가는 혹은 은퇴로 내려가는 징검다리다. 파슨스는 형편없는 형사가 아니다. 그러나 상대적으로 경험이 부족해 강간에 대한 '내밀한' 세부 사항을 이렇게 서투르게 설명했을 뿐이다. 무심한 척, 전문적인 듯 보이려 지나치게 노력하다가 실제로는 얼마나 관심이 많은지 드러내고 만 것이다. 불편한 일이다. 그러나 앞서 설명했듯 호색하는 성향이 있다고 해서 악인이 되는 것은 아니다. 어쨌든 우리는 속내를 숨기기 위해 뭐든 하니까. 파슨스 형사 역시 말을 이으며 바로 그렇게 했다.

"크랜스턴에 있는 강간 전문가들에게 의견을 구했는데 다들 시간을 물었습니다. 공공연한 장소에서 한 시간 동안이나 강간하는 경우는 극히 드물답니다. 그날 밤, 누군가가 숲에 있는 두 사람을 발견하기는 힘들었을 겁니다. 달빛도 약하고, 구름도 꽤나 짙었으니까요. 그러나 제니는 파티에 가거나 거기서 나와 길을 가는 사람들 누구나 소리를 들을 수 있는 범위에 있었습니다. 그리고 결국 와서 구조해준 두 사람처럼 뒤뜰에 누군가가 있었다면 분명히 소리를 들었을 테고요. 그러나 의학적 사실을 반박하진 못하더군요. 그러다가 막대기와 상처 이야기를 듣더니 좀 더 말이 된다고 했습니다. 몸에 상처를 내느라 자세를 이리저리 바꾸면서 (이 지점에서 희한하게 오래 말을 멈췄다) 삽입했다 멈춰다를 반복했다는 겁니다. 상처는 허리 밑에 나 있었어요. 젊은 여자들이 문신하는 자리죠. 그 사람들은 놈이 표식을 새긴 거라고 생각합니다. 그게 아니면 표식을 새기는 과정 자체를 즐겼을지도 모르고, 상처를 냈다 멈췄다 할 때마다 새삼스럽게 제니가 두려워하는 걸 즐겼을지도 모르죠. 피부에 날카로운 끝이 닿을 때마다 아파서 움츠리는 감각이라든지 그런 거 말입니다. (다시 긴 침묵이 이어졌는데 이번에는 생각에 잠긴 눈치였다) 놈의 발기 사이클이 한 번 돌아서, 아마도 조각하는 행위를 통해 흥분감을 재충전할 필요가 있었을지도 모른다는 의견도 있었습니다. 그래서 우리도 방향을 완전히 바꿨습니다. 범인은 처음 생각했던 것보다 훨씬 더 심한 소시오패스(반사회적 인격장애)인 겁니다. 원래 그쪽으로 생각했지만 상상을 초월했던 거죠."

제니의 몸이 다 낫기까지는 여러 어려움이 있었다. 봉합된 부위는 쉽게 아물지 않았고, 매일 극심한 통증을 느껴야 했다. 제니는 배설량을 줄이기 위해 아예 곡기를 끊으려 했다. 몸이 회복되는 2주 동안 몸무게가 4킬로그램 넘게 줄었고, 대부분의 시간을 진통제에 의존해 침대나 소파에 누워서 보내야 했다. 복학 여부를 두고 사람들의 의견이 갈렸다. 충분히 회복됐을 때에는 학기가 3주밖에 남지 않았다. 학교에서는 교사 전원의 동의를 얻어 너그럽게도 교재를 모두 제공해줄 테니 여름방학 동안 기말고사를 치르라고 했다.

나는 크레이머 부부가 이 문제를 두고 어떻게 나왔을지 궁금했다. 흥미롭게도 제니를 꽁꽁 싸매 집에 두고 싶어 한 쪽은 샬럿이었다. 톰은 오히려 '다시 궤도에 올라야' 한다고 주장했다. 나는 샬럿이 사실은 제니의 외모가 아직 볼 만하지 않았다는 사실을 신경 쓴 것이 아닌지 궁금했다. 제니는 심하게 야윈 데다 안색도 파리하다 못해 회색에 가까웠다. 눈 밑은 진통제 때문에 칙칙했다. 그리고 전체적으로 통통 튀는 '활력'을, 명랑한 태도를, 그리고 미소를 잃었다. 샬럿이 자신에게 정직했다면, 강간이 제니의 마음속에서 지워졌듯 겉모습에서도 싹 지워질 때까지 아무에게도 보여주고 싶지 않았다고 솔직히 시인했을 것이다.

이 싸움에서도 샬럿이 이겼다.

크레이머 부부는 블록 섬에 별장을 한 채 구했다. 샬럿에게는 큰 희생이었다. 클럽의 수영장 운영 위원 자리를 포기해야 했던 것이다. 그러나 이는 샬럿의 아이디어였다. '리셋' 버튼을 누르는 그녀 나름의 방식이었다고 해야겠다. 어차피 한동안 보지 않는 것이 서로에게 홀가분했을 것이다. 두 사람 사이의 단층선에 압력이 가중됐고, 둘 다 코앞에 닥친 균열을 두려워했다. 톰은 주말에만 다녀가다가 8월에는 2주간 머물렀다. 루커스는 그 지역의 여름 캠프에 참가했다. 사건('강간'이란 단어는 나오지 않았다) 이야기는 들었지만, 그 나이의 아이답게 자기 삶에 어떤 영향이 미칠지만 생각했다. 제니는 숙제와 시험을 마치고 10학년을 수료했다. 바이올렛을 초대한 1주 동안은 같이 해변에 놀러 가기도 하고 열여섯 살 생일을 축하하기도 했다. 미소도 좀 지었다. 톰은 억지웃음이라고 생각했지만, 샬럿은 진짜라고 믿었다. 제니를 철저히 감시하며 아이의 기분, 식습관, 성정, 수면을 낱낱이 기록하는 것이 자기 할 일이라고 생각했기에 딸의 정서적 회복에 일희일비했던 것이다. 어쨌든 여름은 별일 없이 지나갔다. 물론 이는 폭풍전야의 고요에 불과했다.

제니는 퇴원하기 전에 심리 치료사와 정신과 의사로부터 강간 이야기를 들었다. 그러나 정신 건강 전문가의 후속 치료는 거의 없었다. 정기검사 말고는 그 어떤 치료도, 상담도 없었다. 권유는 받았지만 샬럿과 톰이 반대했다. 샬럿은 잊으려고 그 고생을 했는데 강간 이야기를 한다니 무슨 짓인가 싶었다. 애초에 망각 치료를 탐탁지 않게 생각한 톰은 정신과 치료가 짚고 넘어가야 하는 일—즉 강간범을 찾는 일—을 회피하는 또 다른 방식이라고 느꼈다.

학년 초 크레이머 부부는 전문가들과의 회의에서 망각 요법이 대성공이라는 데 동의했다. 제니는 강간을 기억하지 못했다. 먹고 자는 것도 정상으로 돌아왔다. 부부는 제니가 고등학교 마지막 학년을 보내며 입시 준비로 정신없기를 바랐다. SAT도 치르고, AP 수업도 듣고, 자원봉사도 하고, 운동도 하길 바랐다. 제니는 PTSD의 기미도 보이지 않았고, 플래시백(섬광처럼 떠오르는 과거의 기억에 시달리는 증상 – 옮긴이)이나 악몽도 없었다. 혼자 있는 것을 무서워하거나, 다른 사람들의 손길에 육체적으로 반응하지도 않았다. 제니의 일은 성공 사례로 크게 소문이 나서 전장에서 입은 트라우마의 지속적 치료 연구를 총괄한다는 노리치의 군의관까지 찾아와 자료를 요청했다.

딱 하나밖에 남지 않았다. 등에 난 상흔.

"학교는 어땠어?"

샬럿 크레이머는 사건이 일어난 지 여덟 달 뒤인 이듬해 겨울 어느 날 제니에게 물었다. 이 질문은 세 식구밖에 없을 때면 언제나 내려앉았던 불편한 침묵을 깼다. 여느 때와 다를 바 없던 그 월요일 밤, 루커스는 하키 연습을 가고 없었다. 루커스가 천부적인 운동선수의 자질을 보였기에 샬럿은 코네티컷 교외 지역에서 필수로 간주되는 삼위일체 스포츠 팀 세 곳 모두에 아들을 등록시켰다. 가을에는 미식축구, 겨울에는 하키, 봄에는 라크로스였다. 때문에 샬럿, 톰, 제니는 집에서 함께 있는 시간을 견뎌야 했다. 사건이 일어난 뒤로는 그리 쉽지 않은 일이었다. 학교 남자 화장실 상태가 형편없다는 둥 친구 누가 어떤 여자애를 좋아한다는 둥 시합에서 자기가 눈부신 활약을 펼쳤다는 둥 사춘기답게 조잘거리는 루커스가 없으면 집안 전체에 질병처럼 퍼진 침묵이 밥상머리든 어디든 집 곳곳에 도사리고 있었다.

제니는 식탁에 자신이 좋아하는 음식들이 가득했다고 말했다. 로스트 치킨, 로즈메리 감자, 프렌치 그린 빈. 그러나 식욕은 좀처럼 생기지 않았고, 이 사실을 부모님에게 감추려고 애썼다. 제니는 음식을 작게 한 입 베어 물고 "좋아." 하고 대답했다.

아버지가 그녀를 뚫어져라 바라봤다. 톰은 자신이 그러는 줄 아마 몰랐을 것이다. 그러나 제니는 아버지가 블록 섬에서 돌아온 뒤로 계속 그랬다고 내게 말했다. 아버지가 미세한 얼굴 근육 하나까지 관찰하며 자신의 감정을 가늠할 단서를 찾는 것이 느껴졌다고 했다. 그래서 자신이 짓는 표정 하나하나를 날카롭게 의식하게 됐다고. 어떤 표정을 짓는지에 따라 아버지는 부담스럽게 일희일비했다. 아이 입가에 걸린 게 희미한 미소인가? 오늘 뭔가 좋은 일이 있었나 보다. 눈을 씰룩였어? 찌푸린 건가? 다른 집 애들처럼 밥 먹는데 물어봐서 짜증이 났나? 그리고 대개는 제니가 아직 불안을 떨쳐버리지 못한 건 아닌지 그 증거를 찾는 데 집중했다. 제니는 이제 감추는 데 이골이 났다.

제니는 고개를 들고 아버지가 바라는 것을 줬다. 바로 온화한 미소. 아버지는 마주 미소 지었지만, 숲속에서 사건이 일어난 밤 이후로 그런 미소 속에서도 고뇌가 엿보였다고 제니는 말했다. 혹시 아버지도 자신의 괴로움을 엿봤을지 궁금해했다. 그랬다면 두 사람은 서로 보고도 못 본 척했던 셈이다.

제니가 틀렸다. 톰이 관찰한 것은 제니의 얼굴이 아니었다. 톰은 딸의 얼굴을 응시했다. 이것은 사실이다. 하지만 그것은 딸의 손이 등 뒤에서 꼼지락거리고 있는 것을 또 보고 말았다는 사실을 숨기기 위한 행동이었다. 마치 트로피처럼 몸에 새겨진 작은 흉터가 있는 바로 그 자리에 제니의 손이 맴돌고 있었다.

샬럿이 대화를 이어나갔다.

"오늘 태거트에서 정말 예쁜 드레스를 봤어! 토요일에 같이 가서 볼래? 친구랑 약속 없지? 다른 계획 있니?"

제니는 어머니가 사건을 잊고 잘 지내고 있다고 믿었고, 나 역시 제니의 판단이 대체로 정확하다고 생각한다. 딸과 남편 사이에 긴장감이 흐를 때면 답답한 마음에 약간 언성을 높일 때도 있었지만 샬럿은 예전과 다름없이 생활하고 있었다. 요가 수업, 점심 약속, 학교 자원봉사로 바쁘고, 사교적이고, 활기차게. 샬럿은 제니가 흉터를 문지르는 줄도 몰랐고, 이 일이 마침내 화제에 올랐을 때에도 그런 행동을 본 기억이 없다고 우겼다.

바이올렛이 여러 번 물어봤지만 제니 역시 자신의 이런 행동을 깨닫지 못했다. 어린아이가 손톱을 물어뜯거나 엄지를 빠는 것과 비슷했다. 잠재의식이 손에 신호를 보내 흉터를 만지작거리게 했다. 나는 이것이 전문가들의 말처럼 망각 요법이 그리 성공적이지는 않았다는 첫 번째 신호라고 봤다.

그날 밤 숲에서 일어난 일은 세심하게 가공됐으며, 흉터에 대한 이야기는 삭제됐다. 제니가 강간당했다는 사실은 모두가 알았다. 얼마나 오랫동안 어떻게 당했는지는 아무도 몰랐다. 다들 기억상실의 원인을 충격과 정서적 트라우마라고 알고 있었다. 샬럿이 그렇게 말하고 다녔다. 톰은 누구에게도 그 어떤 말도 하지 않았는데, 다들 남자라 그런가 보다 했다. 제니는 망각 요법을 받았다는 이야기 말고는 아예 할 말이 없었다. 그리고 제니는 이 사실이 절대 새어 나가지 않도록 철저히 숨겼다.

만사가 그렇게 깔끔하게 정리됐음에도 또 다른 괴물이 제니의 몸과 마음에 파고들어 좋은 것들을 모두 훔쳐 가는 동시에 마음을 좀먹는 불안을 심어놨다. 그 불안은 이제 상당히 커져 있었다.

"우리 딸, 엄마 생각 어때?"

어머니는 예쁜 드레스를 사러 가길 바랐다. 아버지는 그런 어머니를 무섭게 노려봤다. 아무도 그날 밤에 대해 말하지 않았다. 그러나 제니가 묘사한 바에 따르면, 세 사람이 숨을 내쉴 때마다 그날 밤의 소리가 들렸다. 제니는 아버지가 망각 요법을 두고 후회하고 있다는 것을 알고 있었다. 그가 원하는 것은 복수, 정의, 그들이 받은 보상보다 더 큰 것, 이렇게 시간이 지났는데도 하나도 채워지지 않은 무엇이었다. 그러나 어머니는 뒤도 돌아보지 않았다. 앞에서의 비유를 다시 쓰자면 집수리를 마쳤으니 그것으로 됐다는 식이었다. 수리한 집의 모든 벽에 남아 있는 긴장감과 모든 것을 기억하는 제니 중에 하나를 선택해야 한다면 샬럿은 얼마든지 행복하게 전자를 고를 터였다.

제니는 자기 방에서 밤마다 부모가 다투는 소리를 들었다. 다툼은 늘 아버지의 울음소리와 '나약하기' 짝이 없다고 몰아치는 '경멸'에 찬 어머니의 목소리로 끝이 났다. 제니는 모두 자기 탓이라고, 괴물을 쫓아내고 드레스를 사러 가지 못하는 자신의 무능력 때문이라고 자책했다. 스스로 철저히 망가지고 말았다는 생각을 했다. 그리고 자신 때문에 가족들마저 철저히 망가지고 있다는 느낌도 받았다. 제니는 이전부터 부부 사이에 존재해온 단층선을 알아채지 못했다. 부모에게서 그런 기미를 알아채는 자식은 없으니까.

제니는 대답했다. "그래, 엄마. 좋아. 그 전에 점심도 먹을까?" 그리고 억지로 음식을 한 입 더 입안에 쑤셔 넣었다.

샬럿은 미소 지었다. "그러자!" 그리고 이제 다 괜찮다는 듯 의기양양한 미소를 지으며 톰을 바라봤다.

부모의 걱정을 한시름 덜 정도로 먹고 난 제니는 식탁에서 일어났다. 접시를 싱크대로 가져가며 친구들과 채팅을 해야 한다고 핑계를 댔다. 그리고 자기 방으로 갔다.

이 정도면 제니를 꽤나 상세하게 묘사한 것 같다. 제니를 실감 나게 상상하는 데 더 필요한 게 있을까? 긴 금발 머리. 파란 눈. 운동선수 같은 몸매. 얼굴은 어른과 아이의 중간 지점에 있었다. 광대뼈가 두드러지게 솟아오르고, 콧날은 날렵해지고 있었다. 주근깨가 났고 오른쪽 입가에는 작은 보조개가 있었다. 10대들이 흔히 쓰는 "어."나 "음." 같은 추임

새 없이 유창하게 말했다. 그리고 사람들의 눈길을 아주 자연스럽게 똑바로 받는 재주가 있었다. 이런 기교는 배워둬야 한다. 어떤 사람들은 마주친 시선을 다른 데로 돌리는 데 너무 오래 걸린다. 또 어떤 사람들은 지나치게 빨리 눈길을 돌린다. 제니는 적당한 타이밍에 시선을 거뒀다. 우리 어른들은 이를 당연시한다. 이미 다— 어쨌든 대부분은— 이 사회적 적응을 끝마쳤기 때문이다.

순결을 잃긴 했지만(더 나은 표현이 없는 관계로 그냥 쓰겠다) 제니는 여전히 아주 사랑스럽고 다정했다. 그녀는 자기 생각을 이렇게 묘사했다. 말투는 단조롭고 놀라울 정도로 감정이 없었다.

"침대 끄트머리에 앉아서 주위를 둘러봤어요. 온갖 친숙한 물건들이 보이더군요. 내 손으로 골랐거나 꾸미는 걸 도운 물건들이. 내 방 벽은 살구색이에요. 분홍색은 빨간 기가 너무 많아서 쓰지 않았죠. 아무튼 실내장식점 직원이 그랬어요. 페인트 색 이름은 기억나지 않네요. 하지만 기본적으로 옅은 살구색이에요. 책장은 밝은 흰색인데 내 책들이 많이도 꽂혀 있더군요. 이제는 독서도 별로 좋아하지 않는데 말이에요. 꼭 그때 그 사건 때문만은 아니고요. 열두 살 이후로는 책을 그렇게 많이 읽지는 않아요. 어차피 학교에서 필수적으로 읽어야 할 책이 많이 있으니까요. 게다가 전에는 독서 경진 대회 같은 것도 있고 그랬는데 우리 학년은 그런 것도 안 하거든요. 그래서 책들이 대부분 학교에서 읽으라는 거나 굉장히 유치한 애들 거예요.

그리고 동물 인형도 많이 모았어요. 요즘도 어디 새로운 데 갈 때마다 하나씩 사요. 뭐, 말하고 보니 그것도 아닌 것 같네요. 블록 섬에서는 안 샀거든요. 왜 그런지 설명은 못 하겠어요. 이유는 아는데 어떻게 설명해야 할지 모르겠어요. 굳이 말하자면 늘 해오던 일들이 다 거짓 같아요. 실제 내가 아닌 다른 사람인 척하는 것 같은 기분이 들어요. 예전에 파란색을 좋아했으니까 아직도 좋아해야 할 것 같아서 파란색 옷을 입기는 하는데 사실은 안 그런 것처럼. 무슨 말인지 아시겠어요? 예전에 하던 건 하나도 하고 싶지 않았어요. 그냥 그랬어요. 있잖아요, 그냥 흉내만 내는 거. 안 그러면 모든 게 다 엉망으로 무너져 내릴 것만 같았거든요. 옛날에는 좋아했지만 이젠 더 이상 좋아하지 않는 수많은 것들에 둘러싸여 침대에 앉아 있는데 다 불 질러버리고 싶은 마음이 들었어요. 그때 앞으로도 절대 괜찮아지지 않을 거란 사실을 깨달았죠."

제니는 자기 결심을 설명했다. 내게는 사람이 그런 선택을 할 수 있다는 사실 자체가 충격이다. 그러나 나는 무신론자로서 유일한 희망을 삶에 걸 수밖에 없다. 물론 '10대'와 '선택'이란 말 자체가 같은 사전에 들어가서는 안 되기도 하고.

이 지점에서 나는 다들 10대의 두뇌에 대해 너무나도 모른다는 사실에 좌절했다. 10대가 술을 마시거나, 마약을 하거나, 섹스를 해선 안 되는 데에는 이유가 있다. 운전도, 투표도, 참전도 안 된다. 그건 어른들이 금지해서도, '경험이 없어' 좋은 선택을 할 수 없어서도 아니다. 10대의 두뇌가 완전히 발달하지 않았기 때문이다. 아이들의 성숙한 몸을 보면 이런 사실을 믿기는 어렵다. 나는 턱수염도 나고, 털도 무성하고, 팔 근육도 발달한 열여섯 살짜리 남자애들을 많이 봤다. 스물여섯 살이라고 해도 믿을 정도다. 풍만한 가슴과 엉덩이, 라스베이거스 쇼걸처럼 두껍게 화장한 여자애들도 많다. 나만 해도 옷차림을 두고 딸과 싸운 게 몇 번인지 헤아릴 수도 없다. 풋볼 경기장에 가기 전에 친구 여섯을 차에 태우고 가짜 신분증으로 맥주 사는 짓은 절대 안 한다고 맹세하는 아들이야 말할 것도 없다.

아무리 육체적으로 발달한 아이들이라도 그 머릿속을 들여다보면 성인이 되려면 아직 까마득히 멀었다는 것을 알 수 있다. 아이들이 나쁜 결정을 내리는 까닭은 경험이 부족해서가 아니다. 그냥 현명한 판단을 내릴 수단이 아직 없을 뿐이다. 그날 밤 제니가 침대에 앉아서 한 생각을 들여다보자.

"눈을 감고 그냥 괴물이 들어오도록 내버려뒀어요. 내 마음속에 들어온 그놈을 상상했죠. 어둠의 덩어리 같았어요. 움직일 때마다 바뀌어서 형태도 알아볼 수 없었어요. 하지만 분화구 같은 구멍들과 솟아오른 돌기들로 가득한 거친 피부는 보였어요. 내 속으로 들어온 그의 감촉이 기억나요. 육상경기에서 출발 신호를 기다릴 때처럼 정말 불안한 느낌이 폭발한 것과 비슷하지만, 수백 배는 더 나쁜 기분. 도저히 참을 수가 없어서 흉터를 문지르기 시작했어요. 그날 밤에 그랬던 게 기억나요. 멈출 수가 없었어요. 소리를 지르고 싶었지만 그래 봤자 아무 도움도 되지 않는다는 걸 알고 있었죠. 강간당한 뒤로 숱하게 질러봤거든요. 부모님한테 좀 뛰고 오겠다고 하고 뛰어나가요. 하지만 공원에 있는 테니스 코트 뒤쪽으로 집에서 멀리 떨어진 들판까지만 가요. 거기서 소리를 지르고 또 질러댔죠. 그런데 딱 그치면 다 되돌아와요. 다른 걸 해도 그래요. 달리거나, 자거나, 약을 하거나. 딱 끝내고 나면 곧장 놈이 다시 온다고요. 내 가죽을 다 벗겨버리고 싶었어요. 벌써 여덟 달째예요. 길어도 너무 길단 말이에요."

제니는 불안감을 덜기 위해 마약을 시작했다. 알코올로 시작해 마리화나와 안정제로 넘어갔다. 약은 친구들 집 화장실에서 구했다. 수단과 방법을 가리지 않았다. 신체적 통증이 가신 뒤에도 갖고 있던 옥시코돈을 다 먹어치웠다. 제니의 부모는 몰랐지만 그런 일이야 놀라울 만큼 흔하다. 어울리는 친구들이 달라졌다든가 성적이 급격하게 떨어진 것은 눈치챘지만 '그냥 좀 봐주고' 있었다.

어떤 사건이 두뇌에 보관되든 아니든 장기 기억으로 넘어갈 당시에 감정이 모르핀으로 억제돼 있었다 하더라도 이미 경험한 신체 반응은 우리 두뇌에 프로그래밍된다. 제니에게, 아니 누구에게든 전문가들이 망각 요법을 권하면서 이 사실을 고려하지 않았다니 불행을 넘어 용서받을 수 없는 일이다. 벤자트랄은 프로그래밍된 신체 반응을 지우지 못한다. 한마디로 이런 것이다. 뜨거운 난로에 손을 데었는데 나중에 어떻게 화상을 입었는지에 대한 기억을 잊었다고 하자. 그래도 몸은 여전히 화상에 대한 공포를 갖고 있다. 다만 그 공포가 열기나 빨갛게 달아오른 버너로 촉발되지 않을 뿐이다. 공포는 아무 때나 제멋대로 왔다 갔다 할 텐데 그걸 멈추는 법을 도저히 알 수가 없으리라. 그렇기 때문에 전통적인 PTSD 치료에는 저장소에 보관된 기억을 꺼내 정서적으로 차분한 상태에서 다시 체험하는 과정이 포함돼 있다. 시간이 흐르면 정확한 기억에 대한 정서적 연관성이 변하기 시작해 점점 줄어들다가 마침내는 트라우마를 기억하는 일 자체가 정서적으로 덜 고통스러워진다. 마지막에는 정서적 아픔 자체가 덜어진다. 물론 힘든 과정이다. 그냥 사실을 지워버리면 훨씬 간단하다고? 운동이나 식이요법 없이 지방을 태워준다고 선전한 1950년대의 진동 벨트와 같다. 트라우마는 알약으로 치유할 수 없다.

제니는 강간을 기억하지 못했지만 공포는 몸속에 살아 있었다. 신체의 기억, 프로그래밍이 끝난 정서적 반응은 제자리를 잃고 말았다. 기반이 되는 사실 자체가 지워졌으니까. 그래서 공포는 몸속을 자유로이 돌아다녔다. 그 강간이 남긴 유일한 실체는 놈이 새긴 흉터였다.

도움을 구했어야 한다고 말하기는 쉽다. 하지만 제니는 10대였다. 그리고 10대의 두뇌로 판단할 때 8개월은 길어도 너무 길었다.

제니는 화장실로 가 세면대 밑 서랍에서 분홍색 일회용 면도칼을 꺼냈다. 그리고 손톱 다듬는 도구로 면도날만 빼냈다. 그리고 그걸 모두 세면대에 올려놓고 침대로 돌아왔다. 그리고 기다렸다.

5

이야기가 성급하게 진행된 감이 있다. 약간만 거슬러 올라가야겠다.

톰 크레이머는 그만의 지옥에 있었다. 딸을 지키지 못했다는 생각에 밤낮으로 괴로워 어쩔 줄 몰랐다.

완전히 비합리적인 생각이었다. 날마다 일분일초도 놓치지 않고 아이들을 지켜볼 수 없는 노릇이고, 나쁜 일은 언제고 뜻하지 않게 일어나기도 한다. 그게 현실이다. 부모가 자식을 보호하는 방식은 시대에 따라 다양하게 존재해왔다. 내가 보기에 최후의 물결을 일으킨 것은 인터넷에 범람하는 방대한 정보들이다. 어디서든 유괴, 추행, 성폭행, 수영장 익사, 썰매나 자전거 충돌, 질식 등의 사고가 일어나는 즉시 메인에서 뉴멕시코에 이르기까지 모든 부모에게 알려진다. 그리고 이런 사건이 갈수록 늘어나는 것 같다. 캠페인에 공익광고, 새로운 호신용품과 경고 딱지가 선을 보인다. 이제는 갓난아이를 엎어놓고 재울 수도 없다. 아이가 학교까지 걸어가거나 정류장에 혼자 있는 일도 없다. 어머니가 어린 나를 정류장에 내려주고 나서 버스가 올 때까지 다른 차들 뒤에 차를 세워놓고 같이 기다려준다고 생각하면 웃음이 터져 나온다. 내 어머니는 내가 학교에 간다고 집을 나설 때 심지어 침대에서 나오지도 않았던 분이다. 하지만 요즘 부모들에게는 있을 수 없는 일이 됐다.

반발의 움직임도 있었다. 헬리콥터 육아에 대한 경고로 자유방임형 육아가 뜨기도 했다. 화두는 자녀를 둘러싼 위험에 소홀한 부모에서 과잉보호의 위험으로 넘어갔다.

죄다 헛소리다. 누가 당신 자식을 해치려고 작정했다면 어떻게든 뜻을 이루고야 말 것이다.

강간 사건이 일어나고 여름 내내 톰은 강박적으로 강간범 찾기에 매달렸다. 가족들이 블록 섬으로 떠나고 없는 동안 범인 찾기에 전념했다. 친구들을 만나지도 않았다. 운동을 하러 가지도 않았다. 텔레비전도 끊었다. 8시에서 6시까지는 일을 했지만 범인을 향한 집착을 떨칠 수는 없었다. 자동차 영업을 하는 톰은 날마다 새로운 사람을 만났다. 크랜스턴은 크지 않은 도시였지만 주민은 8만 명이 넘었다. 게다가 톰의 회사 '설리번 럭셔리 카'는 반경 100킬로미터 안에서 유일하게 BMW와 재규어 쇼룸을 갖췄다. 그러니 톰이 날마다 새로운 얼굴을 접하고, 그 얼굴들이 다 딸을 강간한 범인으로 보였다는 것도 이해가 될 것이다.

경찰은 상식적으로 할 수 있는 일을 빠짐없이 했다. 파티에 간 아이들을 모두 만났다. 특히 남자애들은 경찰서에서 공식 조사를 받았다. 많은 아이들이 변호사와 동행했다. 톰은 전원을 검사하길 원했다. DNA와 상피 표본을 채취하길 원했다. 방과 자동차를 샅샅이 수색해 검은색 마스크와 장갑을 찾아내길 원했다. 체모를 면도한 놈이 있는지도 모조리 살펴보길 원했다. 그러나 아무것도 이루어지지 않았다.

이웃들도 조사를 받았다. 온 가족이 집에 있었든, 함께 또는 다른 사람과 외출했든 상관없이. 모두 알리바이가 있었다. 모든 알리바이가 확인됐다. 그중 테디 덩컨이란 열두 살짜리 남자아이는 8시 45분에 집 밖으로 나갔다. 그가 키우는 호기심 많은 비글 '메시(축구 선수 이름을 땄다)'가 울타리에 난 구멍을 찾아내 도망쳤기 때문이다. 비글은 땅을 파 사냥을 하고 닥치는 대로 쫓아다니는 것이 일이다. 제니가 강간당하기 직전 소년이 숲에 있었을 가능성이 높았다. 그렇다 해도 집의 위치를 고려하면 뒤쪽 깊숙이가 아니라 오른쪽 끝에 있었겠지만. 소년은 숲에서 주니퍼 로드로 나와 거리를 따라 내려가며 도망간 비글을 계속 찾아다녔다. 그러다 동네와 어울리지 않는 낯선 자동차를 본 기억이 난다고 말했다. 즉 고급 차도 아니고 스포츠 팀 엠블럼을 덕지덕지 붙인 거대한 SUV도 아니었다는 뜻이다. 파슨스 형사와 구글 이미지의 도움을 받아 소년은 그 차가 혼다 시빅이란 결론을 내렸다.

여름이 다 가도록 네이비블루 톤의 혼다 시빅이 페어뷰 강간범 사냥의 초점이 됐다. 차량국 기록과 성범죄자 등록부, 전과 기록의 대조 작업이 진행됐다. 뉴욕 주에만 파란색 시빅이 수천 대에 달했다. 흰색과 파란색의 뉴욕 번호판을 달았다는 것도 소년의 '불확실한 기억'에 불과했다. 추리가 엉뚱한 방향으로 흘러가기 전에 말해두는데, 테디는 이웃집에서 개를 찾아 9시 15분에 집으로 돌아왔다. 테디는 고작 열두 살이다.

파슨스 형사는 능력치를 감안하면 꽤 일을 잘했다. 초반에는 열의가 넘쳤다. 강간 사실에 흥미가 확 동한 것을 보면 어떤 면에서는 '민간인' 같기도 했다. 그러나 그는 수사의 초점을 항상 페어뷰 바깥으로 맞춰 놓고 있었다. 근교 경찰서들을 찾아가 비슷한 강간 사건에 대해 탐문했다.

10대 소녀, 스키 마스크, 물리적 증거가 하나도 남지 않은 현장, 파란색 시빅. 물론 제니의 등에 새겨진 흉터도. 이런 조건에 부분적으로 들어맞는 사건이 수십 건에 달했다. 그러나 아귀가 모두 딱 들어맞는 사건은 하나도 없었다. 이웃 경찰서 동료들은 계속 알아봐주겠다고 약속했다. 문제는 잡힌 강간범들은 모두 교도소에 있고, 잡히지 않은 강간범들은 추적이 되지 않는다는 것이었다. 얼마나 많은 여자가 강간당했는지조차 파악되지 않았다. 강간은 미국에서 신고율이 가장 저조한 범죄다. 심지어 전문가들은 신고된 강간 사건 중 실제로 해결된 건이 전체의 25퍼센트에 불과하다고 추정한다. 제니 사건은 전망이 밝지 못했다. 결국 크리스마스 무렵에는 지치지 않고 정의를 구현하려는 톰 혼자서 수사의 동력을 떠받치고 있었다.

크리스마스가 다가오면 으레 톰의 부모가 방문했다. 가족들은 올해라고 굳이 예외를 둬선 안 된다고 판단했다. 톰의 부모는 주중에 도착했고, 때맞춰 학교가 방학에 들어갔다. 톰의 어머니 밀리는 통찰력이 매우 뛰어난 지적인 여자였다. 샬럿은 그녀를 대하는 것이 불편하기 짝이 없었다. 밀리가 있으면 자신의 비밀(이것은 나중에 이야기하겠다)을 숨기기가 훨씬 어려웠다. 톰의 아버지 아서는 심장이 아닌 머리로 사는 사람이었다. 코네티컷 대학을 은퇴한 교수였는데, 금욕적인 면이 며느리와 아주 잘 어울렸다.

톰은 부모의 방문에 대해 이렇게 생각했다.

"다시 애가 된 것 같았습니다. 어머니 품에 달려들어 한참을 엉엉 울고, 아버지 무릎에 앉아 하키 경기를 보고 싶었죠. 두 분이 다 잘될 테니 걱정 말라고 말씀해주셨으면 했습니다. 어머니는 상황에 대해 복잡한 분석을 하실 테고, 아버지는 그 어떤 최악의 상황에서도 눈빛 하나로 내 정신을 확 다잡으실 테죠. 두 분은 제니에게 정말 잘해주셨습니다. 어머니는 제니를 데리고 쇼핑을 가서 장래나 대학, 직업 이야기를 하셨습니다. 학교 활동이나 친구에 대해서도 두루 물어보시고, 여름방학 때 하고 싶은 일이 뭐냐고 묻기도 하셨습니다. 아버지 역시 도움을 주셨어요. 루커스를 챙기셨죠. 스케이트장에 데려가고, 지하에서 레고를 만들고, 남자들끼리 시간을 보냈죠. 하지만 나는 바깥에서 그걸 지켜만 봤습니다. 가족과 함께할 수가 없었어요. 너무 정상적이고, 너무…… 차분했어요. 내 마음속은 완전히 미쳐 돌아갔는데 말입니다. 우주가 우리 가족에게 내던진 운명에 반항하고, 발버둥 치고, 절규했어요. 용납할 수가 없었습니다. 이미 딸을 보호하는 데 실패한 마당에 이 일마저 실패할 수는 없었습니다. 그렇지만 일분일초가 흐를 때마다 이 괴물을 찾아낼 가능성이 희박해지고 있다는 걸 알았죠. 남자가 되고 싶었습니다. 남자라는 자긍심을 되찾고 싶었습니다. 그래서 말없이 무표정하게, 강한 남자인 척 돌아다녔습니다. 마음은 성질내는 애나 매한가지였으면서요. 마음 한편으로는 부모님이 그런 마음을 알아주길 간절하게 바랐습니다."

그 주에 샬럿은 똑같은 꿈을 꾸기 시작했다. 원인은 알고 있었다. 몇 주 전에 본, 늑대가 나오는 야생동물 다큐멘터리의 영향이었다. 늑대가 임팔라를 쫓아 숲으로 들어가서 절벽 끝으로 몰았다. 임팔라는 민첩하게 발치를 살피며 서서히 가파른 암벽을 내려갔고, 늑대는 미친 듯이 벼랑 끝을 달리며 너무나 가깝지만 도저히 닿을 수 없는 데 있는 먹잇감을 내려다봤다. 놈은 한 시간이 지나도록 포기하지 않았다.

꿈속에서 샬럿은 이 광경을 멀리서 바라봤다. 끝을 알면서도 매번 임팔라가 안전한 데로 도망치기 전에 숲에서 늑대에게 잡아먹힐까 봐 가슴을 졸였다. 어쩌면 이번에는 늑대가 용기를 내 암벽을 내려가 발 디딜 데를 찾아낼지도 몰랐다. 언제나 똑같은 장면으로 끝이 났고, 공포로 미친 듯이 두방망이질 치는 심장 때문에 식은땀이 흘러 잠에서 깨면 침대 시트가 축축하게 젖어 있었다.

그 꿈은 여러 가지로 너무나 의미심장해 쉽게 잊히지 않았다. 사냥꾼과 사냥감. 톰과 강간범. 불의와 톰. 강간범과 제니. 톰의 가족과 샬럿의 비밀.

나는 샬럿에게 그 꿈에서 자신은 어떤 캐릭터냐고 물었다. 먹잇감을 놓치는 늑대인지, 영악하게 도망치지만 평지에서는 언제나 위험에 처해 있는 임팔라인지.

"모르겠어요. 꿈속에서는 분명하지 않았어요. 그러니까 늘 멀찌감치 떨어져서 두 짐승을 다 본단 말이에요. 하나는 목숨 걸고 도망치고, 또 하나는 죽이려고 달리고. 그래서 내 감정이나 관점에서 말할 수가 없어요. 하지만 그 생각을 하긴 했어요. 크리스마스 연휴에 시부모님이 와 계신 동안 거의 매일 밤 그 꿈에 시달렸거든요. 그리고 두 분이 떠난 뒤에도 몇 주나 그 꿈을 꾸다 말다 했어요. 지금껏 쌓아온 삶과 가족을 위험으로 몰아넣는 내가 늑대인가 싶기도 해요. 또 목숨 걸고 도망치는 임팔라 같기도 하고요. 정말 그런 기분이었어요. 한 발짝만 발을 잘못 디디면 다 들켜버릴 것 같은 느낌. 이런 말, 편집증적으로 들리겠죠. 하지만 어머님도 알았다고 생각해요. 눈빛이 그랬어요. 그래서 미웠어요. 어머님이 제니한테 힘이 된 건 알아요. 더 오래 계시길 바랐어야 해요. 하지만 내 머릿속에는 그저, 크리스마스이브 만찬부터 시작해서 다음 날 캐럴을 부르고 선물을 풀어보고 교회에 가고 또 저녁을 먹는 내내, 제발 우리 집에서 썩 꺼져버렸으면 좋겠다는 생각뿐이었어요."

샬럿에게 비밀이 있기는 했지만, 시부모 특히 시어머니에 대한 증오에는 그 이상의 이유가 있었다고 생각한다. 앞에서 샬럿이 순탄치 않게 살아왔다고 했는데 여기서 부연 설명을 하면 좋을 것 같다.

샬럿은 뉴런던에서 자랐다. 뉴런던은 해상보안사관학교와 해군 잠수함 기지가 있는 곳이다. 군대의 존재감이 강하다. 샬럿의 어머니 루스앤은 문란하게 살다가 스물세 살에 혼자 아이를 키우는 처지가 됐다. 루스앤은 대학에 가지 않고 장식 초를 만드는 작은 공장에서 일했다. 샬럿은 퇴근해 아파트로 들어서는 루스앤에게서 나던 향기로운 밀랍 냄새를 생생히 기억했다. 루스앤의 가족은 시내에 살았다. 부모는 막내딸 루스앤에게 품었던 기대를 재조정한 이후부터는 루스앤을 도와줬다. 그러나 둘 다 건강이 좋지 않았다. 술에 담배, 게다가 비만에 가까웠다. 두 사람은 샬럿이 열 살이 되기 전에 죽었다. 2년 뒤 루스앤은 마침내 결혼했다. 남편의 이름은 그레그였다.

이것이 샬럿의 첫 번째 비밀이었고 용케도 잘 감춰왔다. 나를 신뢰하기 전까지는 그 누구에게도 말하지 않았던 이야기다. 그리고 샬럿의 신뢰를 얻기란 쉬운 일이 아니었다.

"나는 아름다운 소녀였어요. 금발에 푸른 눈, 몸매도 꽤 성숙했죠. 그때 내 얼굴 사진을 보면 제니가 내 딸이란 걸 바로 알 수 있을 정도예요. 어머니는 양초 공장 매니저가 됐어요. 일주일 내내 24시간 밤낮으로 교대 근무를 했어요. 양초 사는 사람들이 그렇게 많았나 봐요. 공장에서 고용한 불법체류자들하고도 상관이 있었던 것 같아요. 밤에는 단속이 없다는 걸 알았던 거죠. 어머니는 임금이 두 종류라고 했어요. 장부에 적는 금액과 실제로 주는 금액. 그레그는 목수였는데 일이 있을 때도 있고 없을 때도 있었어요. 그레그는 늘 어머니한테 현금을 잘 챙기고, 아무도 믿지 말라고 했죠. 특히 불법체류자들을 믿으면 안 된다고 했어요. 그레그는 문신이 몇 개 있었는데, 하나는 목에 있었죠. 뱀 밑에 '밟지 마'란 글이 새겨져 있었어요. 정부를 별로 좋아하지 않았죠. '그놈'이라고 곧잘 말했어요. 뭐든 권위 있는 건 다 '그놈'이라고, 무슨 히피처럼 말했어요. 바보였죠.

처음 일이 벌어진 밤에 어머니는 일하러 가고 없었어요. 내가 열일곱 살 때였죠. 침실이 하나밖에 없고, 벽도 종잇장 같은 거지 같은 아파트에 살았어요. 부엌에는 전기 버너하고 전자레인지밖에 없었어요. 제대로 된 오븐도 없었죠. 손바닥만 한 샤워룸이 딸린 화장실이 하나 있었는데, 이웃이 다 불법체류자들이라서 아침마다 뜨거운 물이 다 떨어지고 나오지 않았어요. 아마 그 좁은 데 예닐곱 명씩 처넣었던 모양이에요. 그레그는 불법체류자들을 정부만큼 싫어했어요. 혼잣말을 하면서 서성거리곤 했죠. 그레그와 어머니가 침실을 같이 쓰고, 나는 소파에서 잤어요. 그래서 그레그가 침실에서 나와도 갈 데가 없었죠. 별별 헛소리를 다 들어야 했어요.

아무튼 그런 일이 일어날 줄 몰랐다고 하면 거짓말일 거예요. 여자들은 그냥 알아요. 아마 남자들도 그러지 싶은데, 확실히는 모르겠네요. 뭔가 변화가 생기면, 이를테면 남자가 그 '짓'을 하겠다고 마음먹으면 금방 알 수 있어요. 대학에 다니는 동안 마주했던 남자애들한테도 느꼈고, 북적거리는 술집에서도 느꼈죠. 직장 동료들한테도 느낄 수 있었어요.

그걸 그레그한테도 느꼈던 거예요. 최선을 다해 무시하려고, 되도록 마주치지 않으려고 했어요. 옷도 더 껴입고, 치마 대신 바지에 터틀넥을 입고, 플랫슈즈를 신었어요. 다 소용없었죠. 언제는 그런 게 효과가 있던가요? 아까도 말했지만 일단 남자가 하고 싶다고 마음먹으면 그 무엇도 그걸 바꿔놓지 못해요. 그날 밤, 나는 일을 마치고 집에 왔어요. 일주일에 이틀은 식당에 나갔거든요. 어떤 손님 때문에 굉장히 화가 나 있었어요. 그날 밤은 일분일초를 다 기억해요. 그 손님이 아이스크림을 빼고 달랬는데 아이스크림 없은 파이를 가져다줬다면서 고래고래 소리를 질렀죠. 그 손님 말이 맞아서 죄송하다고 사과했는데도 굳이 매니저 나오라고 소리를 질러댔고, 돈을 낼 수 없다며 버텼죠. 나는 울기 시작했어요. 잘리겠구나 싶었거든요. 식당 주인이 집에 가라고 했어요. 세상에, 지금 생각하면 얼마나 바보 같은지. 공짜로 밥 한 끼 먹겠다고 허구한 날 그러는 놈이었던 거예요."

"열일곱 살 때 그런 일을 당하면 누군들 심란하지 않겠습니까?"

"그렇겠죠. 중요한 건 내가 울면서 집에 왔다는 거예요. 그레그가 집에 있었고요. 우리는 소파에 같이 앉았고, 그레그가 한참 동안 내 이야기를 들어줬어요. 그리고 맥주를 두 잔 갖고 오더군요. 다 괜찮을 거라고 말해줬어요. 실제로 그게 위로가 됐죠. 그래서 그만 방심하고 말았던 거예요."

나머지 이야기는 자세한 묘사가 필요하다. 사람에 따라 읽기 불편할 수도 있겠지만 중요한 대목이라 그대로 옮기도록 하겠다.

그레그가 샬럿에게 미소 지으며 머리를 쓰다듬어줬다. 터틀넥과 긴 바지에도 불구하고 샬럿 역시 자신을 원한다고 믿은 모양이었다. 사람들은 자신이 믿고 싶은 것을 믿는다. 심장이 쿵쾅대기 시작했지만 샬럿은 움직이지 않았다. 그레그가 샬럿의 얼굴을 어루만지며 "아아아." 같은 신음 소리를 냈다. 그리고 연인인 양 샬럿의 눈을 찬찬히 들여다보더니 샬럿의 셔츠 밑으로 손을 넣어 가슴을 만졌다. 그러면서 또다시 신음했다. 그레그가 키스하려 다가오자 뜨거운 입김이 샬럿의 얼굴을 훅 덮쳤다.

샬럿은 얼어붙어버렸다. 그레그에게 좀 더 위로받고 싶었지만 이런 식은 아니었다. 몸으로는 아니었다. 하지만 가진 패가 그것뿐이었기에 위로받고 사랑받고 싶은 절박한 욕구와 혐오 사이에서 갈등하며 꼼짝도 하지 않았다. 샬럿은 그레그가 먹잇감을 사냥하는 야생동물 같았다고 말했다. 바로 임팔라와 늑대. 그레그는 샬럿의 귓불을 세게 깨물고 바지에 손을 집어넣어 사타구니를 만졌다. 그러고는 샬럿의 등을 기울여 함께 소파에 누웠다. 샬럿의 허벅지에 발기한 성기가 닿았다. 그레그의 손가락이 샬럿의 몸속으로 들어왔다. 한 번도 느껴본 적 없는 쾌감이었다. 샬럿은 또래 남자애와 키스도 해본 적이 없었다.

"젖었구나, 너. 젖었어. 이 꼬마 창녀 같으니."

그레그가 웃으며 말했다. 그러더니 갑자기 사내 두 명의 기운이라도 솟구친 것처럼 문어 같은 팔로 샬럿의 머리채를 틀어쥐더니 무슨 초인적 능력이라도 있는 듯 순식간에 바지를 내려버렸다. 다리 사이로 그레그의 무릎이 파고들었다. 빳빳한 성기가 배에 닿았다. 그리고 서서히 희롱하듯 샬럿의 허벅지를 벌렸고 그 사이로 미끄러지듯 내려왔다. 성기가 허벅지 안쪽을 훑고 들어왔다. 그가 "아아아아." 하고 신음했다. 삽입을 하는 순간 그레그의 골반이 샬럿을 짓눌렀다. 정사가 (불과 몇 초 만에) 끝나자 그는 몸을 빼고 소파에 그녀의 등이 닿도록 자세를 바꿨다. 그녀의 목에 키스하며 신음했다. 그리고 손가락으로 클리토리스를 자극해 결국 그녀가 오르가슴을 느끼게 만들었다. 혐오스러웠지만 오르가슴은 찾아왔다. 몸은 기계다. 우리는 가끔 그걸 잊는다.

두 사람은 비밀 '애인'이 됐다. 이런 만남들로 충족된 욕구가 샬럿의 양심과 도덕, 의지의 빛을 가렸다. 그레그는 선물을 사주고 극장에 데려갔다. 저녁 식사 때에도 은밀한 눈빛을 교환했고, 루스앤이 야간 근무를 할 때면 둘은 소파에서 '사랑'을 나눴다. 샬럿은 잘못하고 있다는 것을 알았고, 여러 가지 면에서 그레그가 역겹게 싫었다. 그러나 도저히 멈출 수가 없었다.

"저도 부끄러워요. 하지만 그게 사실이에요. 사람의 몸을 그렇게 가까이에서 느끼고, 내 살에 닿는 그의 살을 느끼고, 키스와 포옹을 받고, 품에 안기고. 스스로 통제할 수 없는 성적인 쾌감도 있었죠. 모르겠어요. 아마 섹스가 좋았나 봐요. 어쩌면 내가 정말 꼬마 창녀였는지도 모르겠어요. 어쨌든 그때는 그게 사랑처럼 느껴졌어요."

이런 상황을 루스앤이 알아채기까지는 대략 반년이 걸렸다. 그때쯤 그레그는 일이 없어 아내에게 빌붙어 살고 있었다. 그다음에 벌어진 일은 불 보듯 뻔했다. 물론 샬럿에게는 심장이 가슴에서 뜯겨 나가는 듯한 아픔이었다.

루스앤은 샬럿을 하트퍼드에 사는 페그 이모에게 보내버렸다. 페그는 루스앤보다 여섯 살 많았고, 용케 보험업에 종사하는 남편을 잡아 살고 있었다. 슬하의 자식 셋은 모두 기숙학교에 가고 없었다. 부부는 내키지 않았지만 조카도 기숙학교에 보내주기로 했다. 샬럿은 그 뒤로 다시는 집에 가지 않았다.

톰은 샬럿이 그레그와 살던 시절에 대해 전혀 몰랐다.

이제는 집을 수리하자던 샬럿의 욕구가 이해될 것이다. 이 문제를 더 깊이 생각하는 사람들도 있으리라. 예컨대 샬럿 자신에게 도착적인 성욕이 있었기에 제니에게 그렇게 치료를 강요했던 게 아닐까 하고. 그러나 그건 아니다. 샬럿은 그날 밤 소파에서 보낸 밤을 유혹으로, 욕망의 행위로, 그리고 연애의 시작으로 봤다. 물론 계부와의 관계가 '인습적이지 않고', '윤리적으로 문제가 있다'는 것은 잘 알고 있었다. 이런 이유 때문에 아무에게도, 심지어 남편에게도 말하지 않았다.

그러나 시어머니가 알아차릴까 봐 두려워한 샬럿의 비밀은 이게 아니었다.

6

제니가 침대에 걸터앉아 있었던 그 밤으로 돌아가자.

톰의 회사 사장은 밥 설리번이었다. 그가 가진 자동차 대리점이 코네티컷 주에만 열두 곳이었고, 판매망의 가치는 2천 만 달러가 넘었다. 95번 고속도로를 타고 스탬퍼드에서 미스틱까지 달리는 동안 대형 광고판에 그의 얼굴이 끝도 없이 나왔다. 사실 아직까지 고속도로 광고판을 허락하는 도시라면 어디에서나 그의 얼굴을 볼 수 있었다. 검고 풍성한 머리카락, 결연한 눈빛, 이를 드러낸 미소, 둥근 코의 그 얼굴을 말이다. 밥 설리번은 자수성가한 남자였다. 잡지에서 즐겨 기삿거리로 다루는 그런 인물. 허세 바람이 어찌나 심하게 들었는지 박 터지듯 그의 배가 빵 터지지 않은 것이 신기할 정도였다. 밥 설리번은 페어뷰에 살았고, 가족으로는 '특대 사이즈' 아내와 차근차근 후계자 수업을 받고 있는 아들 셋이 있었다. BMW든 페라리든 포르셰든 뭐든 무조건 최신형을 몰았다. 팔레오 다이어트를 한다면서 레드 와인은 한정 없이 마셨다. 관대한 사람이었지만 주 의회에서 반드시 한자리 차지하고 말겠다는 야심도 있었다.

그리고 샬럿 크레이머와 바람을 피우고 있었다.

우리는 사람들이 외도하는 이유를 다 안다고 생각하는 경향이 있다. 저 집은 결혼 생활이 원만하지 못한데 자식 때문에 헤어지질 못하는 거야. 보나 마나 욕구불만이군. 저런, 인간적 욕망에 그만 자제심을 잃었나 봐. 샬럿은 이 중 어디에도 해당되지 않았다.

샬럿 크레이머는 사실 두 사람이었다. 한 사람은 스미스 대학에서 문학 학위를 땄다. 잡지 〈코네티컷〉의 부편집장을 지냈고, 현재는 사랑스러운 두 아이를 키우는 주부, 그리고 수많은 학자와 교사를 배출한 가문 출신인 톰 크레이머의 아내였다. 페어뷰 컨트리클럽 멤버로 흠잡을 데 없는 예의범절과 풍부한 어휘력으로 이름을 날렸다. 정성을 쏟아 가꾼 그녀의 가정은 선하고, 윤리적이었으며, 선망의 대상이었다.

그러나 그 누구도 또 다른 샬럿 크레이머를 알지 못했다. 엄마의 남편과 자다가 집에서 쫓겨난 계집애를. 아무도 무지렁이 알코올 중독자로 힘들게 살다가 일찍 죽은 피붙이들을 알지 못했다. 샬럿은 소녀 시절에 나이가 거의 두 배나 차이 나고 담배 냄새를 풍기며 위생 상태도 썩 좋지 않은 남자 앞에서 매일 밤 옷을 벗었다. 밥 설리번, 그를 제외하면 아무도 이 사실을 몰랐다. 처음에 샬럿은 그 여자애를 우리에 가둬놨다. 그런데 시간이 흐르자 여자애가 철창을 흔들어대기 시작했고, 더는 무시할 수 없는 지경에 이르렀다. 그래서 샬럿은 밥 설리번을 이용해 그 여자애를 인정하고, 얌전히 갇혀 있도록 길들이려 했다. 페어뷰의 샬럿 크레이머로 반쪽짜리 삶을 살면서 온전히 자기 자신이 되는 그녀 나름의 방법이었다.

"밥과 있을 때면 다시 그 여자애가 돼요. 못된 일에 흥분하는 그 깜찍한 계집애요. 밥은 좋은 남자이지만 각자 가정이 있으니 결국 우리가 하는 짓은 나쁘죠. 어떻게 설명해야 할지 모르겠네요. 나는 '올바른' 인생을 살려고 굉장히 노력해왔어요. 무슨 말인지 아시겠어요? 나쁜 생각도 안 하고 못된 짓도 그만두려고 했단 말이에요. 하지만 사라지질 않는 거예요, 이 갈망이. 몰래 담배 피우는 사람 있잖아요. 거지반 끊기도 했고, 죽어도 흡연자란 걸 세상에 들키고 싶지 않다는 사람요. 그런데 하루에 한 번은 귀중한 담배를 숨어서 피운단 말이죠. 더도 덜도 말고 딱 한 개비. 그럼 갈증이 채워지는 거예요. 밥이 바로 그 담배 한 개비예요."

담배 한 개비로 샬럿 크레이머를 비난할 수도 있다. 주체할 수 없는 비밀스러운 갈망을 가졌다는 죄로. 진실을 다 털어놓지 않았다는 죄로. 남편에게 아내의 온전한 참모습을 알려주지 않았다는 죄로. 하지만 누군가 샬럿 크레이머를 비난한다면, 어쩔 수 없이 나도 그를 위선자라고 비난할 수밖에 없겠다.

그 누구도, 우리 중 그 누구도 한 사람에게 온전한 자아를 내보이지 않는다. 스스로 다 보여주고 있다고 생각한다면 이런 질문을 던져보길 바란다. 아내의 끔찍한 요리를 맛있는 척 먹은 적이 정말 없나? 꼴불견 드레스를 입은 딸에게 예쁘다고 한 적은? 남편과 잠자리를 갖다가 가짜 신음 소리를 내며 장 볼 거리 같은 딴생각을 한 적은? 동료의 어정쩡한 일 처리를 칭찬한 적은? 괜찮아지지 않을 줄 알면서도 괜찮아질 거라고 한 적은? 분명 해본 적이 있을 것이다. 선의의 거짓말, 악의의 거짓말, 100만 가지 거짓말을 누구든 날마다 어디서든 100만 번씩은 하고 있다. 우리 모두 다른 누군가에게 뭔가를 숨기고 산다.

기운 빠지는 이야기일 수도 있겠다. 아내에게 승진할 테니 걱정 말라는 이야기를 듣거나 남편에게서 학부모 회의에 참석한 엄마들 중에 당신 인기가 젤 좋다는 이야기를 듣고 멈칫하게 될지도 모른다. 진실을 말하자면, 진실은 절대 알 수 없다. 행여 알게 되면 결혼 생활이 악전고투의 연속으로 변할 것이다. 나를 배신자나 악당이라고 생각해도 좋다. 하지만 발가벗겨진 진실, 온전한 진실 앞에서 살아남을 관계란 없다. 있을 수가 없다. 단둘이 있을 때든, 심리 치료를 받을 때든, 그도 아니면 떠벌리기 좋아하는 친구들에게든, 일단 서로에게 품은 진짜 속내를 털어놓으면 게임 끝이다. 모르겠는가? 정말로 가슴에 손을 대고 생각해도 모르겠는가? 우리는 그 사람 자체 혹은 상대에게 느끼는 우리 감정을 보고 사랑을 한다. 보통 단점은 참고 넘기며 굳이 말하지 않고 혼자서 생각만 하고 말 때도 있다. 하지만 상대의 눈을 들여다봤을 때 내가 바라는 내 모습, 반드시 봐야 기분이 좋아지는 내 모습이 비치지 않는다면 사랑의 허리뼈는 뚝 부러져버린다.

톰은 애초에 기회도 없었다. 아내가 보여준 반쪽짜리 모습밖에 몰랐으니까. 그래서 샬럿은 톰의 눈에 비치는 자기 모습을 하나도 믿지 않았다. 밥 설리번은 알았다. 오로지 밥 설리번만이 샬럿의 양면을 모두 알고 있었다.

샬럿과 밥은 낮에 샬럿의 집 마당 구석 수영장에 딸린 아담한 별채에서 만났다. 수영장 관리 회사가 쓰는 흙길이 있었는데 무성한 나무에 가려 거의 눈에 띄지 않았다. 심지어 나뭇가지 앙상한 겨울철조차 밥이 차를 세워놔도 도로변에서 전혀 보이지가 않았다. 마당에는 울타리가 있었다. 샬럿과 밥은 신중에 신중을 기했다. 두 사람 다 잃을 게 많았으니까.

어머니가 로스메리 치킨을 만들어준 그날 밤, 침대에 앉아 있던 제니에게는 이제 살아 있는 일분일초가 고역이었다. 어머니가 루커스를 데리러 외출하는 소리가 들렸다. 둘이 집에 들어오는 소리도 들렸다. 부모님이 잠들 때까지 기다렸다 해치우려 했지만 한번 시작했다 하면 끝이 없는 부부간 '대화'가 또 시작됐다. 제니는 친구들 부모님 화장실을 돌며 모은 약들을 숨긴 데로 가 작은 흰색 알약을 꺼냈다. 대체로 자낙스, 로라저팜, 발리움 중 하나였다. 제니가 약품명을 알고 있었던 것은 아니다. 다만 그 생김새와 효과에 대한 제니의 설명을 들으니 짐작이 갔다. 20분 뒤, 제니는 잠이 들었다.

다음 날 아침, 제니는 버스를 타고 학교에 갔다. 어머니가 잘 다녀오라고 손을 흔들었다. 제니는 화학과 역사 수업을 들었다. 점심시간이 되자 집으로 걸어갔다.

밥 설리번이 주 의회에 출마하려 했다고 앞서 이야기했는데, 이와 관련해 밥의 아내 프랜은 사설탐정을 고용해 밥을 미행하고 증거를 모았다. 사람들은 뭔가 잘못되면 그냥 알아차린다. 이미 오래전에 친밀한 감정이 없어졌다 해도 그 밖의 다른 변화를 배우자에게 숨기기란 어렵다. 더구나 행복은 그늘에 숨으려 하지 않는 법이다. 밥의 경우에는 그저 아내가 남편을 너무도 잘 알고 있었다.

제니가 걸어서 집으로 돌아온 그날 오후, 샬럿은 수영장 별채에서 밥을 만났다. 가로세로 4미터가 채 되지 않는 탈의실에 화장실이 딸렸을 뿐 그리 넓은 공간은 아니었다. 타일 바닥에 소파가 하나 있었고, 블라인드가 달린 미닫이문, 타월과 선크림 등의 수영용품이 놓인 선반이 있었다. 그리고 프랜 설리번이 고용한 사설탐정이 설치한, 소리가 나면 저절로 작동하는 초소형 녹음기가 있었다.

다음은 그 녹음 내용이다.

(문이 닫히고 블라인드가 덜그럭거리는 소리, 여자가 장난스럽게 웃는 소리)

"쉿, 이리 와, 자기."

(키스 소리, 거친 숨소리)

"시간 얼마나 있어?"

"삼십 분 정도. 그러니까 얼른 옷 벗고 바닥에 누워."

(웃음소리, 신음 소리, 옷 벗는 소리)

"오늘은 입으로 해줬으면 좋겠지, 그렇지? 내가 핥아줬으면 좋겠지?"

"그래."

(여자가 신음하고, 남자가 그르렁거린다)

"당신이 내 마누라였으면 밤마다 저녁 대신 먹어치웠을 거야."

(여자가 흥분해서 신음한다)

"잠깐만, 멈춰봐……." (여자의 걱정스러운 목소리)

"왜?" (남자의 불안해하는 목소리)

"화장실 문…… 닫혀 있는데 그 밑으로…… 불이 켜져 있는 것 같아."

(여자의 속삭이는 목소리)

(부스럭대는 소리, 그리고 정적)

(여자의 커다란 비명 소리)

"오 맙소사! 맙소사!" (남자의 겁에 질린 목소리)

(여자의 비명 소리)

"우리 애, 살려줘! 우리 아가! 내 딸!"

"살아 있어? 이런! 제기랄!"

"타월 가져와! 손목에 감아. 꽉 감으라고!"

"우리 아가!"

"양쪽 손목 감아! 당겨! 꽉! 오, 제기랄! 피를 너무 많이 흘려."

"맥박이 잡혀! 제니! 정신이 드니? 타월 좀 줘! 오, 하느님, 안 돼, 안 돼!"

"제니!" (여자의 절박한 목소리)

"구급차 불러! 제니! 제니, 눈 떠!" (남자의 목소리)

"내 휴대전화 어디 있어!" (피에 미끄러지는 발소리, 여자의 목소리)

"바닥에! 얼른!" (남자의 목소리)

(발소리, 미끄러지는 소리)

(여자가 매우 흥분한 목소리로 신고하고 주소를 말한다)

"당신 가야 돼! 당장! 가야 돼!" (여자의 목소리)

"안 돼, 못 가! 제기랄!"

샬럿은 그날 오후 이야기를 쉽게 꺼내지 못했다. 하지만 어느 아침, 나는 마음의 장벽을 우회하는 길을 찾아냈고, 그제야 샬럿도 간신히 마음을 추스르고 이야기를 털어놨다.

"화장실에서 피 흘리는 제니를 발견했을 때 밥은 영웅이었어요. 내가 전화로 구급차를 부르고 나서 가라고 했는데 거절했어요. 신경 쓰지 않았죠. 그 순간, 나는 다른 사람은 모르는 진짜 사나이의 면모를 봤어요. 밥은 다른 사람들 말마따나 욕심도 많고 좀 그렇죠. 하지만 그때만은 모든 걸 걸고 내 자식을 구하려 했어요. 타월을 반으로 찢어서 제니의 손목을 묶었죠. 그리고 나한테 한쪽 끝을 잡아당기라고 했어요. 타월이 두꺼워서 단단히 지혈이 되지 않았어요. 밥이 당기라고 소리를 질러서 간신히 꽉 묶었어요. 밥이 매듭을 지었고요. 반대편 손목도 똑같이 했죠. 우리 둘 다 피범벅이었어요. 흠뻑 뒤집어쓴 거예요. 발이 자꾸 미끄러졌어요. 양 손목을 다 동여매고 나서 신고 전화를 했어요. 밥한테 가라고 했는데 싫다더군요. 나는 제니의 머리를 조심스럽게 무릎으로 괴어줬어요. 그러다 울기 시작했는데 처음처럼 악을 쓰고 우는 게 아니라 그냥 눈물만 흐르더라고요. 그런 거 알죠? 밥도 울었어요. 어느 쪽이 더 마음 아프게 하는지 모르겠다는 듯이 나와 제니의 얼굴을 번갈아 보면서요. 제니의 얼굴을 어루만지다가 또 한참 나를 보다가. '내 말 잘 들어! 제니는 괜찮을 거야! 알겠어? 괜찮을 거야!' 밥이 그러더군요. 사이렌 소리가 들리길래 나는 가라고 다시 소리쳤어요. 빌다시피 했어요. 그렇게 싫다고 하더니 결국은 이해해줬죠. 나는 밥의 경력이나 그의 아내, 평판 같은 건 관심도 없었어요. 제니하고 우리 가족 말고는 아무 생각도 하지 않았어요. 경찰이 왔을 때 밥과 함께 있을 수는 없었어요. 일어나서 흥건한 피를 밟지 않으려고 조심스럽게 발을 내디디며 밥이 한층 더 격하게 울었어요. '사랑해.' 그는 그렇게 말하고 떠났어요."

제니는 살아났다. 그리고 바로 이 지점에서 내가 등장한다.

7

나는 앨런 포레스터 박사, 정신과 의사다. 정신의학 분야에 전문 직종이 워낙 많아 혹시 잘 모를까 봐 설명을 덧붙이자면, 나는 의대를 다닌 부류다. 의학박사 학위를 땄고, 존스 홉킨스 대학을 수석으로 졸업했다. 레지던트 과정은 컬럼비아 의대, 코넬 의대와 제휴한 뉴욕-프레즈비티리언 종합병원에서 수료했다. 22년간 의사로 일하며 숱한 상과 표창을 받았지만 종잇조각에 불과한 증서들이 성역을 보장하지 않는다는 것을 잘 안다. 아마 여러분이 다니는 병원 진료실 벽에도 걸려 있을 것이다. 크림색 종이에 장식체로 인쇄된 라틴어 단어들. 질 좋은 나무 액자. 나는 그것들을 볼 때마다 스포츠 시즌이 끝날 무렵 아들이 모아서 들고 오던 트로피들이 떠오른다. 대학 합격을 보장해주길 바라는 욕심 말고는 아무 의미 없는 싸구려들. 상을 주겠다는 약속만큼 손님을 쉽게 끄는 장사가 또 있을까. 상장이나 표창은 다 광고물이고, 그런 걸 대놓고 진열하는 의사들은 인간 광고판에 지나지 않는다.

내 일은 끝없는 도전의 연속이다. 과거에 뭘 성취했건 지금 진료실 문을 열고 들어오는 다음 환자의 성공적인 치료로 이어진다는 보장이 없다. 물론 우리는 다양한 직업적 경험을 통해 기량을 쌓는다. 내 직업도 다르지 않다. 처음보다는 훨씬 더 진단을 잘 내리게 됐다. 그런데 겪어보니 진단 자체는 오히려 쉽다. 문제는 치료다. 세심하게 균형을 맞춰 투약과 여타 요법을 다뤄야 한다. 이 과정에서 중차대한 난관들이 생기고, 기술만큼이나 겸허한 태도가 필요해진다. 사람의 뇌는 다 다르다. 따라서 치료 과정도 다 달라야 한다. 나는 특정 치료가 효과적일 것이라고 단정하지 않는다. 여기서 '효과'란 도움이 된다는 뜻이다. 그것이 우리의 목표이기 때문이다. 환자의 마음에서 비롯된 고통에서 벗어날 수 있도록 그 사람을 돕는 것.

허풍 떤다고 생각해도 좋다. 하지만 나는 단 한 건의 예외를 제외하고 그간 진료한 모든 환자에게 도움을 주었다. 훨씬 더 거친 서머스 교도소부터 페어뷰 체리 가 85번지에 있는 개인 병원에서 본 진료까지 통틀어서 말이다.

페어뷰에 정신과 개업의는 나 하나다. 제니 크레이머에게 약물을 처방했던 마코비츠는 크랜스턴에 산다. 개인 진료도 하지 않는다. 이 마을에는 심리학자, 사회복지사, 심리 치료사가 여럿 살지만 약을 처방할 자격을 갖추고 정신약리학을 공부한 사람은 아무도 없다. 이것이 크레이머 가족이 나를 고용한 첫 번째 이유다.

두 번째 이유는 내가 서머스에서 하는 일 때문이다. 나는 일주일에 한 번 꼬박 하루를 들여(여덟 시간의 진료를 돈으로 환산하면 400달러다) 코네티컷 북부 교도소에서 정신 질환이 있는 범죄자들을 진료하는 자원봉사를 한다. 이곳은 최고 보안 수준인 5등급 교도소다. 혹시 착각할까 봐 말해두는데, 서머스에 수감된 사람들은 유죄를 선고받고 교도소에서 형을 살고 있다. 그런데 일부는 심지어 정신이상이기까지 하다. 정신이상을 이유로 무죄를 선고받은 범죄자들은 교도소에 가지 않는다. 주립 정신병원에 갇혀 나름의 지옥을 대면한다. 가끔은 최소한의 불충분한 처치만 받고 풀려날 때도 있다. 아이러니라면 범죄자의 정신이상 정도와 변론에 정신이상을 활용할 수 있는 능력 사이에는 완벽한 상관관계가 없다는 사실이다. 순간 눈이 돌아가서 아내의 불륜 상대를 난도질한 비교적 '제정신인' 남자는 일시적 착란을 인정받고 법적 변호권을 보장받는 반면 연쇄살인범(나는 모든 연쇄살인범이 임상적으로 소시오패스라고 본다)은 사형대에 서는 식이다. 물론 실제로는 훨씬 복잡하다. 형사사건 변호사가 들으면 단순 무식한 헛소리를 한다며 길길이 날뛸지도 모르겠다. 하지만 생각해보자. 자신의 추종자들에게 일곱 명을 죽이라고 한 찰스 맨슨이 제정신인가? 자기 자식들을 익사시킨 수전 스미스는? 평생 펑펑 쓰고도 남을 돈을 벌었으면서 폰지 사기를 끊지 못한 버니 메이도프는 과연 제정신인가?

정신이상은 그저 단어에 불과하다. 내 환자들은 강력범이고, 우울증부터 심각한 정신 질환에 이르기까지 다양한 증상을 보인다. 나는 시간이 모자라도 이들에게 전통적인 '대화' 요법을 시행한 뒤 약물 치료를 한다. 교도소 측은 약물 치료에 집중하길 원한다. 사실 교도관들은 허용되기만 한다면 수감자 전원에게 약물을 사용하자고 나올 것이다. 진정제를 먹은 수감자는 다루기 쉬우니까. 물론 허용될 리 없다. 그래도 조건만 맞으면 환자를 한 명이라도 더 내게 보내고 싶어 하는 교도관들의 열의는 이해가 간다. 매시간, 수감자들은 경비가 있는 철문 밖에 길게 줄을

서 있다가 한 명씩 들어왔다 나간다. 가끔 온종일 줄이 길어지기만 하면 한 사람당 진료 시간을 줄여서라도 다 봐주고 싶은 충동이 들 때도 있다. 물론 그러기도 하지만 양심의 가책을 느낀다. 운전해서 집으로 돌아오는 길에 이번 주에 만나지 못한 수감자들, 서두르느라 알약 몇 개 쥐이고 보낸 수감자들의 얼굴이 떠오른다.

회계 담당자들이 분기마다 처방전 지출 내역을 철저히 조사하지만 제시한 진료비에 반론을 제기하지는 못한다. 강력범들과 하루를 보내는 것이 워낙 불쾌한 일인 만큼 내 역할이 중요하다고 믿어 의심하지 않는 것이다. 교도소는 정신병자들로 넘쳐난다. 병 때문에 범죄를 저질렀는지, 교도소의 열악한 환경 때문에 병이 들었는지는 언제나 판단하기 힘들다. 사실 그런 인과관계는 치료와 큰 상관도 없다. 어떤 경우든 나는 범죄자의 심리를 이해한다.

내가 제니 크레이머를 담당하게 된 세 번째 이유는 숀 로건이란 젊은이와 관련이 있다. 이 이야기는 조금 있다 하겠다.

양 손목을 그은 제니는 한밤중에 깨어났다. 아버지가 병실 의자에서 자고 있었다. 이 순간에 대한 묘사로 볼 때, 제니가 자기 삶을 완전히 끝장내려 했다는 사실에는 의심의 여지가 없다.

"갑자기 눈이 뜨였는데 또 그 커튼이 보였어요. 하늘색 커튼. 금속 고리로 봉에 매단, 중환자실에 빙 둘러쳐진 그 커튼 말이에요. 그날 밤 치료받은 병실에 나를 넣어둔 거예요. 강간당한 밤 말이에요. 이 말은 정말 하고 싶지 않아요. 그런데 다들 내가 말로 해야 하고, 생각도 해야 한대요. 그게 사실을 인정하고 회복하는 데 도움이 된다면서. 하지만 아니었잖아요, 내 말 틀린가요?"

제니가 붕대 감긴 양 손목을 들어 보였다.

"수면제가 몸에 남아 있어서 기분은 꽤 좋았어요. 약에 취한 기분이었죠."

"네가 친구들 집에서 가져온 약을 먹었을 때처럼 말이니?"

"네. 그러더니 온갖 생각들이 총알 퍼붓듯 한꺼번에 떠올랐어요. 나는 죽었어. 아니, 살아 있어. 올해가 전부 없어졌어. 아직도 강간당한 그날 밤이야. 지난 1년이 그냥 나쁜 꿈이었다고 생각하니 마음이 놓였어요. 그런데 또 그 시간을 다시 살아야 한다고 생각하니까 끔찍해졌어요. 그 감정 덕분에 명명백백한 현실로 퍼뜩 돌아오게 되더군요. 내가 손목을 그었구나. 또 다른 생각들이 나한테 난사됐어요. 진짜 그런 짓을 저질러 버렸다는 충격, 그리고 손목을 그으려 했다니 미쳤던 게 분명해, 실패해서 다행이다 싶은 안도감 같은 마음도 들었고요. 그런데 다시 그럴 수밖에 없었던 이유들이 봇물처럼 밀려드는데 뭔가, 아, 그래, 내가 미친 게 아니었지. 이유가 있었어, 아주 훌륭한 이유가 있었어. 그런데 여전한 거예요. 날마다 온종일 느꼈던 나쁜 일들이 그대로 있었어요. 수영장 바닥에서부터 헤엄쳐 수면을 가르고 올라왔는데 물에 뛰어들기 전에 있었던 자리에서 한 발짝도 나아가지 못한 거죠. 무슨 말인지 아시겠어요? 전에 있던 그 자리에 그대로 있는 거예요. 그런 나쁜 일들이 생각나면 팔을 배에 올리는 습관이 있거든요. 그래서 팔을 움직이려는데 침대 난간에 묶여 있었어요. 그때는 실패했다는 사실 자체에 너무 화가 난다는 그 생각만 했어요."

그러고서 제니는 울었다. 처음은 아니었다. 하지만 이것은 분노의 눈물이었다.

"쉽지 않았어요, 아시겠지만. 너무 무서웠어요. 화장실에 앉아서 울고 또 울었어요. 루커스 생각이 제일 많이 났고 아빠도 생각났고, 이 일이 두 사람한테 어떤 영향을 끼칠까 생각했어요. 엄마 생각도 좀 했는데, 그래도 두 사람보다는 강하니까요. 엄마가 무섭게 화를 낼 거란 상상을 했어요. 하마터면 그만둘 뻔했지만 자신을 다그쳤죠. 그냥 저지르고 끝내버려! 칼날은 엄청 날카로웠고, 생각보다 훨씬 아팠어요. 막상 그을 때보다 혈관으로 들어오는 공기 때문에 쓰리게 아팠어요. 지독하게 따갑고 타는 것처럼 쓰렸어요. 양쪽을 다 그었죠. 얼마나 힘들었는지 아세요? 먼저 그은 손목이 아파 죽겠는데, 또 얼마나 아플지 아는데 강행하는 거 말이죠. 피를 보면 본능적으로 살려고 애쓰게 되니까 보지 말라던데 안 보는 것도 너무 어려웠어요. 그런데 다들 하는 말이 맞더라고요. 심장이 미친 듯이 뛰기 시작하면서 '그만해! 멈춰!' 하고 머릿속에서 비명이 들렸어요. 지혈하려고 둘러보는데 조언대로 내가 이미 주변을 깨끗하게 다 치워버렸더라고요. 그럴 줄 알고, 멈추려고 할 거라 예상하고. 치열하게 싸워야 했어요. 얼마나 힘들었는지 짐작도 못 하실 거예요. 눈을 감고 바닥에 누워서 어지러운 느낌에 집중했는데 막상 그건 꽤 괜찮았어요. 다 놔버리는 느낌이랄까. 그래서 정말로 다 놔버렸어요. 눈을 꼭 감고, 바락바락 악쓰는 머릿속 목소리들이며 다 타버릴 것만 같은 고통이며 다 무시했어요. 그런 짓을 죄다 했단 말이에요. 그렇게까지 했는데 수포로 돌아간 거예요."

"화나니?"

제니가 고개를 주억거리자 눈가에 고여 있던 눈물이 넘쳐 뺨을 따라 흘러내렸다.

"누구한테?"

대답하기까지 시간이 걸렸다. 그리고 다시 입을 열었을 때에는 이름을 말하는 대신 분노의 대상을 넌지시 암시했다.

"엄마는 거기서 뭘 하고 있었대요? 하고많은 데를 두고. 수영장은 아직 열지도 않았다고요. 땅바닥에 눈도 다 녹지 않았단 말이에요. 그걸 다 했는데! 대체 왜! 대체 왜 엄마가 거기 있어야 했느냐고요."

깨어나서 아버지를 봤을 때 제니는 이런 이야기를 전혀 하지 않았다. 마음에 담아두기만 했다. 하지만 톰 크레이머는 병원 전체를 채우고도 남을 감정을 품고 있었다. 톰은 제니의 침대로 몸을 숙였다.

"하느님 감사합니다! 이 말만 계속했습니다. 제니를 껴안으려는데 너무 연약해 보였어요. 여린 팔은 붕대에 칭칭 감겨서 침대 난간에 묶여 있고. 내 뺨을 딸애 뺨에 대고 그 머리카락과 살 냄새를 맡았습니다. 깨어난 아이를 보는 것만으론 부족했어요. 만지고, 냄새 맡고, 그래야만 했어요……. 빌어먹을, 얼굴이 너무 창백했습니다. 폭행당한 그날 밤하고도 달랐습니다. 그날 밤에는 생기가 없어 보였어요. 그런데 이날 아침에는 죽은 것 같았습니다. 둘 사이에 차이가 있을 수 있다는 걸 전혀 몰랐습니다. 그런데 있더군요. 정말로 달랐어요. 제니가 눈을 뜨더니 나를 보고 천장을 쳐다봤습니다. 하지만 거기 없었습니다. 내 아름다운 딸애는 더 이상 없었죠. 베어드 박사가 마코비츠 박사와 함께 왔습니다. 다시 병원에서 두 선생님과 마주하고 있다는 게 실감 나지 않았어요. 아마 아내가 거듭 말한 대로 나 역시 제니가 나아지고 있다고 믿기 시작했던 것 같습니다. 제니는 계속 나아질 거고, 우리 삶의 이 어두운 순간이 마침내 지나가고 있다고 말입니다. 그렇게 믿었던 게 분명합니다. 지금 생각해보면 의심을 거두고 다 나 자신에게 덮어씌웠던 것 같습니다. 가족 중에서 나 혼자만 과거를 떨쳐내지 못하고 있는 게 아닐까? 우리 딸은 괜찮은데 내가 절망을 투사하고 있는 건 아닐까? 이 괴물이 결코 잡히지 않으리란 사실을 인정할 수 없는 건 나뿐이었습니다. 그리고 맙소사, 이따위 생각을 입 밖에 내다니 믿기지 않습니다만, 기억을 못 하는 제니한테 화가 났던 것 같습니다. 경찰이 그놈을 찾아내 합당한 벌을 받도록 하는데 도움이 되지 않는다고 단단히 열이 받았던 겁니다. 내가 미친 건가요? 이렇게까지 복수심에 사로잡히는 게?"

"아닙니다."

나는 확실하게 말했다.

"당신은 제니의 아버지입니다. 그런 반응은 본능입니다."

진심이었다. 온전히 죄책감을 덜어줄 의도였다. 톰이 이 말을 듣고 강간범 찾기에 더욱 몰두할 위험까지 무릅쓴 것이었다. 그가 본능에 따라 거침없이 행동하지 않도록 조심스럽게 유도할 것을 그랬다는 후회가 조금 든다. 본능으로 어떤 반응이 설명될 수는 있다. 하지만 본능에 따른 그런 반응이 반드시 최고의 대처는 아니다. 어쨌든 톰은 죄책감을 덜었다.

"그렇죠! 도저히 주체가 안 되는 거죠! 정신을 차리면 하루 종일 뉴스를 봤습니다. 매일 저녁 뉴스도 다 챙겨 봤습니다. CNN, CNBC, 폭스를 오가며 또 다른 폭행 뉴스가 나오길 기다렸어요. 구글 검색 알람에 '강간'이란 말을 입력해뒀습니다. 믿기십니까? 실제로 마음 한구석에서 이 괴물이 또 누군가를 덮치길, 그래서 놈을 잡을 기회가 오길 바랐습니다. 나는 정말 끔찍한 인간입니다. 그런데 그렇든 말든 코딱지만큼도 신경

안 써요. 될 대로 되라지. 다른 사람한테 털어놓으니 기분이 좋군요. 그냥 지옥에 떨어뜨리라고 해요. 교도소에 보내든지. 상관없습니다. 그 병원으로 돌아가서 똑같은 의사들이랑 내 딸이랑 거지 같은 중환자실에 있다니! 이런 젠장, 병신 새끼. 제니가 전혀 괜찮지 않다는 걸 알아줬어야 했는데. 세상에, 내가 그 애 아빠란 말입니다. 하지만 자살 사건으로 큰 충격을 받고, 그간 나도 모르게 제니가 나아지고 있다고 믿어도 되겠지 생각해버렸다는 걸 깨달았어요."

그날은 말하지 않았지만 몇 주 뒤, 더 이상 아내 말을 순순히 따르지 않겠다고 다짐했다는 것을 결국 인정했다. 첫 번째 단층선이 무너졌다. 결혼생활과 가족관계의 균열이 시작됐다. 그렇게 해서 샬럿은 자살 시도가 있었던 그다음 날 아침 이후로 제니는 물론 톰에게도 새로운 악당이 돼버렸다.

나는 전혀 놀라지 않았다. 하지만 환자 스스로 결론을 내릴 수 있도록 하는 것이 치료 원칙이다. 반드시 그래야 하기 때문에 치료사로서 과정을 망치지 않고 진척시키기 위해서는 큰 인내가 필요하다. 딸이 회복 중이라고 믿게 만든 아내에게 화가 났다는 결론을 내도록 톰을 유도하는 것은 굉장히 쉬운 일이다. 주의 깊게 배치된 몇 단어, 여기에 이런 문장, 저기에 저런 문장, 이 사건을 아내 탓으로 돌릴 수 있는 사실을 상기시키는 요소들. 결국 제니가 문제의 치료를 받아야 한다고 주장한 사람은 샬럿이었다. 후속 치료를 중단하고 상대적으로 고립된 블록 섬으로 제니를 옮기자고 한 사람도 샬럿이었다. 샬럿은 제니가 삶에 흥미를 잃었는데도 모든 것이 정상이라고 기만하며 완강하게 밀어붙였다. 그리고 남편이 딸의 강간에 관한 주제를 입에 올릴 때마다 질책했다. 하지만 나는 이런 이야기를 하나도 하지 않았다. 나는 몹시 신중했다. 치료사는 암시에 관한 한 어마어마한 힘을 가진다. 어마어마한 힘, 이걸로 끝이다. 마침표.

톰이 자신의 감정을 정당화했는지 어쨌는지는 이야기하지 않겠다. 감정은 정당화를 필요로 하지 않는다. 한편 샬럿은 자기 입장에서의 진실을 단호하게 사수했다. 딸의 머릿속에서 강간은 지워졌다. 그러므로 강간은 일어난 적조차 없다. 그것이 틀린 생각이었다는 사실이 분명히 드러났지만 의도만은 최선이었다. 완전히 착각에 빠져 있었던 것도 아니었다. 마코비츠 박사가 약물을 처방했고, 제니의 기억이 훼손됐다. 제니는 강간을 기억하지 못했다. 인간 심리와 해당 치료 요법의 파괴적인 후유증을 이해하지 못했다는 이유로 샬럿을 비난할 수는 없다. 인간 심리나 후유증 같은 것은 이제 막 드러나기 시작했을 뿐이었다. 그리고 이 지점에서 우리는 숀 로건으로 돌아가게 된다.

8

숀 로건은 해군 특수부대원이었다. 샬럿의 고향이기도 한 뉴런던 부근에서 자랐다. 아버지도 해군이었고, 할아버지는 훈장을 받은 해병이었다. 숀은 일곱 남매 중 한중간인 넷째로 부모의 관심 밖에서 자랐다. 정말이지 아름다운 남자였다. 남자든 여자든, 이성애자든 동성애자든, 나이가 많든 적든, 숀 로건을 보면 그 육체의 아름다움에 끌릴 수밖에 없었다. 매력적인 요소가 한둘이 아니었다. 밝은 푸른색 눈동자, 풍성한 검은색 머리카락, 남자다운 골격의 광대와 이마까지. 이 모든 것이 어우러져 완벽한 캔버스를 만들었다. 그런데 이 캔버스에는 언제나 어떤 감정이 덮여 있었다. 숀은 그 감정을 숨길 수가 없었다. 나는 수년이 지나고 나서야 볼 수 있었지만, 그 얼굴에 나타난 기쁨은 한도 끝도 없었다. 그의 풍자적 유머 감각은 치명적이었다. 무덤덤한 척하려 애까지 썼음에도 숀은 다른 환자들과 달리 나를 웃게 만들었다. 용암이 분출되는 것처럼 웃음이 터져 나왔다. 숀의 애정은 깊고 순수했다. 그리고 숀의 아픔에는 사람을 홀리는 구석이 있었다.

숀은 브라운 대학에서 장학금을 받을 수 있었는데도 가지 않았다. 장학금을 받을 정도로 의욕이 넘치고 똑똑했지만 자신을 주체할 수가 없었다. 우리는 모두(우리 대부분) 가끔씩 감정에 압도될 때가 있다. 처음으로 '사랑에 빠졌을 때'. 갓 태어난 자신의 아이를 처음으로 봤을 때. 간발의 차이로 사고를 피해 등골이 오싹한 공포를 느끼거나 누가 당신이나 가족을 일부러 해치려 해서 극심한 분노를 느낀 적이 있을 수도 있다. 식음을 전폐하고 잠 한숨 자지 못할 만큼 일상생활이 완전히 무너져버려, 그 원인에 병적으로 집착하는 마음을 다잡지 않은 채 며칠을 흘려보낼 수도 있다. 이렇게 일상이 어지럽혀진 원인이 긍정적이라면, 이를테면 '사랑에 빠진 탓'이라면 '행복'을 느끼지 않을까 생각할 수도 있다. 하지만 '행복'은 그런 것이 아니다. 새로운 상황을 일상에 흡수할 방도를 찾지 못하거나 이런 상황이 계속될지 아닌지 알 수 없어 공포를 느낄 때 일상은 붕괴된다. 사실상 뇌가 새로운 감정 환경에서 일어난 변화에 적응하려면 어떻게 해야 하는지 알아내려고 조정에 들어가는 것이다. 진짜 '행복'은 관계가 정리되고 안정됐을 때 찾아온다. 새로운 연인이 곁에 머무를 거라고 믿기에 나란히 누워 밤새 편히 잠들 수 있는 것이다.

붕괴된 일상이 영원히 안정을 찾지 못하고 매번 새삼스럽게 강렬한 감정을 느껴야 한다고 상상해보자. 참는 것 자체가 실로 고통스러우며, 결국 견뎌낼 수가 없을 것이다.

나 같은 일을 하는 사람들은 보통 이런 고통을 어떤 형태로든 불안이라고 진단한다. 강박 장애인 경우도 있지만 일반적으로는 불안 장애라고 한다. 정신 질환이 다 그렇듯 불안 장애도 다른 정신병들의 연속선에 있다. 우리 눈에 보이는 증상을 상담하기 위해 병명을 붙여야만 하지만 감기 같은 신체 질환을 진단하는 것과는 전혀 다르다. 정신 질환은 현미경으로 볼 수 있는 작은 벌레가 아니니. 우리가 가진 것이라곤 관찰력 정도이고 그나마 지적 추론이라도 맞으면 다행이다.

비슷한 환자는 많이 다뤄봤지만 숀은 예외적인 경우였다. 이런 환자들에게 적합한 약물을 처방하기는 쉽지 않다. 다시 현실로 돌아와 발을 땅에 딛고 살게 만들어줄 수는 있지만 실은 그냥 그 상태로 계속 사는 수밖에 없다. 보통 사람은 고양된 감정의 일반적인 패턴을 따라 잔뜩 들떴다가도 결국 정상으로 돌아오는 반면, 불안 장애 환자는 둘 중 하나를 택해야 한다. 중독에서 회복하는 과정에서 해야 하는 선택과 비슷하다. 완전히 술이 깬 상태와 지속적인 만취 상태 중 어느 쪽을 택하겠는가? 나라면 확실히 술이 깬 상태를 택하겠지만.

숀이 해군에 입대하기 전까지 어땠는지는 모른다. 입대 당시 숀은 고작 열일곱 살이었다. 본인 묘사에 따르면 미쳐 날뛰었다. 여자 친구를 계속 갈아치웠고, 심지어 학교에서도 매일 술을 마셨고 약에 취했다. 어머니는 아예 손을 놔버렸다. 형 하나는 대학을 졸업했고, 다른 하나는 중퇴한 뒤 부모님 집에 붙어살았다. 동생 셋은 항상 손이 갔다. 밥 달라는 녀석, 차 태워달라는 녀석, 옷 빨아달라는 녀석. 숀의 누나는 스물셋에 미혼모가 됐으며, 종종 어머니에게 아기를 맡기고 사무 보조 일을 하러 갔다. 요는 숀이 자구책을 전혀 몰랐으며, 도와줄 사람이 하나도 없었다는 것이다. 숀은 고등학교 졸업과 동시에 입대했다.

군 생활은 숀에게 나쁜 선택지가 아니었다. 훈련에 필요한 체력과 몸을 혹사시킬 수 있는 기회가 계속됐고 이는 일종의 불안 장애 치료제로 작용했다. 무산소 운동을 하면 엔도르핀과 아드레날린이 분비되는데,

이는 기분을 좋게 만든다. 가장 단순하게 설명하자면 불안증인 사람이 극도로 몸을 쓰게 되면 그 증세가 크게 완화된다. 숀은 18개월 만에 훈련 과정을 마칠 정도로 뛰어났다. 열여덟 살에 처음 이라크로 파병됐다가 열아홉 살 생일 직후에 집으로 돌아왔다. 부모님은 몹시 자랑스러워했고, 남매들은 자랑스러운 마음과 질투심 사이에서 어쩔 줄 몰라 했다. 하지만 규칙적인 생활과 늘 자연스럽게 감정을 고양시켜주던 위험 상황이 사라지자 숀은 또다시 불안증으로 크게 흔들렸다.

"선생님, 코카인 해본 적 있으세요?"

숀은 내 대답을 알면서도 물었다. 원래 그런 식으로 장난기가 넘쳤다.

"정말 안절부절못하게 됩니다."

내 진료실 소파에 두 다리를 벌리고 앉아 양손을 주먹 쥔 모습이 지금도 선하다. 숀이 몸을 흔들기 시작했다.

"이런 식이에요. 불안감을 떨치기 위해 몸 어딘가를 계속 움직이는 거죠. 잘 수가 없어요. 배도 안 고픕니다. 시시껄렁한 이야기를 몇 시간이고 할 수 있죠."

"즐거울 것 같진 않군요."

숀이 웃었다.

"선생님은 차 한 잔과 좋은 책 한 권, 그런 게 좋으시죠? 모든 사람이 성자가 될 순 없잖아요."

"코카인은 언제 했어요?"

"어, 10학년 전까지요. 그냥 내가 늘 어떻게 느끼는지 말하려고 꺼낸 얘기입니다. 내가 전에 어땠는지를 잊고 있었어요. 사막에 그렇게 오래 있다 보니까요. 거기서는 갓난애처럼 푹 잤어요. 내 속을 다 뒤집고 있는 게 뭔지 생각해본 적도 없었다고요."

"마지막으로 임무를 수행하기 전 집에 간 건 언제였죠?"

"젠장. 무슨 우리에 갇힌 줄 알았어요. 동물원에 있는 야생동물처럼요. 잠에서 깨면 한 1초쯤 평화롭나요? 그러다 위장이 위산으로 가득 찰 때까지 뭐가 슬금슬금 기어오르는 느낌이 드는 겁니다. 벌떡 일어나서 망할 집을 뛰쳐나와 숨이 씨근덕거릴 때까지 뛰었죠. 엄마 볼에 키스해드리고 맥주 한 병 집어서 근육이 부들부들 떨릴 때까지 지하실에서 근력 운동을 했습니다. 몇 시간 정도는 괜찮았어요. 나머지 시간은 술이나 마시며 보냈고요. 마리화나에는 더 이상 손도 안 댔습니다. 위험한 짓을 할 필요는 없잖아요?"

"태미 이야기 좀 해볼래요? 당신 아내요. 휴가 나왔다가 만났다고 했죠? 태미는 어느 대목에서 어떻게 등장하죠?"

숀은 미소를 지으며 내게 윙크를 보냈다.

"그냥 죽치고 앉아 술을 마시고 있었어요. 여자랑 술을 동시에 따먹으며 하루를 보내는 거죠. 그냥 어떤 바에 앉아 있었는데 여자들 몇 명이 눈에 들어왔어요. 너무 쉬웠습니다. 양아치 같은 소리로 들리겠지만 여자들이 그냥 걸려들었어요. 잘 모르겠네요. 학교 다닐 때에도 그렇게 운이 좋은 적이 없었는데. 내가 군대로 돌아가야 하니까 여자들이 불쌍하다고 생각했을지도 모르죠."

나는 숀의 말을 조금도 의심하지 않았다. 숀은 여자들이 매력적으로 여기는 요소를 죄다 섞어 만든 칵테일 같았으니까.

"내가 부주의했던 모양이에요. 다음 휴가에 집에 가보니 자식이랑 아내가 생겼더군요."

난잡하게 놀긴 했지만 나는 숀이 뿌리까지 선한 남자라고 단언할 수 있다. 단지 자기 아이를 낳은 여자와 결혼했기 때문이 아니다. 숀은 투사였다. 자신의 삶, 자신의 멀쩡한 정신을 지키기 위해 싸웠다. 파병 가는 것이 삶을 견딜 만하게 만들어주는 유일한 방법이었기에, 명령이 떨어지면 집으로 돌아와 최선을 다해 아내를 사랑했고 아이와 친해지려 노력했다. 하지만 숀은 이 시간들이 두려웠다. PTSD로 고통받거나 아드레날린 과다 분비에 중독됐거나 하는 여러분이 들었을 법한 이야기 속 남자들과는 다르다. 그런 사람들은 대개 참전 전에는 정상이었다. 숀은 그 반대에 가깝다. 자신에게서 벗어나기 위해 전쟁을 찾았다.

태미는 이렇게 묘사했다.

“숀을 사랑해요. 이 마음은 의심하지 말아주세요. 숀이 한순간이라도 내 사랑을 의심한 적이 있다면 차라리 죽어버릴래요. 진심이에요. 처음 본 순간부터, 멍청하게 들리겠지만 그냥 사랑했어요. 그날 오후가 어땠는지 상상도 못 하실 거예요. 비가 내렸고 후텁지근했어요. 친구들이랑 맥주 한잔하고 당구 치러 술집에 갔죠. 토요일이었는데 달리 할 게 없었어요. 숀이 바에 앉아 이라크에서 동료들한테 장난친 미친 짓거리를 이야기했고 술집에 있는 사람들 모두가 끊임없이 웃었어요. 숀은 절대 나쁜 일을 곱씹지 않았어요. 늘 사람들이 웃길 바랐죠. 숀이 활짝 웃으며 무슨 이야기든 하면 공간 전체의 분위기가 단번에 바뀌었어요. 아무튼 술집으로 들어서는 나를 숀이 봤어요. 잠깐 말을 멈췄는데, 사람들이 기다리니까 이야기를 이어가면서도 눈길은 나를 계속 쫓아왔어요. 그때는 몰랐는데, 숀은 뭔가를, 누군가를 한번 목표로 삼으면 핏불테리어처럼 변해요. 원하는 걸 얻을 때까지 놓지 않죠. 그리고 그날 오후 숀이 원한 건 나였어요."

태미는 짧은 금발에 커다란 갈색 눈이 매력적인 미인이었다. 나와 처음 만났을 때 아직 스물네 살이었는데 아이를 키우느라, 그리고 숀과의 결혼 생활로 많이 지쳐 있었다. 나는 태미가 핏불테리어를 예로 들었다는 점이 흥미로웠다. 핏불테리어는 물고 있는 동물이 죽을 때까지 절대 입을 벌리지 않는다고 한다. 나는 이 비유를 과하게 해석하지 않으려 노력했다. 핏불테리어는 흔히 쓰이는 상징인 데다 사람들은 무슨 뜻인지 온전히 알지 못하면서도 표현들을 갖다 쓴다. 아무튼 태미는 온몸에서 생기가 쥐어짜인 몰골이었다. 숀과의 관계에서 더욱 내밀한 부분을 이야기하는 것에 당혹스러워했지만 나는 이것이 중요하다는 생각이 들어 태미가 긴장을 풀 수 있도록 최선을 다했다.

"네, 알겠어요. 나도 숀이랑 놀아보려고 했던 것 같아요. 눈을 마주쳤다가 돌렸어요. 여자들이 흔히 하는 짓 있잖아요. 정말 바보 같지 않아요? 이제 결혼해서 애를 낳고 보니 그런 것들이 다 우스워 보이네요. 어쨌든 그때는 잘 먹혔죠."

태미가 장난스러운 표정을 지었다. 숀이 비 오는 오후에 봤을 그 여자가 설핏 보였다.

"숀이 이야기를 끝내고 사람들한테 양해를 구하더니 자기 맥주와 버번 잔을 들고 바로 우리 테이블로 걸어왔어요. 마치 '너랑 섹스하려고 왔으니 그때까지는 아무 데도 안 가.'라고 말하듯 뻔뻔한 미소를 지었어요. 진상처럼 보였을 수도 있는데 그때 숀은 짓궂은 소년 같았고 나는 완전히 홀려버렸죠. 숀이 춤추자고 하더군요. 주크박스에서 데이비드 보위의 〈렛츠 댄스(Let's Dance)〉를 고르더라고요. 그 노래 아세요? '빨간 구두를 신어……' 숀의 손길이 제 온몸을 더듬기 시작했어요. 등에 닿더니 다리 옆을 타고 내려가다 머리카락을 헤집고. 남자한테 그런 느낌을 받은 건 처음이었어요. 이 절박한 날것의 욕구를 만족시킬 수 있는 사람은 나뿐인 것 같았죠. 물론 치마만 둘렀다면 누구든 좋았으리란 걸 잘 알지만 그때 느낌은 그렇지가 않았어요. 게다가 아무 여자나 좋았다고 해도 어차피 전혀 상관없었을 것 같네요. 한참 춤추고, 술 마시고, 웃고 나니까 숀이 춤을 추면서 뒷문 쪽 좁은 복도로 이끌더니 또 바깥 골목으로 데리고 가더군요. 비가 쏟아지고 있었고요. 숀이 제 옷을 벗기며 키스하기 시작했어요. 장난스럽던 표정이 무섭도록 진지하게 변했죠. 욕구 충족이란 임무를 수행 중이었던 거예요. 완수하지 못하면 비탄에 빠져 죽을 것만 같은, 그런 필사적인 느낌에 압도되고 말았죠. 숀을 돕고 싶은, 구해주고 싶은 마음이 간절해졌어요. 그러니까 흥분되더라고요. 내가 그런 힘을 가졌다고 생각하니까. 원시적이었어요. 내가 동물처럼 느껴졌어요. 숀의 옷을 힘이 닿는 데까지 찢어발기고 있더라고요. 숀이 나를 들어서 벽으로 밀어붙였어요. 그건 마치, 모르겠네요. 더는 묘사하기가 그래요."

태미는 경험을 되새기듯 잠시 기억 속으로 사라졌다. 나는 기억으로 촉발된 감정을 정리할 수 있도록 시간을 줬다. 태미는 어떻게 숀을 집으로 데려갔는지 설명을 이어갔다. 그날 이후 숀이 세 번째 파병을 떠나기 전까지 이틀 동안 침대에만 머물렀다고. 그러고 나서 당시에는 내가 별 신경 쓰지 않고 지나친 어떤 이야기를 해줬다. 태미는 할 말이 많았고, 나는 숀의 치료를 위해 이야기를 듣는 것이 중요했다. 그런데 시간이 꽤 지난 뒤, 내가 크레이머 집안의 일에 관여하게 됐을 때 태미가 해준 이야기 가운데 이 부분이 불현듯 떠올랐다.

정신과 치료를 받아본 적이 없는 사람은 치료 과정 중에 내밀한 이야기가 드러나는 것이 이상할 수도 있을 것이다. 환자들이 같은 성별의 치료사를 선호하는 것도 덜 부끄럽기 때문이 아닌가 싶다. 하지만 정말 그럴 필요가 없는 것이 정신과 치료에는 수치심이 낄 자리가 없다. 남자 환자든 여자 환자든, 성관계에 대한 이야기를 들을 때 내 반응은 똑같다. 음란하게 흥미 본위가 아니라 임상의로서, 과학자로서 반응한다. 산부인과나 비뇨기과에 가서 의사와 이야기하는 것과 전혀 다를 바 없다. 그리고 우리의 성생활은 정신 상태와 떼려야 뗄 수 없는 관계다.

이 점 하나는 고백하겠다. 여자들이 성관계 중 남자를 속였던 이야기를 털어놓으면 나는 나의 결혼 생활, 내 아내와의 관계 중 은밀한 측면을 평가해보게 된다. 아내의 기만을 걱정해서가 아니다. 서로 속이는 부분이 있다는 것은 안다. 앞서 설명한 것처럼 다들 숨기는 부분이 있고 거짓말을 한다. 아내가 침실에서 나와 함께한 모든 경험을 사실대로 말해주리란 기대는 하지 않는다. 하지만 나는 기만의 수준을 우리 관계와 남성적 자존심이 견딜 수 있는 수준으로 최소화하기 위해 적재적소에 알맞은 질문을 할 수 있는 통찰력과 지식을 수년에 걸쳐 얻게 됐다. 나도 집에 가면 여자 환자의 이야기를 전부 잊는다고 말하고 싶다. 하지만 그것은 전기기술자가 망가진 회로 고치는 법을 잊을 수 없는 것과 마찬가지로 불가능한 일이다. 우리는 한번 학습한 것을 돌이킬 수 없다. 인간은 그런 구조로 만들어졌다.

태미는 숀과의 관계에서 단 한 번도 오르가슴을 느낀 적이 없다고 털어놨다. 애매하게 말했지만 그것은 천성이 얌전한 사람인 데다가 내 환자가 아니기 때문이었다. 태미는 정신과 치료 과정이 낯설었고, 남편에게 도움이 되는 경우에만 기꺼이 이야기하는 참여자였다. 이 주제는 갓 연애를 시작한 커플치고도 빈도가 잦았던 둘의 성관계에 대한 이야기 중에 나왔다. 태미는 자신이 만족하지 못해 더 많은 관계를 요구했다고 했다. 나는 왜 그렇게 됐다고 생각하는지 물어본 것 외에는 더 깊이 파고들지 않았다.

"숀의 욕구나 나랑 함께하는 방식은 너무 격렬했어요. 키스마저 너무 빠르고 격했어요. 내 입술에서 피가 났죠. 숨조차 쉴 수 없었어요. 오르가슴을 느낄 정도로 긴장을 풀 수가 없었던 것 같아요. 어떨 때에는 한 시간씩 이어져서 심장이 미친 듯이 뛰었고, 둘 다 땀범벅이 되다 못해 맞닿은 살이 줄줄 미끄러질 지경이었어요. 내 생각에는 내 몸이 상황을 이해하느라 애쓰는 데 마지막 남은 기운까지 다 써버린 것 같아요. 마라톤을 달리는 와중에 어떻게든 섹스를 하려는 기분이랄까요. 그렇지만 이제는 달라요. 서로 잘 알죠. 더 편해졌어요. 그리고 약물도 숀의 불안을 덜는 데 도움이 됐고요. 이젠 다 괜찮아요. 이것도 그저 그이의 과거 모습 가운데 일부일 뿐이에요."

이야기는 여기서 끝났다. 나는 1년도 더 지나서 샬럿 크레이머와 비슷한 이야기를 나누기 전까지 이 대화를 잊고 있었다. 크레이머 가족이 나를 찾아온 뒤로 내가 뭘 했는지 일부라도 언급해야 할 것 같다. 나는 곧바로 제니와 이틀에 한 번, 두 시간씩 상담을 시작했다. 제니는 곧 내 트라우마 그룹 상담에 합류했고, 곧 알게 되겠지만 이는 많은 부분에서 전환점이 됐다. 제니의 부모와는 매주 한 번, 사정이 있을 때에는 격주에 한 번 만났다. 제니와 톰은 숨기는 것이 없었다. 샬럿에게는 있었다. 하지만 의도적으로 눈감았던 제니의 고통, 밥 설리번과의 관계, 이 양쪽에서 발생한 고통과 죄책감이 샬럿의 방어기제를 무너뜨리는 강력한 도구가 됐다.

아마 치료가 3주 차에 접어들었을 무렵 같은데, 나는 때가 왔다는 것을 알아차렸다. 샬럿은 내내 뻔히 보이게 비밀을 숨기려 했고, 그래서 나는 이날 비밀을 파헤치기로 결심했다. 일부러 침묵해 불편한 분위기를 만들었다. 얼마나 길었는지는 모르겠다. 우리는 시간을 안다고 생각하지만, 이런 어색한 순간에는 1분도 10분처럼 느껴질 수 있다. 샬럿이 신경질적으로 오른 다리 위로 꼬고 있던 왼 다리를 풀고 반대로 꼬았을 때 나는 마침내 입을 열었다.

"내가 당신 비밀을 지켜줄 거라고 하면 믿을 수 있겠어요? 무슨 일이 있더라도 지킨다고? 법 앞에서도 배신하지 않겠다고 하면?"

"그럼요. 내 말은, 네 알아요."

나는 고개를 끄덕였다.

"그러면 왜 이야기해주지 않나요?"

샬럿의 비밀이 뭔지는 몰랐다. 그리고 샬럿은 똑똑한 여자였다. 여러분이 의심하기 전에 말해두자면, 나는 샬럿에게 뭔가 알고 있는 척 속이려는 것이 아니었다. 오히려 샬럿 쪽에서 비밀을 말할 계기를 간절히 바라고 있었다. 그래서 물꼬를 터줬다.

"잘 모르겠네요. 그렇게 훤히 보이는 줄 몰랐어요."

이날 샬럿은 불륜에 대해 털어놨다. 그리고 같은 날, 나는 태미와의 면담을 떠올렸다.

"왜 불륜을 저지른다고 생각해요?"

샬럿에게 물었다. 아직 샬럿의 과거, 두 번째 비밀, 먹이를 물려줘야 하는 또 다른 자아에 대해 탐구하기 전이었다. 그래서 이 질문에는 아직 답을 정해두고 있지 않았다.

"모르겠어요."

나는 이유를 알고 싶은지, 이 주제에 대해 이야기하고 싶은지, 또 이것이 가족에게 도움이 될지를 물었다. 주저하기는 했지만 샬럿은 그렇다고 했다.

"좋습니다! 분명한 것부터 짚고 넘어가죠. 섹스 때문일까요?"

샬럿은 잠시 생각하고 나서 대답했다.

"글쎄, 이상해요. 밥과 함께하는 건 그것뿐인데. 그리고 떨어져 있는 시간이 일상의 99퍼센트일 텐데 정신을 차려보면 밥과의 섹스를 생각하고 있어요. 그런데 관계한 지 3년이나 됐으면서도 나는 아직 한 번도…… 아시죠."

"절정요?"

나는 빈칸을 채우는 데 익숙하다. 남자들은 항상 '싼다.'라고 한다. 남자들은 천편일률적으로 마치 그런 식으로 말하는 것이 정상이라는 듯이 이런 단어를 사용한다. 싼다, 좆, 콩, 궁둥짝, 젖통, 보지. 남자들은 상당히 편하게 이런 말을 쓴다. 여자들은 어떤 단어를 써야 할지 잘 모른다. 하나같이 구어적인 표현을 피하지만 임상적인 표현도 어색하긴 매한가지인 것 같다. 여자들은 보통 말을 멈추고 누가 도와주길 기다린다. 생각을 마무리해주고 대화에 적절한 테두리를 치는 일은 내게 전혀 문제가 되지 않는다.

"그래요. 한 번도 없었어요."

"그럼 톰하고는요?"

"거의 항상요. 적어도 둘이 섹스를 하던 시절에는요. 이 난리가 나기 전까지는 어느 정도 규칙적이었어요. 일주일에 세 번쯤? 우리처럼 오랜 결혼 생활에 그 정도면 꽤 건강한 거 아닌가요?"

나는 고개를 갸우뚱한 채로 끄덕였는데 동의했다기보다는 질문을 그냥 넘긴 쪽에 가까웠다. 둘의 결혼 생활이 건강한지는 완전히 다른 주제였기 때문에 샬럿이 일단 밥과의 불륜에 집중하길 바랐다.

"그런데 좋지는 않았어요. 언제부터인지는 모르겠네요. 몇 년은 된 거 같아요. 섹스 이상의 뭔가가 있어야…… 아시다시피 남자들은 아닐지도 모르지만 여자들한테는 단순한 섹스 이상이거든요. 우리 사이에 있던 기운이 어째선지 변해버렸죠. 기계적인 느낌이었어요. 그런데 밥하고는, 맙소사, 당장 눈을 감고 내 얼굴을 만지는 손길을 상상하면 지금도 척추를 따라 전율이 일어요."

이때 갑자기 태미 로건과의 대화가 떠올랐다.

"밥하고는 어땠습니까?"

"그냥, 오…… 어떻게 설명해야 하나. 흥분해서 그를 원해요. 밥은, 밥의 독특한 분위기에는 비현실적인 게 있어요. 그런 사람 만난 적 있어요? 바로 지배해버리는? 방으로 들어서는 순간 모든 걸 제압할 수 있는 사람이에요. 그냥 그런 에너지가 있어요. 그리고 단둘이 있을 때 그이가 그 에너지를 내 쪽으로 돌리면 그 격렬함에 홀려 이성을 잃게 돼요. 그런 순간들에는 아주 원시적으로 밥은 남자이고 나는 여자란 게 너무나 명확해져요. 지나치게 흥분했다는 생각이 들 정도로요. 정상적인 신체 능력을 넘어서서 움직이는 것 같은…… 더 큰 뭔가를 향한 절정. 톰하고는 그렇지 않았어요. 나 자신을 놓으려 할 때마다 어색했죠. 그런 원시성을 느끼려고 애써도요. 남편을 '남자'로 느낄 수 없었어요."

샬럿은 손가락을 구부려 따옴표 표시를 해 보였다. 나는 태미에게 한 것과 같은 질문을 던졌다.

"하지만 육체적으로 만족하지 않았다면 당신이 밥에게서 얻고자 하는 건 성적인 게 아니죠. 다른 욕구를 충족시켜주는 겁니다. 내 말이 맞나요?"

태미와 샬럿 둘 다 똑같이 반응했다.

"맞아요. 어떤 욕구를 충족시켜주죠. 밥이 마약이라면 나는 중독자죠."

태미는 숀이 떠나고 한 달쯤 뒤에 입덧을 시작했다. 친구들은 낙태하라고 했지만 그럴 수 없었다. 도덕적인 이유는 아니었다. 숀 때문이었다. 비록 떠나고 없고 그에 대해 아는 것도 거의 없었지만 숀이 그녀와 함께 그녀 안에 있다는 생각이 들었다. 굳이 따로 설명을 들을 필요도 없었다. 여러분도 숀을 만나면 이해할 것이다. 내 글솜씨로는 도저히 숀의 매력을 묘사할 수 없는데, 바로 이 점이 밥 설리번과 숀의 공통점이 끝나는 지점이기도 하다.

태미는 숀에게 임신했다는 편지를 썼다. 몇 주 뒤, 태미가 보조로 일하는 치과로 수수한 약혼반지가 배달됐다. 그게 전부였다. 반지 하나. 태미는 다시, 고맙지만 꼭 결혼해야 하는 것은 아니고 둘이 어떻게든 해결하자고 설명하는 편지를 길게 써서 보냈다. 숀은 백지 한 장에 세 단어를 적어 보냈다. "네, 아니면, 아니오." 태미는 바로 답장을 보냈다. "네."

숀 로건은 바로 이런 남자다.

그렇지만 낭만적인 러브 스토리는 아니었다. 숀은 돌아와 태미와 결혼했고, 어린 아들 필립과 시간을 보냈다. 하지만 불안 장애와 스스로 상태를 호전시키기 위해 했던 행동은 결혼 생활이나 아버지 역할에는 적합하지 않았다. 숀은 참을성 있게 아들을 돌보지 못했다. 그렇다고 화를 참지 못하고 아들을 학대했다는 것은 아니다. 단지 한 번에 한 시간 정도 이상 가족과 시간을 보내지 못했다.

"숀이 정상이 아니란 게 보이기 시작했어요. 해소할 수 없는 갈증에 계속 괴로워하는 것 같았어요. 필립한테 해주듯이 숀을 내 품에 안고 싶었어요. 필립은 꽉 끌어안기면 안정감을 느끼고 차분해지거든요. 숀을 너무 너무 사랑했지만 아들을 도와주는 식으로는 숀을 도와줄 수가 없었어요. 숀은 어떤 정도를 넘어선 상태였죠. 그때는 그이의 불안증을 이해할 수가 없었어요. 숀 자신도 그랬어요. 숀의 이름이 다시 파병자 명단에 올랐을 때 가족들 다 같이 기지로 갔어요. 숀의 어머니와 형제 둘도 와 있었죠. 숀의 아버지는 그 전날 잘 다녀오라고 인사하셨고요. 다들 울면서 숀을 끌어안고 무사히 다녀오겠다는 다짐을 받았어요. 나는 아이를 안고 있었는데, 하늘도 무심하시지, 눈물이 안 나는 거예요. 숀이 떠나서 행복한 건 아니었어요. 그런데 간다니까 고마운 마음이 들었어요."

숀은 네 번째 파병을 떠났다. 거기서 작은 마을에 있는 목표물을 일망타진하는 작전을 수행했다. 특수부대원 여덟 명이 투입됐다. 살아 돌아온 사람은 숀뿐이었다. 해병 소대가 의식을 잃은 그를 발견했는데, 오른팔이 폭발로 너덜너덜했다. 무장 탱크에 실려 안전한 장소로 옮겨진 숀은 야전병원에서 오른팔을 절단했다. 거기서 숀에게 망각 요법이 적용됐다.

9

숀 로건은 내가 크레이머 가족과 상담하기 정확히 17개월 전에 내 환자가 됐다. 노리치 해군 병원 의사가 나를 소개해줬다. 이 의사는 나중에 제니 크레이머가 받은 치료를 연구하느라 관련 의료 기록을 부탁하기도 했다. 그녀는 숀이 귀국한 다음에 받은 치료 과정을 세심히 추적했다. 상담 치료를 관리하면서 자기 밑에 있던 돌팔이들이 숀을 PTSD로 오진하도록 방치했다. 증상이 크게 다르지는 않았다. 불안, 우울, 분노, 자살 충동……. 그러나 이 청년은 예측할 수 없는 새로운 분야의 약물 치료를 받은 경력이 있었다. 목적은 PTSD 증상을 유발하는 것이 아니라 줄이는 것이었다. 게다가 아무도 불안 병력을 고려하지 않았다. 심지어 의료 기록에도 누락됐다.

사람들은 미국 의료 체계가 여타 선진국들에 비해 크게 뒤처진 이유를 궁금해한다. 법 때문이란 사람도 있고, 제약 회사 때문이란 사람도 있고, '사회주의화'된 분야나 그렇지 않은 분야를 탓하는 사람도 있다. 핑계다. 전부 다 핑계다. 여러분 봉급이 얼마이고 직장에서 얼마나 혹사당하는지 그런 건 알고 싶지도 않다. 여러분 눈앞에 한 환자가 앉아 있다. 그 환자는 전장에서 팔을 잃었다. 전장에 대한 기억도 잃었다. 아니, 기억을 도둑맞았다고 하는 편이 더욱 정확하겠다. 이제 그는 자기 마음속에서 길을 잃었다. 이 남자에게 시간을 할애할 가치가 없다고 생각하는가? 의대에서 배우고 레지던트 기간 내내 누누이 강조된 병력 확인을 할 가치가 없다고 생각하는가? 이에 대한 변명은 있을 수 없다. 전혀.

숀은 그 자신이나 가족이 정신 질환을 앓은 적이 있느냐는 질문을 받았고, 없다고 대답했다. 그는 불안증 진단을 받거나 치료를 받아본 적도 없고, 거지반 평생을 '개성'이라 여기고 살았다. 나를 찾아오기 전까지 말이다.

화가 난다. 내 감정을 솔직하게 털어놓지 않고 이야기를 이어나가 봤자 아무 의미가 없다. 숀 로건이 나를 소개받기 전까지 아홉 달 동안 생고생을 했다는 것에 화가 난다. 제니 크레이머가 치료를 받을 때 내가 그 자리에 없었고, 치료 후 추이를 지켜볼 수 없었다는 것에도 화가 난다. 같은 도시에 제니처럼 약물 치료를 받고 고통스러워하는 또 다른 환자를 치료 중인 의사가 있는 줄 알았더라면 크레이머 부부도 일찌감치 나를 찾아와 도움을 청했을 것이다. 그랬다면 어땠을까? 아마도 자살하는 기술을 연구하는 대신 수학 공부를 했을 것이다. 혈관이 다칠 때까지 연분홍빛 살에 칼날을 깊숙이 찔러 넣어 바닥에 피가 흥건해질 일도 없었을 것이다.

강간을 당하고 자살을 기도하기까지의 몇 달을 살펴보면 모든 그림이 맞아떨어진다. 페어뷰 주민 모두 강간 사건을 알았다. 그러나 제니가 망각 요법을 받았다는 사실은 잘 몰랐다. 나 역시 전혀 몰랐다. 그럼에도 불구하고 예전처럼 극장이나 아이스크림 가게 등 시내에서 제니를 볼 때마다 그 행동거지에 놀라곤 했다. 강간 피해자들만의 특별한 행동 방식이 있다는 말이 아니다. 나는 주로 트라우마에 시달리는 환자들을 치료해왔다. 서머스 교도소에서 범죄자를 치료하는 동시에 그들이 저지른 강간, 살인, 폭행, 가정 폭력 등의 피해자를 치료하는 것이 이상해 보일 수도 있다. 내게는 지극히 당연한 일이다. 서머스에서 복역 중인 사람 대다수가 범죄자 이전에 피해자였다. 트라우마에 시달리는 사람이 얼마나 많은지 알면 모두들 놀랄 것이다. 대부분은(범죄자가 되지 않는다면 말이지만) 몇 년이 지나면 방황을 멈추고 가족과 함께하는 삶에 안착한 뒤 도움을 구한다. 책상에 앉아 있거나 차로 아이들을 등교시킬 때 고통이 다시 고개를 들곤 하니까. 페어뷰의 내 개인 병원은 성업 중이다. 서머스의 철창 너머로 이어지는 줄도 매주 길어져만 간다.

제니의 어떤 점이 거짓으로 보였는지 콕 집어내지는 못하겠다. 정신과 의사로서 짧지 않은 경험을 쌓은 끝에 이제 환자를 보면 안다고 하면 충분한 설명이 될까? 고백하는 참에 계속 신경 쓰이던 것을 하나 더 언급하겠다. 뭔가 잘못된 줄 알면서 질문할 권리가 없는 것, 그것을 참기가 힘들었다. 나는 왜 아무도 제니를 치료하지 않는지 알고 싶었고, 왜 제니가 내 예상을 벗어나는 행동을 하는지 알고 싶었으며, 왜 그 눈에서 강간의 흔적을 볼 수가 없는지 알고 싶었다. 그런데 알 수가 없어서 나 자신의 통찰력과 전문성에 물음표를 던져야 했다. 사건의 전말을 알고 그 지역 병원에 분노가 치밀긴 했지만, 한편으로는 내 관찰이 옳았음을 알게 돼 마음이 놓였다. 그리고 간절하게 크레이머 가족을 돕고 싶어졌다.

제니가 아직 입원 중일 때 샬럿 크레이머가 나를 찾아왔다. 마코비츠 박사는 정신과 의사가 동반하거나 상담 치료 일정이 잡히지 않은 상태에서 제니가 외출하는 것을 금했다. 샬럿도 그런 조치에 반대하지 않았다. 톰과 제니를 포함해 우리 모두 제니의 자살 기도에 책임을 느꼈지만, 샬럿의 경우는 그 정도가 곱절 이상이었다. 샬럿은 딸의 피를 뒤집어쓴 채로 파슨스 형사에게 딸을 찾은 경위를 설명했다. 밥 설리번과의 관계를 숨기기는 했지만 나는 샬럿이 진심으로 가책을 느꼈다고 믿는다.

"크레이머 부인과 함께 가족 라운지에 앉는데 기시감이 들더군요. 그 불쌍한 애한테 이게 또 무슨 일인지, 믿을 수가 없었습니다. 그런데 이번에는 크레이머 부인이 달랐습니다. 강간 당일 밤, 부인은 무슨 디너파티 때문에 잘 차려입고 있었습니다. 무슨 일이 있었는지 들은 다음에도 냉정을 유지했죠. 톰 크레이머는 완전히 달랐습니다. 말도 마세요. 그때나 이번이나 완전히 엉망진창이었죠. 옷차림도 엉망이고, 눈물범벅이었어요. 크레이머 부인은 소파에 앉아 다리를 꼬고 정숙한 숙녀처럼 팔짱을 꼈습니다. 하지만 떨고 있었습니다. 부인이 오른손을 왼 손목에 얹어 무릎으로 가져갔던 게 기억납니다. 무척 애를 쓰고 있었어요. 나는 어떻게 된 일인지 처음부터 끝까지 말해달라고 했습니다. 부인은 고개를 끄덕이고 '물론이죠, 형사님.' 같은 형식적인 말을 했습니다. 그러니까 내 말은, 이 부부와 파란색 시빅 차량을 찾기 전부터 지금까지 몇 달째 이야기를 나누고 있습니다. 아마 몇 주에 한 번씩 최신 수사 현황을 알려주거나 제니가 잘 지내는지 물었을 겁니다.

그 차가 다시 등장한 게 자살 기도가 있고 10주쯤 뒤였던가? 그때까지는 딱히 알려줄 것도 없었습니다. 하지만 톰이 궁금해한다는 걸 알아서 노력했죠. 아무리 그래도 크레이머 부인보다는 더 많이 이야기를 나눴기 때문에 그때쯤에는 톰과 좀 가까웠습니다. 그런데도 크레이머 부인은 나를 처음 본 사람처럼 부른 겁니다. 어쨌든 부인은 숨을 길게 내쉬고, 이건 절대 못 잊을 겁니다. 두 손으로 블라우스를 쓸어내렸습니다. 딸의 피로 흠뻑 젖은 흰색 블라우스를요. 그러고는 그 손을 얼굴로 가져가서 이마에 붙은 머리카락 한 가닥을 쓸어 넘겼습니다. 피가 이마에 잔뜩 묻었는데도 알아차리지 못하더군요. 평정심을 되찾으려고 습관적으로 손을 움직인 것 같은데, 너무 정신이 나가 있어서 얼굴과 손에 피가 잔뜩 묻은 줄도 모르는 눈치였습니다. 누가 들어와서 부인이 괜찮아질 때까지 좀 안아줬으면 좋겠더군요."

파슨스 형사는 샬럿이 증언한 기록을 읽어가며 말을 이었다.

"수영장 별채 화장실에 불이 켜져 있는 걸 봤답니다. 화장실에 작은 창문이 하나 있는데, 아마도 정원사한테 할 일을 알려주기 전에 마당에 떨어진 나뭇가지를 확인하러 나간 모양이었습니다. 창밖으로 불빛이 흘러나와서 그걸 끄러 갔다가 딸을 본 거죠. 자세히는 말하지 않더군요. 목소리를 가다듬으려고 헛기침을 하더니 휴대전화로 신고했다고 말했습니다. 휴대전화를 가지고 나갔나 보죠. 그런 다음 제니의 손목을 타월로 묶었습니다. 이게 제니의 생명을 구했을 겁니다. 잘은 모르지만, 그런 상황에서는 일분일초가 중요하고 구급차가 도착하기까지 10분이나 걸렸으니까요. 이 말들을 다 수첩에 받아쓰고 있었는데 어느 순간 부인이 말을 멈추더군요. 받아쓸 시간을 주나 보다 했는데 다 썼는데도 아무 말이 없는 겁니다. 그제야 고개를 들어 부인을 쳐다보니 두 눈에서 가느다란 눈물 줄기가 흘러내리고 있었습니다. 부인이 우는 기척이 전혀 없었기에 정말 이상했죠. 톰은 울 때 얼굴을 무슨 뒤틀린 살덩이처럼 잔뜩 구기거든요. 눈, 입, 눈썹, 모두 잔뜩 찌푸린 채 얼굴은 벌겋게 달아오릅니다. 그런데 크레이머 부인은 멍하니 앞만 보고 있는데, 작은 폭포수처럼 눈물이 줄줄 흘러 피에 젖은 셔츠로 뚝뚝 떨어지는 겁니다. 내가 쳐다보니까 부인이 뭐라고 했는데 이 말도 절대 못 잊을 겁니다. '내 잘못이에요. 내가 이랬어요. 그리고 내가 바로잡을 거예요.'라고요."

마코비츠 박사는 즉시 해군 병원에서 연구를 하고 있는 여의사와 상의했다. 그 여의사가 동일한 치료를 받고서 추이를 지켜보고 있는 트라우마 피해자들을 언급한 적이 있다고 했다. 여의사는 제니가 자살하려 했다는 소식에 충격을 받았다고 한다. 나는 그 반응이 정직하지 못하다고 생각한다. 여의사는 숀 로건이 팔과 기억을 잃은 채 집으로 돌아와 겪어야 했던 일을 매우 잘 알고 있었다. 숀이 받은 치료를 연구하며 고질적인 불면증과 아들 앞에서 아내를 공격하는 행동에 대해 알고 있었다. 숀은 친구들과 가족들에게서 멀어졌으며, 해군 시절 지인들과 연락을 끊었다. 그의 증상은 운동, 음주, 섹스로 자가 치료해왔지만 여전히 잠복 중인 불안증 때문에 더욱 복잡해졌다. 병원에서는 숀에게 프로작과 로라저팜을 처방했고, 그 덕분에 불안증이 억제됐다. 숀이 팔을 잃은 작전에 나가기 전에 나를 찾아왔더라면 아마 나 또한 같은 약을 처방했을 것이다. 당시 의사들은 왜 증상이 호전되지 않는지 이해하지 못했다. 그런데 그것은 두 가지 중요한 정보를 놓쳤기 때문이었다. 첫 번째는 그 작전 이전부터 지속돼온 만성 불안증이다. 그들은 불안증을 PTSD의 결과라 여겼다. 나라면 사건에 대한 기억이 없는데 어째서 PTSD가 있을 거라고 생각하는지부터 물었을 것이다. PTSD를 없애는 것이 치료의 목적 아니었나? 분노가 치민다. 그들이 놓친 두 번째 정보는 그 치료로 인해 사실상 존재하는 기억과 감정적, 육체적 경험의 불일치에서 발생하는 부작용이 몸에 해롭고 심각한 불안 증세를 유발한다는 사실이었다.

숀은 자신의 정신 상태를 이렇게 표현했다. 나를 처음 찾아온 날이었다. 숀의 유머 감각과 밝은 성격은 그 후 몇 달이 지나도록 돌아오지 않았다. 그는 인공 팔을 거부했다. 아마도 자기 스스로 느끼는 것만큼 세상도 자신을 결함 있고 망가진 사람으로 인정하길 바란 것 같다. 제니 크레이머와의 유사성이 보일 것이다.

"밤에 침대에 눕습니다. 속 쓰림이 멎습니다. 약물의 효과죠. 하지만 내 개성도 함께 사라진다고 들었습니다. 나는 이제 예전처럼 재미있는 사람이 아닙니다. 하지만 그 약을 먹습니다. 다른 걸 멎게 해준다면 이 빌어먹을 약을 삼키고 더 달라고 할 수도 있습니다. 팔이 있어야 할 그 텅 빈 자리를 쳐다보고는 눈을 감고 그날을 기억하려 안간힘을 씁니다. 보고서야 봤지만, 씨발, 아는 사람이 어디 있답니까? 우리 소탕 작전의 목표는 단 한 놈이었습니다. 확실한 정보였습니다. 여덟 명이 투입됐죠. 항공 엄호도 있었고, 부대 병력 지원도 예정돼 있었습니다. 우리는 두 명씩 짝을 지어 거리로 들어섰습니다. 내가 다른 해군 특수부대원 헥터 발란시아와 함께 들어갔는데 바로 매복에 당했습니다. 그는 내 옆에서 죽은 채로 발견됐습니다. 머리의 반이 날아갔죠. 사제 폭탄이 터진 겁니다. 나는 의식이 없었습니다. 팔은 너덜너덜했고요. 사람들이 나를 빼냈고, 팔 절단 수술을 했습니다. 그리고 그 약을 처방했죠. 의료진을 탓할 순 없습니다. 내가 서명했거든요. 우리 모두 그랬습니다. 젠장, 현장에서 크게 당한 사람에게 그 일을 잊게 해줄 약을 받길 바라느냐고 누가 묻는다면 선생님도 당연히 달라고 할 겁니다! 하지만 이젠 그 일도 그저 하나의 이야기일 뿐이에요. 다른 수많은 이야기들과 같이, 딱히 더 생생하거나 현실성 없다고 여겨지지 않습니다. 내 몸에 귀신이 들어앉은 것 같습니다. 그날 오후에 들어온 귀신이 화난 채로 몸속을 쑤시고 다니면서 그 이야기를 찾는 겁니다. 귀신은 보고서에서 읽은 말이 아니라, 내 동료가 곁에서 죽어가는 모습이나 내 찢겨 나간 몸에서 흐르는 피를 찾고 있습니다. 단 몇 초만이라도 폭탄이 터졌을 때 내가 느낀 괴로움에 대한 기억을 찾고 있다고요. 지독하게 강한 잡놈입니다. 매일매일 점점 더 커져서 이제는 다른 게 들어갈 자리가 없는 것 같아요. 아들을 안으려고 하거나 아내가 나를 안아주려고 해도 소용이 없습니다. 정신을 차리고 보면 접시는 깨져 있고, 애는 겁먹었고, 아내는 울고 있죠. 나는 괴물입니다."

샬럿 크레이머는 마코비츠 박사에게서 내 이름을 듣고 전화했다. 전에도 말했지만, 부부는 내가 치료를 맡아주길 바랐다. 나는 진료실에서 샬럿을 만나고 나서 치료에 동의했다. 물론 내가 어쩔 수 없이 떠맡을 수밖에 없는 환자라는 것을 잘 알았다. 어떻게 거절할 수 있겠는가. 쇼을 치료한 경험, 해당 치료 요법의 병리와 잠재적인 역치료를 비롯해 계속 쌓여가는 지식, 트라우마 피해자 및 가해자를 치료한 경험, 약물 처방에 관한 내 실력을 고려했을 때 제니 크레이머는 내게 최적화된 환자였다.

트라우마 생존자 치료와 관련해 내 전문적 자격에 대해 한 가지 더 밝혀둘 것이 있다. 이건 좀 다른 이야기이지만, 나 또한 어렸을 때 논란의 트라우마 치료 문제에 직격으로 휘말린 적이 있다. 물론 지켜야 할 선이 있으므로 환자에게 이 사실을 말하지는 않는다. 하지만 가끔씩 환자들이 "선생님은 어떤 기분인지 모르시잖아요."라거나 "그 느낌을 설명하지 못하겠네요." 같은 말을 할 경우, 마음이 내키면 나도 좀 아는 바가 있다고 말해준다. 물론 거의 모든 사람들이 성장기를 거치는 동안 약간의 왕따나 폭력 문제를 겪기 마련이고, 가끔은 더 나쁜 일도 당한다. 그러니 대부분은 비교적 심각한 범죄의 생존자들에게 어느 정도 감정을 이입할 수 있다. 하지만 환자들만은 나를 감정 없는 돌덩이로 인식해야 한다. 나는 그들과 함께 울어줄 수 없다. 화를 낼 수도 없다. 그들에게 내가 어떤 식으로든 영향받는다는 것을 알릴 수도 없다. 환자들은 나를 다치게 할까 봐 걱정하지 않고 마음껏 내 배에 주먹을 날릴 수 있어야 한다.

다들 내가 샬럿에게 약하다는 사실을 알아챘을 것이다. 나는 샬럿이 내 진료실로 걸어 들어와 소파에 우아하게 앉는 순간 알았다. 오해는 말길 바란다. 지금은 물론 전에도 샬럿에게 부적절한 형태로 '끌린' 적은 한 번도 없다. 그저 허리를 곧추세우고 앉는 자세, 허세가 묻어나는 말투, 말끔한 복장, 바지 안으로 집어넣은 블라우스와 다림질한 바지, 바짝 틀어 올린 머리, 그리고 그녀가 사용하는 단어까지, 샬럿 크레이머의 모든 것에서 풍부한 이야깃거리를 감지했을 뿐이다. 쉽진 않겠지만 나는 그녀의 내면을 알아낼 테고, 그녀도 결국 내게 털어놓을 것이며, 그 과정에서 그녀가 내보일 마음의 상처나 그것을 알아내기까지 내가 구사할 기술이 직업적인 면에서 큰 만족감을 줄 터였다. 나는 여러분 혹은 어느 누구에게라도 당당하게 이 만족감을 드러낼 수 있다. 변호사가 복잡한 사건을 즐기는 것과 다를 바 없다. 화재나 홍수 피해를 입은 집을 재건하는 건축업자의 경우도 마찬가지다. 의뢰인이 불쌍하지도 않으냐고?

물론 안됐다. 그러나 법조인이든 심리학자든 건축가든 고용된 전문가가 업무를 즐기는 것은 잘못이 아니다. 좋아하기 때문에 직업으로 삼았을 테니까.

처음 만난 날, 우리는 한 시간가량 이야기를 나눴다. 그때 샬럿은 내가 딸을 치료할 수 있으리라 믿기 시작했고, 나중에 나는 이 믿음을 토대로 샬럿의 비밀이 든 금고를 열고자 했다. 느낌이 왔다. 이 금고를 반드시 열어야 한다는 느낌. 능력 있는 의사라면 이 금고를 열 기술이 있어야 한다는 느낌. 그러려면 경계, 공감, 적절한 거리를 철저히 유지해야만 한다. 나는 강간, 치료, 긴장됐던 한 해, 자살 기도에 대한 이야기를 들었을 때 꿈쩍도 하지 않았다. 하지만 머릿속에서는 내가 앞서 말한 온갖 숨겨진 의미들에 대한 생각이 핑핑 돌아가고 있었다. 제니 크레이머는 내가 맞출 수 없는 퍼즐이었는데, 이제 퍼즐 조각이 내게 주어진 것이다.

다음 날 나는 병원에서 샬럿, 톰, 제니를 다 함께 만났다. 나중에 루커스도 내 진료실에서 가끔 만났다. 돌이켜보니 루커스에게는 크게 신경을 쓰지 않았다. 하지만 나는 그 아이와 이야기를 나눴고, 샬럿과 톰에게 이 힘든 상황에서 루커스를 어떻게 키워야 하는지에 대해 자주 말했다. 이런 사건이 피해자의 형제에게 어떤 해악을 미치는지 파고들자면 시간이 정말 많이 걸릴 것이다. 방치, 애정의 실종, 감정적 부인은 모두 가정 폭력에 버금가는 상처를 입힌다. 나는 루커스가 그런 일을 겪지 않도록 확실히 조치했다.

제니는 정신 병동으로 옮겨져 퇴원 전 48시간의 필수 감시 단계에 들어갔다. 제니의 눈빛을 보니 나를 알아본 것이 틀림없었다. 그런 뜻으로 심지어 살짝 미소까지 지었다.

"시내에서 뵌 적이 있어요."

나는 그때 처음으로 제니의 목소리를 들었다. 제니의 목소리는 내 상상과 전혀 달랐다. 이상하게 들릴 수도 있겠지만, 우리는 모두 과거의 경험이나 편견을 바탕으로 자신이 모르는 부분을 채워 넣는다. 나는 가늘고 높은, 어쩌면 아이 같은 목소리일 줄 알았다. 그런데 아니었다. 낮고, 약간 귀에 거슬리는, 중년의 블루스 가수 같은 목소리였다. 흔치 않은 목소리는 아니다. 생각해보면 여러분 주변에도 목소리가 이런 사람이 분명 한두 명은 있을 것이다.

제니는 뒤트임이 있는 환자복 위에 부모가 집에서 가져다준 로브를 걸치고 있었다. 다시 자살을 기도할까 봐 허리끈을 빼놔서 로브가 훤체어 위로 헐렁하게 걸쳐져 있었다. 소매 아래로 삐져나온 하얀 붕대도 보였다.

톰은 나를 열렬히 반겼다. 내 팔을 털면 딸의 병을 고칠 묘약이라도 떨어질 거라고 믿는 사람처럼 격렬하게 악수했다.

"선생님을 찾게 돼 참으로 기쁩니다."

톰은 진심이었다. 모두 자리에 앉아 내 입에서 뭔가 근사한 말이 튀어나오길 기다리며 나를 바라봤다.

"가능하다면 도움이 되고 싶습니다. 하지만 제니, 너한테 매우 중요한 질문을 해야겠구나."

제니가 고개를 끄덕였다. 톰은 샬럿을 쳐다봤고, 샬럿은 남편을 안심시키는 표정을 짓는 눈치였다. 두 사람 다 내게 고개를 끄덕였고, 나는 말을 이었다.

"제니, 그날 밤 숲에서 있었던 일을 기억해내고 싶니?"

그 순간 제니가 지은 표정을 잊을 수가 없다. 마치 내가 우주의 신비를 풀거나 신에 대한 진실이라도 알아낸 것 같은 표정이었다. 내가 그 말을 하자, 제니는 자기가 지금까지 몰랐던 게 무엇인지를 갑자기 명확하게 감지할 수 있었다. 제니의 표정에 안도와 진심 어린 고마움이 드러났다. 정신과 의사로 일하면서 이토록 만족스러운 순간은 전무후무하다.

제니가 눈물을 삼키며 고개를 끄덕였다. 곧이어 "네!"라는 대답이 폭발하듯 터져 나왔다.

제니가 같은 말을 하고 또 하는 동안 아버지는 딸을 꼭 껴안았고, 어머니는 자기 팔로 제 몸을 꼭 감싸 안았다.

"네, 네, 네……."

10

파란색 혼다 시빅이 어떻게 페어뷰에서 다시 발견됐는지 말해야 할 것 같다. 앞에서 이야기한 대로 시빅은 강간 사건이 발생한 날 밤 이웃집 아이에게 목격됐다. 아이는 그 차가 숲 가장자리 도로변에 세워져 있었다고 했다. 뉴욕 번호판이었던 것 같다고도 했다. 그러나 그게 다였다. 아이의 목격담은 자동차 연식의 범위를 좁혀주지도 못했고, 자동차를 찾는 데 필요한 다른 정보를 주지도 못했다.

파슨스 형사를 인정해줘야 할 점이 있다면, 따지고 보면 자기 쪽 득점판에 올리면 안 되는 공적을 차지하는 재주가 좋다는 사실이다. 파란색 시빅 때도 그랬다. 이 소도시 전체가 시빅의 중요성에 그토록 촉각을 곤두세웠던 것도 공식적으로는 파슨스의 공으로 돌아갔다. 매주 지역 신문이 해당 차량에 대한 공지를 실었다. 모든 식당, 카페, 네일 살롱의 게시판에 경찰의 공고문이 붙었다. 그리고 파슨스도 경찰 회의가 있을 때마다 이를 상기시켰다. 나는 우리 지역에 들어온 파란색 세단 운전자들이 불쌍했다. 지난 1년간 허탕 치게 만든 신고만 스무 건이 훨씬 넘었다.

경찰들은 담당 구역에서 불려 나와 약국 주차장으로, 세차장 대기 줄로, 엉뚱한 집 진입로로 출동했지만 가보면 파란색 셰비나 새턴, 현대 차가 있을 뿐이었다. 시빅은 한 대도 없었다.

파슨스 형사는 주어진 업무뿐 아니라 톰 크레이머가 바란 일은 모두 다 했다. 톰은 복수하고자 하는 일념에 사로잡혀 있었으며, 톰 자신의 말을 빌리자면 사회적으로 금기시되는 행동에도 거리낌이 없었다. 아무튼 파슨스를 들들 볶았다. 그러나 파슨스는 출퇴근 시간을 엄수하는 사람이었다. 성향을 바꾸기란 여간 어려운 일이 아니다. 파슨스는 개인 시간을 소중히 여겼다. 가족은 없었고, 여자 친구가 있었는지는 모르겠다. 아니면 남자 친구나. 성적 취향을 판별할 기회는 없었다. 파슨스는 운동을 좋아했고 건강관리를 게을리하지 않았다. 쉴 때는 축구나 소프트볼을 했다. 수영도 잘했다. 톰의 요구는 그런 일상을 방해했다. 파란색 시빅뿐이 아니었다. 톰이 강력하게 주장해 파슨스와 페어뷰 경찰서는 각종 컴퓨터 시스템을 통해 전국의 경찰서에 도움을 청했고, 심지어 개인 인맥까지 동원했다. 톰은 미국에 경찰서가 1만 2천 군데나 있다고 내게 알려줬다. 파슨스를 통해 각 서에 전화를 하든, 편지를 쓰든, 이메일을 쓰든 모조리 연락할 작정이었다.

"딱 한 번만 강간을 저지르는 놈은 거의 없습니다. 게다가 이놈은 특징적인 흔적을 남겼잖습니까? 검은색 마스크 말입니다. 온몸을 면도하고 콘돔을 사용했다는 점도요. 그리고 막대기로 한 짓도 있죠."

톰은 마치 피해자의 아버지에서 일에 찌든 경찰 수사관이 된 양 전문적인 어조로 말했다. 가끔 상담 중에도 이런 식이었는데, 진료실에 막 도착해 수사 진행 상황을 이야기할 때 특히 그랬다. 그러나 여전히 딸의 등에 남은 흉터를 구체적으로 묘사하길 꺼렸다.

나는 제니와 그 부모를 상담하기 전까지 흉터에 대해 몰랐다. 파슨스 형사가 수사 파일을 통째로 넘겨줘서 서면으로 먼저 그 사실을 접했다. 당황스러웠다. 흉터는 강간이 발생했음을 선언하는 유일한 물리적 증거였다. 또한 제니가 그날 밤의 감정이 떠오를 때마다 만지는 부위이기도 했다. 제니는 진료실에서 두 번째 상담을 할 때 내게 흉터를 보여줬다. 사실 별것도 아니었다. 척추 오른쪽에 약 2.5센티미터쯤 되는 변색된 세로줄이 있었다. 대단치 않았다. 하지만 유일한 것이었다.

톰과 시빅 이야기로 돌아가보자.

"이 나라 정보기관들이 얼마나 서로 소통을 안 하는지 알면 놀랄 겁니다. 합의된 단일 시스템이 없다 보니 제각각 사용하는 정보 공유 서비스와 호환이 안 되는 겁니다. 기관 간 정보 공유가 필요하다는 것이 911 사태 이후 명확하게 입증됐는데도요. 말하자면 인터폴 같은 존재가 없는 거죠. 노력의 흔적은 있습니다. 하지만 50개 주에 경찰서가 1만 2천 군데나 있다 보니 사공이 너무 많았습니다. 게다가 지역을 넘나드는 특별 기관까지 있죠. 10만 명이나 되는 차주를 추적하는 거야 불가능하겠죠. 행여 추적해본들 10대 소녀를 강간했다고 순순히 자백할 사람이 어디 있겠습니까? 하지만 이건 이야기가 다르잖아요. 경찰을 몇 명 투입해서 주 5일, 매일 한 시간씩 전화하고 이메일을 보내면 되는 일 아닙니까? 이제 모든 경찰서가 사건을 구체적으로 알았고, 다른 관할지에 때마침 비슷한 사건이 있을 수도 있고요. 생각해보십시오. 솔직히 페어뷰 경찰이 종일 하는 일이 뭡니까? 속도 측정기를 가지고 눈에 안 띄는 곳에 숨는 게 다입니다. 파슨스도 처음에는 비협조적이더니 결국 내 말이 옳다는 것을 알았어요. 페이스북을 하는 대신 하루 한 시간씩 전화를 걸기로 한 겁니다. 얻을 수 있는 성과에 비하면 사소한 노력이죠. 아주 사소한."

나는 톰이 자랑스러웠다. 그것을 알아줬으면 한다. 앞에서 톰의 무기력한 자아에 대해 이야기하면서 그가 의지 굳은 아내를 얼마나 존경하는지 짚은 적이 있다. 나는 이런 역학 관계를 볼 때마다 무심코 대상의 유년기를 알아보고 싶어진다. 결과가 일치하진 않지만, 유년 시절의 경험에 특정한 경향성이 있는 것은 사실이다. 톰도 예외가 아니었다. 나는 그의 유년기를 '잘못된 지적 추구'라고 이름 붙였다.

당신이 부모라면 서점 진열대에 놓여 있거나 아마존닷컴이란 머리 없는 괴물이 당신에게 필요하다고 주장하는 잡다한 것들, 이를테면 주름 개선 크림, 탈모 방지 젤, 다이어트 지침, 발기부전 치료제 등등과 함께 팝업창에 뜨는 육아서에 시선이 간 적이 있을 것이다. 나는 친구들과의 식사 자리에서 각자 본 팝업 광고를 비교하며 폭소한 적이 한두 번이 아니다. 케리라는 친구가 있는데, 인터넷은 그가 남자란 사실을 도무지 믿어주지 않았다. 그러니 어떤 광고들을 봤겠는가! 아무튼 개인적으로 자기계발서도 그렇지만 육아서로 육아를 배우는 것은 개에게 수학을 배우는 것과 마찬가지다. 모아서 태워버려야 한다. 모조리.

톰의 아버지는 코네티컷 대학에서 30년간 문학을 가르쳤다. 톰의 어머니는 대학 동창회 사무실에서 일했다. 삶에 학구적인 분위기가 녹아들어 있었고, 지식인이란 자부심이 강했다. 이런 태도는 그들의 모든 행동과 정체성에 반영됐다. 악영향은 거의 없었고, 톰과 여동생 캐시에게 오히려 득이 됐을 것이다. 휴가 때는 가족끼리 캠핑을 갔다. 부모의 감독 없이는 텔레비전을 볼 수 없었으며, 그마저 주말에만 허락됐다. 그렇게 본 프로그램이 얼마나 따분했겠는가. 남매는 여름방학마다 책을 열 권씩 읽어야 했으며, 캠프에는 참가하지 않았다. 친구들이 놀러 와서 자고 가는 일도 없었고, 통금 시간을 엄격히 지켰으며, 일요일마다 꼬박꼬박 교회에 갔지만 열정과 믿음보다 이론과 사회학적 관점에서 종교를 보고 토론했다. 모든 것을 평가하고 분석해 거짓된 믿음이나 잘못된 행동을 하도록 영향을 줄 수 있는 감정적인 요소는 모두 배제했다. 여러분도 이런 사람들을 알 것이다. 상대적으로 자유롭게 자란 사람들은 이런 사람들을 보면 정신이 번쩍 들 때까지 마구 흔들어서 감정이 새어나오게 해주고 싶은 충동에 시달린다. 흠잡을 데 없이 올바른 행동에도 불구하고 인간미가 떨어지니까.

톰의 경우는 어땠을까? 성적표를 A로 가득 채워 왔을 때 톰의 부모는 칭찬하지도, 포옹이나 키스를 해주지도, 조부모에게 전화를 걸지도 않았다. 돼지 저금통에 넣을 특별 용돈도 주지 않았고, 후식을 더 주지도 않았고, 피아노 연습을 건너뛰게 해주지도 않았다. 성적표를 냉장고에 붙여놓지도 않았다. 천만의 말씀. 성적을 철저히 분석하고 논의한 다음 좋은 성적은 노력의 산물이지 톰이 다른 사람보다 훌륭하거나 더 총명하다는 뜻이 아니라고 재차 주지시켰을 뿐이다. 학교 연극에서 노래를 부르거나, 리틀리그에서 타자로 나서 1루로 간신히 진출하거나, 미술 시간에 점토로 기린 비슷한 것을 만들어 왔을 때 톰이 들은 말이라고는 모두 김빠지는 솔직한 평가였다.

"두 번째 후렴 부분에서 음이 좀 빗나갔다, 톰." "운이 좋아서 1루로 출루했지만 그런 일이 다시 일어날 거라 생각 말고 연습을 더 하렴." "이걸 만들 때 즐거웠나 보구나."

바로 그렇다. 톰의 부모는 시대를 앞서 나갔다. 지난 십 년간 우리가 지긋지긋하게 강요받은 육아 지침을 일찌감치 실천하고 있었다. 부모가 아이를 자랑스러워할 것이 아니라 아이가 스스로를 자랑스러워해야 한다. 거짓 칭찬은 아이들의 불신으로 되돌아올 테니 하면 안 된다. 아이가 자신을 과신하는 채로 세상에 첫걸음을 떼게 하면 안 된다. 그 결과는 실망뿐이다. 진정한 자신감은 진실한 육아에서 나온다.

이런 엉터리 육아 상식을 거부한다는 점에서 나는 비주류다.

우리는 작고 보잘것없는 존재다. 우리를 기쁘게 해주는 것은 오직 타인의 마음속에 있는 우리의 자리이며, 그것이 우리에게 목표와 긍지와 자아 관념을 심어준다. 우리는 부모에게 조건도 논리도 없는, 이성을 뛰어넘은 사랑을 바란다. 부모가 우리를 바라보는 시선이 그런 사랑으로 왜곡돼 있길 바라며, 우리가 걷는다는 사실 하나만으로 가슴이 기쁨으로 벅차오른다고 갖은 방법을 동원해 말해주길 기대한다. 물론 언젠가 우리의 점토 기린이 대단한 작품이 아님을 알게 될 것이다. 그러나 다락방 구석에서 그 기린을 꺼냈을 때 우리는 부모가 이 못생긴 점토 덩어리를 보고 어처구니없을 정도로 자랑스러워하고 뼈가 으스러져라 꽉 껴안고 싶어 했다는 사실에 눈물을 흘릴 수 있어야 한다. 이런 것들이 바로 우리가 부모에게 바라는 것이다. 우리의 보잘것없음을 깨우쳐주는 것보다 훨씬. 우리의 평범함을 냉정하게 평가하고 상기시켜줄 사람은 평생 차고 넘칠 테니까.

톰의 생각이나 행동에 자신감이 결여된 것은 놀랍지도 않다. 자신을 초라해 보이게 만드는 여자와 결혼하고, 자신을 시시한 남자로 대하는 상사 밑에서 일하는 것 역시 놀랍지 않다. 성년이 됐을 때 유년기를 다시 살아가는 것은 인간의 운명이다. 그러고는 자신이 왜 불행한지 의문을 던진다. 내가 좋은 집에서 근사한 차를 몰며 사는 것은 바로 이 때문이다.

내가 톰에게 감탄한 자질은 바로 자식들을 향한 지극한 사랑이었다. 톰은 무의식적으로 자신을 낮게 평가했지만, 제니와 루커스에게는 그러지 않았다. 아이들이 자신을 얼마나 기쁘게 하는지 표현하고자 하는 본능까지 빼앗긴 것은 아니었다. 제니가 강간당하고 자살을 기도했지만 변함이 없었다. 집에 있는 톰을 상상했을 때 떠오르는 이미지는 공놀이, 비디오게임, 웃음이다. 뻐근하리만큼 이를 악물고 쓰라리게 아픈 가슴을 안고 하는 일이었지만. 그래도 그는 해낸다.

그렇기 때문에 톰은 딸의 강간범 수사에 대한 이야기만 나오면 이성을 잃었다. 딸의 자살 기도와 자신이 재조립해준 현실에 대한 죄책감에도 불구하고 톰은 지치지 않았다. 제니는 회복하고 있으니 이제 그만 잊자는 달콤한 말에 넘어가 확신이 떨어지거나 격한 감정이 누그러질 때도 있었지만 어쨌든 끝끝내 수사를 밀고 나갔다. 페어뷰 주민이라면 누구나 알겠지만 페어뷰는 제니의 강간범을 찾는 데 헌신적으로 협조했고, 파란색 세단에 대한 신고도 한 달이 멀다 하고 연신 들어왔다.

하지만 이처럼 연이은 헛발질의 결과로 경찰은 산만해졌고, 몇몇 엄마는 하교 시간에 맞춰 아이를 데리러 가다 과속을 해도 걸리지 않았다. 1년 정도는 말이다.

그 차는 고등학교 인근 길가에서 시내로 향하던 여고생 두 명에게 목격됐다. 학교에서 시내는 800미터만 걸으면 되는 거리로 아이들이 모여서 밀크셰이크를 먹거나 장난을 치러 가지만 딱히 문제가 일어나는 곳은 아니었다. 사람들이 많이 지나다니는 길이다. 그 차 운전자는 사실상 온 동네가 자신을 잡으러 눈에 불을 켠 줄 전혀 몰랐을 것이다.

제니는 아직 복학하지 않았다. 트라우마 때문에 삶을 방치한 채 봄 학기가 벌써 두 번 지나갔다. 그래도 나는 치료에 몰두하고, 최근의 자살 기도뿐 아니라 지난봄에 발생한 사건의 무게를 인정하는 것이 중요하다고 조언했다. 나는 트라우마를 치료하는 가장 좋은 방법은 일상으로의 복귀라고 주장하는 안일한 정신과 의사를 싫어한다. 정치적으로 올바른 표현이 뭔지 모르겠으니 그냥 '근거 없는 미신'이라 칭하겠다. 때가 되면 일상에 복귀하는 것이 옳다. 그러나 나와의 작업을 끝내기 전에는 아니다. 아직은 충분히 치료가 되지 않았다. 아닌가? 가슴이 무너지는 슬픈 소식을 듣고 곧장 일에 집중하려 해본 적이 있는가? 흥분을 주체할 수 없는 소식을 들은 뒤에는? 그럴 때 어떻게 하는가? 밖에 나가 담배를 한 대 입에 물거나, 아내에게 전화를 걸거나, 울거나, 방방 뛰지 않나? 어쨌든 바로 책상에 앉아 아무 일 없었다는 듯 일을 하지는 않는다.

스티브 코퍼 순경이 전화를 받았다. 여학생들은 들키지 않으려고 모퉁이를 돈 다음에야 휴대전화로 신고했다. 강간 사건 이후 학교가 학생과 학부모에게 제대로 겁을 줘놨다. 매달 학부모들에게 이메일을 보내 파란색 시빅을 상기시키는 한편 자녀에게 외딴 데 홀로 떨어져 있지 않도록 당부하라고 공지했다. 강간과 납치에 대한 강연이 열렸고, 아이들이 지켜야 하는 안전 수칙에 대한 소책자가 만들어졌다. 물론 제니가 자살을 기도했다는 소식도 온라인으로 퍼져 나가 모두 새삼스럽게 강간과 파란색 시빅을 떠올렸다. 나는 여학생들이 그 차를 알아본 이유가 바로 여기에 있다고 자신한다. 모두가 다시 제니 크레이머를 화제에 올리기 시작한 것이다.

10대 문화란 참으로 재미있다. 무자비할 때도 있지만, 10대들은 여전히 어른들의 세상에서 보내는 신호를 받아들인다. 제니가 강간당하지 않았더라면 그날 일은 가차 없이 비웃음거리가 됐을 것이다. 더그 헤이스팅스에게 차이고 난 후 화장실에서 토하고 울면서 혼자 숲으로 도망쳤으니까. 분명히 이 과정에서 친구를 여럿 잃었을 테고 몇 달 어쩌면 그 해가 갈 때까지 SNS에서 자취를 감췄을 것이다. 10대 환자가 몇 명 있는데 그 애들이 하는 이야기가 거의 다 이런 주제다. 그러나 제니는 강간을 당했고, 그 심각성을 경찰과 학교와 지역 언론이 입증했다. 제니는 순식간에 누구나가 친절하게 대해야 하는 소녀가 됐다. 파티를 비롯해 집에 와서 자고 가라는 초대를 받았고, 주말에 버몬트로 스키를 타러 가자는 제안도 받았다. 교내 신문, 모의 UN, 연극부에 들어오지 않겠냐는 제안도 받았다. 모두가 자신이 베푼 친절을 칭찬받고 싶어 했다. 심지어 더그 헤이스팅스마저 (믿기지가 않는다) 제니에게 영화를 보러 가자고 했다.

제니는 초대를 받아들이고, 행복한 얼굴을 하고, 화장실에서 알약을 훔치며 그렇게 부유(浮遊)했다.

"무슨 유명인이 된 것 같았어요. 내가 무슨 특별한 일이라도 한 양 모두 나를 좋아해주는 거예요. 내가 뭘 했는데요? 숲으로 뛰어 들어갔죠. 엉망으로 취해서. 남자 하나 때문에 그렇게 마음 상한 것도 그렇고. 심지어 그 바보 같은 더그 헤이스팅스 때문에! 죄다 멍청한 짓이었어요. 선생님이나 학교에 강연하러 온 사람 모두 기본적으로 '제니 크레이머가 한 짓은 하지 마라. 제니 크레이머처럼 멍청하게 굴지 마라.'라고 말했어요. 사람들한테 '내가 그렇게 멍청한 패배자라면 왜들 그렇게 나랑 친구가 되려는 거야?' 하고 묻고 싶었죠. 이 두 사실이 양립하면 안 되잖아요? 그리고 솔직히 내가 뭘 잘해서, 가령 올림픽 육상 팀에라도 들어갔으면 아무도 친구가 되려 하지 않았을걸요? 다들 질투하면서 나를 싫어할 꼬투리를 찾았을 거예요. 실제로 몇 년 전에 어떤 남자애한테 그런 일이 있었어요. 무슨 전국 수학 경시대회에서 상을 탄 거예요. 대통령도 만나고 그랬대요. 차라리 에볼라에 걸리는 게 낫죠. 모두 그 남자애를 괴짜라고 부르면서 뭘 입든, 무슨 말을 하든, 무슨 행동을 하든 무조건 놀려댔어요. 나는 심지어 내가 뭘 했는지, 아니면 뭘 안 했는지조차 몰라요. 그놈한테 맞서 싸웠는지 그냥 가만히 당했는지 몰라요. 내가 모르니까 사람들도 알 수 없죠. 분명한 건 딱 하나예요. 놈은 이겼고, 나는 졌어요. 그게 핵심이잖아요? 나는 그 싸움에서 졌어요."

이 젊은 여성의 강인함이란! 당돌함과 상황 인식 능력이 또래의 수준을 훨씬 뛰어넘는다. 게다가 유머 감각까지 있다. 범상치 않은 아이다.

코퍼 순경은 시빅을 지나쳐서 모퉁이를 돌아 여학생들이 기다리는 곳 주변으로 차를 몰았다. 그의 심장박동도 차량 후미의 로고를 보는 순간 조금 더 빨라졌으리라. 여학생들이 차를 알아보고 몇 분 뒤에 경찰에 신고했다는, 이미 다 아는 이야기를 했다. 코퍼는 학생들의 이름과 휴대전화 번호를 기록한 다음 집으로 보냈다. 그러고 나서 파슨스 형사에게 전화했다.

"처음엔 믿지 않았습니다. 이미 스물여섯 번을 헛걸음했잖습니까? 매달 두 번꼴입니다. 초반에 몇 번 그러고 나면 무뎌집니다. 솔직히 이놈을 잡고 싶었습니다. 진심으로요. 크레이머 씨 가족을 위해서만이 아니라 이기적인 동기도 있었습니다. 이런 사건을 해결하면 경력에 도움이 되니까요. 하지만 현실적으로 굴 필요도 있었습니다. 톰 크레이머한테는 선택권이 없었습니다. 아버지로서 계속 죄책감을 안고 사는 거죠. 자기가 딸을 제대로 보호해주지 못했다고 말하곤 했습니다. 분명히 선생님뿐 아니라 이야기를 나누는 모든 사람한테 그랬겠죠. 네, 그래서 그 사람은 이겨내기 위해 뭐든 해야 하는 겁니다. 아니면 죽을 때까지 한 40년 노력하든가요. 제발 전화 좀 그만하고 우리를 내버려두라고 한 적은 없습니다. 정말입니다. 한 번도 안 그랬어요. 늘 '그럼요, 톰. 물론입니다.'라고 했죠. 우리 서에 있는 경찰들이 모두 나서 전국의 경찰서에 전화를 돌렸습니다. 동북부 지역만 해도 벅찼어요. 광고도 내고, 전단도 돌렸습니다. 나는 그런 걸 신참들에게 맡겼습니다. 할당을 했죠. 우리 서에서는 농담도 하고 그랬습니다. 그 리스트에 이름도 붙였죠. '병신 년 리스트'라고요. 아, 이런, 오해의 소지가 있군요. 우리가 톰 크레이머가 시키는 대로 하는 병신 같은 년이 됐다는 말이었습니다. 압니다, 표현이 좀 심하죠. 하지만 다들 젊지 않습니까? 어쨌든 그 연락을 받았을 때 나는 '그래, 뭐, 이번엔 포드인가 보지.' 했습니다. 그런데 코퍼가 맹세코 시빅이라는 겁니다. 틀림없이 학교 주변에 있고, 차에 사람이 없고, 또 봄 학기고. 나는 이놈이 범행 순간을 떠올리러 왔나, 또 강간하러 왔나, 생각해봤습니다. 상상이 가세요? 그렇게 되면 말이 되는 거죠. 경찰 표시가 없는 순찰차를 타고 갔습니다. 파트너랑 같이요. 시빅이 있는 데에서 차량 두 대 정도 떨어진 거리 맞은편에 차를 세웠습니다. 그 자리에서 두 시간 이십일 분을 대기했죠. 그러자 한 남자가 거리를 걸어오는 겁니다. 딱 보는 순간 우리가 찾던 놈이란 걸 알았습니다."

11

운전자는 크루즈 더마코라는 젊은이였다. 그는 페어뷰에서 마리화나를 판 혐의로 체포됐다. 학교 반경 500미터 안이었기 때문에 가중처벌이 적용돼 중범죄로 기소됐다. 물론 이는 그저 시작일 뿐이었다.

여기서 두 가지를 이야기하고 싶다. 첫째, 페어뷰 주택가에 저가 세단 한 대가 등장했다고 그렇게까지 의심을 사다니 어처구니없어 보일지도 모르지만 실제로는 타당한 논리가 있다. 그리고 이번 사건에서는 효과도 있었다. 바로 프로파일링이다. 프로파일링을 피해 갈 방법은 없다. 나는 프로파일링을 자제하자는 지역사회의 주장에 반대하지 않는다. 무고한 사람들이 부당한 피해를 입을 수도 있는데 이는 용납할 수 없다. 그러나 논거 하나로 통계 수치를 뒤엎을 수는 없다. 예를 들어 주어진 조건하에서 뉴욕 번호판을 단 시빅의 차주가 페어뷰 주민일 가능성은 약 1퍼센트 정도로 극히 낮다. 주장이 아니라 사실이다. 파슨스도 파티에 간 아이들에게 페어뷰에서 시빅 차량을 본 적 있는지부터 물었다. 가사도우미, 정원사, 아이 돌보미, 간병인, 친척 같은 사람들이 차주일 가능성이 컸다. 아무도 나서서 신고하지 않았다는 점도 고려해보자. 주차돼 있던 시간과 위치를 고려했을 때 가장 가능성이 높은 사람은 외지인이었다. 그럼 왜 외지인이 고등학교 파티장 밖에 차를 세워뒀을까? 그것도 밤에?

둘째, 주민들은 한마음 한뜻으로 제니를 강간한 범인이 외지인이라고 믿으려 애썼다. 그 때문에 시빅이 구명보트처럼 유일한 희망으로 떠올랐다. 파슨스가 대표적이었다. 내 눈에는 이 차를 찾게 돼 잔뜩 흥분한 그의 모습이 필사적으로 비쳤다.

"차에 접근하는데 심장이 어찌나 뛰던지. 거래가 끝날 때까지 기다리기를 정말 잘했습니다. 지독하게 수색할 각오가 돼 있었습니다. 절대로 심문이나 자동차 수색 없이 그냥 보내지 않을 작정이었습니다. 계속 머릿속에서 '젠장, 잡았어! 놈을 잡았다고!'라는 생각이 둥둥 떠다녔습니다. 하지만 마약 거래가 성사되기 전까지는 수사할 근거가 없습니다. 파트너가 옆에서 말려줘서 천만다행이었죠."

그날 오전, 존 빈센트라는 부주의한 고등학교 2학년생이 더마코가 페어뷰로 돌아온다는 기대에 부풀어 어머니의 지갑에서 돈을 훔쳤다. 그는 초조한 발걸음으로 시빅 조수석 쪽으로 다가갔다.

"불쌍한 녀석. 얼마나 바보 같던지. 딴에는 은밀하게 움직인답시고 주변을 살피고 산책하는 척했습니다. 그러다 조수석 안쪽으로 몸을 숙이더군요. 돈을 내고 작은 꾸러미 같은 걸 받는 모습을 포착했습니다. 유치한 경찰 드라마에서 툭 튀어나온 장면 같더군요. 우리는 녀석이 도망갈 때까지 기다렸습니다. 왜 있잖습니까. '야, 너! 거기 서!' 하고 소리치면서 실제로는 열심히 쫓아가지 않는 거요. 파트너는 벌써 운전석 쪽에서 있더군요. 코퍼에게 순찰차를 몰고 교차로로 오라고 했습니다. 도망갈 데가 없었죠."

실없는 소리이지만, 개인적으로 이름이 참 재미있다는 생각이 들었다. 코퍼(Koper) 순경의 성 가운데 'o'는 길게 발음하는 것이 맞지만 경찰이라는 뜻의 '카퍼(copper)'로 발음할 수도 있다. 크루즈 더마코도 그렇다. 그냥 듣기에도 어이없는 이 이름은 본명으로, 열아홉 살에 그를 낳은 어머니가 붙여줬다. 아마 그냥 발음이 '쿨'하다고 생각했을 것이다. 아니면 비디오게임에 등장하는 캐릭터 이름인지도 모르겠고. 아니면 생부 후보 가운데 한 사람의 이름을 땄는지도 모른다. 아무튼 더마코에게도 눈물 짜는 고생담이 있었다. 미혼모 어머니, 가난, 버펄로의 거지 같은 동네에서 보낸 어린 시절 등등. 나는 사연을 전해 듣고, 그가 서머스 교도소에 갔다가는 수감자들의 밥이 되겠다는 것 말고는 아무 생각도 들지 않았다.

지금은 롤러코스터를 타고 최정상에 올라온 기분이다. 롤러코스터를 몹시 싫어하기에 지금까지 미뤄왔는지도 모른다. 나는 지금까지 방관자였고, 판단과 주장을 전달하는 관찰자였다. 초봄부터 온갖 사건들이 한꺼번에 터지기 시작했다. 크레이머 가족의 등장, 제니의 치료, 숀 로건, 크루즈 더마코의 체포까지. 대충돌이 목전이었지만 나는 미처 보지 못했다. 걸출한 추론 능력에도 불구하고 전혀 예상하지 못했다.

파슨스와 파트너는 그 파란색 시빅에서 1.4킬로그램 상당의 마리화나를 찾아냈다. 체포할 근거로 충분한 양이었다.

"놈을 서로 데려갔습니다. 차량을 압수하고, 크랜스턴에서 감식반을 불렀습니다. 절대 망쳐서는 안 됐습니다. 상상이 갑니까? 만약 감식반이 주니퍼 로드 뒤편과 일치하는 흙을 찾는다면 어떻겠습니까? 아니면 제니의 손톱에서 나온 검은색 마스크와 같은 섬유가 발견된다면요? 크리스마스 아침에 일어난 아이 같은 기분이었습니다."

더마코는 불쾌한 인간이었다. 나이는 스물아홉, 키는 165센티미터가 안 됐고, 몸무게는 55킬로그램 이하였다. 여자들이라면 어느 정도 짐작할 수 있을 깡마른 몸매였다. 그리고 창백한 흰색 피부는 마치 노파의 살처럼 팔다리에 걸쳐져 있었다. 검은색 머리카락은 앞뒤로 길고, 옆은 짧았다. 젤을 많이 발라 반들반들하게 붙인 스타일. 걷거나 말할 때 경련이 일었는데, 심지어 눈까지 떨렸다. 그리고 싸구려 비누 냄새가 났다. 직접 만나지는 않았지만 파슨스 형사가 자세히 묘사해줬다. 지역 신문에 실린 사진과 내가 인터넷에서 찾아낸 사진만 보자면 그렇게까지 혐오스러운 수준은 아니었던 것 같다. 뭐, 흔한 일이다. 사람은 누군가를 미워하거나, 죄책감을 떠넘기고 비난하고 싶을 때, 또는 죄과를 추궁하고 싶은 마음이 들 경우 최대한 상대를 나쁘게 보고 최악의 면모를 부각시킨다. 실제로 그런 최악의 존재였을 수도 있다. 범죄자임에는 틀림이 없으니까. 그러나 마약 판매와 강간은 전혀 다른 범죄다.

"놈은 변호사를 부르지 않았습니다. 그래서 권리 포기 각서에 서명을 받았죠. 미란다 원칙을 고지하지 않았다는 소리를 듣기 싫었습니다. 카메라로 촬영도 했습니다. 경찰 두 명이 밖에서 지켜보는 가운데 나와 파트너가 취조실로 들어갔죠. 놈에게 담배와 오렌지 맛 탄산음료를 줬습니다. 마음을 편안하게 해주는 방식으로 시작한 겁니다. 우리가 왜 체포했는지 말해주기 전에 반응이 올까 싶어서요. 서류가 오길 기다리는 동안 놈에게 말을 걸었습니다. '운이 없네. 이런 마약은 거의 합법화된 수준이지. 잘해보자고. 나는 그저 여기 애들이 탈선하지 않았으면 하는 것 뿐이야.' 이런 식으로요. 놈이 어깨를 으쓱하더군요. 차주는 형이고, 자기는 차에 마약이 있는 줄 몰랐대요. 파트너가 나쁜 경찰 역할을 맡았습니다. 학생한테 마약 파는 장면을 우리가 봤다고 했죠. 놈이 빙긋 웃었습니다. 그리고 '뭘 팔아요? 걔는 저한테 길을 잃은 거냐고 물어본 거예요. 차에 있는 지도를 봐주겠다고 손을 안으로 뻗은 것뿐이라고요.'라고 했습니다. 말이 됩니까? 물론 조수석 사물함에 지도가 있긴 했습니다. 그렇지만 요즘 세상에 누가 지도를 본답니까? 지도는 10년도 더 돼 보였습니다. 그때 밖에서 누가 노크를 하더군요. 신상 서류가 도착한 겁니다. 이제 된 거죠."

더마코는 사법제도와 인연이 깊었고, 죄과는 전부 마약과 관련이 있었다. 대부분은 경범죄 수준의 마약 소지나 사용이었다. 하지만 그렇다고 해서 그가 마약을 팔지 않았다는 법은 없다. 전과와 실제 저지른 범죄가 꼭 일치하란 법도 없다. 다들 텔레비전에서 검사와 변호사 사이에 오가는 거래를 익히 봐왔을 것이다. 재판에는 시간과 돈이 들고, 요즘은 마리화나 따위에는 아무도 신경 쓰지 않는다. 그러니 서류에 적힌 전과는 10년 전까지 거슬러 올라가도 마약 유통으로 유죄판결을 받은 것 하나밖에 없었다. 작년 6월의 일이었다. 제니가 강간당한 지 2주일하고 나흘 뒤였다.

더마코는 4급 교도소(재판을 앞둔 범죄자와 형을 선고받은 수감자를 함께 수용하는 교도소 – 옮긴이)인 브리지포트에서 6개월을 복역했다. 피부가 곱고 흰 왜소한 남자에게 그다지 유쾌한 경험은 아니었을 것이다. 변태 같이 들리는가? 서머스 교도소를 오가다 보면 다른 사람들과 가볍게 공유할 수 없는 상식이 는다. 나는 평소에 오해를 피하고자 함부로 타인을 추측하지 않으려 주의하는 편이다. 심지어 보통 사람들과 어울리는 자리에서는 누군가의 농담에 웃을지 말지까지 고민한다. 체구가 작고, 피부가 희고 고운 남자란 이유만으로 교도소 내 강간을 떠올리진 않는다. 그러나 5급 교도소(강력 범죄를 저지르고 장기간 복역하거나 사형선고를 받은 수감자를 수용하는 교도소 ― 옮긴이)에서의 삶을 매주 여덟 시간씩 듣다 보면 그 연관성을 떠올리게 된다. 나는 이 문제로 아내에게 이미 여러 번 핀잔을 들었다.

"당신 또 그러네."

아내는 이렇게 말하곤 한다. 아내는 화가 나 있을 때에도 말투에 애정이 묻어난다.

"캐처는 홈베이스에 있는 사람이야. 그게 다라고. 누가 그런 걸 재미있어 한다고 그래."

이 말이 사실인지 아닌지 모르겠다. 언론과 연예계를 보면 아내의 말과 반대되는 증거가 충분한 것 같다. 그래도 저녁 식사 자리에서 나눌 대화의 주제로 대체로 적절하지 않다는 것은 인정한다. (캐처는 남자끼리의 성교에서 '받는' 입장에 있는 사람을 칭하는 말로 사용되기도 한다) 아마도 그래서 디너파티가 심각할 정도로 재미없는지도 모른다.

파슨스에게는 이제 거래를 할 여지가 생겼다는 점에서 희소식이었다. 그는 더마코를 처벌할 수 있는 중범죄 혐의라는 카드를 두 장이나 쥐었다. 더마코의 전과를 고려하면 상습범으로 의무 양형제(판사의 재량을 인정하지 않고 의무적으로 형량을 강요하는 규정 ― 옮긴이)의 적용을 받을 수도 있었다.

"서류를 들고 취조실로 돌아갔습니다. '이런, 쉽지 않겠는걸. 전력이 있는 데다 이제 중범죄 혐의가 두 건이나 생겼잖아.'라고 했더니 동요하기 시작했습니다. 이어서 '국선변호인을 선임하지 그래. 변호인이 필요할 거야.'라고 했죠. 그랬더니 바닥에다 발을 문대기 시작하더군요. 주먹도 꽉 쥐고요. 때맞춰 파트너가 나를 끌어당기고 아무 의미 없는 말을 속삭였습니다. 한마디로 쇼였죠. 멋있어 보이게 말입니다. 그러고 나서 또 내가 '이봐, 혹시 지난 5월에 여기 왔어? 우리를 좀 도와줄 수 있을 것 같은데.'라고 했어요. 그랬더니 뭐, 자기한테 떨어지는 떡밥이라도 있어야 갔다고 말을 하지, 그런 눈치로 어깨를 으쓱했습니다. 그래서 놈이 여기 왔었다는 걸 인정하면 거기서부터 시작해야겠다고 생각했습니다. 그런데 영 꿈쩍도 않고 버티더군요."

나는 이 논리가 이해되지 않았다. 만약 더마코가 강간범이라면 범죄 현장에 있었다는 것을 인정할 리가 없었다. 어쨌든 파슨스는 제대로 된 수사 궤도에 다시 올랐다.

"놈을 잡아둘 근거는 충분했습니다. 놈은 크랜스턴에서 국선변호인을 배정받았습니다. 나름 실력이 있는 변호인이었지만, 누가 국선변호인 수임료를 받고 재판까지 가려 하겠습니까? 아무튼 다시 그날 밤으로 돌아갈 때가 온 겁니다. 이제 용의자의 얼굴이 생겼습니다. 일단 테디 덩컨부터 다시 만나야죠. 개를 쫓아갔다던 꼬맹이 말입니다. 그다음으로 애들을 흔들어놓을 건수가 나왔으니 면담을 다시 해야 합니다. 파티에 있었던 아이들은 하나같이 파란색 시빅을 못 봤다고 했습니다. 하지만 범인이 더마코가 맞다면 아마 거기서 마약을 팔고 있었겠죠. 숲으로 뛰어들어가는 제니를 봤을 겁니다. 쉬운 먹이였을 겁니다. 아이들은 아무도 마약을 샀다고 인정할 생각이 없었겠죠. 하지만 이제 우리는 이 사실을 알고, 차가 있고, 운전자가 있으니 이 점을 잘 활용해 얼굴을 인식하게 만들어야죠."

파슨스는 매우 긍정적이었다. 심지어 즐거워 보이기까지 했다. 크레이머 가족도 마찬가지였다. 나는 파슨스가 더마코에 대해 내린 결론에 동의하지 않았다. 그러나 나는 그의 계획에 반대할 입장이 아니었다. 그는 제니와 그 가족의 치료에 도움이 되라고 내게 사건 진행 상황을 알려준 것만으로 이미 큰 친절을 베풀었다. 내가 뭐라고 할 수 있었겠는가. 그 남자는 범인이 아니라고? 아이들이나 테디 덩컨을 다시 만날 필요가 없다고? 이렇게 진행하면 안 된다고? 나는 그저 행운을 빌어주고 다음 소식을 기다렸다. 후회막급할 따름이다.

12

파란색 시빅의 재등장으로 나는 직격타를 두 방이나 맞았다. 우선 크레이머 가족 상담에 혼선이 생겼다. 다른 하나는 내 아들과 상관이 있었다.

나는 몇 주에 걸쳐 제니와 그 부모를 따로 만나고 있었다. 샬럿과 톰의 경우에는 그다지 복잡할 것이 없었다. 주목적은 제니에 관해, 그리고 자살을 기도한 시점까지 그해에 있었던 일들에 대해 듣는 것이었다. 그런데 어느새 상담이 인생에서 가장 끔찍한 날들을 보내고 있던 자신들의 고통을 털어놓는 시간으로 변하고 말았다. 물론 그 과정에서 두 사람의 결혼 생활이 가진 근본적인 문제, 나아가 부부 문제의 근간인 두 사람의 어린 시절로 들어가보게 됐다.

나는 이미 앞에서 부부 상담을 반대한다고 밝혔다. 구체적으로 말하자면 부부가 서로의 면전에 대고 주워 담지 못할 진실을 줄줄이 내뱉는 모습을 보는 것 자체가 몹시 못마땅하다. 할 필요가 있는 말도 있겠지만, 그렇다고 상대가 전부 다 들어야 하는 것도 아니다. 크레이머 가족의 문제는 내 눈앞에서 카드로 쌓은 성처럼 허물어지고 있었고, 나는 조각들을 정리 중이었다. 하지만 각각 따로 만났다. 한 명씩 일대일로 상담했다.

톰은 사례연구 그 자체다. 교과서다. 톰은 제니에 대한 결정권과 부부관계의 주도권을 잡고 있는 아내를 향한 자신의 분노를 인지할 필요가 있었다. 그런 다음 그 지경이 될 때까지 방치한 자신에게 느끼고 있는 분노를 인지하고, 샬럿은 단지 자신의 낮은 자신감이 만들어낸 우유부단이란 커다란 골을 메웠을 뿐이란 사실을 인정해야 한다. 마지막으로 부모님에 대해, 그리고 낮은 자신감의 원인에 대해 생각해봐야 한다. 이해, 수용, 용서, 그리고 변화를 위한 실천이 필요하다.

징징대거나 책임을 떠넘기라는 말이 아니다. 대화 요법을 두고 뭐라고들 하는지 잘 안다. 죄다 틀렸다. 톰은 자신이 언제 골을 파는지 인지하고, 그렇게 한 이유를 인정하는 훈련을 해야 한다. 자신의 힘과 지성의 주인이 돼야 한다. 다시 남자로 태어나야 한다. 자신을 위해, 그리고 스킨십조차 바라지 않는 아내를 위해서도 말이다. 쉽지는 않을 것이다. 이런 식의 '재훈련'을 인지행동요법이라 한다. 이게 뭘 하는 것인지 설명해달라던 환자가 있었다. 자신이 시누이를 얼마나 싫어하는지 남편에게 계속 말하겠다며, 그러지 않는 것이 오히려 정직하지 못한 것 아니냐고 툴툴댔다. 내가 우리의 최종 목표를 말했더니 그녀는 이렇게 말했다. "아, 실제로 그렇게 느낄 때까지 그런 척하라고요?" 이게 바로 인지행동요법이다. 논란의 여지가 많은 기억 복원 과정과 달리 인지행동요법은 정신 요법의 전형이다.

샬럿은 훨씬 복잡했다. 그녀가 왜 톰과 결혼했는지 나는 단번에 알았다. 이미 앞에서 설명한 것과 같다. 톰은 샬럿이 어릴 때부터 꿈꿔온 완벽한 가정의 일부였다. 샬럿은 그 가정이 무너지지 않도록 밥을 대들보로 삼았다. 이제 내가 왜 굳이 샬럿과 밥의 성행위를 자세히 설명했는지, 그리고 샬럿에게 밥은 마약이었다는 결론을 내렸는지 이해할 것이다. 이 모든 것이 솜사탕 기계 속 설탕 가닥들 같다. 지금은 서로 붙지 않으려 빨리 돌고 있다. 막대 하나에 다 같이 엉겨 붙을 때까지 돌고 도는 것이다. 그러다 마침내 완벽하게 뭉쳐진 솜사탕이 된다.

밥은 샬럿의 마약이었다. 숀은 태미의 마약이었다. 그리고 제니는 숀의 마약이었을 것이다. 사람들이 이런 식으로 서로에게 끌리는 데에는 이유가 있다. 흡사 마약 중독자가 된 느낌을 주기 때문이다. 건강하지 않다. 감정적인 관점에서 볼 때 매우 건강하지 못하다. 실망시켜서 미안하지만 건강한 관계는 대개 몹시 지루하다. 크루즈 더마코가 체포되기 전까지 샬럿과 이 방면으로 상당한 진전을 봤다.

샬럿은 제니의 일로 다시 병원에 간 다음에 집으로 돌아가지 않았다. 파슨스 형사와 이야기를 나누고, 그에 의하면 피범벅이 된 옷에 이마에까지 피를 묻힌 채로 두 블록쯤 가서 밥에게 전화했다. 둘은 만나기로 했다.

"왜 내가 집으로 가지 않았는지 모르겠어요. 루커스는 이웃집에 있었죠. 그래서 그 애 방에서 웅크리고 누울 수가 없었어요. 하지만 그것 때문은 아니에요. 아마 견딜 수가 없을 것 같았다는 편이 더 맞을 거예요. 왜 견딜 수가 없었는지는 모르겠지만요. 제니가 강간당했을 때에는 집에 갔어요. 아들을 끌어안고, 그 애 방 침대에 웅크리고 누워서 약 기운이 돌 때까지 아이가 잠드는 모습을 지켜보고 싶었어요. 속상했지만 감당할 수 있을 것 같았어요, 감당하고 있었어요. 딸애는 치료를 받고 있었어요. 병원에서 그 애를 고치고 있었죠. 딸애가 고통받지도 않았어요. 그 애는 잠든 상태였고, 내내 자다 아무 일도 없었다는 듯이 깨어날 거였어요. 사고를 낼 뻔한 경험 있으시죠? 얼음 위에서 미끄러지거나 사각지대에 있던 차를 못 보거나, 패닉에 빠졌다가 안심하고, 그러다 '그래, 오늘은 총알을 피했구나. 다음에는 더 조심해야겠어.' 생각하고. 내 기분이 딱 그랬답니다. 무서웠지만 안도감도 들었어요. 미래는 통제 가능하니까. 그런데 이번에는 좀 달랐어요."

샬럿은 한 시간 내내 밥을 만난 이야기만 하다 갔다. 자신이 집으로 가 아들과 함께 있는 대신 그 사람에게 전화했다는 사실에 혼란스러워했다. 밥과 함께 있을 때 자신이 한 행동 때문에 혼란스러워했다. 그리고 밥을 떠났을 때 자신이 느낀 기분 때문에 혼란스러워했다.

"페어뷰와 크랜스턴 중간의 주차장에서 만났어요. 7번 도로에 홈디포하고 코스트코 있는 데 있잖아요. 거기 아세요? 엄청나게 커요. 그 사람을 내 차에 태워 뒤쪽으로 갔어요. 배달 준비하는 데요. 그냥 이야기만 할 생각이었어요. 밥은 옷을 갈아입었더라고요. 그리고 내가 집에 가서 옷을 갈아입지 않은 걸 보고 좀 놀란 것 같았어요. 제니가 어떤지 묻기에 대답해줬어요. 머리를 두 손에 묻더니 이마를 박박 문지르더군요……."

샬럿은 밥이 어떻게 머리를 문질렀는지 재현해 보였다. 그날 오후 일을 기억에서 지워버리려는 것 같았다고 했다. 마치 지우개로 펜 자국을 지우려는 것처럼. 밥의 피부가 붉어지기 시작했다.

늦은 시각이었다. 밥은 자신의 쇼룸 중 한 군데에 들러 옷을 갈아입었다. 뒷문으로 들어가는 그를 본 사람은 없었다. 밥은 피투성이 옷가지를 어째야 할지 몰라 했다. 내다 버려야 할지, 불태워야 할지, 빨아보기라도 해야 할지. 누가 그 옷가지를 찾아낼까 봐, 그리고 둘의 일이 들통날까 봐 걱정을 했다고. 밥이 그렇게 말했다고 한다.

“나도 내심 불안했어요. 이미 말했듯이 이번에는 좀 달랐거든요. 트럭 두 대 사이에 차를 세워놨어요. 10시 반 정도였을 거예요. 밖이 캄캄했어요. 밥의 얼굴이 잘 안 보였던 게 기억나네요. 계속 자잘한 이야기만 했어요. 자기 옷가지, 내 옷가지, 내 건 어쩔 생각인지. 화장실에 들어가지 말라고, 거긴 어떻게 치우라고. ‘청소 회사에 전화해. 사고가 있었다고 하고 열쇠만 주라고. 그런 일 해주는 데가 있어…….’ 어쩌고저쩌고. 나라는 존재가 풀려나가는 느낌이었어요. 더 잘 설명하진 못하겠네요. 마치 올이 풀려서 조금씩 조금씩 솔기에서 빠져나가는 것 같았다고나 할까요.”

나는 밥에게서 듣고 싶은 말이 뭐였는지 물었다. 샬럿은 진료실 구석에 있는 작은 튤립 화분을 응시하고 있었다. 식품점에서 샀는데 가격과 설명이 적힌 흰 스티커를 떼지 않은 채였다. ‘TULIPA MONTREUX’. 딱히 찾는 것은 없었다. 가게에는 이것뿐이었고, 아내는 진료실에 봄꽃이라도 갖다 놓으라고 성화였다. 샬럿이 스티커를 뚫어져라 쳐다봤다. 눈에 띈 스티커가 이 공간과 유일하게 어울리지 않는 것이었기에, 무의식적으로 응시하는 것이었다. 물론 나는 나름의 결론을 내렸다. 스티커를 그냥 두기로.

“밥이 뭐라고 해주길 바랐나요? 밥한테 뭘 원했던 거죠?”

침묵. 생각한다.

“시간을 되돌려 다시 그때 그 차 안이라면 밥이 어떻게 해야 할까요?

처음부터 시작해봅시다. 밥이 차를 탄다. 그리고……."

"그리고 내 얼굴을 쳐다보고, 내 옷을 보고, 여전히 나를 뒤덮고 있는 피를 봐요. 누가 우리를 볼까 봐 불안하게 두리번거리지 않아요. 신경도 안 쓰죠."

"쳐다만 봐도 당신이 뭘 필요로 하는지 알죠. 당신이 일부러 말할 필요가 없어요. 그래서 그가 어떻게 하나요?"

"그 사람은…… 두 손으로 내 얼굴을 감싸고……."

샬럿이 눈을 감고 자신의 두 손을 얼굴로 가져갔다. 감정이 북받치고 있었다.

"왜요, 샬럿? 밥이 뭐라고 하나요?"

"다 괜찮다고 말해요. 내 딸이 다 이겨낼 거라고요."

"아뇨, 그게 아니잖아요. 그건 베어드 박사가 병원에서 한 말이에요. 잘 생각해봐요, 샬럿. 그 사람이 당신을 쳐다보고 살피고 당신의 얼굴을 감싸 쥐고 뭐라고 하나요?"

"모르겠어요."

"아니, 알아요. 전화한 이유가 있을 것 아니에요. 심호흡 한번 하고 털어놔버려요. 그날 밤으로 돌아가요. 나랑 당신밖에 없잖아요. 차에서 밥이 당신한테 뭐라고 했는지 아무도 모를 겁니다. 여기는 안전해요, 샬럿. 그냥 다 내보내세요. 밥이 당신 얼굴을 감싸고 당신 눈을 바라보고 있어요. 뭐라고 이야기합니까?"

"사랑한다고 말해요."

"아니에요, 샬럿. 그 말은 항상 하잖아요. 솔직해져봐요. 그 사람이 뭐라고 할지 알잖아요."

샬럿은 울고 있었다. 여러분은 아마도 이 사실이 놀라울 것이다. 샬럿이 상담 중에 이렇게 자신을 내려놓은 것이 처음은 아니었다. 밥과의 외도를 아는 유일한 사람이 나란 사실을 기억해주길 바란다. 샬럿의 신임을 얻기 위해 엄청나게 노력했고, 그 결과 나는 샬럿의 비밀과 눈물을 숨길 수 있는 안전한 피난처가 됐다.

"그 사람이 뭐라고 할지 알잖아요, 그렇죠?"

샬럿이 고개를 끄덕였다. 그러더니 숨을 한번 들이마시고 눈을 떴다. 울음을 그치고 차분하게 말했다.

"내 얼굴을 두 손으로 감싸 쥐어요. 누가 보든 상관 안 해요. 내 눈을 들여다보고 말해요. '당신 잘못이 아니야.'라고요."

"그래요. 바로 그거예요. 밥은 당신이 필요로 하는 것을 주는 사람입니다. 남들이 줄 수 없을 때에도 말이죠. 간극을 메워줍니다. 당신의 과거를 왈가왈부하지 않아요. 이런 샬럿이 아니고 저런 샬럿이라고 해서 득을 보는 사람도 아닙니다. 자기 자식을 기르는 것도 아니죠. 아내도 아니고요. 당신 과거가 형편없게 비칠 일이 없어요."

"항상 그 사람한테는 뭐든 말할 수 있을 것 같았어요. 그리고 그럴수록 나를 더 사랑해줄 것 같았죠. 그 사람은 내가 의붓아버지의 피해자일 뿐이라고 말해줬어요. 내 엄마를 두고는 자포자기한, 절대 어른이 되지 못한 이기적인 여자애였다고 했어요. 살아남기 위해서는 엄마도 어쩔 수 없었다고요."

"그 말을 듣고 기분이 나아졌나요?"

"네. 그다음에 나와 섹스하고 돌아가고, 나는 남편이 집에 오기 전에 내 몸에서 그 사람을 씻어냈어요."

“밥과의 관계 때문에 죄책감을 느꼈군요.”

“당연하죠. 내 과거를 위로해준 그 사람의 행동이 항상 내 현재를 후회스럽게 만들었어요. 그리고 나는 그 사람이 다시 올 때까지 그리워했죠.”

우리 모두 이렇다. 변하고 싶은 것이 아니다. 타고난 마음속, 뱃속 깊숙이에서는 우리가 어릴 때 느꼈던 그대로를 느끼길 원한다. 솜사탕에 엮어야 할 설탕 가닥들이 더 나온다.

“그런데 그 밤 그 차에서는 위로가 되지 않았어요. 내가 뭘 필요로 하는지도 몰랐어요. 우리는 온갖 이야기를 했어요. 자잘한 것들에 대해서. 아마 나한테 사랑한다고, 제니가 괜찮아서 안심이라고 했는지도 몰라요. 모르겠어요. 그 사람 말이 귀에 안 들어왔어요. 솔기에서 올이 점점 풀리고 있었으니까요. 느낄 수 있었어요. 올이 점점 풀려나가더니 결국 내가 다 풀어져버렸다는 걸. 나는 울음을 터뜨리며 그 사람을 끌어당겼어요. 그 사람 코트를, 셔츠를. 그 사람 허벅지 사이로 손을 뻗었어요. 그 사람이 뭔가 해주길 바랐어요……. 내가 뭘 원하는지 나도 잘 몰랐어요.”

“듣기엔 어떤 형태의 성적 접촉을 원한 것 같군요.”

“네, 아마도요. 뭐라도요.”

“실제 감정과 다르게 느끼고 있었을 수도 있겠네요.”

“네.”

“마약처럼. 그런 말 한 적은 있죠. 밥이 당신에게 마약 같았다고.”

“네, 내 안에서 느껴지는 걸 그 사람이 바꿔주길 바랐어요. 마약처럼. 맞아요. 그런데 밥은 내 손을 치우고, 나를 무슨 변태 보듯 했어요. 마치 내가 몹쓸 짓이라도 한 것처럼. ‘무슨 짓이야? 이 상황에.’ 그러고는 계속 떠들어댔죠. ‘그걸 목격한 지 얼마나 됐다고 섹스 생각이 나?’ 우리 사이에 벽이 생기는 느낌이었어요. 유대감이 무너지고, 내가 과거의 나를 보듯 그렇게 그 사람이 나를 바라보고 있었어요. 수치스러웠죠."

대단한 발전이었다. 우리는 계속해서 그 차에서 있었던 일에 대해 이야기했고, 샬럿이 그간 자신의 과거에 대해 위안을 얻으려고 밥을 이용했지만 되레 기분이 더 나빠졌을 뿐이라는 이야기도 했다. 밥은 흥분제인 동시에 각성제이기도 했다. 다 끝나고 나면 샬럿은 처음 그 자리에 남겨졌다. 흥분제는 약효가 떨어지지만 각성제는 점점 강해진다. 따라서 흥분제가 갈수록 더 필요해지기 마련이다. 그래서 샬럿은 사랑과 위로를 얻기 위해 섹스를 줬다. 샬럿은 밥에게 그의 아내가 하지 않을 행위, 그가 인터넷에서 본 것에 대해 물었다. 밥은 욕정이 엄청난 사내였다. 앞서 말했듯이, 샬럿은 밥과 절정에 오르지 못했다. 그런데도 그와 섹스할 생각에 사로잡혀 있었다. 섹스를 대가로 사랑과 위로의 말들을 얻었던 것이다. 이는 수주일에 걸쳐 상담하는 동안에도 샬럿이 결코 이해하지 못했던 부분이었다. 샬럿은 종소리를 듣고 침을 흘리는 파블로프의 개 같았다. 개들은 종소리만으로는 어떤 만족감도 느끼지 못한다. 하지만 종소리가 들린다는 것은 곧 먹이가 나온다는 의미다. 그리고 개들은 먹이를 바랐다.

그런데 그날 밤, 밥은 제대로 된 위로의 말을 주지 못했다. 처음으로 마약이 어떤 효과도 주지 못한 것이다. 샬럿은 딸의 피뿐 아니라 자기혐오와 수치심에 흠뻑 젖은 채 집으로 돌아갔다. 바로 이런 시기에 파란색 시빅이 우리를 방해하고 나섰다.

파란색 시빅이 페어뷰에 다시 나타나 범인 검거로 이어졌다는 말을 전해 들은 순간을 나는 똑똑히 기억한다. 온종일 서머스 교도소에 있다가 집으로 돌아가는 중이었다. 나는 운전할 때 음악을 듣지 않는다. 음악은 감정적인 반응을 불러일으키는데 그러면 생각에 집중할 수 없다. 평소 무심코 흘려보낸 것들을 깊이 생각하기에 운전만큼 좋은 것도 없다. 스포츠 중계, 특히 농구나 하키같이 속도감 있는 경기들이 오히려 그런 생각들을 자극한다. 정신없는 움직임들이 머릿속을 들락거리며 집중을 돕는 배경음이 된다.

나는 그날 본 환자를 생각하고 있었다. 라임에서 주거침입죄로 3년에서 5년 형을 받고 2년째 수감 중인 죄수였다. 불안 증세와 우울증이 있다고 했다. 서머스의 경우, 이는 예외 없이 약을 얻으려는 수작이다. 안된 마음에 약을 처방해줄 때도 있다. 수감 생활은 비참하다. 페어뷰에서는 이혼 수속 중이거나, 이직했거나, 부모를 잃었거나, 그 밖에 힘든 일을 겪는 환자들에게 그런 약을 처방해줬다. 물론 그런 기준에서는 교도소에서 10년을 보내는 사람들이 더 불쌍할지도 모르겠다. 아무튼 평소에도 약을 처방할 때에는 신중에 신중을 기해야 한다. 환자들이 약을 받아다 팔기도 하기 때문이다. 약을 삼킨 척하기도 하고, 심지어 삼켰다가 게워내기까지 한다. 말려서 한 알씩 판다. 그러니 죄수들의 경우에는 그냥 새로운 삶에 적응하도록 하는 편이 낫다. 10년 동안 약을 복용할 수는 없으니까. 일단 교도소에서 허락하지 않을 것이다. 게다가 시간이 지나면 중독성이 생기는 약물이다. 수형 제도 안에서 중독자를 양산할 필요는 없다.

크루즈 더마코에 대한 이야기를 들은 날에는 그런 딜레마에 빠지지 않았다. 이 환자가 약을 팔리란 것이 훤히 보였다. 그래서 처방하지 않을 생각이었다. 상담이 진행되면서 내가 주저한다는 사실을 눈치챈 순간,

죄수는 나를 가지고 놀기 시작했다. 이런 경우는 상당히 흔할 뿐 아니라 그 덕에 이 환자가 주장한 뇌 화학적 장애인 우울증, 조울증, 조현병(우리는 이것들을 축1장애라 부른다)이 아니란 사실이 증명됐다. 동시에 나는 이 환자가 다른 부류라는 진단을 내렸다. 축2장애였다. (축1장애는 간단히 말하면 뇌 내 화학물질 생성 기능의 오작동이다. 축2장애는 성격장애로, 감정이입이나 타인과의 건강한 애착 형성과 같은 정상적인 성격 특질이 없거나 기형적일 때 나타난다. 좁게는 경계성 성격장애부터 넓게는 반사회적 인격 장애까지 그 범위가 상당하다. 내가 생각하기로 이런 정의들은 애매모호하다. 그다지 치료 효과도 없다) 이 환자는 반사회적 인격 장애였다.

내가 서머스에서 겪은 일들로 교과서를 쓴다면 몇 권은 나올 것이다. 그리고 겸허하게 밝히자면, 이 정도로 감쪽같은 축2장애 환자를 처음부터 능숙하게 간파한 것은 아니었다. 페어뷰 같은 곳에서는 이런 환자가 불쑥 나타나는 일이 없다. 사실 치료받는 일 자체가 드물다. 아프다는 사실은 인정하지 않지만 남들이 자신을 다르게 본다는 것은 안다. 사람들과 어울리고, 더 중요한 정말 필요한 것들을 얻어내기 위해 자신의 행동을 감출 수 있을 정도로 교활해지기도 한다. 의사가 환자를 식별하고 치료하는 데 필요한 기술을 충분히 연마할 정도로 환자를 많이 접할 수 있는 곳은 소년원, 교도소, 정신병원뿐이다.

처음 서머스에서 진료를 시작했을 때 나는 실력이 없었다. 첫해에 저지른 실수들은 지금도 받아들이기가 힘들다. 어쩌면 그 한 해뿐이 아닐지도 모른다. 글렌 셸비라는 환자를 치료할 때에는 절대로 넘지 말아야 할 선을 넘고 말았다. 여섯 달 정도 치료했고, 제니가 강간당하기 전 가을에 끝냈다. 글렌은 절도로 단기 복역 중이었다. 두 가지의 상이한 초기 정신 질환을 앓았는데, 둘 다 잘 드러나지는 않았을 것이다. 일반적인 상황에서 만났다면 대부분은 글렌을 따뜻하고 호기심 많은 사람이라고 생각했을 것이다. 글렌은 상대에게, 그리고 상대가 말하려는 내용 모두에 깊은 관심을 보였다. 나 역시 글렌을 대하며 의도보다 훨씬 더 멀리 나간 적이 여러 번 있었다. 글렌은 마치 10대 소녀가 친구들과 수다 떨듯 질문한다. 상세한 질문을 던져 상대가 방심한 나머지 상식선을 넘는 말을 발설하게 만든다. 친구로 따라다닐 수도 있다. 상대가 좀 불편할 정도로 필사적으로 다가온다. 그러다 상대가 잘라낼 것 같으면 재빨리 눈치를 채고, 그 상대가 떠나지 않도록 자기 행동에 변화를 준다. 하지만 결국에는 글렌의 행동 조절 능력이 상대가 불편해하는 속도를 따라가지 못한다. 친구 혹은 연인으로서 친밀함을 추구하는 것은 경계성 인격 장애 때문이다. 이것이 글렌의 첫 번째 질환이다.

글렌은 일종의 자폐증도 앓았다. '일종'이라고 한 이유는 경계성 인격 장애의 증상들이 발현되기 전에는 숙련된 전문가에게 검진을 받은 적이 없었기 때문이다. 자폐증도 범위가 넓다. 나는 글렌의 습관에서 특징들을 잡아냈다. 대단히 영특한 친구로, 정상적인 행동을 능숙하게 모방했다. 다행히 나는 진단을 내릴 수 있을 만큼 충분히 노련했다. 여담이지만 뛰어난 지적 능력은 이 두 질환이 있는 환자에게 자주 나타나는 특징이다.

글렌의 부모는 가학적이고 격정적인 관계였다. 글렌 자신도 맞고 자랐고, 부모가 서로를 때리는 것을 목격하기도 했다. 어머니는 장신에 힘이 셌고, 글렌 또한 그랬다. 부모 모두 아들이 다른 아이들과 다르다는 사실을 알아챌 시간도, 내적 여유도 없었다. 글렌은 대체로 부적절한 행동이 화근이 돼 체벌을 받았다.

교도소에 오기 전에는 자폐증으로 인한 과다 흥분 때문에 길거리에서 온갖 마약을 사서 투약했다. 돈이 떨어지면 장난감 총을 가지고 워터타운에 있는 식품점으로 갔다. 직장도 오래 다니지 못했다. 처음에는 지적 매력을 발산했지만 결국 사람들을 불편하게 만들어 대개 몇 달 못 가 해고당하곤 했다.

나는 글렌에게 최선을 다했다. 최선의 최선을 다했다. 글렌은 약을 거부했다. 자신이 아프다고 생각하지 않았다. 상담을 원했다. 그는 상담을 타인과 안전하게 관계를 구축할 수 있는 기회로 봤는데, 이것이 교도소에서는 매우 위험한 시도였다. 나는 그런 것들을 제공하려 열심이었다. 글렌은 다른 수감자들에게 괴롭힘을 당했다. 특이한 성격과 정신적 친밀감을 추구하는 성향 때문이었다. 교도소란 곳에서는 그런 것 자체가 기만으로 여겨진다. 내 생각에는 몇몇 수감자가 이 이상한 남자의 재주에 넘어가 자신들이 저지른 범죄에 대해 필요 이상으로 많은 이야기를 털어놓지 않았을까 싶다. 그래서 글렌은 자주 배신자로 몰렸다. 그나마 큰 체격과 힘 때문에 죽지 않고 버텼으리라.

글렌 셸비는 내가 구하지 못한 유일한 환자다. 자살로 생을 마감했다. 이것이 내가 아직까지 그에게 연연하는 이유다. 그렇다, 그래서 미련이 많다. 병이 얼마나 깊은지 이해하기에도, 치료하기에도 몇 달은 턱없이 부족한 시간이었다. 내 실력도 미숙했다.

이날 차를 몰아 집으로 돌아가며 방금 본 환자를 생각하자 극심한 좌절감이 덮쳤고, 그 바람에 마음을 추스르기 힘들었다. 스스로에 대한 실망이 컸다. 이젠 이렇게 쉽게 소시오패스를 꿰뚫어 볼 수 있게 됐는데. 이날 본 환자는 애초에 구제불능이었다. 하지만 글렌은, 글렌은 구제불능이 아니었다. 바로 이날 글렌이 진료실 문을 열고 들어왔다면 나는 아마 도움이 될 수 있었을 것이다. 그를 구했을 것이다. 하지만 세상은 공평하지 못하다.

내가 왜 매주 그런 시궁창에 들어갔다 나오는지 궁금한 사람이 있을지도 모르겠다. 아내는 내가 자란 환경 때문이라고 생각한다. 부모님이 아동 위탁 가정을 운영했다. 내 생각에는 자식이 둘뿐이라 그랬던 것 같다. 게다가 10년 동안은 나 혼자였다. 여동생은 기적이라고 했다. 어머니는 난산 끝에 나를 낳다가 자궁을 다쳤고, 의사들은 더 이상 아이를 가질 수 없을 거라고 했다. 유산도 많이 하셨다. 우리는 이 일에 대해 충분히 이야기를 들었기 때문에 왜 부모님이 낯선 아이들에게 집을 개방하는지 이해했다. 그 아이들의 이름, 얼굴이 다 기억나지도 않는다. 낯선 아이들과 집을 공유하는 것은 즐겁지 않았다. 내 것이어야 할 부모님의 사랑, 돈, 음식, 공간 등을 빼앗아 가는 것이 분했다. 하지만 그때는 어렸고, 아이들은 원래 이기적인 법이다. 그런데도 매년 부모님을 찾아뵐 때마다 아내도, 부모님도 내가 두 분의 넉넉한 마음 씀씀이를 물려받았다고 한다. 북쪽에 있는 서머스로 차를 몰 때마다 이 말을 곱씹는다.

라디오를 틀어놓고 있었다. 닉스 경기가 막 끝났고, 뉴스가 나왔다. 그 이름을 들었지만 별 의미를 느끼지 못했다. 그러다 자동차가 묘사됐고, 지난봄에 있었던 페어뷰 강간 사건과의 관계에 대해 들었다. 강간 피해자를 위한 언론 정책 덕분에 크레이머란 이름은 나오지 않았지만 다들 알았다. 강간은 단 한 건뿐이었다. 파란색 시빅도 그 한 대뿐이었다.

그리고 이제 그 운전자가 잡혔다.

글렌 셸비로 인한 심적 고통과 불공평한 세상이 뇌리에서 사라졌다. 나는 한마디도 놓치지 않았다. 음성 메시지를 확인하자 새로운 메시지가 여럿 있었다. 늘 있는 일이다. 나는 대체로 저녁에 확인한다. 약속 변경 등 메모가 필요한 경우가 있기 때문이다. 오늘은 다 범인 체포에 관한 것이었다. 톰 크레이머, 샬럿 크레이머, 파슨스 형사 모두 무슨 일이 있었는지 알려주려 전화했다. 크레이머 부부는 이 일이 제니에게 어떤 의미일지, 더마코의 얼굴이나 옷으로 제니의 기억을 복원할 수 있을지 의논하고 싶어 안달이었다. 생각만으로도 끔찍했다. 당장 전화를 걸어 제니에게 그 남자의 그 어떤 모습도 보여선 안 된다고 경고하고 싶어 듣는 내내 안절부절못했다. 연상력은 당시 우리의 작업에 있어 금기였다. 모든 것을 뒤흔들어버릴 터였다. 그러다 마지막 메시지가 흘러나왔을 때 내 생각은 다시 한 번 방향을 틀었다. 바로 아내가 남긴 메시지였다.

13

내 아내의 이름은 줄리 마린 포레스터다. 나는 아내를 사랑한다. 사랑은 막연한 것이라고 그렇게 설득하려 들 때는 언제고 이제 와서 이런 말을 하다니 진실하지 않아 보일 것이다. 사랑이란 것은 '느끼는' 사람의 상황에 들어가보지 않고서는 아무런 의미가 없다. 제각기 다르게 느끼기 때문에 어떻게 보면 무의미하다. 이 이상 더 어떻게 설명할 수 있을까? 아내를 존경하지는 않는다. 아내에게 특별한 재주가 있는 건 아니지만 그녀는 우리 가족을 능숙하게 건사할 줄 안다. 대학을 나왔지만(기분 나빠할 동문이 있을 수도 있어서 학교 이름은 밝히지 않겠다) 뭔가 많이 배운 것 같지는 않다. 사교성이 좋았다. 교내 여학생 클럽에서 살다시피 했다. 영문학을 전공했는데, 그저 소설을 많이 읽었다는 의미다. 대개는 수동적으로 읽기만 했다.

아내를 향한 내 감정을 이렇게나 오래 생각해야 한다는 것이 이상하다. 환자에게 하는 질문을 스스로에게 던져보면 내 대답은 사랑과는 거리가 멀게 들린다. 지적으로는 내가 아내보다 월등하다고 생각한다. 사실을 굳이 감춰 뭐하랴. 이 주제에 대해 자신이 어떻게 느끼는지 모르는 환자는 드물다. 논리적 사고를 요하거나 득실을 따져봐야 하는 결정은 전적으로 내가 한다. 은퇴 자금 중 얼마를 주식에 투자할지, 언제 주택 담보를 이자가 싼 것으로 갈아탈지, 어떤 업체에 지붕 수리를 맡길지. 아이들의 훈육과 동기부여에 관한 결정도 내 몫이다. 그것들은 전적으로 내 분야다. 아내는 가족의 호불호에 관한 결정을 한다. 어머니 생신에 어떤 꽃을 보낼지, 딸이 크리스마스 선물로 어떤 색 스키 점퍼를 좋아할지, 아들이 생일에 어떤 영화를 보고 싶어 할지.

아내는 대단히 매력적이다. 레지던트 시절에 뉴욕에서 만났다. 아내는 출판사 인턴으로 있으면서 웨이트리스로도 일했다. 하루 종일 창문도 없는 사무실에서 원고를 읽다가 맨해튼 중심가의 스테이크 레스토랑에서 돈 많은 사업가들을 위해 새벽 2시까지 서빙을 했다. 줄리는 대학을 갓 졸업한 사람치고 수입이 아주 좋았다. 팁을 더 받기 위해 자신의 외모를 이용하는 것에 개의치 않았다. 테이블을 지날 때 엉덩이를 스치는 손이나 접시를 치우려고 몸을 숙였을 때 팔을 더듬는 손길에 개의치 않았다. 아내의 마키아벨리적 사고방식에 반감은 없다. 아내가 세상사 전반을 단순하게 접근하는 방식과 연관이 있다고 생각한다. 아내는 결혼반지를 낀 양심 없는 인간쓰레기들의 손길에 대해 단 한 번도 깊이 생각하지 않았다. 그녀에게는 그저 돈을 쉽게 버는 방법일 뿐이었다.

아마도 내가 아내를 사랑한다는 것은 이런 의미일 것이다. 아내는 단순한 사람이다. 상황을 단순하게 본다. 아내가 뭘 숨기는 것은 아닌지, 몇 달 동안이나 알 수 없는 방법으로 나를 이용하고 있는 것은 아닌지 걱정할 필요가 없다. 나는 온종일 거짓과 비밀, 음모와 불신에 대한 이야기를 듣는다. 그것은 페어뷰에서의 일상일 뿐이다. 우리 집 현관을 들어서는 순간, 열심히 보낸 하루가 자랑스럽고 가족에게 이 집과 필요한 모든 것을 줄 수 있었다는 사실에 만족감을 느낀다. 줄리는 집에서 아이들을 돌보고, 우리 집을 돌보고, 나를 돌본다. 아이들이 저녁을 먹고 숙제를 끝내고 함께 설거지를 마칠 때까지 나는 안중에도 없다. 하지만 그 뒤에는 함께 와인을 마시며 자신의 소소했던 하루에 대해 이야기하는데, 그런 아내가 행복해 보인다. 이런 것들이 주는 편안함이란 이루 설명할 수가 없다. 결론적으로 나는 아내와 함께여서 행복하다. 나를 인정해주고 보살펴준다는 기분이 든다. 그래서 아내를 사랑한다.

내가 1950년대 사고방식에 갇혀 있다고 단정 짓기는 이르다. 아내는 크랜스턴에 있는 전문대학에서 영어를 가르치고, 친구들을 만나 테니스를 치거나 점심 식사를 하고, 책을 읽거나 페디큐어를 받거나 다른 좋아하는 일들을 하며 자신만의 시간을 갖는다. 우리 가족의 노예가 아니다. 자신이 원하는 것은 뭐든 할 수 있다. 사실 대학원에 가라고 부추긴 것도 나였다. 그러면 더 수준 높은 대화를 나눌 수 있을까 싶었다.

아내에게도 결코 단순하지 않은 삶의 단면이 있다. 앞에서 이미 아내가 아이들에게 나쁜 일이 생길지도 모른다는 공포에 사로잡혀 있다고 설명했다. 아내는 가능한 한 최악의 결과를 느낀 뒤에야 그 공포에서 벗어난다. 아내는 30대에 부모님을 모두 잃었다. 두 분 다 아내가 태어났을 때 이미 40대 중반이었으니 일찍 돌아가신 것은 아니다. 한 분은 심장병이었다. 다른 한 분은 뇌졸중이었다. 아이들에게 영향을 줄 수도 있고, 조기 예방이 필요할 수도 있기 때문에 유전적 가능성에 대해 생각해봤다. 하지만 두 분의 질환은 고령과 부족한 활동량 때문이라고 결론 내렸다. 두 분의 죽음은 보험회사 입장에서는 정상이지만 줄리에게는 힘든 일이었다. 하나 있는 오빠는 부인과 함께 애리조나에 산다. 자식은 없다. 아내에게는 내 직계가족이 전부다. 아내는 부모님의 죽음으로 사랑하는 사람들도 죽는다는 사실을 절감했다. 우리가 얼마나 그 사실을 등한시하며 사는지 놀라울 지경이다. 그러지 않았다면 아마 삶이 견디기 어려웠을 것이다.

아내의 목소리만 듣고 단번에 걱정거리가 있음을 알 수 있었다. 평소보다 숨소리도 많이 들렸고, 톤도 높았다. 극도의 공포를 애써 감추려 했지만 실패했다.

"여보, 좋은 하루 보내고 있지? 체포 뉴스 들었는지 궁금해서 전화했어. 들었을 거야. 텔레비전에서 온통 그 이야기니까. 라디오도 그렇고. 어쨌든…… 보아하니 애들이랑 다시 이야기를 하고 싶은가 봐. 그날 파티에 간 애들 말이야. 체포된 남자가 그날 주니퍼에 차를 세워둔 바로 그 사람인지 확인하려는 걸 거야. 별일 아닐 거야, 그렇겠지? 그래도 전화줘. 로라 라이먼은 스티븐이 조사받을 때 변호사하고 같이 갈지도 모른대. 이름이 마크 브란디노라던데. 제이슨도 그래야 하지 않을까? 어쨌든…… 전화해줘, 여보. 사랑해. 운전 조심하고. 전화해줘. 그럼…… 안녕."

찬물을 뒤집어쓴 것 같았다. 제이슨이 그날 밤 파티에 갔었다는 사실을 깊이 생각해본 적이 없었다. 거기 간 아이들이 백 명도 넘는다. 전교생의 절반에 가깝다. 학교 수영 팀은 대부분 갔다.

제이슨은 수영 선수다. 사실 아주 훌륭한 수영 선수다. 미시간 대학에서 조기 입학을 거론했고, 펜실베이니아 대학에서도 이야기가 있을 것 같다. 평균 성적이 B+ 정도라서 수영 없이는 힘들다. 공부는 열심히 한다. 그러니 이 성적이 제이슨의 한계인 것이다. 줄리와 결혼할 때 어느 정도 예상은 했다. 아내는 아이큐가 100에서 110 정도일 것이다. 나는 아이큐가 높으면 오히려 정서적으로 불안정하다는 사실, 즉 아이큐와 정서적 안정이 부정적 상관관계가 있다는 사실을 알아냈다. 양육 본능도 마찬가지다. 어머니가 적절한 애정을 주지 않으면 아이가 똑똑해도 소용이 없다. 확실히 우리 아이들은 정서적으로 안정됐고, 매력적이며, 인기가 많고, 운동을 잘하고, 지적 수준도 상당하다. 이런 점들 때문에 우리 아이들은 나만 피해 갔던 그런 종류의 행복을 느끼며 살 것이다.

제이슨은 훌륭한 청년이다. 믿든 안 믿든 여러분 마음이다. 이것은 객관적인 사실이다. 만약 내가 내 아들이 세상에서 가장 훌륭한 17세 소년이라고 한다면 객관성에 의문을 제기해도 좋다. 나는 내 아들이 세상에서 가장 훌륭한 17세 소년이라고 믿지 않는다. 그래도 내 기분에는 그런 것 같고, 또 아들의 언행 모두가(거의, 어쨌든 10대니까) 소중하다. 일거수일투족을 한껏 흡수해, 1년 뒤 아들이 대학으로 떠날 때를 대비해 비축해둔다. 2년 전 딸이 떠났을 때와 마찬가지로. 이것이 내 안에 있는 아버지로서의 모습이다. 내 안의 객관적인 인간이 내 아들을 훌륭한 청년이라 여긴다.

아들은 인정이 많다. 우리와 함께 저녁 식사를 하며 측은지심과 이해심으로 세상에 대해 이야기한다. 우리는 중동과 테러부터 경제까지 모든 것들에 대해 이야기한다. 때로는 아들의 결론을 듣고 미소 짓곤 하는데, 아직 너무 어리고 배워야 할 것들이 많기 때문이다. 하지만 적어도 그런 것들을 생각해보고 결론을 내릴 정도로 관심이 있다. 매일 아침 웃으면서 일어나 아침 식사 자리에서 농담 따먹기도 하고, 새로 다운로드

받은 노래도 흥얼거린다. 학교에 가고, 수영 연습을 하고, 저녁 식사 시간에 맞춰 집으로 돌아와 공부를 한 다음 잠자리에 든다. 이 모든 것을 다시 반복하기 위해. 물론 SNS나 게임을 하느라 전화기만 붙잡고 있을 때도 있지만 나는 다른 사람들과 달리 크게 걱정할 일로 보지 않는다. 그것은 그 아이들의 세상이고 다들 여기에 적응하고 살게 될 것이다. 아이들의 테크놀로지를 죄악시하는 것은 도움이 안 될뿐더러 그것을 접할 기회도 제한해버린다. 그럴 경우 아이들은 자기 세대의 직장이나 사회 환경에서 요하는 기술을 얻지 못하게 될 것이다.

비유가 너무 장황하다는 것은 알지만 나는 10대 때를 건축 프로젝트라고 본다. 어린 환자들과 우리 아이들에게 이 시기는 너희 삶이 아니라고 말한다. 아직은 아니라고. 아이들은 지금 집을 짓고 있는 것이다. 아이들이 평생 살아야 할 집이니 제대로 짓는 것이 좋다. 개조나 새로운 장식, 수리를 할 수도 있다. 그러나 새로 지을 수는 없다. 아이들이 그 집에 집어넣을 모든 것, 나쁜 관계에서 입은 정신적 상처, 이기지 못한 변태적 성욕, 스스로를 위해 붙잡은 기회, 한창 성장 중인 자신의 두뇌를 망치는 마약까지 모두 다 그 집의 토대가 된다. 신경 과학자들이 계속 결론을 바꾸고 있지만 인간의 두뇌는 스물다섯 살을 전후로 서서히 발달을 멈춘다. 발달 혹은 배선을 마무리 짓는 사춘기에서 20대 중반까지 두뇌에서 일어나는 현상 중에는 위험에 뛰어드는 경향과 또래 집단의 영향력 증가가 있다. 보상 중추는 배선과 벽돌을 놓을 수 있도록 어떤 행동이 보상을 불러왔는지 정리한다. 이 벽돌들은 토대의 일부가 돼 그 자리에 머물 것이다. 만약 그 벽돌들이 술, 코카인, 변태 성행위를 좋아하라고 명령하면 평생 그런 욕구들과 싸우게 될 것이다. 나쁜 성적으로 평균 이하의 대학을 나온 아이는 당연히 구직 시장에서도 밑바닥으로 밀려날 것이다. 모든 것이 다 중요하다.

누가 아내와의 관계 중에 발기가 되지 않는다며 나를 찾아오면, 내 첫 번째 질문은 포르노의 사용 여부일 것이다. 두 번째 질문은 제일 처음 시작한 시기일 것이다. 그러면 예외 없이 10대 때부터라는 대답이 돌아온다. 마약중독 환자가 찾아올 때도 내 첫 번째 질문은 언제 처음으로 시작했는가다. 대답은 10대. 남편에게 학대받는 환자가 찾아오면 나는 언제 부모님에게 학대받았는지 물을 것이다. 대답은 열여덟 살에 독립하기 이전.

내 아들은 튼튼한 집을 짓는 중이다. 아들이 주말에 술을 마시는 줄은 안다. 적당히 마실 것이라 확신한다. 마약은 하지 않는다. 나는 마약중독자를 잘 알아서 30초만 지켜보면 그 사람이 마약에 취했는지 아닌지 판단할 수 있다. 그 정도로 마약을 하는 사람들을 많이 봐왔다. 어마어마한 과학이 아니라 그냥 경험으로 안다. 내가 끔찍이 사랑하는 딸은 비록 나보다 아내를 더 닮았지만 좋은 집을 지었다. 딸은 자신의 삶과 직접적인 관련이 없는 문제에 골머리 앓는 것을 좋아하지 않는다. 하지만 재미있고, 흥 많고, 대학에 입학해 집을 떠나기 전까지 우리 가족에게 밝은 분위기를 가져다줬다.

아내는 아들에게서 시선을 떼지 않는다. 나보다 의심이 많다. 만약 아들이 자신의 집을 짓는 데 해가 될 짓을 저지르면 아내는 당장 눈치챌 것이다. 지금까지 아내의 비밀 작전으로 잡아낸 것은 인터넷 포르노 정도다. 아내는 인터넷 제한 규칙을 여러 개 만들었다. 나는 제이슨과 긴 이야기를 나눴다. 그게 전부다. 부지런한 아내 덕에 나는 몹시 편하게 산다. 그리고 아내가 걱정할 때에는 틀림없이 그만한 이유가 있다.

라디오를 끄고 아내의 공포가 내 안으로 들어오도록 놔뒀다. 그것이 천천히 흘러내리다가 내 마음이 동요할 때까지 증식하는 것을 느꼈다. 제이슨은 이미 경찰과 만났다. 우리도 제이슨에게 그날 밤에 대해, 그리고 그 일의 의미와 남을 해하거나 남에게 해를 당하는 두 가지 상황에서 어떻게 자신의 안전을 지켜야 하는지에 대해 말했다. 합의, 술 취한 여자애와 있을 때의 처신에 대해 말했다. 그 일이 일어났을 때, 우리가 제니 크레이머가 강간당한 사건을 알았을 때, 아내는 집을 떠나 대학에 다니는 딸을 생각했다. 만약 딸에게 그런 일이 일어나면 우리가 어떻게 해야 할지에 대해 생각했다. 아내가 그런 생각을 내 머릿속에 심어주기 전까지 나는 상상조차 못 한 일이었고, 결국 가장 끔찍하고 견딜 수 없는 생각이 몇 주씩이나 뇌리에 남았다. 제이슨을 떠올린 것도 아내였다. 만약 제이슨이 범인을 아는데도 말하지 않는다거나 누명이라도 쓴다면? 이 생각은 덜 괴로웠다. 나는 아들을 잘 안다. 용의 선상 근처에도 오르지 않을 아이다. 하지만 아내의 공포에는 전염성이 있었다.

세상에 모호하지 않은 사랑이 하나 있다. 바로 자식에 대한 사랑이다. 톰 크레이머의 어린 시절을 이야기하면서 이미 했던 말이다. 단순한 믿음이 아니라 경험적, 임상적 관점에서 안다. 부모는 자식을 위해 죽을 수 있도록 유전적으로 디자인이 돼 있다. 부모가 자식을 위해 기꺼이 죽을 의지가 있는 것은 자식이 그럴 가치가 있는 존재란 것을 뼛속 깊이 느끼기 때문일 것이다. 그런 이유로 우리가 대신 죽어줄 수 없는 나머지 사람들보다 자식이 훨씬 더 소중하다는 사실을 분명히 안다. 타인을 위해 죽도록 훈련된 군인을 제외하고 대부분 사람에게 '나머지 사람들'이란 실제로 자식을 뺀 세상 모든 사람들이다. 배우자를 위해 죽을 수 있다고 하지만, 적어도 몇몇은 그렇게 말하지만, 내 생각에는 사실이 아니다. 결정적인 순간에, 예를 들어 버스에 몸을 던져 아내를 구할 남편이 있다고 믿지 않는다. 남편을 구하려고 뛰어드는 아내도 없을 것이다. 오직 자식을 위해서만 그럴 수 있다.

오직 자식을 위해서만.

이것이 아내의 공포가 내 안에서 자라는 동안 내가 한 생각이다. 제이슨. 내 아들을 보호해야 한다. 무엇으로부터인지는 아직 모르지만.

14

나는 아내에게 전화하지 않았다. 대신 파슨스 형사에게 했다. 그는 자신의 개인 휴대전화에 내 번호가 뜰 때마다 재깍 받는다. 처음으로 그에게 거짓말을 했다.

"체포했다고 들었습니다. 좋은 소식이군요."

내 말에 그가 그렇다고 했다. 안도감에 어쩔 줄 몰라 했다.

"아는 것 모두 알려주셨으면 합니다. 제니에게 얼마나 큰 도움이 될지 잘 아시리라 생각합니다."

사실이 아닌 것은 아니었다. 내가 슬쩍 흘린 이유 속에 거짓이 있었다. 제니가 염려되지 않는 것은 아니었다. 하지만 아내의 공포가 내 안에서 맹위를 떨치고 있었다.

파슨스는 크루즈 더마코를 체포했는데 그자가 변호인을 찾고 '난리'도 아니었다고 했다. 지금은 국선변호인 선임을 기다리는 중이었다. 나는 크레이머 가족 그 누구도 용의자의 얼굴을 봐서는 안 된다고 했다. 실제로 만나는 일도, 사진을 보는 일도 없도록 해달라고 했다. 파슨스는 더마코의 이름과 사진은 공개되지 않았다며 언론에 알리기 전에 크레이머 가족과 상의하기로 약속했다. 나는 전화를 끊자마자 크레이머 가족에게 연락해 부가적인 주의 사항을 알리기로 했다. 연상 작용의 영향으로 제니의 기억을 훼손시킬 수는 없었다.

그러다가 사건 당일 밤, 파란색 시빅을 목격한 이웃집 아이 테디 덩컨을 면담한 이야기가 나왔다.

"테디. 대단한 녀석이더군요. 그러다 걔 엄마를 보니까 답이 딱 나오더라고요. 무슨 말인지 아시죠? 지난번에는 그냥 버릇없는 꼬맹이였는데 이제 10대가 됐다 이거죠. 그런 후레자식이 없더라고요. 개 쫓다 자동차 좀 본 거 가지고 지가 무슨 유명인이나 되는 줄 알아요. 유명 잡지 인터뷰라도 하는 것처럼 앉아 있더라니까요. 어쨌든 지난번하고 같은 소리만 했어요. 비글은 부모가 준 크리스마스 선물이란 이야기죠. 애 엄마 말이 그 개가 아주 골칫거리였답니다. 가구를 물어뜯고 집에 온통 똥오줌 갈겨놓고. 테디가 돌보기로 돼 있었대요. 그게 목적이었대요. 애가 학교에서 사고도 치고, 성적도 나쁘고, 수업도 빠지고, 온갖 짓을 하니까. 상담사가 애한테 책임져야 할 애완동물이 하나 있으면 좋겠다고 했대요. 그럼 다 된다고 설득한 거죠. 테디가요? 관심은 개뿔. 사유지에 울타리도 쳤대요. 그런데 애 엄마가 전기 울타리는 안 된다고, 자기장을 내보내 암을 유발한다나 뭐라나. 차마 개 울타리보다 아줌마 궁둥이에 붙은 살 20킬로그램 때문에 죽을 확률이 더 높다는 말은 못 하겠더라고요. 그래서 개가 다람쥐 같은 걸 잡으려고 울타리 밑을 파댄 모양이에요. 파티가 있던 날, 정원사를 불러다 구멍을 막았대요. 그래서 다 괜찮다고 생각했는데 애 엄마가 풀어주고 한 시간 뒤에 개가 또 없어진 거예요. 낙엽이랑 다른 것들로 덮여서 놓친 구멍이 있었나 봐요. 그래서 엄마가 찾아오라고 소리를 지르니까 밖으로 나왔던 겁니다.

그게 8시 45분쯤 됐나 봐요. 애가 숲으로 들어가서 몇 분쯤 부르는데 개는 오지 않아요. 부스럭거리는 소리라도 들으려고 귀를 기울이죠. 그게 효과가 있을 때도 있나 봅니다. 개가 뛰어다니는 소리를 들을 수도 있으니까. 그런데 그날 밤에는 아무 소리도 못 듣죠. 옆집 파티 소리 때문에. 음악 소리에 애들이 웃고 건배하는 소리까지. 음주 게임을 하고 있었다니까 그럴 수밖에 없었겠죠. 그래서 포기하고 다시 주니퍼 쪽으로 나가죠. 차선 안쪽으로 걷습니다. 그러면 차도 중간에서 파티가 한창인 집 쪽으로 걸을 수 있으니까. 그때 시빅을 본 거죠. 차가 너무 '쓰레기'라서 눈에 띄었다더군요. 이게 말이 됩니까? 정말 웃기는 자식이죠. 차 내부를 봤느냐고 물었습니다. 차에 아무도 없었다고 장담하더군요. 보는데 전혀 지장 없었다고, 주니퍼에 주차돼 있었던 SVU 뒷좌석에서 뒹굴던 애들 둘도 잘 보였다고. 주니퍼에는 가로등이 서 있고, 그날 정상적으로 불이 다 들어왔답니다. 그다음에 다른 번호판을 달고 색이 약간씩 다른 시빅의 뒷모습 사진을 여러 장 보여줬습니다. 녀석은 더마코의 차를 골랐고요. 번호판 숫자를 몇 개 기억한다면서."

"전에는 기억 못 했잖습니까. 그렇죠?" 나는 물었다.

"네, 그런데 사진이 기억을 되살린 모양입니다. 번호판이 다 다른 차량 열 대의 사진을 보여줬으니까요."

"다 파란색이었나요? 그 차들 말입니다. 색이 다 달랐다면 그래서 맞췄을 수 있으니까."

"좆 까라고 해요, 선생님. 변론은 국선더러 준비하라고 해야죠. 우리한테는 그 차를 본 애가 있고, 차 안에는 아무도 없었어요. 강간이 일어난 시간대에 말입니다. 차가 거기에 있었고, 비어 있었다고요."

"더마코 그 친구가 거기 갔었다고 해도 어느 집 안에 있었을 수도 있지 않습니까? 마약 팔러. 그렇게 주장할 게 뻔합니다."

"이 친구가 범인이 아니라고 생각하시는 것처럼 들립니다. 제니가 뭐라고 했습니까?"

파슨스는 방어적이었다. 지나치게 방어적이었다. 마치 더마코를 잡아들여야 하는 개인적인 이유가 있는 것처럼 보였다. 야심가는 전혀 아닌 것 같았는데 아마도 사건을 얼른 종결시키고 싶었던 모양이다. 톰에게 끈질기게 들볶이는 것도, 페어뷰에서 강간범이 보란 듯이 활보하고 있다는 질긴 의혹도 끝내고 싶었을 것이다. 하지만 그런 열망 때문에 세부사항을 놓치는 것 같았다. 나 역시 더마코의 혐의에 근거가 있기를 바랐다. 이 모든 일이 다 지나가버렸으면 했다. 하지만 이 가설에 얼마나 구멍이 많은지는 나라도 알 수 있었다.

제니에 대한 질문에 대답하려다 꾹 참았다. 제니가 몇 가지 기억해낸 것이 있긴 하지만, 내가 더마코에 대해 의문을 제기한 이유는 그 때문이 아니었으니까.

"아닙니다. 수사의 다음 단계를 짚어보기 위해서일 뿐 개인적으로는 그 남자에 대해 어떤 의견도 없습니다. 내가 보기에는 그 사람이 집 안에 있었는지 아니면 밖이었는지 확실히 해야 할 것 같군요."

"이미 시작했습니다. 애들 모두 새로 만나고 있습니다. 집 안에 발을 들이지 않았다 해도 누가 파티가 있으니 와서 뽕 팔라고 정보를 줬을 겁니다. 그 친구가 시간과 장소에 대해 알 수 있는 유일한 방법입니다. 장담컨대 숲에서 제니를 보기 전에 이미 좀 팔았을 겁니다. 그건 또 다른 문제예요. 테디가 시빅이 어디에 주차돼 있었는지 보여줬습니다. 거기서는 수풀이 우거져서 안을 볼 수가 없다고요. 덤불들이 줄줄이 있으니까요. 놈이 집으로 걸어가거나 집에서 걸어 나오고 있었을 수도 있고, 더욱이 잔디밭을 가로지르는 제니를 집 안에서 봤을지도 모릅니다. 하지만 나는 절대 이놈 포기 못 해요. 절대 안 돼요! 이 실마리를 절대로 놓치지 않을 겁니다."

"네."

그때 나는 내 생각과 아내의 공포에 빠져 있었다.

"선생님, 듣고 계세요?"

"네, 미안합니다. 운전 중이라서. 시간 내줘서 고맙습니다. 이제 크레이머 가족과 통화해봐야겠습니다."

파슨스는 인사를 하고 전화를 끊었다. 형사의 전화번호를 액정에서 지운 다음 다른 번호로 전화를 걸었다. 크레이머의 집은 아니었다.

전화가 울렸다. 여자가 받았다.

"마크 브란디노 변호사 사무실입니다."

전화를 끊을 뻔했다. 심장이 두방망이질했다. 내 생각이 다 말 같지도 않았다. 비이성적인 공포였다. 하지만 그런 것들은 죄다 상관없었다. 이건 내 자식의 일이었다.

15

내 아들에게 무슨 일이 일어날지 궁금할 것이다. 하지만 제니를 치료하던 중에 발생한 일을 모르고는 아무것도 이해할 수 없다. 다시 숀 로건에게로 돌아가야 한다.

숀의 치료는 제니가 강간당하기 몇 달 전에 시작됐다. 겨울의 끝이 보일 무렵이었다. 숀은 한 번도 코트를 입지 않았다. 늘 덥다고 했다. 하지만 처음 내 진료실로 걸어 들어올 때 그는 떨고 있었다. 그 점이 유달리 선명하게 기억난다.

숀은 너무나 절박한 나머지 나를 찾아왔다. 앞에서 말했듯이 숀은 이라크에서 폭탄 공격으로 오른팔을 잃었다. 전우가 그의 곁에서 죽었다. 숀은 치료를 받았고, 이제 이라크에서의 사건을 거의 기억하지 못한다. 그는 우울증과 불안증을 심하게 앓았고, 증상이 드러나지 않았던 기존의 불안증으로 인해 악화됐다. 숀에게서는 영화나 잡지 기사를 통해 알려진(전투를 연상시키는 자극에 과잉 반응하는 식의) 전형적인 PTSD 증상이 보이지 않았다. 앞에서 뇌의 기억 저장 체계에 대해 했던 설명을 떠올려보자. 사건에 대한 반응으로서의 감정이 기억의 분류에 끼치는 영향을 기억하는가? 간단히 말하자면, 전투에서 느낀 극도로 격렬한 감정의 기억이 네온사인과 경보기가 달린 철제 보관함에 들어간다. 이는 '이런 일이 발생하면 죽을 수 있다!'라는 뇌의 경고다. 전투와 조금이라도 유사한 모든 자극은 뇌에 들어가서 투쟁 혹은 도피라는 화학반응을 일으키고, 코르티솔과 아드레날린을 대량 분비시키며, 이로 인해 몸이 반응 혹은 과민 반응하게 된다. 이처럼 화학적인 공황 상태에 수시로 빠지는 것을 보통 '신경이 곤두선다.'라고 표현한다. 몸은 물리적인 변화를 경험한다. 근육으로 피를 보내기 위해 심장이 빨리 뛰며, 주의를 집중하려고 동공이 확대되며, 즉각적인 에너지 소비가 가능하도록 혈당 수치가 높아진다. 이게 스트레스 반응이다. 이보다 더 자세히 알 필요는 없다.

상담 치료는 공원을 거닐며 나누는 이야기와 다르다. 감각을 둔화하려는 목표가 있고 방법론이 있는, 어찌 보면 기억의 재편이라고 할 수 있다. 사람의 기억은 떠올릴 때마다 바뀌고, 바뀐 기억은 그대로 다시 보관함으로 돌아간다. 이를 기억의 재경화(再硬化)라고 부른다. 편안하고 안전한 상황에 있는 군인을 전투가 연상되는 자극에 노출시킨다고 해보자. 시간이 지나면 군인의 뇌는 네온사인과 경보기를 철거하고, 풍선 터지는 소리와 저격병의 총소리를 구분하게 된다. 환자의 뇌는 기억을 다른 방식으로 떠올리고, 고통을 두려웠던 기억과 연관 짓지 않게 된다.

숀의 경우 보관함에 있는 기억에 반응하지 않기 때문에 기억의 재경화가 불가능했다. 숀은 '기억하는' 사실이 없는 상태에서 심신이 반응했다. 내 환자 중에는 환생을 믿는 사람들도 있다. 그들은 자신이 살아온 삶에서는 느낄 수 없는 감정을 느낀다고 말한다. 전생의 경험에서 얻은 감정이 남았다고밖에 이를 설명할 수 없다고 한다.

주제와 거리가 머니 초자연현상에 대한 내 관점은 언급하지 않기로 하겠다. 나는 타인의 의견을 무심코 경시하는 일이 없도록 그들의 주장에 관대하게 반응하는 습관을 들였다. 이렇게 하려면 상당한 노력이 필요하다. 그러나 환생을 주장하는 환자들은 숀과 제니의 경험에 훌륭한 비교 대상이 된다. 보관함이 없는 강렬한 감정이라는 점에서. 그 환자들은 흔히 이런 질문을 한다. "왜 그렇게 물이 무서울까요?" "왜 풀 냄새만 맡으면 속이 메스껍죠?" "뉴욕에 처음 갔는데 왜 기시감이 들었을까요?" 물론 나는 부조리함에 기대지 않는 답을 제시하니 그 걱정을 할 필요는 없다.

숀의 질문은 달랐다. "왜 아들을 안고 있을 때 벽에 주먹질을 하고 싶을까요?" "왜 아내가 내 몸에 손을 댈 때 아내를 밀쳐버리고 싶을까요?" "왜 늘 이유도 없이 아무한테나 소리를 지르고 싶을까요?" 이 경우 자극 요인은 친절한 행동이며, 숀이 임무를 수행하던 도중에 일어난 일과 판이하게 달랐다. 숀은 자기 속을 돌아다니며 쉴 곳을 찾는 그 감정을 귀신이라 불렀다.

제니는 이렇게 물었다. "피부가 왜 자꾸 화끈거릴까요? 그럴 때면 피부를 벗겨버리고 싶어요." "왜 자꾸 그 자식이 막대로 남겨놓은 흉터를 문지르고 싶을까요?" "왜 자꾸 속이 쓰릴까요?" 숀과 마찬가지로 제니도 딱히 자극 요인 없이 감정적인 반응에 따라 몸이 화학물질을 분비했고, 자극이 있었다 해도 강간을 연상시키는 경우는 없었다.

기억 회복이란 논란이 많은 분야다. 어떤 연구자들은(연구자 중에는 유명한 신경 과학자도 있고, 성폭행으로 유죄 판결을 받은 범죄자도 있는 관계로 '연구자'라는 단어를 폭넓게 사용하고자 한다) 기억은 회복될 수 없으며 소위 회복된 기억이란 필연적으로 거짓이라고 주장한다. 마음에 상처가 있는 성인이 상담 치료 중 갑자기 부모나 교사, 운동부 코치에게 학대당한 일을 '기억'해냈다는 이야기를 여러분도 들어본 적이 있을 것이다. 심지어 기억 회복 치료를 반대하는 것이 목적인 단체도 있다.

반대 진영에도 그만큼 많은 연구자가 있다. 그들에게도 가해자의 고백이나 육체적인 증거에 의해 뒤늦게 사실로 드러난 기억 회복 치료의 성공 사례들이 있다.

나는 공개된 연구 논문, 신문 기사, 관련 일화, 관련 법 조항을 모두 읽었으며, 내가 내린 결론에 당당하다. 문제의 핵심은 두 가지다. 첫 번째, 기억은 저장된다. 두 번째, '기억'하려면 보관된 기억을 다시 꺼내야 한다. 두 가지 과정 모두 뇌라는 기관, 뇌가 분비하는 화학물질과 연관이 있다. 기억은 보관된 다음 사라지거나 지워질 수 있다. 보관된 기억이 잘못 분류돼 회복하기 힘들 수도 있다. 두 경우 모두 '망각'의 일종이다. 나는 지금껏 숀과 제니를 비롯해 동일한 치료를 받은 수많은 환자에게서 트라우마를 얻게 만든 기억이 전부 '지워졌다고' 생각하지 않는다. 어떤 기억은 잘못된 보관함에 들어가 있어서 다시 찾아 꺼낼 수 있다. 고로 기억할 수 있다.

나는 숀이나 제니의 뇌에 숨어 있는 기억이 뭔지 안다고 생각하지 않았다. 치료의 목적은 진상을 찾아가는 것이었고, 조심스럽게 진행해야 했다. 나는 재경화 과정 중 추측이 기억 자체가 되고, 진정한 기억 회복 과정을 망칠 수도 있다고 말했다. 충분히 발생할 수 있는 일이다. 만약 내가 숀에게 당신이 의식을 잃기 전에 동료가 당신 품에서 죽었으며, 말하려 할 때마다 입에서 피가 뿜어져 나왔고 눈에서 공포가 흘러넘쳤다고 한다면 어떨까? 누군가 손을 뻗쳐 당신의 왼팔을 부여잡았고 어쩌면 고통에 몸부림치는 울음소리 때문에 당신도 죽음의 공포를 이기지 못하고 온몸을 덜덜 떨었을 거라고. 문득 내려다본 오른팔은 만신창이가 돼 부러진 뼈와 인대 사이로 속살이 드러나 있었다고, 그래서 당신은 다시는 예전의 몸으로 돌아가지 못할 줄 깨달았다고. 숀은 이 말을 진실로 받아들이고 자신이 직접 본 것이 맞는지 의심하다가 결국은 실제 일어난 일로 기억할 것이다.

숀과 나는 '사실'을 수집했다. 해당 지역에서 복무했고, 그 마을에 가본 적 있는 군인들의 인터뷰와 현장 보고서를 구했다. 숀은 자신을 구해준 해군과, 나중에 결국 반군 몇 명을 체포해서 그들의 외모를 묘사할 수 있는 심문관과도 이야기를 나눴다. 심지어 죽은 반군 몇 명의 사진까지 입수할 수 있었다. 숀의 보안 등급은 낮았지만 동료 군인들은 숀을 돕기 위해 기꺼이 법을 어길 준비가 돼 있었다. 나는 숀이 군인들과 이야기를 나누고 '자기 사람들'과 다시 연락한 것 자체가 치료의 효과가 있었다고 본다. 숀은 자기편을 찾았다고 여겼다. 아내와 아들, 그의 가족도 숀의 편이었다. 이제 나 또한 그의 편이다.

곧 제니도 우군이 될 터였다.

우리는 작전과 숀이 맡은 임무를 재구성할 수 있었다. 숀은 작전을 거의 다 기억했으며, 현장에서는 숀이 상부의 명령을 따랐으리라 추측했다. 그리고 컴퓨터 프로그램으로 숀이 침투한 마을을 재건했다. 마치 비디오게임처럼. 요즘 컴퓨터그래픽은 놀라우리만큼 현실적이다. 우리는 작업에 들어갔고, 숀은 때때로 몇 시간이고 가상현실 속 마을을 동료와 함께 걸어 다녔다. 다큐멘터리에서 딴 군화가 흙을 밟는 소리, 무전기를 통해 들려오는 짧고 간명한 메시지 소리를 틀어놨다. 오디오는 숀이 임무 도중 직접 들은 소리로 재구성했다. 숀은 그날 자신이 취했을 법한 행동을 하며 빈칸을 채워나갔다. 나는 우리가 수집한 정보를 토대로 구성한 대사를 읽었다. 여기에 더 추가한 것은 없다.

"다음 모퉁이를 돕니다. 멀리서 총성이 한 번 들립니다."

오디오에서 총성이 들렸다.

"의무병! 의무병! 젠장! 젠장! 밀러가 쓰러졌다! 밀러가 쓰러졌다! 의무병! 아, 이런 제기랄! 안 돼!"

내가 대사를 읽었다.

"심장이 가슴 밖으로 튀어나올 것 같지만 정신을 바짝 차립니다. 죽은 듯 멈춰 서서 등을 벽에 바짝 붙이죠. 천장을 바라보고, 창문 안도 바라봅니다. 총을 쏜 놈이 이렇게 가까이에 있을 리가 없어요. 한 놈이 더 있을 수도 있습니다. 놈들은 우리가 여기 온 걸 압니다. 어쩌면 온다는 걸 알고 기다렸을 수도 있습니다. 아마 발란시아는 속으로 덜덜 떨고 있겠다는 생각을 했을 겁니다. 첫 임무였고, 원래 좀 겁이 많았습니다. 우리는 계속 갑니다."

상담 치료는 이런 식으로 폭탄이 터진 지점까지 간다. 우리에게는 그 거리 사진과 숀과 헥터 발란시아가 발견된 빨간색 출입구 사진이 있었다. 해병대는 폭탄이 숨겨진 자리를 유추할 수 있는 파편을 찾지 못했다. 자신들이 도착하기 전에 반군이 다 치웠으리라 추측했다. 해병대가 현장을 장악하기까지 반군에게 20분가량 여유가 있었고, 두 사람 다 사망한 줄 알았으니 가능성 있는 이야기였다.

"거리에 사람들이 있습니다. 당신은 점점 빨간색 문으로 다가갑니다. 여기가 체포 혹은 사살해야 하는 반군이 있는 곳입니다. 이제 당신과 발란시아뿐입니다. 여섯 명이 사망했습니다. 해병대가 이곳으로 오는 중입니다."

"발란시아가 후퇴하자고 합니다. 확실해요. 그 모습과 그의 표정이 그려집니다. 내 소매를 당기면서 '안 되겠어. 좋지 않아.' 같은 말을 했을 겁니다."

"확실하게 짚고 넘어갑시다. 당신은 발란시아의 말을 기억하는 게 아니라 아마 그라면 후퇴하고 싶어 했으리란 가능성을 말한 겁니다."

"네, 거의 확실합니다. 들어간 지 5분 만에 여섯 명이 죽었으니까요. 발란시아라면 도망치려 했을 겁니다. 나라면 무슨 생각을 했을지 알겠어요."

"무슨 생각인데요?"

"죽는 한이 있더라도 저 새끼를 죽여야 한다고요."

"발란시아가 당신을 따랐을 것 같습니까?"

숀은 여기서 멈춰서 눈을 감고 눈물을 삼킨다.

"네, 따랐겠죠. 그리고 빌어먹을 머리가 날아갔겠죠."

우리는 확보한 데이터를 바탕으로 최선을 다해 매 순간을 다시 살려냈다. 기억과 서류를 찾을 때 미칠 것 같은 순간도 있었다. 마치 어지럽혀진 집에서 자동차 열쇠를 찾는 것 같았다. 자신이 어디를 지났는지 되짚어 올라가고, 마지막으로 쓴 게 언제인지 기억해내려 애쓴다. 소파 쿠

션과 카펫 밑을 살피며 온 집을 뒤집어엎고, 옷에 달린 주머니란 주머니는 죄다 뒤진다. 흔적을 찾은 적도 있지만, 그건 잊고 있던 잔돈 수준이었다. 숀은 발란시아가 비포장도로를 지날 때 작은 구멍에 발을 삐끗했던 것을 기억해냈다. 그리고 고기 굽는 냄새도 기억해냈는데, 어디서 나는 냄새인지까지는 떠올리지 못했지만 분명히 위치를 찾아봤을 것 같다고 했다. 창문이 열려 있었을 수도 있다. 그러나 핵심적인 사건은 숀을 피해 갔다. 우리를 피해 갔다. 자동차 열쇠는 최소한 '공중으로 사라지지' 않는다. 숀의 기억은, 나중에 알게 될 제니의 기억도 마찬가지로, 언제든 사라져버릴 가능성이 있었기에 우리는 언제 조사를 멈추고 포기해야 할지 몰랐다. 조사하는 과정 자체가 그들에게 도움이 되는 듯했고, 덕분에 작업을 이어나가기 용이했다는 것만 말해두겠다.

숀이 빨간색 문이 보인다는 무전을 보내고 다음 무전을 하기까지 15초의 시간이 있었다. 두 번째 무전이자 마지막 무전에서는 여자, 아이, 노인 등 민간인 일곱 명이 거리에 있다고 말했다. 숀은 그들의 존재 때문에 매우 불안해졌을 거라고 했다. 아마 철수하고 싶은 심정이었을 거라고 했다.

"이 임무는 실패라고 생각했을 것 같습니다. 총성 이후 다른 거리에서는 사람들이 모두 자취를 감췄습니다. 그런데 이 거리에서만, 목표 인물이 숨어 있다는 이 거리에서만 아무도 두려워하지 않는다? 엄마들이 아이들을 집으로 불러들이지 않는다? 우리를 봤는데도 도망쳐서 숨지 않는다? 내가 보고했으니 내 눈으로 분명히 봤겠죠. 만약에 그 모습을 봤다면 나는 아마 철수할 생각을 했을 겁니다."

"그랬을까요? 아니면 죽는 한이 있어도 그 새끼를 죽이려 했을까요?"

숀은 이 질문에 대답하지 못했다. 숀의 양심은 후퇴하려 했다고 믿고 싶어 했다. 본인의 자존심과 부대원 여섯 명의 목숨을 앗아 간 사람을 향한 분노 때문에 판단력이 흐려져 발란시아의 목숨을 위태롭게 만들지는 않았다고 믿고 싶어 했다. 아내와 아들을, 심지어 전쟁의 생리를 생각했더라면, 반군이 다 알고서 기다리는 상황에 안으로 침투해 임무를 완수할 생각은 하지 않았을 테니 말이다. 그랬다간 본인도 시체가 돼 거리로 끌려 나왔을 터였다. 죽은 병사는 싸울 수 없다. 그러나 숀은 문을 열고 돌진하고, 소리 지르고 총을 쏘며, 자신이 얼마나 많은 사람을 죽였는지 신경 쓰지 않았다는 것을 느낄 수 있었다. 그는 그 분노를 느낄 수 있었다. 그러다 결국 그 문에서 얼마 떨어지지 않은 곳에서 발견됐다.

우리는 이 지점에서 막혔고, 나는 일어난 일을 충분히 기억해내기 전까지 이 지점에 머물러야 한다고 확신했다. 죽을 것이 뻔한 곳으로 발란시아를 끌고 들어간 자신을 용서하는 법을 배워야 할까? 아니면 후퇴를 결정한 자신을 받아들이고, 친구들을 죽인 반군을 탓하지 않는 법을 배워야 할까? 나는 그의 화나 아내와 아들을 향한 분노의 표출이 죄책감에 기반을 두고 있다고 여기게 됐다. 그는 자신이 사랑받을 자격이 없고, 이런 선물 같은 존재를 가질 자격이 없다고 느꼈기 때문에 그들과 함께 있으면 자기혐오에 빠졌다. 알지 못하고, 기억하지 못하는 상태로는 '귀신'이 계속 숀 안에서 배회할 터였다.

숀이 귀신 이야기를 할 때 제니가 지은 표정은 내 의사 경력에서 무엇보다 큰 만족감을 가져다줬다.

두 사람은 트라우마 환자들의 집단치료 모임에서 만났다. 매주 집단치료 모임이 열린다. 숀은 모임에 나온 지 몇 달, 치료를 시작한 지 1년이 돼가는 시점이었다. 그 전에 숀은 너무도 불안정했다. 제니를 이 모임에 합류시키는 것은 쉬운 결정이 아니었지만, 치료를 시작하자마자 내가 집단치료를 권하게 되리라 짐작했다. 제니의 상황이 복잡한 것은 인정한다. 그러나 제니 또한 트라우마 환자이고, 내 경험상 모든 트라우마 환자에게는 지원 커뮤니티가 필요하다.

톰은 반대했다. 제니가 모임에서 '성인'에게 적합한 이야기나 언어에 노출될까 우려한 것이다. 이 점은 그가 틀리지 않았다. 때로는 노골적이거나 거친 대화가 오간다. 그러나 이 모임에는 다양한 사람들이 자리하고, 덕분에 되도록 점잖은 분위기가 유지된다. 샬럿은 이 모임이 제니에게 도움이 되리라 생각했다. 샬럿은 톰에게 여자들의 이야기하고 싶은 심리, 자신의 이야기를 털어놓고 남의 이야기를 들어주려는 심리를 이해하지 못한다고 했다. 모임에는 강간 생존자가 두 명 더 있었다. 톰은 나와의 치료를 시작하기 전부터, 즉 부부 관계에서 자신의 목소리를 내기 전부터 반대했지만 결국 샬럿의 주장대로 됐다. 그때만은 샬럿이 부부 관계에서 우위를 점한 것에 감사했다.

나는 제니와 숀에게 서로의 이야기를 해줬다. 두 사람은 서로 모임에서 만나기를 고대했다. 새로 합류한 제니가 제일 먼저 말했다. 제니의 나이는 다른 참석자들 나이의 절반 수준이었지만 전혀 두려워하지 않았다. 간단명료하게 말했다.

"저는 강간당해 이곳에 왔습니다. 아마 모두 제 이야기를 신문에서 보셨겠죠. 저는 그날의 기억을 잊게 해주는 약물 치료를 받았고, 지금은 그 기억을 잃은 상태입니다. 기억하지 못한다는 건 힘든 일이었습니다. 너무 힘들었습니다. 그래서 자살을 기도했습니다."

나는 제니에게 더 말하라고 요구하지 않았다. 대신 참석자 모두가 돌아가며 자기소개 시간을 가졌다. 그것이 우리 모임 나름의 규칙이었다. 숀은 중간쯤에 있었다. 숀은 의자에서 벌떡 일어나 자신의 이야기를 제니에게 들려줬다. 그가 겪은 사고를 사실대로 말하고, 그 또한 자살 충동을 느꼈다고 했다. 그러고 나서 자신의 몸속을 배회하는 귀신에 관해 이야기했다.

"계속 이렇게 몸에 품은 채로 살 수는 없습니다. 제가 아직도 살아 있는 이유는 바로 이 귀신을 몰아낼 수 있다고 믿기로 했기 때문입니다. 죽이든, 겁을 주든, 요구를 들어주든 어떤 방식으로든요. 만약 그걸 믿지 않았더라면 저는 죽었을 겁니다."

제니는 눈을 점점 크게 뜨더니 손을 천천히 입으로 가져갔다. 숀이 귀신에 관해 설명을 이어가고 어째서 빨간색 문 앞에서 일어난 일을 기억해내야 하는지 말했을 때, 나는 제니가 희망에 차오르는 모습을 봤다. 제니의 혈관이 그날 화장실 바닥에 흘렸던 피로 다시 통통하게 차오르는 것 같았다.

나는 모임 밖에서 참석자들끼리 만나는 것을 엄격히 금하진 않는다. 그러나 어느 정도 거리를 유지하라고 조언한다. 숀과 제니가 서로의 이야기를 더욱 많이 공유하기 위해 연락할 거라고는 짐작했다. 모임에서는 이야기가 옆으로 새기도 한다. 사람도 많고, 급한 주제도 너무나 많기 때문이다. 다만 내가 몰랐던 것은 둘의 관계가 얼마나 깊었는지 정도와 그로 인해 발생할 일들이었다. 제니와 숀이 공유한 것은 너무나 독특한 나머지 모임에서조차 공유하는 이가 없었다. 당시에는 널리 적용된 치료가 아니었다. 망각 치료의 부작용을 앓는 사람들이 만나는 공개 토론회도 없었다. 제니와 숀은 나도, 가족도, 모임 참석자들도 이해하지 못하는 서로의 면모를 이해했다.

"다른 강간 생존자들은? 그분들의 이야기와 감정에 공감하니?"

내가 묻자 제니는 어깨를 으쓱했다.

"글쎄요. 아마도요. 조금은요. 하지만 잘은 모르겠어요. 이해는 하지만 우리가 같은 문제점을 가진 것 같지는 않아요. 저는 남자들이 두렵지 않아요. 수치심도 안 들고요. 자살 기도에 대해서도 수치스럽게 여기지 않아요. 저는 화가 나죠. 내가 기분이 그렇게 늘 안 좋고 죽고 싶었다는 게 화가 나요. 하지만 그분들과는 달라요. 모르겠어요. 좀 달라요."

"숀과는 다르지 않고?"

제니는 미소 지으며 바닥을 내려다봤다. 부끄러워하는 것 같은 불길한 예감이 들었다. 제니가 숀에게 반했을까 봐 두려웠다.

"우리는 서로를 이해해요. 그리고 숀이 저를 웃게 해주죠."

"아주 역동적이고 표현이 풍부한 사람이지?"

"네."

"연락은 어떻게 하니?"

"주로 문자를 보내요. 스카이프도 하고요. 아이챗은 안 해요. 그러기엔 나이가 너무 많아요."

"아이코."

"죄송해요. 그런 뜻이 아니에요. 아이챗은 보통 10대가 한다는 말이었어요."

"농담이다, 제니. 무슨 말인지 알아. 문자나 스카이프는 얼마나 자주 하니?"

"대부분 아침에 일어나서 숀이 밤중에 보낸 메시지를 봐요. 숀은 잠을 잘 못 잔대요. 메시지들은 대부분 아주 슬프죠. 저는 침대에서 나오기 전에 답장을 보내요. 어둠에서 나오라고 하죠. 우리끼리 하는 농담이에요. 그런 농담이 아주 많아요. 대부분 치료와 기억이 사라진 것에 대한 농담이에요. 숀은 저를 할머니라거나 뭐 그런 식으로 불러요. 대체로 우리가 뭘 하느냐에 따라 바뀌어요. 그냥 평범하죠. 바이올렛하고 이야기하는 것처럼요. 하지만 바이올렛은 내 말을 잘 못 알아듣는 경우가 많아요."

"그러나 숀은 알아듣지."

"네, 다 알아들어요. 모두 다요."

"그렇게 말하는 모습이 편해 보이는구나."

제니는 말없이 고개를 끄덕였다. 눈물을 터뜨릴 것 같았는데, 애써 삼켰다.

"이제 작업을 하고 싶어요. 시작할까요?"

혼자이기를 거부하는 인간의 마음은 그 무엇보다도 강하다. 어쩌면 이성이나 양심 혹은 공포보다도 강할 것이다.

나는 이 모든 것을 취소하고, 톰 크레이머의 주장에 따라 숀과 제니를 한 공간에 두는 것을 재고해야 한다. 그래야만 한다. 그러나 그러지 않는다. 희망과 생기가 돌아온 제니의 모습을 절대 잃고 싶지 않다.

제니가 숀을 만나고 얼마 지나지 않아 나는 제니와 기억 회복 작업에 들어갔다. 숀은 자신의 기억 회복 과정을 작은 것 하나까지 제니와 공유했고, 앞으로 더 많은 것을 기억하게 되리라 믿는다고도 했다. 제니가 이 작업에 거는 기대가 너무 컸던 나머지 내가 어느 정도 제동을 걸어야 했다. 우리가 뭘 찾게 될지 전혀 몰랐다.

그래도 우리는 진행했다. 일단 아는 정보원을 총동원해 자료를 수집하는 데 집중했다. 제니의 친구들, 파티에서 제니를 본 아이, 제니와 이야기한 아이, 숲속에서 제니를 찾은 커플. 물론 감식 보고서도. 우리는 그날 밤을 어떻게 체험할지 의논했고, 제니가 기억하는 부분부터 시작하기로 했다. 파티를 주최하고 음악을 틀었던 아이에게 플레이리스트를 받기로 했다. 나는 제니가 그날 마신 음료의 냄새를 맡게 해주고, 음료도 그대로 만들 계획이었다. 이미 아는 대로 모든 음료에는 보드카가 들어 있었다. 제니는 그날 쓴 향수, 화장품, 입은 옷을 가져오기로 했다. 그리고 단계별로 경험하기로 했다. 파티가 벌어진 집에서 잔디밭까지, 잔디밭에서 숲까지, 가장 힘든 부분인 강간까지. 보고서는 꽤 상세하게 작성돼 있었다. 핏자국과 남겨진 옷가지의 흔적도 기록돼 있었다.

이 작업이 다소 병적으로 들릴지도 모르겠다. 하지만 이해해줘야 한다. 이 작업은 나와 숀이 한 것과 전혀 다르지 않다. 사람들이 자동차 열쇠를 찾는 방법과 전혀 다르지 않다.

제니는 두려워했지만 의욕이 넘쳤다. 제니의 부모는 잔뜩 겁을 먹었다. 그러나 처음으로 기억을 회복해냈을 때 우리 모두 내 말이 옳았음을 알았다.

16

그날 벌어진 일을 순서대로 짚어보겠다.

아침에 파슨스 형사가 전화를 했다. 크루즈 더마코에게 드디어 국선 변호인이 배정됐고, 공소 심리가 진행됐다. 보석금은 5만 달러로 더마코는 보증인과 돈을 구하는 중이었다. 잡힐 만한 담보도 없고, 어머니와도 절연한 상태였다. 2년 동안 두 번 구속됐으니 어머니도 아들을 다시 포용할 수는 없었을 것이다. 매우 합리적인 결론이었다. 물론 20년 전에 일곱 살 먹은 더마코 앞에서 헤로인 주사를 맞지 않는 것이 더욱 합리적이었겠지만.

내가 서머스에서 돌아오고 48시간이 흘렀다. 나와 아내는 이미 브란디노 변호사를 만났다. 우리는 의뢰비로 5만 달러를 제시했고, 그는 제이슨과 이야기를 나눠보고 경찰 조사를 받을 때 동석하는 데 찬성했다. 제이슨에게 할 말과 하지 말아야 말을 알려주겠다고 했고, 조사 도중 넘지 말아야 할 선을 넘으려 하면 중단시킬 것이라고 했다. 그는 파티에 간 다른 두 소년의 변호도 맡고 있었기에 우리는 이해 충돌 포기 각서를 써야 했다. 두 소년 중 한 명은 벌써 조사를 받았다. 경찰은 더마코가 그날 밤 거기에 있었는지 확인하려 했고, 그 이상은 묻지 않았다. 나는 마음이 놓였다. 변호사 덕분에 안심이 됐다.

이 이틀 사이에 다른 일이 발생했다. 더마코가 체포되기 직전, 그에게 마약을 사려 했던 아이가(기억하는지 모르겠지만, 이 아이의 이름은 존 빈센트다) 다시 경찰서에서 조사를 받았다. 파슨스는 그날 일을 구실로 강간이 발생한 날에 더마코를 봤다는 진술을 얻어냈다. 그러고 나서 곧장 더마코에게 갔다.

"더마코도 나름 할 이야기가 있었고, 어느 정도는 편하게 말했습니다. 빈센트란 애가 그날 저녁 파티에서 더마코를 봤다고 했고, 더마코도 그 사실을 인정했죠. 놈은 뉴헤이븐에서 만난 어떤 고등학교 졸업반 학생에게 '초대받았다.'고 했습니다. 같이 '놀러 왔다.'는 겁니다. 마약을 팔러 왔다는 건 부인했지만 거래가 가능하다면 페어뷰의 자칭 날라리를 몇 놈 넘길 준비가 됐다는 티를 냈습니다. 나는 놈에게 우리가 무슨 사건을 수사하는지 말하지 않았습니다. 놈을 강간범으로 의심하고 있다고 말하지 않았어요. 그 멍청한 국선변호인도 뒤늦게 일이 어떻게 돌아가고 있는지 알아채더군요."

파슨스는 주제를 피해 갔다. 빈센트를 확실히 잡아넣으려면 더마코가 정말 페어뷰에 왔었다는 것을 증명해야 한다고 했는데, 이 말은 마치 더마코의 혐의에 대한 거래의 시작처럼 들렸다. 그는 더마코에게 파티를 설명해보라고 했고, 차를 세워놓은 장소나 뭘 보고 들었는지 물었다. 더마코에게 그날 거기에 진짜 있었는지가 확실해야 한다고 말했다.

"놈이 자기 국선변호인을 쳐다보니까 그가 고개를 끄덕였어요. 나야 좋죠, 어디 한번 더 큰 구멍을 파보라죠. 바보 아닙니까? 돈이 얼마가 들든 알 바 없지만 좀 괜찮은 변호사를 구해라 싶었죠. 선생님은 이 말을 못 들은 겁니다!"

더마코는 제 앞을 오간 아이를 몇 짚어냈다. 그중에는 섹스하려고 숲으로 들어간 남녀도 있었다. 이 부분은 테디 덩컨의 이야기와 일치했다. 더마코는 10대 소년이 자기 차를 지나쳐서 숲으로 사라지는 것을 봤다고 했다.

"놈이 그렇게 말하는데, '젠장, 뭐야 이거? 진짜인가?' 싶었습니다. 아직까지 머릿속이 어지럽습니다. 이놈이 우리를 갖고 노나? 만약 놈이 강간범이라면 마약 거래를 하러 거기 갔다고 털어놓을 이유가 없습니다. 그럴 리가 없죠. 그래서 이놈이 그냥 마약을 팔러 왔고, 놈이 본 그 소년이 강간했을지도 모른다는 생각이 들었습니다. 그런데 또 이놈이 내가 이렇게 생각하도록 유도하는 거면 어쩌지 싶은 겁니다. 놈이 숲으로 들어가는 소년을 봤다고 이야기를 지어낸 건지도 모릅니다. 파티에 왔던 애들이 자신에 대해 말할 걸 알고, 강간이 벌어졌다는 것도 알고, 어쩌면 놈이 강간범일 수도 있고요. 그러니까 선수 치자? 어쩌면 그 국선변호인이 정말 선의로 일하는 예일 출신의 난놈인지도 모릅니다. 제기랄."

더마코는 파슨스에게 그 소년이 빨간 새가 그려진 파란색 후드티를 입었으며, 새의 종류나 무슨 글자가 프린트돼 있었는지는 기억나지 않는다고 했다. 소년은 밝은 갈색에 짧은 머리였고, 평균 키에 평균적인 몸집을 가진 운동선수처럼 보였다고 했다. 그 정도면 페어뷰 고등학교 남학생의 절반에 해당한다.

"아직 어떻게 해야 할지 모르겠습니다. 크레이머 가족한테는 아무 말도 하지 않았지만, 만약 톰이 알면 어떻게 될지 알죠?"

"제니에게 물어보고 싶어 하겠죠."

"그렇습니다. 그리고 나도요."

나는 파슨스에게 우리 작업에 방해가 되지 않는 방식으로 제니에게 물어보겠노라고 했다. 하지만 솔직히 마땅한 방도가 보이지 않았다. 숀, 제니와 각각 작업을 시작한 뒤로 나는 기억 회복 연구에 푹 빠졌다. 매주 새로운 연구 결과들이 발표됐는데, 그중 우리에게 큰 경고를 보내는 연구가 하나 있었다. 뉴욕의 한 신경 과학자에 따르면, 기억 재경화 작업이 단순히 상세한 정보를 현실감 있게 짜내 거짓 기억을 만들어낼 가능성이 있다는 것이었다. 그 과학자는 어릴 때 쇼핑몰에서 엄마를 잃은 적이 없는 사람들에게 그런 사실이 있다고 말하는 실험을 했다. 장소는 그들이 익히 알고 있는 쇼핑몰로 정하고, 이야기에는 구체적인 사실을 추가했다. 이를테면 엄마가 쇼핑몰 관계자에게 소리 지르는 모습이라든지 그날 입은 옷, 점심때 먹은 메뉴 같은 상세 정보를 진짜 있었던 일에서 따왔다. 그저 마지막 한 가지, 어렸을 때 엄마를 잃어버렸다는 거짓 정보를 추가했다. 그러자 뇌가 이 마지막 정보를 실제로 쇼핑몰에 갔던 기억에 덧붙여 사실 확인이 되지 않는 거짓 기억을 재경화해냈다. 어떤 사람들은 엄마를 찾지 못했을 때의 공포감을 '기억'한다며 울기까지 했다.

재경화된 기억으로 감정의 집착을 약화하는 일은 내가 보기에 해롭지 않다. 오히려 유익하다. 하지만 사실을 바꾸는 것은 별개의 문제다.

내 작업에 큰 영향을 끼칠 것이 분명했다.

나는 그날 오후 제니를 만났다. 우리는 늘 하던 대로 제니가 새로 느낀 감정이나 현재 기분, 일반적인 성향에 대해 이야기를 나눴다. 나는 매번 제니에게 자살 기도를 하게 만들었던 어둠 속으로 빨려 들어가지 않을 것이라고 안심시킨다. 또한 내가 처방한 순한 불안증 약 이외에는 약을 복용하지 못하게 한다. 최근에는 숀과의 관계가 제니에게 큰 영향을 미쳐서 숀에 대해서도 물었다. 제니의 부모가 이 문제를 걱정하기 시작했기 때문이기도 했다. 그러고 나서 우리는 의미심장한 휴식을 취했고 제니가 기억 회복 작업을 할 준비가 됐다는 확신이 생겼을 때 다시 시작했다. 제니는 언제나 눈에 띄게 열의를 보였다. 그 끔찍한 밤으로 돌아가는 데 필요한 물건들을 가방에서 꺼낼 때 제니의 기분이 좋아지는 것이 확연히 보였다.

"오늘은 어디서부터 시작하고 싶니?"

"냄새요."

여러분의 기억력은 어느 정도인가? 앞에서 제니가 기억하는 몇 안 되는 것 중 하나로 강한 냄새를 언급한 바 있다. 나는 재활 센터를 통해 후각 상실증(뇌 손상으로 인한 후각 상실) 환자들이 사용하는 '긁어서 냄새 맡기' 검사의 샘플을 구했다. 보통은 환자가 인식하는 특정한 냄새가 있는지 시험해보는 용도다. 어떤 냄새든 인식하는 것은 큰 희망이 된다. 반년 동안 아무 냄새도 맡지 못하면 평생 후각 없이 살아야 한다는 말이기 때문이다. 매우 괴로운 증상이지만, 나와 제니의 작업과는 아무 상관이 없다. 샘플 패치는 우리에게 매우 유용했다.

제니는 매번 옷을 무릎에 올려놨다. 실제로 찢어지고 피로 물든 옷이 아니라 샬럿이 똑같은 옷을 새로 사줬다. 검은색 짧은 치마, 플랫슈즈, 크롭트니트, 속옷. 사건 당일의 복장과 똑같다. 제니는 얼굴과 입술에 화장도 좀 했다. 늘 하던 화장이고, 그날 밤에도 했다. 화장품에서 과일 향이 난다. 우리는 이제 파티에서 무슨 노래가 나왔는지, 그리고 강간당할 때 무슨 노래가 나왔는지 안다. 지루하게 플레이리스트를 다 늘어놓지는 않겠다. 데미 로바토, 니키 미나지, 원 디렉션, 마룬 파이브 등등. 다들 충분히 예상 가능한 목록이었다. 우리는 조명을 어둡게 하고, 눈을 감고, 음악을 들으며 그날 저녁으로 돌아갔다. 제니가 스스로 알게 되기 전까지는 내가 어디서 시작할지 알려줬다.

"파티에 갈 때는 기분이 너무 좋아요. 예뻐진 것 같고, 신도 나요. 더그 헤이스팅스 생각으로 머리가 꽉 차 있어요. 저는 바이올렛과 함께 주방으로 들어가요. 우리 학년 애들은 없나 둘러보는 거죠. 거기 있던 애들과 인사해요. 그리고 술을 마셔요. 저는 더그의 흔적을 찾아서 통로란 통로는 다 훑어봐요. 바이올렛이 저를 쿡 찔러요. 너무 티 내지 말라고요. 아는 여자애랑 이야기하려는데 걔는 이미 취해 있어요. 말하는 모습이 아주 멍청해 보여요."

나는 보드카 냄새가 나는 종이 막대를 제니의 코 밑에 댔다. 제니는 냄새를 들이쉬고 뇌가 그 정보를 받아들일 때까지 기다렸다. 음악이 나오고 있었다. 테일러 스위프트의 〈네가 그럴 줄 알았어(I Knew You Were Trouble)〉였다. 제니는 이 상황을 매우 잘 기억했다. 여자에게 상처 주는 남자에 대한 노래로, 여자는 남자가 어떤 사람인지 더욱 잘 알았어야 한다는 내용이라고 설명해줬다. 이 노래가 나올 때 제니와 바이올렛이 거실로 들어섰고, 더그가 다른 여자애와 함께 있는 모습을 봤다. 분명히 사귀는 것으로 보였다. 우리는 잠시 이 노래의 아이러니에 관해 이야기했다.

"어지러웠어요. 술 때문은 아니었어요. 고작 몇 모금 입만 축인 수준이었거든요. 저는 그때 세상이 폭발한 것 같은 기분이었어요. 제 세상이 통째로요."

제니와 나는 이 주제로 여러 번 이야기를 나눴다. 제니의 기준에서 보면 나는 '늙은 남자'이지만, 나도 열다섯 살에 좋아하는 여자애에게 거절당한 기분이 어땠는지는 기억한다. 우리 모두 그 기분을 안다, 안 그런가?

"바이올렛이 저를 쳐다보고, 그다음에 더그를 쳐다보고, 다시 저를 봐요. 바이올렛이 저를 웃게 해주려고 더그의 엉덩이를 차버리겠다고 말해요. 어차피 걔 물건은 별 볼 일 없다는 소문이 돌더라고 해요. 머리도 젤로 떡칠해놨다고 비웃어요. 겉만 번드르르한 양아치라고도 해요. 어차피 아무 상관도 없어요. 가만히 앉아서 감정을 조절할 수가 없어서 주방으로 가서 보드카를 단숨에 들이켜기 시작했어요."

제니는 이미 '상담 언어'를 쓰기 시작했다. 매우 흔한 현상이다. 우리는 감정을 '조절'하는 법에 대해 많은 대화를 나눈다. 감정을 소화하고 생각한 뒤 재설정함으로써 그 감정이 신체에 끼치는 영향을 없애는 것이다. 그래야만 일상을 살아갈 수 있다.

제니는 기억하는 부분에 대한 이야기를 이어나갔다. 그 끝은 화장실에서의 구토였다.

"바이올렛이 제 머리카락을 잡아줬어요. 애들이 저를 두고 하는 말이나 비웃는 소리가 다 들렸어요. 화장실 문을 두드린 애도 있었어요. 바이올렛이 저리 가라고 소리 질렀죠. 꺼지라고 했어요. 그때 이 노래가 나왔어요. 이 노래가 싫어요."

제니와 바이올렛이 화장실에 있을 때 흘러나온 노래는 〈재거처럼 멋져(Moves Like Jagger)〉였다. 나는 제니가 화장실 이야기를 할 때 이 노래를 틀었다. 우리는 여기서 멈추고 종이 막대 냄새를 맡았다. 제니가 맡았다는 강한 냄새는 화장실과 연관이 있을 것 같았다. 구토 냄새나 화장실 세제 냄새 아니면 변기 물을 파랗게 만드는 살균제 냄새 같은 것 말이다. 나는 구토 냄새가 나는 종이 막대와(그렇다. 이런 게 정말 있다) 세제 냄새가 나는 종이 막대를 가지고 있었다. 주니퍼 로드의 그 집 식구들이 사용하는 변기 살균제와 똑같은 것도 있었다. 그 어떤 냄새도 예상 가능한 반응(구토 냄새를 맡고 인상을 찌푸리는 반응) 이상은 나오지 않았다.

그런데 이날은 한 가지를 추가했다. 표백제였다.

원래는 이 생각을 하지 못했다. 나는 집에서 화장실 청소를 하지 않는다. 내가 냄새에 대한 기억 작업에 실패했다고 말하자 아내가 생각해낸 것이었다. 나는 작업 리스트를 훑어봤다. 주니퍼 로드의 그 집 가족은 최선을 다해 리스트를 작성해줬다. 하지만 사건은 아홉 달 전의 일이었다. 아내는 몇 초간 생각하더니 불쑥 "표백제!"라고 말했다. 이 일의 아이러니는 곧 밝혀질 것이다.

나는 종이 막대와 변기 살균제 냄새를 모두 맡게 했다. 그리고 납작한 원형 표백제의 냄새를 맡게 했다. 표백제 냄새는 (따로 향을 첨가하지 않는 한) 액체형, 분말형, 과립형, 원형 압착 분말형 모두 같다. 제니가 깜짝 놀라 눈을 떴다.

"새로운 거야. 냄새를 맡아봐." 나는 말했다.

제니가 눈을 감고 냄새를 깊이 들이마셨다. 반응은 고작 몇 초 사이에 일어났지만 나는 그 과정을 매우 느리게 일어난 일처럼 기억한다.

반응은 어깨에서 시작됐다. 양어깨가 귀에 닿을 만큼 올라갔다. 그 모습을 보고는 등을 활처럼 한껏 높이 구부리고 털을 바짝 세운 겁먹은 고양이가 떠올랐다. 이내 제니의 얼굴이 일그러지고, 이마가 눈썹 위로 내려앉았다. 입은 앙다물었고 휘둥그레 뜬 눈에는 공포가 깃들었다. 제니가 팔짝 튀어오르듯 의자에서 일어났다. 주먹을 꼭 쥔 채 표백제를 든 내 손 쪽으로 팔을 휘두르다 결국 내게 주먹을 휘둘렀다. 나는 얼굴을 맞아 안경이 바닥에 떨어졌다. 내 볼이 즉각 부어오르기 시작했다. 며칠간 멍이 들어 있을 정도의 힘이었다.

하지만 가장 기억나는 것은 비명이다.

제니는 내 진료실 한중간에 서서 배를 움켜쥐고 상체를 하도 숙여 몸이 거의 반으로 접힐 지경이었다. 고통에 찬 눈물을 쏟느라 숨을 거칠게 토해내 등이 오르락내리락했다.

나는 수백 명을 치료하며 저마다 다르게 무너져 내리는 모습을 봤다. 남자들은 벽에 주먹을 갈겨 구멍을 뚫었다. 여자들은 흐느꼈다. 남자들도 흐느꼈다. 10대들은 내게 서머스의 환자들에게서나 들을 법한 욕을 했다. 그러나 이것은 내 경험을 뛰어넘었다. 제니가 그 숲으로 돌아가 있음을 깨달았다.

나는 제니를 안아주지 않았다. 그런 행동은 적절하지 않다. 다만 제니의 팔을 붙들어 제니를 안정시켰다. 제니는 여전히 팔을 난폭하게 휘두르며 나를 밀어냈다.

"그만해!"

제니는 나를 향해 그만하라고 몇 번이고 소리 질렀다. 내 쪽을 바라봤지만 나를 쳐다보고 있지는 않았다. 나는 제니가 나를 더는 거부하지 않을 때까지 계속 팔을 붙잡고 있었다. 그리고 소파로 이끌어 태아 자세로 누울 수 있게 도와줬다. 샬럿에게 이번 치료는 일찍 끝날 것 같으니 어서 와달라고 문자를 보냈다. 그리고 나는 조심스럽게 물었다.

"제니, 어디에 있었는지 말해줄 수 있니?"

제니는 계속해서 눈물만 흘렸다. 그러나 훨씬 차분해져 있었다. 손으로는 등에 있는 흉터를 문질렀다.

"다시 눈을 감아봐. 숨을 깊게 쉬고. 이 순간을 놓치면 안 돼. 어떤 감정을 느끼니? 말해줄 수 있겠니? 이대로 멈출까? 아니면 계속할래?"

제니가 심호흡을 하고 눈을 감았다. 쉼 없이 흐르는 눈물이 가죽 소파에 작은 웅덩이를 만들었다. 제니는 정말 강했다. 의지력이 놀라울 정도였다. 제니가 입을 열었을 때, 제니의 몸에서 빠져나와 공간을 메우는 날것의 감정과 말하는 방식을 통해 나는 제니를 이해했을 뿐 아니라 그날 밤의 제니가 된 기분이었다.

"그 사람이 느껴져요. 놈이 손을 제 어깨에 올리고 저를 바닥으로 깔아뭉개요. 다른 한 손은 제 목에 있어요. 마치 제가 짐승인 것처럼 내 몸에 올라타요. 맙소사!"

"그렇구나."

말을 하기조차 힘겨웠다.

"또 뭐가 느껴지니? 뭐가 보이지? 표백제 냄새가 나니?"

제니는 고개를 가로저었다.

"아무것도 없어요! 어디 간 거야! 그 자식을 보고 싶어요. 누구야? 누가 나한테 이런 짓을 한 거야?"

제니는 분노에 사로잡힌 듯했다. 소파에서 일어나 진료실을 살피는 모습에서 광기가 보였다.

"뭐가 필요하니, 제니? 뭘 줄까?"

그때 제니가 원하는 물건을 찾았다. 표백제였다. 표백제를 집어 들어 얼굴에 짓눌렀다. 헛구역질을 했다. 표백제를 너무 가까이 대고 있었다.

"제니, 그만해! 그러다 코하고 목에 화상 입겠어."

제니는 다시 그 냄새를 들이마시더니 털썩 무릎을 꿇었다. 표백제가 얼굴에 묻어 있었다. 아름다운 동시에 충격적인 모습이었다. 우리는 찾아냈다. 제니는 찾아냈다. 그날에 대한 작은 기억을 찾아냈다.

"뭐니, 제니? 뭐가 기억났지?"

"너무 아파요. 그 사람이 느껴져요. 저를 찢고 파고들더니 점점 더 세게 밀고 들어와요. 체취를 맡을 수 있어요. 이 냄새가 나요. 놈은 마치 제가 짐승인 양 위에 올라타요. 맙소사! 느껴져요! 저는 막을 수가 없어요! 이 상황을 멈출 수가 없어요! 그 사람이 제 안에 있어요. 그 사람이 내는 소리는 안 들리는데 마치…… 모르겠어요! 그 움직임 말이에요. 저는 짐승이고 제 위에 올라타서…… 모르겠어요!"

"너는 알아. 지금 놈이 네 안에 있어. 놈에 대해서 아는 게 뭐지?"

"맙소사! 이런 맙소사! 말 못 해요!"

"말하렴. 난 이미 알고 있어, 제니. 그러니 그냥 말해."

"놈이 만족스러워해요."

나는 더 이상 아무 말도 하지 않았다.

17

샬럿이 제니를 데리러 왔을 때 우리 둘 다 감정적으로 탈진한 상태였다. 나는 샬럿에게 매우 생산적인 하루였지만 힘들었고, 다음에 다시 이야기하자고 했다. 제니에게는 약을 먹고 자라고 했다.

다음 날, 톰과 샬럿이 찾아왔다. 내가 크레이머 가족을 치료하는 11주 동안 부부를 동시에 만난 것은 딱 한 번이었으며, 그것도 제니의 치료를 논의하기 위해서였다. 부부를 따로 만나는 방식은 이 가족에게 실로 큰 도움이 됐으며, 각자에게도 큰 도움이 됐다. 계속 이 방식을 고수할 생각이었다. 나는 이미 부부 치료에 대한 내 생각을 밝혔다. 그러나 제니와 강간의 기억을 회복하는 데 놀라운 진전이 있었으므로 이번은 예외로 삼았다.

톰의 주요 관심사는 강간범 수사, 그리고 우리가 얻은 새 정보를 수사하는 데 활용할 방법이었다. 내가 왜 제니에게 빨간 새가 그려진 파란색 후드티에 관해 묻지 않았는지도 알고 싶어 했다. 샬럿은 기억 회복 작업이 제니에게 끼치는 영향을 더욱 염려했다. 밥과의 만남에 대한 이야기에 큰 진전이 있었던 데다 강간 발생 후 몇 달 동안 이어져온 제니의 자살 충동을 알아차리지 못한 데 대한 죄책감 때문에 샬럿은 제니에게 집중하고 있었다.

나는 부부에게 기억 회복 작업에서 생긴 일도 있고 하니 파란색 후드티에 대한 정보를 제니에게 제공하지 않겠다고 설명했다. 제니가 강간당한 순간을 갑자기 떠올린 뒤, 나는 세 가지를 확신했다. 첫째, 모든 기억이 지워진 것은 아니다. 앞서 설명한 '망각'에 대한 또 다른 맥락에서 보면 제니의 '망각'은 그날 밤을 다시 상기하지 못한 것과 상관있는 것이 분명하다. 제니는 여러 약을 조합한 약물 치료를 받은 탓에 기억이 감정과 연결되지 않았고, 그날 파티와 관련된 여타 기억과 상관없는 장소에 기억이 보관됐다. 헨젤과 그레텔이 빵 조각을 따라갔듯 제니도 그렇게 하지 않으면 강간에 대한 기억을 찾을 수 없다. 사라진 자동차 열쇠처럼.

둘째, 이 순간의 기억이 지워지지 않았다면 나머지 기억도 지워지지 않았을 것이다. 한 시간 남짓 동안에 벌어진 일은 공간적으로나 감정적으로나 긴밀하게 연결돼 있어 일부만 망각 치료를 피해 살아남았다고 보기 힘들다. 나는 이 일이 제니에게, 또 숀에게 어떤 의미가 있을지 종일 생각했다. 두 사람 모두에게 시간을 비워놓고 나와 함께 밤낮으로 작업하며 그들에게 생긴 일의 세세한 부분까지 모두 생각해내자고 말하고 싶었다. 하지만 나는 참을성이 있고, 치료 과정 자체를 존중한다. 너무 많은 것을 너무 빨리하려 하면 오히려 해가 되는 법이다. 마치 컴퓨터에 데이터를 넣는 것과 같다. 나는 하드 드라이브를 고장 내기 싫었다.

셋째, 제니는 지금 수술 환자와 마찬가지란 걸 톰에게 이해시키는 것이 무엇보다 중요하다. 제니는 지금 수술대에서 개복한 환자와 같다. 기억의 재경화에 대한 연구와 기억 회복이 가지는 불확실성을 고려하면 우리는 환자가 해로운 세균에 감염되지 않도록 수술실을 철저히 멸균 상태로 유지해야 한다. 제니의 뇌는 사라진 조각들을 찾아 제자리에 재조립하기 시작했고, 그 제자리란 바로 음악과 옷과 술이 있고 더그가 다른 여자애와 함께 있던 그날 밤의 기억이다. 기억의 재경화 과정에서 그 이야기에 거짓이 섞여 들어가기가 얼마나 쉬운가! 쇼핑몰에서 길을 잃었던 사실을 '기억'한다고 한 실험 참가자들을 생각해보라.

"이해하시겠습니까, 톰? 내가 만약 제니에게 파란색 스웨트셔츠를 입은 남자에 관해서 묻거나 그가 용의자라고 하면 제니는 그 기억과 그날 밤의 기억을 조합해 사실이 아닌데도 불구하고 사실이라고 믿을 수 있습니다. 그러면 절대 진실을 알 수 없게 됩니다. 그러니 조금 참을성을 가져보시죠."

샬럿은 이해했다.

"스스로 기억해낼지도 몰라요. 그러면 우리도 확실히 알게 되겠죠. 세상에. 벌써 1년이 다 됐어요. 딸이 범인 얼굴을 기억해내지 못한다면 이게 다 무슨 도움이 될지 모르겠군요."

"설사 기억해낸다 할지라도 망각 치료 때문에 제니는 목격자 자격을 잃었다는 점을 잊지 마세요. 지금 진행 중인 치료는 사실 전통적인 치료와 거리가 멉니다."

톰이 손바닥으로 이마를 문질렀다.

"그런 건 하나도 신경 안 씁니다. 그저 놈이 누군지 알아야겠습니다."

"놈을 찾는 방법 때문에 처벌이 불가능해지더라도 말입니까?"

"놈은 처벌을 받을 겁니다. 그 걱정은 하지 마세요. 걱정할 필요 없어요."

샬럿은 톰을 바라보고 나를 바라봤다. 우리 둘 다 같은 생각을 했던 것 같다. 톰은 유죄를 받아낼 수 없다면 직접 처벌할 거라는 말을 하는 듯했다. 그러나 우리 대화의 초점과 동떨어진 이야기였기에 굳이 그것에 시간을 할애하지 않았다. 샬럿도 나와 같은 생각이었다. 톰의 허세를 밟아버리는 것까지는 참지 못했지만.

"정말 이럴 거야, 톰? 가식 좀 그만 떨어. 당신이 우리 삶을 정지 화면으로 멈춰놓고 한 게 뭐야? 스웨트셔츠 입은 남자애들 사진을 찾는 거? 왜 넘어가지를 못해? 왜, 대체 왜 남자답게 시원스럽게 잊어버리지를 못하느냐고!"

"샬럿……."

나는 이 폭주 기관차를 멈춰보려 했다.

"멈춰놓다니? 내가 뭘 멈춰놨는데? 응? 나는 루커스의 라크로스 팀 코치를 맡았어. 직장에서 중개 수수료도 그 어느 때보다 많이 받았고. 나는, 젠장, 매일매일 저녁마다 집을 지키고 주말마다 우리 아들과 놀고 딸이 다시 정상적인 삶에 복귀할 수 있도록 공부를 도와줘. 대체 내가 뭘 했어야 하는데? 골프라도 쳤어야 하나? 내가 이 괴물 새끼를 찾는 시간을 줄이고 골프라도 치면 좀 더 남자다워지는 거야?"

내가 이래서 부부 상담의 효과를 의심하는 것이다.

"샬럿, 톰…… 그만들 하세요. 오늘은 모두 무척 감정적인 날입니다. 다시 주워 담지 못할 말은 아무에게도 도움이 안 됩니다. 특히 제니에게요."

"알았어요."

샬럿이 내 말에 수긍했다. 남편은 더 이상 쳐다보지도 않았다.

"이게 제니한테 무슨 의미가 있는지 좀 이야기했으면 하는데요. 선생님은 숲에서 있었던 일을 한 가지 기억해냈다고 하셨죠. 그놈한테서 표백제 냄새가 났다고요."

"아니면 숲에서 표백제 냄새가 났을 수도 있고요."

"좋아요. 제니가 표백제 냄새를 맡았어요. 그 냄새는 계속 났을 수도 있어요. 강간당한 그 한 시간 내내요. 그럼에도 기억해낸 순간이라는 게 그놈이……."

"공격했을 때죠. 네, 맞습니다."

"하지만 그 짓을 한 시간 내내 했잖아요. 온갖 방법으로……."

"시작될 즈음의 기억이 아닌가 합니다. 그때 가장 큰 충격을 받았을 테니까요. 놈이 무슨 짓을 하고 싶어 하는지, 무슨 짓을 하려는지 깨달았을 때 말입니다."

샬럿이 숨을 크게 내쉬며 소파에 털썩 등을 기댔다. 샬럿의 시선은 튤립 화분에 붙은 스티커에 붙박여 있었다.

"그럼 이제 딸은 강간당한다는 게 어떤 느낌인지 알게 됐네요. 그래서요? 이게 제니의 마음이 편해지는 데 도움이 되나요?"

나는 조심스럽게 이야기를 이어나갔다. 샬럿의 첫 경험에 대한 비밀을 지켜줘야 했다. 나는 남편에게 털어놓으라고 조언해왔다. 그것이 밥 설리번과의 관계를 끊어내는 유일한 방법이며, 그 관계가 끊어지지 않으면 이 결혼은 실패로 끝난다고 말이다. 샬럿은 이혼을 원하지 않았다. 그저 지금 이혼으로 직행하고 있는지 모를 뿐이었다.

"이상한 소리처럼 들리겠지만 이게 제니에게 도움이 될 겁니다. 제니는 이제 이 기억에 감정을 입힐 수 있게 될 거예요. 설사 이게 우리가 얻을 수 있는 유일한 결과가 된다 해도, 충분할지도 모릅니다."

톰은 정신이 딴 데 가 있었다. 스웨트셔츠에 집착하는 것이 눈에 보였다. 그리고 집으로 돌아가 딸에게 물어보리란 것도 훤히 보였다.

"톰? 우리 모두 한 가지 결론에 동의해야 합니다."

"글쎄요, 무슨 말도 안 되는 부두교 주술처럼 들리는군요. 애한테 표백제 냄새를 맡게 했더니 강간 기억을 떠올렸다고 했죠? 그럼 스웨트셔츠를 보여주면 그날 일 중에 다른 것도 기억해낼 수 있지 않겠습니까? 표백제가 아이의 기억을 조작하지 않는다는 근거는 뭡니까, 네? 선생님도 거기에 표백제가 있었는지 몰랐습니다. 그저 화장실 냄새를 기억하는 줄 알았잖습니까? 그 표백제 냄새를 어디서 맡았는지 어떻게 압니까?"

"나도 확실히는 모릅니다. 그러나 제니의 몸이 강력한 냄새를 기억하고 있었습니다. 우리는 작업 도중에 예순 가지도 넘는 냄새를 맡아봤고, 그중 유일하게 표백제 냄새가 반응을 끌어냈습니다. 제니는 옷 색깔이나 빨간 새는 전혀 기억하지 못합니다. 내가 그런 점을 언급하면 분명히 제니는 이유가 있어서 그러는 거라고 눈치챌 테고, 그게 거짓 기억을 유발하는 촉매가 될 겁니다. 제니의 뇌가 그날 밤 일을 보관하는 보관함으로 그 정보를 보내고, 그 정보는 공식적인 승인을 받으며 보관함으로 들어갈 겁니다. 더는 어떻게 설명해야 할지 모르겠군요."

"그러면 셔츠와 코트와 스웨트셔츠 사진을 예순 개 보여주십시오. 그 새끼도 옷은 입고 있었을 거 아닙니까. 그렇다면 아무 추측도 못 하겠네요, 그렇죠?"

톰은 막무가내였다. 톰은 파슨스를 시켜 스웨트셔츠에 관해 알아보라고 내 목을 조여왔다. 내게 표백제와 이 기억에 대해 연구할 시간을 조금만 더 줬더라면. 정보는 갓 태어난 병아리 같았다. 나는 그 정보를 따뜻하고 안전하게 보살피며 진전을 보고 싶었을 따름이다. 나는 결국 작업 중에 정장에서부터 티셔츠까지 남성복 카탈로그를 보여주기로 했다. 다음 주에 하겠다고 약속했다.

약속을 지키진 않겠지만.

18

크레이머 부부는 제니가 있는 집으로 돌아갔다. 내가 집에 도착했을 때 아내는 침실에서 빨간 새가 그려진 파란색 후드티를 붙잡고 울고 있었다.

크레이머 부부는 차를 타고 가는 동안에도, 집에 도착해서도 한마디조차 나누지 않았다. 서로에게 화가 난 탓도 있었지만 제니가 기억을 일부 회복했다는 새로운 현실에 갈피를 잡지 못했기 때문이기도 했다. 톰과 샬럿은 같은 역을 출발해 정반대로 달려가는 열차나 다름없었다.

톰은 집에 가자마자 컴퓨터를 켜고 학교 홈페이지에서 사진들을 불러냈다. 학생들이 찍힌 사진들에서 파란색 스웨트셔츠 차림의 아이를 찾으려 했다. 샬럿은 제니의 방으로 향했다. 제니는 역사 교과서를 읽고 있었다. 과외 교사가 막 떠난 참으로, 제니는 차분하게 숙제에 몰두한 듯했다.

"강간 사건 전이었다면 그런 순간을 아무렇지도 않게 그냥 스쳐 보냈을 거예요. 원래는 이상하거나 잘못된 행동에 주목하도록 단련돼 있었거든요. 딸애가 노트북을 쓰고 있는데 뭘 하는지 잘 보이지 않으면 들어가서 블라인드를 걷는 척하거나 빨랫감을 가지러 온 척하면서 딸애가 뭘 하고 있는지 몰래 넘겨다보는 거죠. 아니면 전화 통화를 너무 조용히 한다 싶으면 계정을 확인해서 애가 통화한 번호를 확인하고요. 자식을 염탐하는 것처럼 보일 수도 있겠지만, 그게 우리가 하는 일이잖아요. 엄마들 말이에요. 엄마들끼리 점심 먹으면서 애들이 한 짓을 공유하고 그래요. 그런데 이제는 평범한 행동을 보면 복도에 멈춰 서게 됐어요."

샬럿은 제니의 방으로 들어갔다. 제니는 어머니를 올려다보고 미소 지었다. 행복해 보이는 미소는 아니었지만 적어도 거짓 웃음은 아니었다. 제니는 이야기를 들었느냐고 물었다. 샬럿은 고개를 끄덕였다. 제니에게 더 자세히 말하라고 부담을 주거나 어떤 의견도, 조언도 입 밖에 내지 않았다.

"침대로 가서 애 옆에 앉았어요. 제니가 처음에는 이상하게 보더니 곧 옛날 생각을 떠올린 것 같았어요. 침대에 올라간 내 가슴에 제니가 머리를 기대면 내가 등을 쓰다듬어주곤 했거든요. 제니가 어렸을 때에는 책을 읽어주기도 했고요. 그냥 수다를 떨 때도 있었고. 놀랍나요, 선생님?"

"왜 놀랄 거라고 생각하죠?"

"우리 관계가 변한 것 때문에요. 톰하고 점점 가까워지고 나랑은 멀어지고. 그렇지만 보통 이런 거죠. 정상이라고 생각해요. 딸애가 성장하기 위해선 엄마랑 거리를 둬야 하죠. 여자애들이 보통 그렇지 않나요?"

"그렇죠. 극히 정상적이에요. 당신은 경험이 없지만요, 그렇죠?"

"어떻게 경험했겠어요. 엄마하고는 멀어질 대로 멀어져 있었는데."

"그렇지만 안정적인 환경에서 분리를 경험한 것도 아니었어요. 필요할 때에는 다시 어린애가 돼 응석을 부려도 되는 그런 환경."

샬럿은 잠시 생각해보더니 여러 감정이 뒤섞인 표정으로 동의했다.

"뭐 어쨌거나, 침대로 올라갔더니 제니가 나한테 기대더라고요. 딸애 머리에 입을 맞추고 등을 쓸어줬어요. 아이 셔츠 밑으로 손을 넣어 등에 난 상처를 만지고 싶다는 생각이 머리를 떠나지 않았죠."

"왜죠?"

답은 자명했지만 굳이 물었다.

"내가 상처에 대해 안다는 걸 제니한테 알리고 싶었나 봐요. 물론 이미 알고 있겠죠. 그렇지만 정말로 알고 있다는 걸…… 아니 느끼고 있다는 걸 전하고 싶었나 봐요."

샬럿은 정확한 표현을 고르지 못했다.

"뭘 느꼈나요?"

샬럿이 대답하기까지 상당한 시간이 걸렸다.

"선생님이 말해줬잖아요. 제니가 어떤 기분이었는지……. 마치 뒤를 내준 동물이 된 것 같았고, 끝내 그놈이 그걸 했을 때에는 동물 취급당하는 기분 자체가 그놈을 만족시켰다는 걸 알 수 있었다고……. 처음은 절대 쉽지 않아요. 그놈도 공을 들여야 했을 거예요, 그렇죠? 집어넣으려고 애를 쓰면서 우리 딸 비명을 들었을 거예요, 그렇죠?"

"네, 그랬을 거라고 봅니다."

"어쩌면 제니는 그놈이 못 할 거라고 생각했을지도 몰라요. 적어도 그런 식으로는 불가능할 거라고 생각했을지도 몰라요. 그 애가 힘겹게 벌였을 사투를…… 놈을 들이지 않으려고, 마음대로 못 하게 하려고 온몸에 힘을 주고……. 그러다가 놈이 결국 찢고 들어올 길을 찾아서 안으로 무작정 밀고 들어와서는 쾌락에 미쳐 몸을 흔드는데, 나는 고통에 몸부림치는 거죠. 그리고 이 느낌, 맙소사, 뭐라고 해야 하지? 고통보다 더한 이 감각을 뭐라고 해야 될까요?"

"의지예요, 샬럿. 의지가 꺾여버린 겁니다."

샬럿이 휘둥그레진 눈으로 나를 보는데, 그 표정이 완전히 안심한 듯 보였다. 그렇게 쉽게 답을 주면 안 되는 것이었다. 샬럿을 이끌어주되 스스로 답을 찾도록 했어야 한다. 샬럿 스스로도 찾았을 텐데. 그래야 내 답이 아니라 샬럿 자신의 답이 됐을 텐데. 어린 시절에 폭행을 당하며 나도 똑같은 기분을 느꼈다. 신체적인 폭행을 당한 사람이라면 누구나 그럴 것이다. 샬럿이 제니와의 대화를 이야기했을 때 나는 약간 상태가 좋지 않았다. 샬럿 크레이머에게 그 어느 때보다 중요한 순간이었는데도 인내심이 부족했다. 내 정신은 샬럿과 제니가 아니라 내 아내와 아들에게 쏠려 있었다.

"맞아요! 그래, 의지가 꺾인 거예요."

스스로가 무능하게 느껴져 답답한 나머지 한숨이 나왔다. 이건 아닌데. 어쨌거나 허술하기 짝이 없는 과정을 통해서라도 샬럿이 답을 알았다는 것 자체에 가치가 있었다.

"동물이 된 기분이 드는 거죠. 힘도 없고, 목소리도 아무한테 닿지 않고, 몸도 내 몸이 아니에요. 그래요, 바로 그런 거예요! 내 몸에 대한 권리를, 내 행동에 대한, 내…… 내 존엄성을…… 내 육체적인 존엄성을 빼앗기다니. 동물한테나 그러잖아요, 안 그래? 야생마를 잡아 와서 굴복시키고 올라타죠. 하지만 말은 극복하는 거죠? 마구간에 들어앉아 건초를 먹고 자기 발 위에 똥을 누고 자신의 영혼을 부순 바로 그 인간이 해주는 빗질에 즐거워하잖아요."

"그렇죠. 어떤 동물은 복종하면서도 잘 살 수 있어요. 어떤 동물은 그렇지 않고요. 인간은 안 됩니다. 역사가 보여주지 않습니까? 전쟁이나 반란이 왜 일어나겠어요! 그다음에는 어떻게 했나요, 샬럿? 제니의 상처를 만졌나요?"

샬럿은 고개를 저었다.

"아뇨. 그냥 꼭 안아주고 다시는 그런 일이 없을 거라고 했어요. 바다에서 갑자기 파도에 떠밀려 해변으로 구른 거랑 비슷하다고 생각하면 된다고요. 그런 적 있어요? 우리 애들은 바닷가에서 파도 타는 걸 좋아해요. 넘어져서 수영복에 모래가 가득 차도, 긁힌 상처가 생겨도 다시 바다에 뛰어들어요. 파도를 잘 타면 힘찬 물결의 아래가 아니라 꼭대기로 떠오르는 게 재미있으니까. 그러면 파도랑 같이 안전하게 바닷가로 밀려오죠. 더 좋은 비유를 떠올릴 수가 없었어요. 제니가 완전히 알아들은 것 같지도 않고요. 그래도 시작은 했죠."

"훌륭한 출발이라고 생각합니다. 파도와 강간범 사이에 다른 점이 있다면 파도는 사람을 넘어지게 할 수도 있고 바닷가로 데려다줄 수도 있다는 점 같군요. 당신은 단순하게 이야기한 거예요. 강간범은 피해자를 해치는 순간에만 힘을 갖죠. 강간은 성관계가 아닙니다. 그래도 괜찮은 시작입니다."

"당연히 둘 사이에 차이가 있다는 건 알아요. 하지만 작동 원리는 같아요. 방금 선생님이 설명하셨듯이 힘이나 그런 걸 이야기할 때 이런 표현을 쓰지 않나요? 잘 모르겠네요. 강간, 성관계, 뭐라고 부르든 한 사람이 다른 사람의 마음을 파헤친다는 건 분명하죠."

"네. 맞습니다. 같은 이야기를 다른 말로 하고 있을 뿐일지도 모르겠네요. 중요한 건 이 사건에 대해 딸에게 이야기했다는 점입니다."

"강간 이후 처음으로 딸과의 관계가 회복된 느낌이었어요. 강간보다 더 전부터일지도 모르지만. 딸과 나누지는 못했지만, 내 마음속에는 언제나 이런 유대감이 있었어요. 내 첫 경험과는 다르단 걸 알아요. 그래도 일부는, 그 애가 선생님한테 설명했던 그 순간, 동물이 돼서, 선생님 이야기처럼 그런 식으로 누구한테 나 자신을 빼앗기는 순간요. 그 이야기는, 딱 그 부분은 정말 비슷하다고 생각했어요."

"지금 한 말이 무슨 뜻인지 스스로도 깨닫지 않았나요?"

"글쎄요."

"전에 어머니의 남편과 섹스를 '하고 싶었다.'는 걸 기억한다고 말했잖아요. 만약 당신이 제니처럼 느꼈다면 그 말은 진실일 수가 없죠. 물리적으로 그 남자를 거부하지 않았을 수는 있습니다. 당신이 그만하라고 했으면 그 남자가 멈췄을 수도 있고요. 그래도 당신은 실제로는 하고 싶지 않았던 거예요. 당신의 의지는 어머니가 채워주셨어야 할 사랑을 갈구하다 꺾여버린 겁니다."

샬럿은 침묵했다. 이 사실을 받아들일 준비가 돼 있지 않았던 것이다. 나쁜 계집애였다는 혐의를 스스로 벗을 준비가 돼 있지 않았다. 샬럿은 이중생활에 익숙해져 있었다. 나쁜 샬럿은 이미 삶의 일부분이었고 사라지려 하지 않았다.

"그러면 톰은 어땠나요?"

내 질문은 정직하지도, 윤리적이지도 않았다. 친절해 보일 수는 있지만 이제 나도 이중생활에 뛰어들게 됐다. 나는 이 가족을 돕고자 하는 의사인 동시에 내 가족을 지키려는 아버지였다.

"정말 알 수가 없어요. 남편이 무슨 생각을 하는지 더는 모르겠어요. 무릎에 노트북을 올려놓은 채로 잠들었더군요. 내가 왜 그랬는지 지금도 모르겠지만 노트북을 치우고 옷을 벗은 다음에 이불을 젖혔어요. 톰이 깼죠. 얼이 빠져서 쳐다보더라고요. 거의 1년 동안 성관계를 한 적이 없어요. 강간 사건 직후에 둘이서 한번 시도해봤는데 톰이 거부감을 갖더라고요. 제니가 괜찮아지고 범인이 철창에 갇히기 전까진 즐길 수 없다는 듯이요. 나도 별로 하고 싶지 않았고요. 그냥 할 때가 됐다고 생각했을 뿐이었어요. 그런데 어제는 상관하지 않았어요. 남편 위로 올라가 관계를 가졌어요. 남편이 즐겼는지는 모르겠어요. 내 알 바 아니었어요. 동한 것 같진 않았지만 멈추라고 하지도 않았죠. 우리 결혼 생활의 다른 모든 부분처럼요. 남편은 맥없이 허물어졌어요. 거지 같았어요. 왜 했는지 알 수가 없네요. 내가 똑같은 짓을 하려고 했던 걸까요? 남편의 의지를 밟으려고?"

"아뇨, 그건 아니에요."

"그러면요?"

"바닷가로 안전하게 데려다줄 파도를 느끼고 싶었던 것 같습니다."

이 상담은 내가 톰에게 파란색 스웨트셔츠에 관한 기억을 찾아보겠다고 약속한 다음 날 진행됐다. 아내가 파란색 스웨트셔츠를 아들의 옷장 바닥에서 찾아낸 다음 날이기도 했다.

또 이야기를 서두른 감이 있다. 제니의 되돌아온 기억에 대해 크레이머 부부에게 말한 그날 오후로 돌아가보자.

집으로 차를 모는 동안 나는 깊이 만족하고 있었다. 제니와 내가 기억을 복구해냈고, 이제 이 소식을 제니의 부모와 공유했다. 나는 더 많은 기억이 돌아오리라 낙관했다. 제니가 그날 밤에 있었던 사소한 일 하나 하나를 다 떠올릴 때까지. 범인의 손이 처음 몸에 닿은 순간, 범인이 자신을 해치리란 것을 깨달은 순간, 싸우려는 본능, 이런 일을 당하고 있다는 사실을 믿지 못해 희망을 버리지 않고 도움을 청하는 비명 소리, 결국 옷이 찢기고 맨살에 찬 공기가 닿은 순간. 죄다 마음에 구멍이 뚫리고, 순결을 잃고, 의지를 짓밟히고, 인간성을 빼앗긴 기억이었다. 그 밖에 또 어떤 기억이 잠들어 있을까? 고통스럽게, 어쩔 수 없이 받아들였던 것. 제니의 피부를 긁어 표피 아래 신경을 지나 한층, 한층 깊이 파고들며 더한 고통의 신호를 뇌로 전달한 막대기. 극한의 고통. 절망. 폐허가 된 정신. 나는 보지 않아도 알 정도로 오랜 시간 이 일을 해왔다.

아직 낮이었다. 크레이머 부부가 마지막 예약자였다. 나는 시간이 오래 걸릴 경우를 대비해 제니나 제니 부모와의 상담 뒤로는 되도록 환자를 받지 않는다. 숀 때도 마찬가지다. 제니나 숀과의 상담은 예측을 할 수가 없다. 이날 나는 아내에게 표백제 덕분에 기억이 돌아왔다는 엄청난 소식을 전할 마음에 들떠 있었다. 아내에게 말하는 것이 적절한지 아닌지 결정을 내리지 못해 아직 아내는 소식을 모르고 있었다. 운전해서 집으로 가는 동안 이야기해야겠다고 마음먹었다. 그냥 하루 더 입을 다물고 있기가 힘들었다.

"줄리?"

부엌에서 아내를 불렀다. 불이 켜져 있고, 차도 차고에 있었다. 그런데 대답이 없었다.

"여보?"

다시 한 번 불렀다. 이번엔 목소리가 들렸다. 아내는 위층에서 소리쳤다.

"앨런! 앨런!"

아내의 목소리는 놀란 것처럼, 안심한 것처럼, 공황에 빠진 것처럼 들렸다. 아내는 내가 집에 일찍 돌아올 줄 몰랐지만, 이제는 다급하게 내가 도와주길 바라고 있었다. 당연히 나는 서류 가방과 열쇠를 내려놓자마자 위층으로 뛰어 올라갔다.

"줄리? 어디 있어?"

"여기! 나 여기 있어!"

줄리의 목소리를 따라 침실로 향했다.

간단히 말하자면 줄리는 파란색 스웨트셔츠를 들고 침대에 앉아 있었는데, 그 얼굴이 공포로 일그러져 있었다. 우리 아들에게 문제가 생긴 것이다. 대부분 정도의 차이가 있을 뿐 겪어본 적이 있을 것이다. 사실들이 아주 천천히 조합되면서 끔찍한 현실을 깨닫게 됐다는 제니의 묘사와 조금도 다르지 않았다. 일순 뇌가 정보를 거부하고, 정신이 현실에 저항한다. 너무나 치명적인 바이러스 같은 정보로 인해 즐거움처럼 단순히 마음의 평화를 주던 감정과 애정이 대대적으로 조정에 들어간다. 대혼란을 일으킨다.

정보가 드디어 머릿속에 들어왔다. 스웨트셔츠. 우리 아들이 그 파티에 갔었다는 사실로 두려움에 떠는 아내. 나는 아내의 두려움에 전염돼 변호사에게 전화했다. 그날 밤 이후로 우리 가족에게 닥친 위험은 진짜였다. 새로운 사실들이 머리에 들어와 몇 초 사이에 마음속 저항이 끝나고 조정이 완료됐다. 고통스러운 시간이었다. 이가 뽑히는 것 같았다.

“이게 옷장에 있었어.”

아내가 자리에서 일어나 내가 서 있는 데로 왔다. 가까이 와서 내 가슴팍에 스웨트셔츠를 들이댔다.

“아침에 변호사한테 전화가 왔어. 오늘 자기가 변호하는 애들 중에 한 명이 경찰에 불려 갔는데, 그쪽에서 빨간 새가 그려진 파란색 스웨트셔츠에 대해 물어보더래. 변호사 말로는 제이슨한테도 똑같은 걸 물어볼 텐데 애가 뭐라고 대답할지 아느냐고 했어. 작년에 내가 생일 선물로 후드티를 사줬잖아, 기억해?”

기억이 나지 않았다. 그때는 별로 중요하다고 생각하지 않았을 테니.

“우리, 애틀랜타로 여행 갔었잖아. 당신 학회 때문에. 기억 안 나? 호크스 팀 농구 경기는 꼭 봐야 한다고 해서, 거기서 이걸 사줬단 말이야. 빨간 새라니, 이 매 좀 봐!”

아내가 스웨트셔츠를 들어 보였다. 앞뒤로 빨간 매가 그려져 있었다. 팀명이 흰색으로 쓰여 있었지만 글씨가 작았다. 뒷면에는 매 그림뿐이었다. 나는 아내의 양팔을 붙잡고 단호하게 쳐다봤다.

“변호사한테 뭐라고 했어?”

“사실대로 말했어. 제이슨한테 빨간 매가 그려진 파란색 후드티가 있다고.”

“맙소사!”

아내의 팔을 놓고 돌아서서 생각에 생각을 거듭했다.

“알고 있었어? 파란색 스웨트셔츠를 입은 남자애를 찾고 있다는 거 알고 있었느냐고! 여자애가 기억해낸 거야? 그랬으면 나한테 말했겠지, 안 그래?”

"스웨트셔츠에 대해서는 몰랐어."

아니, 알고 있었다. 거짓말은 이어졌다.

아내는 계속 횡설수설했다.

"뭐라고 했어야 되지? 우리 변호사잖아! 제이슨한테 거짓말을 시킬 순 없어. 누가 기억해내면 어떻게 해? 봄 내내 이 옷을 입고 다녔는데. 거짓말했다가 들키면 경찰은 제이슨이 범인이라고 생각할 거야."

"무슨 범인? 아무도 제이슨이 제니를 강간했다고 생각하지 않을 거야."

"앨런, 생각해봐! 제이슨은 수영 선수야. 팔다리 털을 밀잖아……. 어쩌면 다른 곳도……. 그러면 어떡해? 만약에 경찰이 물어봤는데 제이슨이 전신을 밀었다고 인정하면?"

나는 손을 내저었다.

"수영 팀 전체가 밀잖아! 그중 절반이 파티에 있었고. 면도 자체는 아무 의미가 없어!"

"그럼 이건! 전화를 끊고 위층으로 달려가서 애 물건들을 뒤져봤어. 작년 봄 이후로 제이슨이 그 옷을 입은 걸 본 기억이 없는 거야. 아무 데도 없었어. 빨랫감 속에도, 서랍에도. 그래서 애 방을 이 잡듯 뒤졌어. 없어졌나 보다, 그런 생각이 들기 시작했어. 잃어버렸나 봐. 어쩌면 파티 전에 잃어버렸을지도 몰라! 그러면 그날 밤에 입고 있었을 리가 없지. 그러다가…… 맙소사! 애 옷장 바닥에 있는 온갖 쓰레기를 끄집어냈어. 그랬더니 비닐봉지에 이 옷이 들어 있었어!"

"왜 거기에 들어 있었지? 다른 건 뭐가 있었어?"

나는 상황을 수습하는 쪽으로 태세를 전환했다.

"스웨트팬츠 몇 장이랑 양말이랑 팬티 한 벌. 가끔 수영장에서 옷 갈아입으면 그래. 교복은 가방에 넣고 외출복으로 갈아입는 거지."

"어디 있어? 나머지는 어디다 놨어?"

아내를 따라 세탁실로 가니 나머지 옷가지가 세탁기에 들어 있었다. 아직 돌리기 전이었다.

"어떻게 해야 할지 모르겠어. 몽땅 빨아버려야 하는지, 내다 버려야 하는지. 옷에서 다 수영장 냄새가 난단 말이야."

아내가 스웨트셔츠를 건넸고, 나는 아무 생각 없이 옷에 코를 묻었다. 제이슨이 자유 시간 대부분을 보내는 수영장 냄새가 났다. 염소 냄새였다. 이제 이야기가 어디로 흘러갈지는 뻔했다.

벽에 등을 대고 눈을 감았다. 진짜 이유는 전혀 논리적이지 않은데도, 나는 아내에게 왜 이야기를 해야 하는지 논리적으로 나 자신을 설득했다. 이 괴로움을 혼자서 감당하고 싶지 않은 순전히 내 이기심이었다.

"제니 크레이머가 어제 기억을 되찾았어. 강간당한 날 밤의 기억."

아내가 잔뜩 날이 서서 나를 쳐다봤다.

"표백제였어, 줄리. 범인한테서 표백제 냄새가 났대."

아내는 눈이 점점 커지더니 천천히 손을 올려 입을 막았다.

"세 가지나 돼. 제이슨한테 혐의가 갈 이유가 세 가지나 있어!"

"그날 파티에 수영하는 애들 많이 있었어. 수영 팀 절반은 있었다고."

우리는 스웨트셔츠를 내려다봤다.

"제이슨이 아니야."

"알아."

"정말? 정말 나처럼 알아? 난 안다고! 뼛속 깊이 마음속 깊이 사무치게. 그 강간범은 소시오패스야. 알아듣겠어?"

"당연하지!"

"놈은 제니의 얼굴을 땅에 처박았어. 뒷덜미를 붙잡고 한 시간 동안 범하고 또 범했다고!"

"알아…… 안다고."

"그러고 나서는 막대기, 뾰족한 막대기를 들고 그 애의 살을 파냈어. 애 피부를, 피부의 모든 층을 다 뚫을 때까지!"

"알겠다고! 그만! 그만해. 그 불쌍한 애한테 범인이 한 짓 다 안다고!"

"그러면 우리 아들이 그랬을 거란 의심은 털끝만큼도 하면 안 되는 거야."

아내가 심호흡을 하고, 내가 진정하길 기다렸다. 치밀어 오른 분노를 아내에게 퍼부은 것은 내 잘못이었다. 우리가 무슨 생각을 하든, 아들에 대해 뭘 알든 상관없었다. 세상은 제이슨을 추궁하고 의심할 것이다. 제이슨이 범인이길 바랄 것이다. 톰도 그럴 것이다. 샬럿도. 제니도. 폭주하는 나쁜 생각에 휘말려 입 밖으로 나가는 말을 막을 수가 없었다.

"더 이상 제니를 치료할 수 없게 될 거야. 일이 더 커지면. 사건에서 제외되겠지. 그 애가 기억을 되돌리도록 도울 수가 없게 된다고."

줄리가 경멸에 차서 나를 쳐다봤다.

"그런 생각을 하고 있었어? 우리 아들이 극악한 강간범으로 몰릴 판인데, 애 인생이 망가질 수도 있는데 그딴 생각이나 하고 있었다고?"

"제이슨 짓이 아니야."

"상관없어, 앨런. 앞으로 어떻게 될지 뻔하잖아. 사건은 절대 해결 안 될 거고 그러면 그 혐의는 제이슨이 사는 내내 따라붙을 거야!"

모든 면에서 아내가 옳았다. 왜 사건과 제니를 치료하는 일에 마음이 쓰였는지 알 수가 없다. 생각보다 내 이기심이 훨씬 거대했다.

"당신 말이 맞아. 미안해."

"이제 어쩌지?"

나라고 모든 답을 아는 것은 아니었다.

"변호사한테 다시 전화하는 거야. 당신이 착각했다고 해. 스웨트셔츠는 빨간 새가 그려진 흰색이었다고. 뭐든. 그냥 변호사한테 당신이 착각했고 이제 마음이 놓인다고 해. 변호사도 믿을 수가 없어. 제이슨을 희생양으로 삼고 다른 의뢰인들을 도우려고 할 수도 있어. 이 상황에서는 의뢰인들 사이의 이해 충돌이 너무 심해. 우리가 먼저 제이슨이랑 이야기하자고. 그러면 답이 나올 거야. 거짓말이 아닌 해결책으로."

줄리는 동의했다. 그러고 나서 내게 뭘 물었더라? 당연히 누군가는 스웨트셔츠를 기억해낼 것이다. 그다음으로 염소와 면도. 이 두 가지는 떼어놓을 수가 없다. 파슨스와 톰도 수영 선수와 연관되는 이 조각들을 따라올 것이다. 확실했다. 파티에 참석한 모든 수영 팀 아이들이 앞다퉈 유죄로 향하는 열차에서 뛰어내릴 것이다. 이미 말했듯 나라고 모든 답을 아는 것은 아니었다. 하지만 답을 찾아야 했다.

19

당시를 떠올리고 이야기하는 것은 끔찍하게 어렵다. 복받치는 감정들과 얽혀 있기 때문이다. 대체로는 공포심이다. 그때 일은 마음속에서 잘 정리돼 있지가 않다.

수요일에 제니를 봤다. 제니가 기억 하나를 되살려냈다. 다음 날, 나는 이 일을 의논하기 위해 크레이머 부부를 만났다. 크루즈 더마코는 이미 파티에 간 사실을 인정했고, 빨간 새가 그려진 파란색 후드티를 입은 소년이 숲으로 걸어 들어가는 것을 봤다고 말했다. 나는 이 문제도 말했다. 톰은 내게 그날 밤 기억을 한 조각 찾아냈으니 이제 파란색 후드티에 대한 기억을 복원하는 데 전념하겠다는 약속을 받아냈다. 크레이머 부부는 오후에 집으로 돌아갔다. 목요일 오후였다. 톰은 그날 곧장 컴퓨터에 매달려 빨간 새가 그려진 파란색 후드티를 찾았다. 샬럿은 계부와의 경험과 딸에게 일어난 사건 사이에 어떤 연관성이 있는지 깨닫기 시작했다. 샬럿은 제니가 떠올린 기억 한 조각을 통해 그날 밤 소파에서의 일을 또다시 생생하게 체험했고, 딸을 품에 안고 위로와 희망을 주려 애썼다. 그리고 남편과 사랑을 나눔으로써 자기 자신에게도 그 희망을 약간 나눠줬다. 나는 아내와 붉은 매가 그려진 파란색 후드티가 있는 집으로 갔다.

다음 날인 금요일, 샬럿이 상담을 하러 왔다. 톰은 그날 샬럿보다 나중에 오기로 돼 있었다. 샬럿과의 상담 내용은 앞에서 거의 다 언급했다. 샬럿이 제니와 대화를 나눴다고 했는데 내가 나서서 성급히 결론을 내려버리는 바람에 제대로 도움을 주지 못했다. 이제 여러분도 내가 왜 그렇게 무능하게 굴었는지 이해하리라.

금요일 8시 30분에 샬럿을 만나고 난 뒤부터 나는 초조하고 불안해 어쩔 줄을 몰랐다. 환자 두 명이 왔다 갔는데 생기지도 않는 관심을 보이느라 힘들었다. 그날 아침따라 사소하고 하찮은 건수들이 이어졌다. C 부인은 울타리 문제로 이웃과 시비가 붙었다. 만성 우울증 환자였지만, 나와 상담을 원하는 것은 바로 이 문제였다. 이웃. 울타리. P 씨는 또 불면증이 생겼다. 앰비언(졸피뎀 성분의 수면제 – 옮긴이)을 먹기 싫다고 했다. 나는 꼬박 한 시간 동안 그의 천치 같은 걱정을 들어줘야 했다. '잠을 자고 싶은 거예요, 아니에요?' 내가 하고 싶은 말은 이뿐이었다. 하지만 하지 않았다. 기적적인 절제력을 발휘하며 아내의 전화를 기다렸다.

아내는 11시 15분에 전화했다. P 씨가 아직 진료실에 있는데도 전화를 받았다. 응급 환자라고 둘러댔다. 거짓말, 거짓말, 거짓말들.

"스웨트셔츠는 진보라색이고 빨간색 글씨가 쓰여 있다고 했어, 빨간 새가 아니라. 당신이 말한 대로 했어. 정말 마음이 놓인다고 말했어."

"당신 말을 믿었어?"

"그런 거 같아. 그렇게 들렸어. 오늘 조사받는 애가 세 명 더 있는데 제이슨은 아직 명단에 없대. 파슨스 형사하고 직접 연락을 하더라."

"우리한테 시간이 얼마나 있는지 말했어?"

"적어도 일주일은 걸릴 거래. 하지만 다음 주 토요일에 수영 대회가 있고 기말고사도 쳐야 한다고 하면 더 미룰 수 있을지도 몰라."

"그래, 여보. 잘했어."

아내는 잠시 말이 없었다. 한숨 소리가 들렸다. 밤새 걱정하느라 지쳐 있었다.

"오늘 밤에 당신이 애하고 이야기해볼래?"

"그래. 집에 가자마자 할게. 어디 밖에 못 나가게 해, 알았지?"

"그럴게. 옷은?"

"무슨 옷?"

"그 옷…… 그……. 어. 알았어."

"알겠지?"

"응. 컴퓨터에 있는 사진들, 다 확인할게. 전화는 당신이 할 거지?"

"그래. 오늘 밤에 할게. 그리고 SNS도. 전부 다 확인하라고 시킬게."

"알았어. 사랑해."

"나도 사랑해. 끊어."

그때는 그게 내가 할 수 있는 전부였다. 옷을 없애버려, 그 빌어먹을 파란색 스웨트셔츠도. 그 옷을 입고 있는 제이슨 사진도 다 없애버려. 제이슨도 알아야 했다. 그리고 그날 밤 실제로 일어난 일들을 토대로 한 그럴싸한 이야기가 있어야 했다. 세상은 공평하지 않다. 이 이야기는 이미 여러 번 했지만, 매주 서머스에 갈 때마다 새삼 실감한다. 내 환자 글렌 셸비를 생각할 때마다 새삼 실감한다. 셸비가 결국 자살하게 된다는 이야기도 이미 했다.

정의나 공평함 같은 것이 절대 없다는 말이 아니다. 그보다는 그런 것을 너무 믿지 말고 어떤 수를 써서라도 스스로를 보호해야 한다는 말이다. 아들과 함께 앉아 녀석의 눈을 뜨게 해야 한다는 것을 알았다. 너는 그 파티에 무슨 옷을 입고 갔는지 기억도 못 하고, 숲 근처에도 가지 않았으며, 파란색 차나 크루즈 더마코도 본 적이 없는 거라고 애에게 주지시켜야 한다. 파란색 스웨트셔츠가 어떻게 됐는지, 아니 애초에 그런 옷이 있기나 했는지, 전혀 기억이 없는 거라고 주지시켜야 한다. 스웨트셔츠는 수십 장 갖고 있으니까. 이 불공평한 세상에서 살아남으려면 법이나 인품을 이 정도 소소하게 훼손하는 것쯤 반드시 필요하다고 주지시켜야 한다. 그리고 나 자신에게는 잘하는 일이라고 타일렀다. 뭔가 나쁜 일이 일어나기 전에 아들을 교육할 기회를 얻었으니까. 마음이 차분해지기 시작했다. 제이슨은 이 범죄를 저지르지 않았는데 마약이나 거래하는 쓰레기에게 억울하게 지목당한 것이다.

다음으로 파슨스 형사에게 전화를 걸었다. 신중하지 못한 짓이었다. 심리 상태가 썩 좋지 않았다. 그러나 나는 형사와 언제든 연락할 수 있었고, 얼마든지 핑계를 대고 정보에 접근할 수 있었다. 그래서 그만 나 자신을 주체하지 못했다. 정신의 내적 작용을 안다고 해서, 자기 내면까지 파악할 수 있다고 해서, 그걸 통제할 힘까지 부여받는 것은 아니다.

이 통화에서 나는 그만 선을 넘어버렸다.

"안녕하세요. 목소리 들으니 반갑네요. 별일 없습니까? 제니는 그 파란색 후드티가 기억난대요?"

"지난번 상담 이후로 못 봤습니다. 그게 수요일이에요. 오늘 오후에 다시 오기로 했습니다. 톰한테서 지난번 상담 이야기 들었죠?"

"플래시백 같은 게 떠오른다면서요. 표백제 냄새를 맡았다고."

"플래시백이 아니라 기억이죠. 실제 사건의 실제 기억입니다."

"그래요. 뭐 명칭이야 좋으신 대로 부르시죠. 어쨌든 도움이 됩니다. 얼굴을 못 봤다는 게 참 안타까운데요. 못 본 거 맞죠? 그래서 다시 수영팀을 조사해보려고 합니다. 그날 밤 수영 선수들이 파티에 꽤 많이 왔더라고요. 부하를 하나 시켜서 작년에 면담했던 내용들을 다시 읽어보라고 했어요. 아직 학교에서 명단을……."

"좋아요, 아주 잘됐네요. 하지만 여기서부터는 아주 조심해야 합니다. 성급하게 결론을 내리기 전에 꼭 제니와 작업을 좀 더 하고 싶어요. 기억은 보통 한데 뭉쳐 있기 마련이거든요. 한 사건당 한 묶음. 책의 챕터 같은 거죠. 강간은 10장인데 표백제 냄새는 4장에서, 그러니까 화장실에서의 기억일 수도 있어요. 다른 장들까지 알아낼 수 있다면 제대로 된 순서로 기억을 맞춰서……."

"뭐든 선생님이 해야 할 일은 해야죠. 수영 팀이나 그 친구들하고 그날 밤 만난 사람들을 다시 살펴본다고 나쁠 건 없겠죠. 이 문제를 양쪽에서 접근하는 겁니다, 예? 나도 싫어요. 말도 마요. 우리 애들을 조사하는 마당에 페어뷰 인기남 대회에서 상이나 받을 수 있겠어요? 하지만 내 할 일은 해야죠."

"네, 물론이죠."

심장이 터질 것 같았다. 하마터면 내 입으로 제이슨 이야기를 할 뻔했다. 스웨트셔츠 이야기가 아니라 제이슨이 수영 팀원이고, 파티에 갔었다는 말을. 작년에 나는 파슨스와 친분이 없었다. 제이슨이 조사받을 때 함께 있었지만, 우리를 맡은 것은 젊은 여자 경찰이었다. 조사는 우리 집에서 이루어졌다. 아주 비공식적이었다. 제이슨이 도움이 될 만한 것을 하나도 보지 못했기 때문에 메모도 겨우 한 줄 적었을 뿐이다. 이런 이야기를 털어놓으면 파슨스가 깜짝 놀랄 것이 분명했다. 괜히 말을 않고 있으면 놀라움은 더욱 커질 것이다. 그리고 어느 시점에 가면 놀라움은 의혹으로 변한다. 그런데 그때 파슨스가 입을 열었다.

"있잖아요. 톰이 오늘 선생님을 만나러 간다더군요. 소식은 선생님께서 전해주세요. 더마코에 대한 겁니다."

"뭡니까?"

"보석을 받았어요. 그게 다가 아닙니다. 우리가 그 애를 몰아붙이고 추궁했거든요. 존 빈센트, 학교 밖에서 마약을 샀던 녀석요. 이런저런 죄목을 합치겠다고 엄포를 놨죠. 그 애 변호사가 진술서를 가져왔습니다. 더마코가 강간 혐의를 벗었어요. 존 빈센트하고 같이 어디 다른 데 있었답니다."

"어디 다른 데요? 그게 말이 됩니까? 9시쯤 파란색 후드티를 입은 남자가 숲으로 들어가는 걸 봤다고 했잖아요. 그리고 이웃집 아이가 그놈 자동차, 빈 차를 8시 45분쯤 봤고요. 그리고 그 남자애는 어떡하고요? 후드티 차림의 그 남자에 대해서 물어봤습니까? 더마코가 다 꾸며낸 이야기입니다. 모르겠어요?"

솔직히 이 지점에서 나는 그만 바보같이 탈출구를 봤다고 믿고 있음을 자백하지 않을 수 없다. 하지만 이 생각은 곧 정정됐다.

"네, 네……. 당연히 물어봤죠. 그 녀석은 숲으로 들어가는 애를 본 기억이 전혀 없대요. 그런데 좀 들어봐요. 더마코는 8시 30분쯤에 그 집 뒷문에서 애들 몇 명하고 이야기를 했어요. 자기네들한테도 마리화나를 권했다고 증언하는 아이를 두 명 더 확보했습니다. 그 멍청한 녀석들이 마리화나를 샀을 거라 확신하지만 뭔들 어떻습니까. 우리는 8시 30분에 더마코가 그 집에 있었다는 별도의 확실한 증언도 갖고 있어요. 존 빈센트는 9시 15분에 더마코의 차로 가서 놈과 같이 크랜스턴으로 코카인을 사러 갔다고 주장하고요. 내 생각에는 빈센트가 더마코를 위해서 딜러 역할을 해준 것 같습니다. 그날 밤 학교 밖에서 그놈을 잡았어야 했어요. 그 가방에 든 마리화나가 한두 개비는 아니었을 텐데."

"잠깐. 그러니까 무슨 말이죠?"

"더마코가 9시경 자기 차로 돌아갔을 거란 말입니다. 테디 덩컨이 지나가고 나서 바로 그 파란색 후드티가 숲으로 들어가는 걸 봤을 시각이죠. 그리고 몇 분 뒤에 원래 계획한 대로 존 빈센트가 집을 나와 차에 탔죠. 둘이 같이 크랜스턴으로 가서 코카인을 샀습니다. 한 시간 정도 걸렸던 거 같아요."

"그건…… 그냥 둘러대는 말이겠죠. 자신들에게 유리하도록 입을 다 맞춘 겁니다. 생각해보세요! 그런 놈들 이야기를 어떻게 믿는다고."

"아니에요. 들어봐요. 빈센트 녀석이 중간에 차를 세워 기름을 넣고, 담배를 샀다고 증언했습니다. 자기 체크카드를 썼다면서요. 은행 기록을 조회해보니까 강간이 있던 날 9시 37분에 10달러를 썼더라고요. 그리고 CCTV에 녹화된 것도 봤습니다. 시빅, 더마코, 빈센트가 다 주유소에 있더군요. 그 숲에서 10킬로미터는 떨어져 있었어요. 더마코는 10대를 태우고 코카인을 사러 갔다는 이야기를 당연히 하기 싫어했죠. 또 다른 중범죄니까. 미성년자를 위험에 처하게 했잖아요. 지금은 그 죄목도 추가했어요, 어쨌든. 담당 검사는 증언을 대가로 빈센트를 풀어주기로 한 모양입니다. 더마코는 형을 좀 살아야 될 겁니다."

"강간죄는 아니다 이거군요."

"그래요. 강간은 아닙니다. 하지만 그 후드티가 있잖아요, 그렇죠? 그리고 이제 표백제도 있고 기억도 돌아오고 있잖습니까? 나도 좀 실망했습니다. 당연하죠. 시빅만 찾으면 다 끝날 줄 알았거든요."

"그래요. 톰도 그랬죠."

"또 처음부터 다시 시작인가 봅니다. 수영 팀 애들을 단단히 살펴봐야겠어요. 빌어먹을, 우리 애들 중에 그런 짓을 할 놈이 있을 줄 상상도 못했습니다. 그렇게 잔혹하게. 살을 파내고. 이 개새끼를 꼭 잡고 싶습니다. 제니가 생김새를 기억할 것 같진 않죠? 다 정황증거가 될 거예요."

나는 금세라도 공황 발작을 일으킬 지경이었다. 사안을 막론하고 어떠한 결정도 내려서는 안 되는 심리 상태였다. 마음을 가라앉히고 파슨스에게 제이슨 이야기를 하지 않기로 했다. 다행히 적당히 인사말만 하고 입을 다물 정도의 자제력은 있었다. 전화를 끊고 책상 서랍을 열었다. 약효가 아주 순한 로라저팜 0.5밀리그램을 꺼내 삼켰다. 생각을 하려면 차분해져야 했다.

그날 내게는 두 번의 기회가 있었다. 내 진료실 문을 열고 들어올 톰과 제니. 약효가 퍼지기를 기다리며 천천히 고르게 숨을 쉬었다. 딱 하나만, 튤립 화분에 붙은 스티커만 뚫어져라 쳐다봤다. 그게 처음 떠오른 생각이었다. 그리고 내가 처리해야 할 모든 일들을 머릿속으로 정리하기 시작했다.

최우선 순위에 톰이 있었다. 우리는 지난 석 달간 함께 의미심장한 발전을 이뤄냈다. 톰의 자아가 부부 관계와 결혼 생활에 미친 영향에 대해서는 이미 다들 알 것이다. 문제의 뿌리가 유년기에 있다는 것도. 치료요법에 대한 내 계획도 이야기했다. 놀랍게도 톰은 벌써 분노의 물줄기를 일부 부모 쪽으로 돌리기 시작했다. 어린아이에 불과한 그에게 부모가 했던 말들도 조금씩 기억해내고 있었다. 그의 아버지는 입버릇처럼 "너는 스스로 얼마나 잘한 것 같니?"라고 말했고, 어머니는 "전부 다 잘할 수야 없지."라든가 "있는 그대로 자기 모습을 받아들이고 스스로 사랑하는 법을 배워야 한단다. 심지어 한계까지도 말이야."라고 말했다. 그런데 두 사람 다 자기 결점은 절대 인정하지 않았다. 아버지는 한 번도 아니고 세 번이나 학장에 선출되지 못하고 물을 먹었는데, 그때마다 위원회 사람들에게 독설을 퍼부었고 심지어 개인적으로 야유하기까지 했다. 부분 가발이 형편없다느니, 입 냄새가 난다느니, 빼드렁니라느니, 심지어 마누라가 못생겼다는 소리까지 했다. 그리고 어머니는 테니스 파트너들에 대해 심하게 뒷소리를 했다. 어머니에 따르면 그들은 언제나 게으르고, 뚱뚱하고, 멍청한 여자들이었다. 모두가 당신들에 비하면 멍청했다. 톰은 입바른 소리와 그토록 고고하게 떠받들던 고상한 철학에 반하는 부모님의 못된 행동거지들을 기억해내고 있었다.

"엿이나 먹으라죠."

톰은 심지어 3주 전의 어느 날 이렇게까지 말했다.

"진심입니다. 다 됐다고 해요. 선생님도 자식이 있죠. 그 애들한테 너는 능력이 모자란다고 말할 겁니까? 성공적인 삶을 살도록 이끌어줄 방법이 그것밖에 없어요? 나는 뭔가 이루어낼 때마다, 그게 성적이든 봉급이든 승진이든 심지어 아내와 자식까지도 다 착오가 있었던 거라는 느낌이 들었어요. 나는 그들이 준 걸 받을 자격이 없는데 내가 다 속이고 있는 것 같았어요. 여전히 그런 기분이 듭니다."

톰은 아름다운 아내에게 자격지심을 느꼈다. 아름다운 아이들의 아버지가 될 자격이 없다고 느꼈다. 그리고 여러분 눈에는 대단하지 않아 보일지 몰라도, 아무튼 자신이 거둔 성공을 누릴 자격도 없다고 생각했다. 페어뷰에서의 삶을 충분히 감당하고 컨트리클럽 회원이 될 정도로 돈을 많이 벌었는데도 말이다. 대학 학비를 저축해뒀고, 풍성한 모발과 탄탄한 몸매를 유지하고 있었다. 사람들이 두루 좋아했고, 건강했다. 그리고 자동차를 좋아했다. 자신이 팔고 또 모는 자동차들을 진심으로 좋아했다. 매일 기대감에 차서 출근했다. 적어도 딸이 강간당하기 전까지는.

마침내 나는 꼭 해야 할 말을 톰에게 들려줄 때가 됐다고 판단했다.

"톰. 질문 한 가지만 하겠습니다."

"그러시죠……."

"제니가 강간당한 일 말입니다. 제니가 그런 일을 당해 마땅하다고 생각합니까?"

"무슨 그런 질문이 다 있습니까?"

톰은 충격받았다. '경악했다.'라는 표현이 더 가까울지도 모르겠다.

"자신에게 가족도, 직장도 분에 넘친다고 생각하잖아요. 그러니 어쩌면 당신 때문에 이런 일이 생겼는지도 모르잖습니까?"

"맙소사! 어떻게 그렇게 잔인한 말을! 나한테 어떻게 이럴 수가 있습니까?"

"톰, 내 생각이 아니란 거 알잖아요. 전혀 공감이 안 되는 말인가요?"

공감하지 않을 리가 없었다. 그때는 나도 주의가 그렇게 산만하지 않았다. 언제였더라, 여드레 전쯤? 그때는 우리 가족이 위험하지 않았고, 따라서 내 실력도 온전했다. 톰은 의자에 몸을 기대앉아 뼛속까지 파고드는 생각을 곱씹었다. 눈이 커다래졌다가 언제나처럼 얼굴이 구겨졌다. 군데군데 붉어지는 얼굴, 요란스럽게 터져 나오는 울음소리와 눈물. 톰은 우리가 만날 때마다 거의 울었다.

그러니까 나는 톰의 내밀한 여정에서 이 지점까지 동행했다. 톰은 죄책감을 느꼈다. 일부는 정상적인 감정이었다. 어린 딸을 지키지 못했으니까. 그러나 그 이상은 추상적이었다. 자기 때문에 생긴 일이란 자책감. 그건 합리적이지 못하다. 여러분이 잠재의식을 믿지 않는다면, 굳이 그래야 한다면 묵살해도 좋다. 내게는 여러분을 계몽하거나 설득할 시간도 없고 그럴 생각도 없다. 지금은 다루어야 할 문제가 산더미다.

죄책감의 힘은 어마어마하다. 사악하고 광적인 심리 상태에 빠져 있던 그 금요일 오후, 나는 톰의 죄책감을 어떻게든 이용할 수 있다는 것을 잘 알았다.

제니 생각을 좀 해보려 했지만 시간이 쏜살같이 흘러가버렸다. 톰이 새로운 상담을 위해 들어오고 있었고, 내 머릿속에는 치료를 시작하고부터 우리가 이야기한 모든 것들, 내가 여러분에게 설명해준 것들이 정리돼 있었다. 진료실 바깥문이 열리는 소리가 들렸다. 상담을 할 시간이다. 나는 아들을 구할 묘책이 전혀 떠오르지 않아 절망스러웠다. 그러나 톰이 곧 모든 상황을 반전시켰다.

20

톰은 눈에 띄게 동요하고 있었다. 잠도 못 잔 눈치였다. 정신은 파란색 스웨트셔츠에 온통 쏠려 있었지만, 자아는 아내의 갑작스러운 유혹에 혼란스러워했다. 그리고 마음은 복도 너머 자기 방에 있는 딸 생각에 미어졌다. 유린의 기억이 이제 자유의 몸이 돼 가족 모두를 고문했다.

그가 소파 끄트머리에 다리를 쩍 벌리고 걸터앉아 덜덜 떠는 다리를 손으로 눌렀다. 어깨는 귀까지 올라가 있었다. 그리고 밭은 숨을 힘겹게 몰아쉬었다.

나는 마음이 좀 차분해졌다.

"오늘 안색이 영 좋지 않군요. 무슨 일이 있었습니까?"

"아니. 아무 일도 없습니다. 그게 문제죠."

"알겠습니다."

"그래요? 선생님이 알아요? 딸 강간한 놈을 찾는 데 깨알만 한 신경이라도 쓰는 사람은 세상에 나 혼자뿐인 것 같거든요. 어젯밤은 거의 뜬눈으로 지새웠습니다. 페어뷰에서 찍은 사진들을 샅샅이 뒤졌죠. 의상 카탈로그도 검색하고…….”

“붉은 새가 그려진 파란색 스웨트셔츠를 찾아서요?”

“그래요. 그래요! 선생님 생각은 어때요? 세상에, 이거야말로 이 괴물을 찾을 수 있는 열쇠라는 걸 모르겠어요?”

“굉장히 답답한 모양이네요.”

톰이 마음을 가라앉히기 시작했다. 격하게 감정을 분출해서 죄송하다고 사과했다.

“검색하면서 쓸 만한 걸 찾았습니까?”

답은 이미 샬럿에게서 들어 알고 있었다.

“세상에 파란색 스웨트셔츠가 얼마나 많은지 아십니까? 게다가 빨간 새라니……. 종류가 뭔지도 모르잖아요. 홍관조일 수도 있고, 공군 표장일 수도 있고. 매일 수도 있고…….”

“하지만 페어뷰에는 아무것도 없었습니까?”

나는 ‘매’란 말에 말허리를 끊었다.

“스포츠 팀이나 클럽이나…… 시내에 그 비슷한 것이 없던가요?”

“전혀요. 그걸 입은 사람이 찍힌 사진도 한 장 없더군요. 웹사이트에 있는 학교 사진은 다 봤습니다. 〈주간 광고〉에 실린 상품 수백 가지도 다 뒤졌어요. 하지만 수백 개도 넘더군요. 어째서 경찰이 이런 일을 안 하는 겁니까? 일도 있고, 애들도 있고, 샬럿도 있는데, 이건 한 사람이 할 수 있는 일이 아니란 말입니다. 어떻게 혼자 합니까?”

이번 상담에서는 눈물이 일찍 등장했고, 나는 늘 하던 대로 했다. 그냥 눈물이 흐르게 뒀다. 톰은 다시 몸을 젖혀 쿠션에 등을 기댔다. 무릎을 꼭 모으고 양손으로 얼굴을 가렸다. 항상 우는 것을 부끄러워했다.

그렇다. 이것도 부모의 양육으로 거슬러 올라가는 문제다. 아이들이 감정에 휩쓸리도록 방치해서는 안 된다고 믿는 위인들이었던 거다. 울지도 못하게 하고 말이다. 그런 논조의 육아서는 1980년대에 나온 거다.

"톰…… 이 남자를 못 찾으면 어떻게 되는 겁니까?"

아내가 우리 침대에서 제이슨의 스웨트셔츠를 움켜쥐고 앉아 있는 모습을 본 다음부터 나는 상대를 막론하고 꼬박꼬박 '남자'라는 단어를 썼다. '소년'이나 '꼬마'나 심지어 '그놈'도 아니고 '남자'라고 했다. 그 '남자'라는 말은 우리 아들보다는 훨씬 나이가 많은 누군가를 떠올리게 하니까.

톰은 고개를 저었다.

"있을 수 없는 일입니다. 절대 용납 못 해요."

"알겠습니다."

나는 톰에게 티슈박스를 건넸다.

"강간에서 회복하는 것에 대한 책을 읽고 있습니다. 의사가 아니라 피해자들이 쓴 책이죠. 선생님한테 결례를 범하려는 건 아니고, 아니, 그러니까 선생님이 우리를 위해 해준 일을 깎아내리려는 뜻은 전혀 없고요. 다만 우리 딸의 목소리를 이 빌어먹을 약이 앗아 갔습니까? 기분이 나아지려면 뭐가 필요한지 그 애는 말해줄 수가 없으니까, 이해해보려고 노력한 거죠."

"잘하셨습니다. 공부를 하면 좋죠."

"그들이 겪은 일, 그 느낌이 어떤지. 제압을 당하고 또……. 여전히 말을 할 수가 없네요."

"삽입을 당한 거죠. 강제로 삽입당한 겁니다."

"그래요. 그건 떨쳐버릴 수가 없다더군요. 어떤 사람들은 인간의 품격이 박탈당하는 느낌이라고 묘사했어요. 선생님이 그 상담 이야기를 한 뒤로 그게 뇌리에서 떠나지가 않아요. 그 기억 말입니다. 딸이 말했잖아요. 자기가 짐승이 된 기분이었다고. 놈이 짐승처럼 올라타고 길들이고 있는 기분이었다고."

톰은 이미 울음을 그쳤다. 이 말은 전에도 했지만, 그건 마치 눈물이 다 말라버려 더 나올 게 한 방울도 없는 그런 느낌이었다. 절망이 끝나서 그런 것은 확실히 아니었다.

"그리고 이런 문제가 있습니다. 여기를 나간다고 우리가 나눈 이야기가 잊히는 게 아닙디다. 샬럿의 말도 잘 안 듣게 되고 뭐라고 해도 무시하게 돼요. 정의 구현이라는 게 무슨 마법 총탄이라도 돼서 제니의 병을 싹 낫게 해줄 거라 생각하지 않아요. 정말입니다. 하지만 이 책에 나오는 여자들은, 거의 전부가 강간범이 처벌받는 걸 보면서 치유받았다고 말했어요. 심지어 눈에는 눈이라고 말하는 이들도 있더군요. 있잖아요, 자기를 강간한 사람이 교도소에 들어가면 수백 번 똑같은 꼴을 당할 거라는 걸 아니까요. 물론 그렇게 말한 건 아니고, 상스러운 소리를 해서 죄송합니다."

"괜찮습니다. 여기서는 하고 싶은 말은 뭐든 해도 돼요. 그게 제일 중요한 점이랍니다, 톰."

"그러니까 범인이 교도소에서 강간당할 거라고 생각해서 기분이 좋아진다고, 실제로 그런 말을 한 사람은 없어요. 하지만 범인이 인권과 자유와 품위를 잃겠죠. 그리고 교도소에서 나오면 자기가 한 짓에 대한 멍에를 영원히 짊어지겠죠. 범인의 삶은 절대 예전과 똑같을 수 없을 겁니다. 절대 똑같을 수 없어요. 평생 자기만의 감옥에 갇혀 살아야 한단 말입니다. 피해자들은 그런 말을 한 겁니다. 자기 머릿속에 감옥이 있다고요. 선생님도 환자들한테서 그런 이야기를 들었겠죠?"

"그래요."

"직접 그 말을 듣고 싶었나 봅니다. 피해자들한테서요. 그런가 하면 자기 목소리를 전하고 싶다는 사람들도 있더군요. 무슨 일이 있었는지 세상이 듣고 믿어줬으면 한다고요. 왜냐하면 그 일이 벌어지는 동안 그네들의 목소리는 무기력했으니까요. 그들의 의지가 존중받지 못했으니까요. 강간범이 교도소에 가면 다시 힘을 되찾은 느낌이 든답니다. 그 느낌에 유달리 힘을 받는 사람들이 있는 모양이더군요. 그러니까, 그래요, 선생님한테는 제니의 기억을 되찾아줄 수 있는 기술이 있으니까, 그게……."

"정확한 사실관계에 아이의 감정을 유착해달라는 말씀이죠."

"그래요. 그래야 그 감정을 분석하고 적절한 위치에 놓게 되죠. 그래야 다시는 죽고 싶다는 생각이 들지 않겠죠. 절대, 다시는 안 됩니다. 그건 있어서는 안 되는 일이에요. 절대로."

"그 점에 있어서는 희망적입니다, 톰. 좀 나아진 것 같지 않던가요?"

"모르겠어요. 가끔은요. 그룹 상담을 하고 올 때는 좀 나아 보여요. 그 점에 있어서는 내 생각이 틀렸던 거죠. 거기 가서 다른 사람들과 어울리는 게 걱정스러웠거든요."

"그런데 지금은요?"

"이제는 그런 이야기들을 꼭 들어야 하는 이유를 알겠습니다. 내가 책을 읽고 알아야 했던 것과 같은 이유죠. 아이는 거의 다시 살아난 것 같기도 해요. 그 눈빛에 생명의 빛이 살짝 비칠 때가 있어요."

나는 걱정을 아주 잘 감췄다. 안정제도 도움이 됐다. 제니의 눈빛에서 살아난 그 생기에 대해 미처 여러분에게 이야기하지 못했다. 그 생기가 어느 유부남 특수부대원과 깊은 관련이 있다는 것을.

"그건 선생님이 제니를 위해 해줄 수 있는 일이죠. 그런데 나는 어떡하죠? 그 애 아버지인데. 뭐라도 해야 합니다. 그리고 내가 할 수 있는 일은 그 애를 해친 놈을 찾아서 처벌을 받게 만드는 겁니다. 그게 아이한테 후련함이든 평화든 뭐든, 줄 수 있는 게 미미하더라도 좋습니다. 적어도 애비로서 뭔가 해준 거니까요."

"우리가 논한 문제에 대해 생각을 좀 해봤습니까? 제니의 아버지로 자격 미달이라는 느낌 말입니다. 죄책감은요?"

"그럼요! 사람이 어떻게 그런 일을 잊겠어요. 모르겠습니다. 아이를 보호하지 못했으니 물론 죄인이죠. 하지만 나머지는…… 우주가 나를 벌하고 있다는 느낌은……. 대체로는 무기력감이에요."

"그 감정에 대해 설명을 좀 해보겠어요?"

톰은 눈을 굴렸다. 속 터진다는 표정을 지었다.

"모르겠어요. 샬럿이 어젯밤에 섹스를 원했어요. 이유는 모르겠습니다. 하지만 어차피 나하고는 아무 상관 없는 이유일 것 같아요. 그리고 직장에, 재규어 대리점에 비서가 하나 있거든요. 26번 국도에 있는 대리점 말입니다."

"압니다."

이야기가 어디로 흘러갈지 몰랐다. 그러나 톰이 젊은 비서와 자지 않았다는 것은 알았다. 잘못짚었다면 의사 면허를 내놓을 수도 있었다.

"손님한테 전화를 한 통 받았어요. 이 남자가 지난 몇 년 동안 나한테서 차를 네 대나 사 갔거든요. 부탁을 거절할 수 있는 사람이 아닌 거죠. 집으로 가는 길이었는데, 그 사람이 전화를 걸어서 새로 나온 F타입 컨버터블을 시승해보고 싶다는 겁니다. 쇼룸 다 정리하고 이미 퇴근했는데 말이죠. 해도 다 떨어졌을 때니까 8시쯤 됐을 거예요. 다음 날 정산을 해야 해서 내가 마지막으로 나왔습니다. 그런데 이 남자 때문에 되돌아갔죠. 20분 뒤에 쇼룸에 도착했어요. 고객이 올 때까지 아직 10분쯤 남아 있었습니다. 안으로 들어갔는데 소리가 들리는 겁니다. 도저히 오해할 수 없는, 왜 있잖아요, 섹스 소리. 큰 소리를 내고 불을 켰어야 하는데. 아무 소리도 못 들은 척하고 그 사람들이 몰래 나와서 옷을 입을 기회를 줬어야 해요. 뭐 아무튼요."

"하지만 그러지 않았군요. 이해합니다. 호기심은 인간 본능이죠."

"뭐, 자랑스러울 것도 없죠. 하지만 아무튼 그랬어요. 조용히 쇼룸으로 걸어 들어갔습니다. 벽에 딱 붙어 섰죠. 그때 그들을 봤습니다. 창문으로 빛이 들어오고 있었어요. 길거리 가로등에서요. 유리창으로. 바로 그들을 비추고 있었죠."

톰은 자기가 본 광경을 생각하며 몸을 부르르 떨었다. 나는 잠시 감정을 추스를 시간을 줬다.

"사장이었습니다. 우리 회사 사장요. 밥 설리번. 라일라란 젊은 여자와 함께였어요. 사실 애라고 해야죠. 스무 살이니까요. 맙소사! 사장은 쉰셋인데요. 그런데 이유는 모르겠지만 나한테 제일 심란한 부분은요, 사장이 그 여자애 아버지와 주말마다 골프를 친다는 겁니다. 수십 년 불알친구라고요. 같은 동네, 같은 클럽에서 애들을 키웠어요. 밥이 그 애를 실버XK 후드에 엎드리게 했더군요. 치마가 허리께까지 치켜 올라가 있고, 밥이 손으로 그 애를 꼼짝도 못 하게 붙잡고 있었어요. 한 손은 어깨를 누르고 다른 손으로는 뒤통수를 눌렀죠. 기분이 정말 이상했습니다. 뒤에서도 했는데 애가 좋은 척을 하더군요. 신음 소리도 내고 뭐. 그런데 내가 서 있는 자리에서는 얼굴이 보였어요. 밥이 쑤셔 넣을 때마다 차의 금속 후드에 몸을 짓눌렀어요. 여자애 얼굴하고 가슴을 잡고 자기 몸을 떠받쳤고요. 그럴 때마다 애가 움찔움찔하는 겁니다. 세상에. 이렇게 말하니까 아주 오랫동안 보고 있었던 것 같네요. 솔직히 몇 초밖에 안 됩니다. 차고 넘치게 긴 시간이었지만. 그 광경은 오랫동안 못 잊을 것 같네요. 정말 어린애였을 때부터 알던 여자애란 말입니다. 갈래머리를 하고 바비 인형을 갖고 놀던 시절부터. 그런데 이제 여자의 몸이 되니까 자동차에 눕히다뇨."

여기서 모든 것이 딱 정지했다. 내 심장. 내 영혼. 내 직업적 자존심과 품격. 유일하게 작동하는 것은 내 머리뿐이었다. 엄청나게 빨리 회전하고 있었다.

"그래서 어떻게 했습니까?"

"다시 밖으로 나왔습니다. 내 차로 돌아왔어요. 후문에 세워둔 차를 몰고 앞문으로 가서, 전조등이 쇼룸을 정면으로 비추도록 주차했습니다."

"빠져나갈 시간을 줬군요."

"그렇습니다. 처음에 했어야 할 일이죠. 짤랑거리는 소리를 내면서 열쇠를 문에 댔습니다. 불을 켜고 헛기침을 했어요. 밥이 시뻘건 얼굴로 쇼룸에서 나오더군요. 주먹으로 한 대 갈기고 싶었죠."

"그럼 그렇게 늦은 시각에 왜 거기서 나오는지 변명을 하던가요?"

"당연하죠. 그리고 믿어주는 척했습니다. 생각할 필요도 없었어요. 생각보다 더 쉽게 거짓말이 술술 나오더군요. 밥도 더 이야기하지 않았고요. 우리는 곧 방문할 고객한테 차량 가격을 어떻게 해줄지, 할인을 어느 선까지 해줄 수 있는지 의논했습니다. 라일라는 반대편 쪽문으로 슬쩍 나갔겠죠. 나가는 건 못 봤습니다."

"이게 언제 일이죠?"

톰이 어깨를 으쓱했다.

"지난 화요일입니다."

"누구한테 이 이야기를 한 적 있나요? 샬럿?"

"아뇨. 전혀요. 그리고 그냥 선생님하고 나만 알았으면 좋겠습니다. 직장이잖아요. 일자리가 달렸다고요. 쇼룸을 다 내가 관리합니다. 밥의 오른팔이란 말입니다. 절대 그걸 걸고 무모한 짓을 할 수는 없어요."

"이 처녀를 위해서도요? 그래서 무기력감을 느낍니까? 어째서 이 이야기를 한 거죠?"

톰은 잠시 생각에 잠겼다.

"그래요, 그런 것 같군요. 기분이…… 아니에요, 나는 힘이 없습니다. 그 애는 성인이에요. 어리지만 성인이란 말입니다. 십중팔구 뭐 얻어낼 게 있다고 생각한 겁니다. 돈이 필요한 것 같더라고요. 어쩌면 다음번 월급봉투에 두둑한 보너스가 들어 있길 기대할지도 모르죠. 아버지 사정이 좀 힘든데 대학에 가고 싶어 하거든요. 내가 뭘 어쩌겠습니까? 밥의 아내한테 이른다고 협박이라도 할까요? 내가 상관할 일이 아니에요."

"혹시 밥 설리번이 회사 사장이 아니었다면요? 그냥 고객이었다면?"

"잘 모르겠습니다. 지금과 같을 수도 있고, 아닐 수도 있겠죠?"

"하지만 선택지가 있겠죠. 결정은 당신이 내리는 거고, 직장이 걸린 문제도 아닐 테고요?"

"그래요. 그렇죠. 바로 그겁니다."

나는 고개를 끄덕였다. 평범한 상황에서 했을 법한 말들을 늘어놓은 나 자신이 흡족했다.

"톰, 그냥 확실히 해두고 싶습니다. 밥이 한 손으로는 어깨를 누르고 다른 손으로는 뒤통수를 짓누르고 있었다고 했죠? 그리고 당신은 그 여자의 얼굴을 봤고요."

"그래요. 뭐, 손이 머리카락 속에 들어가 있었다고 하지 않았나요? 쓰다듬거나 살짝 잡아당기고 있었는진 몰라도, 강제는 아니었……."

"그리고 상호 합의하의 관계가 확실했던 거죠?"

"그럼요! 세상에. 그런 일들을 당한 마당에 합의된 성관계가 아니라고 생각했다면 놈을 곧장 유리창에 던져버렸을 겁니다. 왜 그런 걸 묻죠?"

나는 핑핑 돌아가는 머리 회전 속도를 늦추고 계획을 검토하기 위해 잠시 숨을 골랐다. 이때까지는 톰에게 제니가 되살린 기억을 낱낱이 말해주지 않고 있었다. 범인이 손을 어디에 뒀는지 같은 것. 한 손은 어깨를, 한 손은 뒤통수를 눌렀다고 했다. 이때 말해줄까 생각했지만, 아니, 적당한 때가 아니었다. 이런 식으로 성교하는 사람들이 사실 적지 않다. 그렇지만 이런 상황에서는 정말 쓸모가 있었다. 정말로, 엄청나게, 쓸모가 있었다. 건드리기만 하면 탁 터져 나오기 일보 직전이었다.

"내 잘못입니다, 톰. 그냥 확인하고 싶었습니다. 이 사건은 어떤 식으로든 우리 치료나 제니가 당한 일로 겪게 된 감정적 상처와 연루돼선 안 되죠. 당신 말이 옳아요. 그 여자는 성인이에요. 자기가 뭘 하는지 잘 알고 있었던 것 같군요. 아무리 서글픈 이유라도 다 그 나름대로 이유가 있었겠죠. 그리고 밥은 그녀도 즐기고 있다고 생각했을 테고요."

톰은 이제 자기가 받은 인상에 살짝 자신이 없어졌다. 더 이상 나는 아무 말도 하지 않았다. 우리는 샬럿이라든가 내가 제니와 하게 될 작업, 톰의 부모 문제, 계속 나오는 어린 시절의 슬픈 이야기들로 넘어갔다. 감정에 복받쳐 어쩔 줄 모르는 톰을 방치해두고 나는 무자비하게 다음 행동을 생각했다. 톰과 할 일은 끝났다. 일단은.

21

톰이 떠나고 제니를 진료할 때까지 한 시간 반의 여유가 있었다. 그 하나의 기억, 딱 한 개의 퍼즐 조각을 복원한 뒤로 제니를 만나지 못했다. 그 퍼즐 조각이 다른 조각들로 이어지고 결국은 전체 이야기를 완벽하게 짜 맞출 수 있게 해주리라 믿었다. 다 기억나게 될 거라고.

그러나 이때는 제니 생각이 나지 않았다.

밥 설리번. 오로지 그 사람 생각뿐이었다. 다른 여자들과 자고 다닌다는 게 놀랍지는 않았다. 샬럿과 '불륜' 이야기를 할 때, 샬럿은 진심으로 그가 자신을 사랑한다고 믿었다. 여자는 자기뿐이라고 생각했다. 밥이 자기를 사랑해서 괴로워한다고 믿어 의심치 않았다. 그러나 내 생각은 달랐다. 한순간도 믿지 않았다. 그의 자아는 고속도로에 우뚝 선 광고판 만큼이나 거대했다. 그런 남자는 한 여자만 사랑하지 않는다.

샬럿이 딸의 피를 뒤집어쓴 그날 주차장에서 있었던 일을 말한 뒤 이 화두로 돌아온 것은 처음이다. 사실 해야 할 이야기가 더 있다. 그로부터 석 달이 지났다. 이 석 달 동안 치료가 이루어졌고, 이 석 달 동안 밥과 샬럿은 일주일에 한 번씩 만났다. 우리는 바로 그날 아침, 샬럿이 남편과 섹스를 했다고 말했을 때 그 이야기를 다시 꺼냈다.

"밥과는 요즘 어때요?"

우리는 테니스 시합 이야기를 하듯 당연하고, 아무렇지 않게 그녀의 불륜을 논할 수 있는 사이가 됐다. 내가 의도한 대로였다. 그녀의 불륜은 어느 모로 보나 정상이었다. 그러나 이런 결론은 그녀 스스로 내린 것이었다. 괜히 내 의견이 끼어들어 마음의 평정을 흩뜨릴 필요는 없었다. 나는 정교한 계산에 따라 중립을 유지했다.

"어, 잘 모르겠어요."

샬럿은 깊은 한숨을 내쉬며 이렇게 말했다.

"그날 오후 이후로 좀 달라졌어요. 제니를 수영장 별채에서 발견한 날요. 우리는 크랜스턴 서쪽에 있는 집에서 만나요. 그 사람 친구가 유럽 여행을 가면서 관리를 부탁했다더군요. 나는 집에 가정부가 오는 날에만 거기로 가죠. 그게 월요일이에요. 제니를 혼자 집에 두지 못하겠더라고요. 한 시간 이상은 좀. 장 보러 가거나 세탁소에 가는 거 말고는. 친구들은 안 만나요. 테니스도 안 쳐요. 차를 타고 진입로로 나갈 때마다 그 바닥에 누워 있던 제니 모습이 떠오르거든요……."

샬럿이 그녀만의 리셋 동작을 했다. 길게 숨을 쉬고, 딱 1초쯤 눈을 꼭 감았다 뜨고, 무서운 악마들을 떨치듯 몸을 살짝 부르르 떨었다.

"그래서 가정부가 오는 월요일이면 40분 동안 차를 몰고 가서 한 시간 동안 밥을 만나요. 우리는 이제 별로 대화를 나누지 않아요. 인사를 하고, 밥은 제니 안부를 묻고, 나는 소식을 알려주죠. 당신은 어떻게 지내느냐고 묻고, 아들들 안부도 묻고, 그리고 섹스를 해요."

"뭔가 전보다 덜한 느낌인데요? 열정이랄까, 흥미랄까."

"뭔지 모르겠지만 예전보다 덜해요. 사실 지난주에는 짜증이 좀 났어요. 보통 때보다 더 오래 걸리더라고요. 끝내고 싶어서 오르가슴을 느끼는 척했어요. 이유는 모르겠지만 그날은 내 몸에 닿는 밥의 손길이 별로였어요. 주차장에서 만난 그날 밤 이후로 갈수록 더 그러네요. 그 끔찍한 밤 이후로 관계가 서서히 죽어가고 있는 느낌이에요."

"당신 때문일까요? 아니면 그 사람?"

샬럿이 고개를 저었다.

"정말로 모르겠어요. 그러니까 밥은 예전과 똑같은 말들을 해줘요. 똑같은 걸 해주고. 아직도 문자메시지를 보내와요."

"야한 메시지요?"

"은근히 야한 게 아니에요. 어떤 건 읽자마자 지워버려요. 포르노에 가깝죠. 발기한 자기 성기 사진, 자기가 하고 싶은 짓을 구체적으로 묘사한 것들."

샬럿은 이 말을 하면서도 역겨워하는 눈치였다. 과거에는 부끄러워했다. 그리고 흥분했다.

"허구한 날 사랑한다고 말하죠. 그렇지만 뭔가 달라요."

"몹시 힘들겠어요. 밥은 샬럿을 지탱해주는 중요한 요소잖아요."

"내가 온전해진 느낌을 주죠. 전에도 말한 것처럼. 내 과거를 알면서도 나를 사랑해줘요. 아직도 나를 원해요."

"그런데 뭐가 변한 거죠? 어째서 더 이상 마법이 통하지 않는 겁니까?"

샬럿은 어깨를 으쓱했다. 모른다고 했다. 나는 그녀를 보며 한숨을 내쉬었다. 샬럿은 자신에게 화가 났느냐고 물었고, 나는 전혀 그렇지 않다고 안심시켰다. 그냥 심하게 피곤해서 그렇다고. 나는 절대로 의뢰인에게 내 감정을 드러내지 않지만 인내심이 바닥에 다다르고 있었다. 이때는 내가 아직 로라저팜을 먹기 전이라는 것을 기억하길. 상담 시간의 절반은 비틀비틀하면서 정신을 추스르느라 바빴다.

나는 밥과의 관계가 달라진 이유를 샬럿이 혼자 생각해보도록 가만히 내버려뒀다. 물론 나는 답을 알고 있었다. 밥은 그날 밤 홈디포의 대형 쓰레기 처리장 옆에서 그 네 단어를 소리 내어 말하지 않았다. "그건 당신 잘못이 아니었어." 라고 말해주지 않았다. 꾸준히 공급되던 인정과 용서의 흐름이 뚝 끊겼고, 샬럿은 이제 일말의 진실을 파악했다. 어머니의 남자 친구와 동침했는데도, 집에서 쫓겨나 이모와 살아야 했는데도, 그런 그녀를 품에 안고 사랑한다던 밥은 사실 그동안 거짓말을 하고 있었던 것이다. 밥은 샬럿과 자고 싶어 하는 거짓말쟁이였다. 유혹의 기술만은 거장이었다. 교활하기 이를 데 없었다. 나도 솔직히 아주 조금 밥에게 감탄했다. 밥은 이유까지는 몰라도 샬럿이 뭐에 끌릴지 알았다. 나쁜 샬럿은 굶주린 어린애답게 자신의 인정에 탐닉할 테고, 그 먹이를 던져주기만 하면 자기 쾌락 따위는 신경 쓰지 않고 다리를 벌릴 거란 사실을 잘 알았다. 그러나 이제 그의 말들이 공허해졌다. 그가 던져주는 먹이에서 고약한 냄새가 났고, 억지로 삼키기조차 힘들었다.

재규어 쇼룸에서 라일라에게는 뭘 먹이로 던져줬을지 궁금했다. 라일라는 뭐가 그렇게 절실해서 실버XK에 엎드린 채 그가 제 얼굴을 후드에 짓이기며 짐승처럼 타고 놀도록 허락했을까? 돈, 톰의 말대로 돈일지도 모른다. 아니면 아빠의 사랑이 필요했을지도 모른다. 그럴싸한 이유는 수백만 가지도 넘는다. 그리고 밥, 이 능구렁이 같은 개자식은 그 약점을 파악했다. 그렇다. 감탄하지 않을 수 없었다.

한참 뒤 톰이 진료실을 나갔을 때 내 머릿속에서는 광풍이 휘몰아쳤다. 생각을 하고 또 했다. 이건 불안할 정도로 너무 완벽했다. 그랬다. 정말 지나치게 완벽했다.

나는 일어나서 진료실을 서성였다. 야만적인 짐승처럼 왔다 갔다 어슬렁거렸다. 샬럿과 상담했다. 그리고 환자 두 명을 더 봤다. 그런 다음에 톰과 상담하며 재규어 쇼룸에서 밥과 그 헤픈 처녀가 한 짓을 알게 됐다. 여러분도 이야기를 잘 따라오고 있길 바란다. 이날, 이 금요일은 절대적으로 중요한 날이었다. 나는 아들이 기소당하는 일이 없도록 보호해야 한다는 일념으로 편집광처럼 매달리고 있었다. 아내 말이 옳았다. 기소만으로도 아들의 인생은 완전히 달라질 것이다. SNS는 절대 지워지지 않는 고약한 발자국을 남기리라. 그리고 솔직히 털어놓자면—이 말은 아내에게도 하지 않았다. 이 말을 들으면 굉장히 기분 나빠할 것이다— 그렇게 되면 더 이상 제니를 치료할 수 없게 될 거란 점도 불안했다. 어떤 정신 제대로 박힌 부모가 그런 의혹과 연루된 당사자와 치료를 계속할까? 나는 제니와의 작업을 끝내야만 했다. 나야말로 이기적인 개새끼다. 맙소사, 이날 나는 얼마나 참담하게 망가졌던가!

하지만 새로운 계획을 이어나가지 못할 정도로 망가지진 않았다.

오후 4시가 막 지났을 무렵 제니가 왔다. 크레이머 가족 세 명을 하루에 다 만난 것이다. 나는 그들의 이야기에 푹 빠졌고, 그것이 세부 사항들을 짜 맞추는 데 큰 힘이 됐다. 환자들이 대기실에 들어오면 소리가 들린다. 언제나 샬럿이 제니를 데리고 왔다. 루커스도 함께였다. 상관없었다. 내가 문을 열면 다들 자리를 피해줬고, 나는 제니와 온전히 한 시간을 보낼 수 있었다. 더 오래 있을 때도 있었다.

나는 컴퓨터 작업을 마저 끝냈다. 그다음에 문을 열었다.

"이제 여기가 우리 집 같아요."

샬럿이 농담했다. 슬퍼 보였다. 밥의 마법이 사라진 이유를 깨닫기 시작한 모양이었다. 나는 웃기만 하고 아무 말도 하지 않았다. 제니가 내 옆을 지나쳐 소파에 앉았다.

"금방 올게, 제니야. 어머니하고 잠깐 이야기 좀 하고."

제니가 "좋아요."라고 했다. 다른 10대들처럼 휴대전화를 꺼냈다. 침묵 속에 혼자 앉아 있다니, 아이들에게 그런 일은 있을 수 없다. 물론 진료실은 오늘 조용하지 않았지만.

나는 제니를 방에 두고 혼자 나온 뒤 문을 닫았다. 샬럿과 일정을 의논하며 그날 아침 이후로 제니에게 변화가 없는지 묻는 척했다. 샬럿은 두 번 생각할 것도 없다는 듯이 휴대전화를 꺼내 일정과 시간을 확인했다. 나는 화요일에는 서머스에 간다고 재차 말했다.

"안녕, 루커스."

나는 루커스와 악수하며 눈을 똑바로 봤다. 루커스는 환자도 아닌데 나를 볼 때면 애들이 의사를 보는 표정을 지었다. 당연히 두려워하는 게 맞다. 사람들에게 의사란 이미 어디 아픈 데가 있거나 앞으로 아픈 데가 생길 가능성을 의미하니까. 의사가 하는 일은 아플 때도 많고, 기분을 불편하게 만들기도 한다. 아이의 표정이 기분 나쁘지는 않았다.

이 모든 일이 불과 3분 사이에 벌어졌다. 하지만 그 정도면 충분했다. 인사를 하고 진료실로 들어갔다. 내 컴퓨터가 켜져 있고, 밥 설리번의 자동차 대리점 광고가 반복 재생되고 있었다. 온통 밥이 나왔다. 그의 목소리가 나오고 또 나왔다. 제니는 전혀 신경 쓰지 않았다. 내가 그 옆으로 지나가 책상으로 걸어가자 나를 보고 웃었다.

"미안하구나. 이걸 켜놓은 줄 몰랐어."

"괜찮아요."

나는 광고를 끄고 소파 맞은편 의자에 가 앉았다.

"가끔 뉴스 보는 걸 좋아한단다. 하지만 광고는 정말 질색이야. 네 아버지가 여기서 일하시는 거 안다. 다만 나는 그냥 광고가 싫어."

제니는 미소 지었고 나는 편하게 자리를 잡았다. 내 계획, 아니 내 작전의 이 대목을 완수한 스스로가 뿌듯했다. 그러나 그때 나는 제니의 얼굴을 봤다. 그 눈빛을. 숨이 턱 막혔다.

앞에서 제니의 인상에 대해 언급한 적이 있다. 강간과 자살 기도 사이의 몇 달 동안 그 애 때문에 내가 얼마나 혼란스러웠는지. 제니는 전혀 트라우마에 시달리는 사람처럼 보이지 않았다. 강간 피해자라고는 더더욱 생각할 수 없었다. 그런 중에 망각 치료를 받았다는 말을 들으니 전부 납득이 갔다. 직업적 판단력이 떨어지지 않았다는 사실에 안도감마저 느꼈다. 나와 상담 치료를 시작했을 때, 좀 더 정직하게 말하자면 숀 로건을 만나고 나서, 제니는 달라졌다. 애 아버지 말대로 눈빛에 다시 생기가 돌았다. 마지막으로 제니를 봤을 때, 그 수요일에, 우리가 획기적인 성과를 올렸을 때, 한 줄기 빛이 깜깜한 암전을 꿰뚫었다. 그 기억. 그 시간을 다시 살아낸 순간, 그 애의 온몸을 찢으며 흘러간 공포를 나는 봤다. 아픔과 충격과 공포를 일별했다. 그러나 전부 스러져 지독한 피로가 됐다. 제니가 떠날 무렵에는 뭘 감지하기도 어려웠다. 그리고 이틀이 흘렀다. 그 기억과 함께 이틀을 산 것이다.

나는 찬찬히 제니의 얼굴을 살피며 점잖게 웃어주려 애썼다. 그때 그게 보였다. 처음이었다. 삶과 함께 흐르고 있는 강간을 똑똑히 봤다.

"수요일 이후에 어떻게 지냈니?"

나는 간신히 말했다.

아, 나는 얼마나 끔찍한 인간인가! 내가 한 짓거리가 믿기지 않았다. 음흉하기 짝이 없는 배신의 기제를 내가 작동시켰다는 것이 믿기지 않았다. 나는 그날 밤으로 곧장 이어지는 길을 열어줬다. 그리고 이제 수술대에 누운 환자를 거짓말이란 세균으로 감염시키려는 참이었다. 순수한 진실을 그대로 돌려줄 기회가 있었는데 그 대신 내 사악한 계획에 따라 이기적인 목적으로 진실을 타락시킬 작정이었다. 내 아들을, 내 가족을 구하기 위해. 별거 아니니까 이것만 빼고 나머지는 그대로, 나머지는 제대로 찾아낼 수 있다고 나 자신을 설득했다. 하지만 말도 안 되는 소리였다. 이 하나의 타락이 진실의 종말이 될 수도 있는데. 한번 감염되면 건강한 살점이 다 죽어 없어질 때까지 세균이 파먹는다. 진실은 죽어버린다. 절망의 깊이를 헤아릴 수 없었다. 보란 듯 내 눈을 정면으로 마주한 이 아이러니. 지금 발을 빼면 내 아들이 취조를 받을 테고 내 일자리도 빼앗길 것이다. 아들을 구하기 위해서는 직업윤리를 저버려야 한다. 알겠는가? 정말?

그때 제니가 말하기 시작했다. 기억이 점점 더 뚜렷해진다고 했다. 등을 누르던 손. 뒤통수에 닿은 손. 입에서 나던 냄새. 성기가 안으로 들어와 몸을 갈가리 찢으며 점점 더 세게 밀어넣을 때의 충격. 유린. 통증. 몸은 물론 영혼까지 길들여진 짐승. 무너져버린 심신. 완벽했다. 기억이 점점 초점을 찾아가는 이 방식. 나는 변태가 아니다. 진짜였기 때문에 완벽했다는 말이다. 조심스럽게 보관된 채 그동안 내내 그 자리에 있었던 기억이 이제 다시 돌아왔다. 일련의 사실관계로 복원됐을 뿐만 아니라 지난 이틀 동안 원래 그 사건이 야기한 감정과의 연관 관계까지 회복했다. 숀 로건이 묘사한 그 귀신은 이제 더 이상 제니의 몸속을 떠돌지 않았다. 고향을 찾았으니, 이제 드디어 인지하고 처리할 수 있다. 효과가 있었다! 제니가 울었다. 흐느껴 울었다.

"그 인간을 증오해요!"

제니가 진료실에서 고래고래 악을 썼다.

"미워요!"

"그래!"

나는 말했다. 나도 외치고 싶었다. 우리가 제니의 내면에서 고삐를 끓어낸 감정의 힘은 가히 압도적이었다.

"나한테 왜 그런 짓을 했을까요?"

"너한테서 빼앗아 간 힘이 없으면 아무것도 아닌 인간이기 때문이지. 놈은 아무것도 아니야. 네가 모든 걸 갖고 있어. 그걸 느낄 수 있니? 놈이 네 힘을 얼마나 필사적으로 빼앗으려 했는지? 얼마나 굶주려 있었는지? 짐승은 그놈이다, 제니. 네가 아니야. 그놈에게는 영혼이 없어."

"그래서 내 것을 빼앗아 갔군요. 내 영혼을 훔쳐 갔어요."

"그러려고 했던 거지. 하지만 아주 작은 조각을 떼어 갔을 뿐이다."

"도로 찾아오고 싶어요! 아시겠어요? 다시 찾아오고 싶다고요!"

아, 그날 제니의 강인함에 얼마나 감동받았는지 모른다! 나는 고개를 끄덕이며 마음속에 떠오르는 단 한 단어를 말했다.

"안다."

나는 잠시 제니가 그 속내를 곱씹을 동안 기다렸다. 나도 그 순간을 마음껏 즐겼다. 만끽했다. 그리고 내가 가진 마지막 품위까지 다 버리고 계획을 강행했다.

"오늘은 소리에 집중하면 좋겠어. 아마 목소리가 되겠지."

제니도 그러자고 했다. 나를 전폭적으로 신뢰했다. 내가 생각하고 있던 것은 수영장 별채에서 있었던, 그날 오후의 일이었다. 이때는 형사의 녹취 테이프를 확보하지 못한 상태였지만 내게는 샬럿의 회상이 있었다. 밥이 똑같은 감탄사를 거듭거듭 내뱉었다는 그 이야기.

'오, 이런, 제기랄.'

"그때 했을 만한 말들이 있어. 굉장히 감정이 복받쳤을 때 사람들이 하는 말들이지. 나는 이 괴물, 이 짐승이 고조된 감정 상태에 있었을 거라 생각한다. 그런 말들을 몇 가지 들려줄게. 너는 눈을 감고 우리가 냄새를 가지고 했던 것처럼 그 말들이 떠다니게 하면 돼. 억지로 하려고 하지 마. 그냥 기억을 자극하는 말이 없는지 생각해보고."

제니가 가방을 열고 소품들을 꺼냈다. 늘 그러듯이 그것들을 들고 고개를 끄덕이더니 눈을 감았다. 음악은 켜지 않았다. 표백제 냄새를 맡게 하지도 않았다. 숲에서의 그날이 아니라 수영장에서의 오후로 돌아가게 하고 싶었으니까.

이제 우리는 두고 볼 것이다. 기억에 관한 이론들과 연구들을 시험대에 올릴 것이다. 제니는 밥 설리번이 자기 위로 상체를 숙여 자기 손목을 감싸고 자기 목숨을 구하려 애쓸 때 의식이 없었다. 그 목소리가 기억 속 어딘가에 남아 있을까? 그 말들이 남아 파일 더미 속에서 꺼내지길 기다리고 있을까? 내가 그걸 꺼내 다른 자리에 새로 집어넣을 수 있을까? 수영장에서의 오후가 아니라 숲에서의 그날 밤으로?

제니가 눈을 감았다.

"준비됐니?"

제니가 고개를 끄덕였다. 나는 숨을 크게 들이쉬고 나 자신과 앞으로 내가 하려는 일에 대한 혐오감으로 고개를 저었다. 그리고 말들을 읊기 시작했다.

"아, 이런 제기랄…… 세상에…… 그래…… 그게 좋아? 그래…… 아, 이런 제기랄…… 으으음…… 어어어…… 바로 그거야! 아, 맙소사, 이런 제기랄…… 맙소사…… 세상에…… 오, 이런, 제기랄, 젠장……."

22

제니는 강간당한 밤에 밥 설리번의 목소리를 들었다고 기억해냈다. 제니의 기억은 거짓이 아니었다. 여러분 생각에는 이 일이 이렇게 쉽게 해결될 문제던가? 상담은 그저 시작에 불과했다. 비옥한 땅에 뿌려진 작은 씨앗이었다. 그저 상담 치료만으로 되는 것이 아니다. 상담 직전에 밥의 광고를 트는 잔재주 이상이 필요하다. 이 일이 그렇게 쉬웠으면 아무 바보나 할 수 있었으리라. 그렇게 간단하지가 않다. 내 계획도 그랬다. 그러나 월요일까지는 더 이상 할 일이 없었다.

그날 밤, 나는 희망에 차서 집으로 돌아갔다. 그러나 희망은 박살났다. 아들이 나를 기다리고 있었다. 녀석은 제 엄마가 금요일 밤 외출을 막아서 짜증이 나 있었다.

"어이."

아들을 불렀다. 녀석은 가족실에서 엑스박스를 하고 있었다. 아내는 불안하게 인사를 건네며 내 뺨에 키스하고는 주방에 들어가 나오지 않았다.

나는 문간에 서서 더는 들어가지 않았다. 아들은 등을 보이고 앉아 있었고, 쿵쾅거리는 헤드폰 소리 말고는 아무것도 듣지 못했다. 병사들이 작은 도시에서 교전을 벌이고 있었다. 아들이 나이프로 적군의 목을 땄다. 인터넷으로 함께 게임하는 친구들에게 소리를 질러댔다. 다들 신이 나서 소리를 지르더니 이어서 폭소를 터뜨렸다. 한 적군이 뒤에서 접근해 내 아들을 칼로 푹 찔렀다. 아들이 괴성을 지르더니 배가 찢어져라 웃어댔다. 아들이 친구에게 말했다.

"이 병신아, 어디 있었냐? 뭐? 다리에서 꼼짝도 못 했다고? 야, 버스에 타야 다리를 건너지. 너 때문에 죽었잖아, 병신아. 젠장. 하하하."

아들에게 빨간 새가 그려진 파란색 스웨트셔츠가 있다는 사실을 안 지 이틀도 되지 않았다. 파티가 있던 날, 숲으로 들어가던 사람이 아들이 틀림없다는 사실도. 아내와 나는 아들을 지키기 위해 어떻게 해야 할지 의논했다.

부모와 아이 사이의 유대는 내게 언제나 매혹적인 주제다. 여러분도 알아차렸으리라. 그 유대는 우리 안에 있다. 그래서 우리가 여기 존재하는 것이다. 성교를 하고, 아이들을 낳고, 그 아이들을 보호하며 죽어가기 위해서. 그런 면에서 우리는 동물이다. 그러나 우리는 또한 도덕성이 있고, 이를 근거로 우리를 동물과 차별화한다. 누가 동물을 두고 뭐라 하든 나는 관심 없다. 동물에게는 도덕이라는 것이 없다. 도덕을 모방하는 동물의 행동은 무조건 우연이다. 동물은 생존 본능으로 치달리고, 이 날것의 본능 때문에 가끔 '도덕적'으로 행동하기도 한다. 무리의 약자를 보호할 때도 있고, 모두 힘을 합해 한 마리씩 따로 사냥하려는 사자를 물리치기도 한다. 다른 무리나 종족의 일원을 받아들일 때도 있다. 이 모두는 자기 보존 본능이다. 무리 지어 다니며 얻는 이득이 있는 것이다. 그러니 부도덕한 행동들도 그만큼 많이 찾아볼 수 있다. 수퇘지는 암퇘지가 수유를 중단하고 다시 가임 상태로 돌아오도록 제 새끼들을 죽인다. 늙은 코뿔소는 있어봤자 쓸모가 없기 때문에 무리에게 버림받는다. 암캐는 갓 태어난 자식들 중 온전치 못한 새끼들을 말 그대로 잡아먹는다. 이런 사례들을 끝도 없이 들 수 있다.

교도소에서도 볼 수 있다. 사회화의 힘을 적나라하게 벗어던진 곳이니까. 공감 능력이 결여된 편집성 성격장애 환자들에게서도 비슷한 사례를 보게 된다. 우리는 동물과 그리 멀지 않다. 우리를 구분해주는 것은 아주 부서지기 쉽다. 그러나 그 차이는 분명히 존재한다.

아내를 주시하다 보니 아들이 제니 크레이머를 강간했을 가능성을 완전히 배제하지 않는다는 것을 알 수 있었다. 나는 아들의 결백을 알기에 이런 아내의 양가적 감정에 착잡해졌다. 아내가 아들을 사랑하지 않아서는 아니다. 나도 조사를 하면 뭐가 나올지 안다. 아내는 그날 숲에 아들이 있었다는 사실 자체와 면도, 표백제를 설명할 수가 없는 것이다. 솔직히 나도 극복하기 힘든 장애물이라고 생각한다. 그래서 아내는 정신적으로 조금 덜 힘든 길, 즉 정당화의 길을 택했다. 어쩌면 약에 취해서 그랬을지도 몰라. 어쩌면 '데이트 강간'이 심각하게 잘못된 건지도 몰라. 어쩌면 친구 하나가 쫓아가서 같이 했는지도 몰라. 그런 폭력을 쓴 건 그 친구였을지도 몰라. 설마 우리 아들이 사람들이 말하는 그런 짓을 했을 리가 없잖아. 하지만 그 여자애가 기억을 못 하잖아, 응? 강간의 '사실관계'들은 다 추정에 불과한 거지. 그들이 꾸며낸 이야기에 누구든 구멍을 낼 수 있는 거 아닌가?

아내는 악명 높은 주 남부의 데이트 강간 사건 이야기를 했었다. 우리 둘 다 그 10대가 재판을 받았다는 사실을 기억했다. 재판 과정 중 목격자 증언 내용도 기억했다. 피해자들이 얼마나 비난을 받았는지, 그네들의 이야기가 무너지고 갈가리 찢긴 것도. 학교 다닐 때부터 알던 애들이었다. 피해자들은 자발적으로 가해자와 함께 여기저기를 다녔다. 결국 그 소년은 교도소에 갔지만 의혹은 사라지지 않고 끈질기게 남았다. 소년의 부모는 변호비로 거액을 썼다. 당연히 우리도 아들을 위해서라면 똑같이 할 것이다.

10대 강간범이 몇 년 후 가석방을 신청했을 때 우리는 케이블 텔레비전으로 가석방 심사를 지켜봤다. 정말 좋은 사람처럼 보였다. 참회하고 후회하는 티가 역력했고, 재활을 끝낸 듯했다. 그리고 피해자들이 증언했다. 영악한 원고의 변호사들이 중간에 말을 끊는 일 없이 처음으로 자기들의 이야기를 했다. 줄리와 나는 그 이야기에 충격받았다. 폭력과 강간, 도착적 성애와 외설적인 언어 폭력, 그리고 목을 조르는 성애가 다 나오는 끔찍한 이야기였다. 수년 전, 언론은 진실의 참상을 제대로 전하지 않았다. 흥미 본위로 '남자 말은 이렇고, 여자 말은 저렇고' 식 기사를 짜내기 위해 제멋대로 편집했던 것이다. 가석방은 거부됐다. 착한 젊은이는 딴판으로 변했다. 호전성을 드러낸 것이다. 아내는 그 눈빛에 갑자기 '광기'가 서렸다고 말했다. 나는 그의 편집성 성격장애를 진단하지 못한 자신에게 실망했다. 지난 몇 년 동안 서머스에서 일한 경험이 있으니 지금이라면 알아차릴 수 있을 텐데.

내가 말하려는 요점은 이렇다. 줄리가 이 이야기를 꺼낸 것은 그때 그 가족이 아들을 보호했던 것처럼 나도 아들을 지켜주겠다는 장담을 받고 싶어서였다. 우리 아들이 내 환자의 강간범이라고 밝혀지더라도 꼭 그래줬으면 하는 마음에서였다. 설사 우리 아들이 알고 보니 소시오패스였다 해도 말이다. 아내는 내 확신에서 위안을 얻었다. 그리고 나는 아내의 가정에 심란해져버렸다.

전에는 그 가족에 대해 알고 싶은 것이 있었다. 아들이 유죄라는 것을 알고도 개의치 않았는지 궁금했다. 아니면 아주 사소하더라도 상충되는 증거가 있으면 거기에 악착같이 매달려 피해자들이 과거의 헤픈 짓을 후회하는 나쁜 년들이라고 스스로 믿어버렸는지, 그래서 아들의 무죄를 믿고 자기네 행동들을 정당화했는지 궁금했다. 솔직히 나도 자기 정당화에 지극히 능한 사람이라는 것을 시인한다. 심리학적 지식들이 첩첩이 보관된 무기고를 갖고 있다는 사실을 생각해보면 더욱 그렇다. 나는 그런 질문들에 대답할 필요도 없었고, 내 이론을 나 자신에게 시험해볼 필요도 없었다. 아내가 아들에게 느끼는 양가적 감정조차 들지 않았으니까.

나는 텔레비전 쪽으로 걸어가 화면을 막았다. 아들이 왼쪽, 오른쪽을 번갈아 보고 손가락으로 컨트롤러를 조작하며 내 몸을 피해 게임을 해보려 애썼다. 하지만 결국 내 얼굴을 보더니 어머니가 미리 경고한 대화의 시간이 왔다는 것을 알아차렸다. 이런 주말 저녁에 자기가 나가지도 못하고 집에 들어앉아 있는 이유가 이것이라는 것도.

"나 나가야 돼."

아들이 친구들에게 말했다. 버튼을 몇 번 더 짤각거리더니 컨트롤러를 내려놨다. 아들의 아바타가 사라졌다. 나는 텔레비전을 껐다.

우리가 나눈 이야기를 낱낱이 늘어놔서 여러분을 지루하게 만들 생각은 없다. 그저 아들에게 크루즈 더마코 이야기를 했다는 말만 하겠다. 파란색 시빅을 탄 남자. 그가 빨간 새가 그려진 파란색 후드티를 입은 남자가 강간이 발생한 시각, 숲으로 들어가는 모습을 봤다는 이야기를 해줬다. 사람들이 알게 되면 용의자로 지목할 만한 사실들을 조목조목 나열했다. 면도. 표백제. 스웨트셔츠. 그중 우리가 뭐라도 조치를 취할 수 있는 것은 마지막 물건이라고.

아들이 이 정보를 받아들이고 이해하는 모습을 지켜봤다. 그 두개골에 든 두뇌가 내가 아닌 제 엄마 것이란 것도 알 수 있었다.

"내가 무슨 말을 하는지 알겠니? 다시 조사를 받게 될 거다."

"알아요. 수영 팀 애들을 다 불러들이고 있으니까요."

"한 가지만 확실히 하자. 나는 네가 제니 크레이머한테 아무 짓도 하지 않았다는 걸 안다."

"안 했어요!"

목소리에 배어든 공포가 느껴졌다.

"안다. 하지만 이게 어떻게 보일지 생각해야 해. 경찰은 그날 면도를 했는지 물어볼 거야. 다리뿐 아니라 다른 데도 전부 했는지. 스웨트셔츠에 대해서도 물어볼 거다."

아들은 아무 말도 하지 않았다. 나는 아들이 온몸을 면도했었다는 것을 알아차렸다. 그 스웨트셔츠를 입고 파티에 갔었다는 것도.

"제이슨. 설마 그렇게 오래전 일을 기억하는 건 아니지? 기억이 나니?"

아들은 의아한 눈빛으로 나를 쳐다봤지만, 곧 알아듣기 시작했다. 나는 세상이 그리 공정하지 못하다는 요지의 훈계를 장황하게 늘어놨다. 불리하게 작용할 만한 일들을 말해주자 자신이 뭘 어떻게 해야 하는지 알아차리는 것 같았다. 우리는 윤리를 논했고, 아주 가끔은 그 선을 넘어 짐승처럼 행동해야 될 때가 온다는 이야기도 했다. 생존 본능이 그 이유 중 하나라고.

"너는 결백하니까 당당하게 무죄로 대접받아야 한다. 그게 핵심이다."

"알았어요, 아빠."

"자, 그날 밤에 대해 한 가지는 알아야겠다. 그래야 확실하게 빠짐없이 다 생각해둘 수가 있지. 그 숲에서 뭘 하고 있었지?"

아들은 거짓말을 했다. 내 눈을 똑바로 보고 거짓말을 했다. 나를 속일 수 있으리라 생각하다니. 내가 내 집에서 제대로 평가받지 못한 거다.

"숲 근처에는 가지도 않았어요. 집에서 나간 적도 없어요."

"제이슨, 부탁이다. 너를 본 사람이 있어."

"거기 안 갔다고요! 진짜예요!"

"그런데 마약상의 말을 반박해줄 만한 사람이 하나도 없단 말이야?"

"아니라니까요! 맹세해요!"

"스웨트셔츠는 어째서 네 옷장 바닥에 있었던 거냐?"

"몰라요. 내 방은 엉망진창이잖아요. 가끔 밖에서 돌아오면 옷장에다 이것저것 다 던져버리니까."

이 유약하고 덜떨어진 거짓말쟁이와 나 사이에 존재하는 강력한 유대감에 나는 다시 한 번 놀랐다. 그 순간 나는 아들이 역겨울 정도로 싫었다. 그렇지만 여전히 어떤 대가를 치르고라도 아들을 지키겠다는 계획을 고집했다. 아무리 값비싼 대가라도 상관없었다. 자기혐오가 뼛속까지 사무쳤다. 그래서 언젠가 나 자신을 용서하게 될 때까지 얼마나 노력해야 할까 차마 생각조차 할 수 없었다. 결국 생각하지 않았다.

우리는 반드시 해야 할 일에 대해 합의했다. 제이슨은 자기 방에 가서 그 스웨트셔츠를 입고 있는 자기 사진을 싹 다 지웠고, SNS에서도 모든 흔적을 지웠다. 내 한계를 아이도 잘 이해하는 것 같았다. 자신을 위해 기꺼이 거짓말하고 엄호해줄 수 있는 내 인내심의 한계 말이다. 나는 제이슨이 강간을 저지르지 않았다고 믿었다. 하지만 어차피 상관없다는 이야기는 하지 않았다. 엄마는 아빠만큼 확신이 없다는 말도.

제이슨은 한 시간 뒤 친구들을 만나러 나갔다. 무슨 바람이 들었는지 모르겠지만 나는 스카치위스키를 큰 잔으로 한 잔 들이키고 아내를 위층으로 데려가서 밥 설리번이 비서와 했던 것처럼 섹스를 했다.

우리는 침대에 오래 누워 있지 않았다. 아내는 내게 키스하고 미소 짓더니 샤워를 하러 갔다. 내 혈관에서 피가 불끈거리며 몰아쳤다. 그 피가 제발 내 속에 숨어 있는 사실을 꺼내주길 바랐다. 나를 괴롭히고 있는 생각. 짐승처럼 아내와 섹스를 해도 쫓아버릴 수 없었던 생각.

눈을 감고 그 생각이 그림자 속에 떠오르게 내버려뒀다. 나는 내내 숲에 갔던 아들이 강간범으로 몰릴지도 모른다고 걱정해왔다.

'내 아들이 그 숲에 있었다. 내 아들이 강간범과 함께 그 숲에 있었다.'

나는 요란하게 한숨을 내쉬었다.

하느님 맙소사. 내 아들이 피해자가 됐을 수도 있었다.

23

주말 내내 어색했고 감정적으로 고통스러웠다. 아내는 몇 번이나 울었다. 주로 화장실에서 샤워기를 틀어놓고 울었다. 그러다 벌겋게 상기된 얼굴과 충혈된 눈을 하고 나왔다. 아들은 이상하리만큼 조용했고, 대부분 수영장에서 훈련하거나 친구들과 나가 놀았다. 되도록 우리 근처에 오고 싶지 않은 눈치였다.

나로 말하자면 일단 내면의 두려움을 올가미로 붙잡아 아내가 그러듯이 마음속 상자에 넣어 선반에 치워뒀다. 아들은 강간당하지 않았다. 그러니 사실도 아닌 가능성에 집착하느라 정신 에너지를 소모하는 것은 낭비였다. 그래서 아직도 아들에게 위협이 되는 문제에만 집중했다.

내게는 두뇌를 리셋할 시간이 있었고, 그 시간을 아주 생산적으로 썼다. 숀 로건이 월요일에 치료를 받으러 왔을 때에는 이미 계획의 또 다른 단면을 완성해둔 뒤였다.

숀은 그 빨간색 문에 발이 묶여 있었다. 아무리 헌신적으로 치료해도 더 이상 기억이 복원되지 않았다. 나는 좌절에서 수용으로 넘어가기 시작했다. 숀은 폭발의 중심에서 살짝 비켜나 있었다. 정면으로 포화를 맞은 것은 동료인 헥터 발란시아였다. 조사 보고서는 헥터 발란시아가 바로 위에 서서 사제 폭탄을 내려다보고 있었을 것이라고 추정했다. 어쨌든 숀은 의식을 잃었다. 폭발 전후의 기억은 아예 보관 처리되지 않았을 공산이 높다.

숀은 만면에 미소를 지으며 진료실로 들어섰고, 평소와 달리 느긋해 보였다.

"어때요? 주말 잘 보냈어요?"

숀은 자리에 앉아 제 무릎을 탁탁 쳤다.

"아주 좋았어요, 선생님. 썩 괜찮았습니다."

"그거 반가운 소리군요. 특별히 좋았던 부분이 있습니까?"

"모르겠어요. 이제 날씨가 바뀌기 시작하고 있잖습니까?"

"그래요. 눈이 드디어 다 녹았죠? 올해는 좀 오래 걸렸습니다."

"정말 그래요. 토요일에는 영상 15도까지 올라갔다니까요. 해도 났고요. 애를 블루피시 게임에 데리고 갔죠. 월드 시리즈가 무색하더라니까요. 애가 어찌나 신나 하던지."

"정말 재미있었겠어요. 태미는요?"

"알잖아요? 잘 버티고 있어요."

"감정을 터뜨리는 일은 없었습니까?"

"전혀요. 한 번도. 드디어 약이 듣기 시작하나 봐요."

"약 때문만은 아니에요, 숀. 벌써 1년 동안 똑같은 약을 먹고 있었잖아요. 숀의 노력이 빛을 발하는 겁니다."

숀은 내가 아는 남자 중에서 가장 겸허하고 소박하다. 기억을 복원하는 우리 작업이 진척을 이루지 못하고 제자리걸음을 하고 있었지만 여전히 자기 행동을 통제하고 자신의 감정, '귀신'을 인지하기 위해 지옥의 투사처럼 싸우며, 자신이 더 이상 집 벽에 주먹을 내리꽂지 않도록 썩 물러나라고 명령하고 있었다. 아내나 아들을 때린 적도 없었다. 그런 짓을 하느니 차라리 제 머리에 총알을 박는 것이 낫다고 믿었다. 그러나 통제력을 잃었을 때에는 옆에 있기가 무서운 사람이었다. 그런 때에는 귀신들이 싸움에서 이긴다.

숀은 어깨를 으쓱하더니 발밑 카펫을 내려다봤다.

"성공했으면 당당하게 자기 걸로 인정해야죠, 숀. 뭐가 도움이 됐다고 생각하죠?"

나는 답을 알았다. 다만 그가 자기 입으로 인정할지 궁금했다.

"모르겠네요."

"딱 하나만 말해줄 수 있을까요? 아들과 야구를 보러 갔을 때 어떤 감정이 들었다든가……. 예전에는 그냥 시늉만 했잖아요. 아들을 밀쳐내는 느낌을 줄까 봐 재미있는 척하지 않았습니까? 토요일에도 그런 기분이 들었나요?"

"아니. 전혀요. 이런 일이 있었어요. 우리 팀이 만루가 된 겁니다. '됐어, 이거야! 이제 만루다!' 그러니까 아이가 눈을 휘둥그레 뜨더니 벌떡 일어나서 난간을 잡고 팔짝팔짝 뛰기 시작했어요. 그러더니 '우아! 어떡해!' 하고 소리치기 시작했죠. 그래서 내가 '이거야! 신난다, 그렇지?' 하고 말했어요. 아이는 만루가 뭔지 사실 잘 몰랐어요. 뭐가 어떻게 되는지 전혀 몰랐던 것 같아요. 그런데 그때 나를 보더니 여전히 기뻐 어쩔 줄 모르는 얼굴로…… 도저히…… 감정을 주체 못 하더라고요. 꼭 기뻐서 몸이 터져버릴 것만 같았어요."

숀의 목소리가 떨리기 시작했다.

"괜찮아요, 숀."

허락이 떨어지자마자 숀은 살짝 눈물을 보였다. 아주 조금이었다.

"아아, 선생님, 죄송해요. 그냥…… 그냥 감정을 걷잡을 수 없어서. 지금도 느껴져요."

"아주 좋은 거예요, 숀. 감정을 느끼는 건 정말 좋은 겁니다. 우리가 감정을 느끼지 않으려고 긴 시간을 쓴다는 건 알아요. 하지만 그런 건 숀의 내면에 있어서는 안 되는 감정들이죠. 이 넘치는 기쁨은 반드시 숀의 내면에 있어야 하는 감정입니다."

"아, 세상에. 젠장. 그렇겠죠."

"그다음에 필립이 어떻게 했나요? 기뻐서 팔짝팔짝 뛰고 나서요."

숀은 입이 귓가에 걸리도록 활짝 웃었다.

"나를 보더니 말했어요. 아, 세상에…… 잠깐만요…… 됐어요……. 이렇게 말했죠. '아빠! 진짜 사랑해요!'라고요."

눈물이 몇 방울 더 떨어졌다. 그에게 휴지를 건넸다. 참으로 아름다웠다. 꼬이고 꼬인 주말을 보내고 타락해버린 영혼을 안고도 나는 여전히 이 거대하고 강인한 사내가 자식의 사랑에 완전히 허물어지는 모습에 깊이 감동하고 있었다.

"숀. 지금 느끼는 그 감정, 좋은 거예요! 그게 사랑이에요. 아들을 향한 사랑을 느꼈고, 지금도 느끼고 있는 겁니다. 달리 뭐가 필요하죠?"

"감사합니다. 그거 알아요? 젠장, 뒈지게 감사한 마음이에요. 이 꼬마, 이 미쳐 날뛰는 세상에 사는 이 작은 생명이 있는데, 어떻게 된 일인지

내가 이 애를 이렇게 한없이 기쁘게 해줄 수 있구나. 기껏해야 한 시간 브리지포트로 차를 몰고 가서 핫도그를 사줬을 뿐인데 말이에요."

"아, 하지만 단순히 그것 때문이 아니에요! 모르겠어요? 필립은 숀의 사랑, 함께 있고 싶어 하는 숀의 마음을 느낀 거예요. 그래서 그토록 기뻤던 겁니다! 그 유대감 때문에요. 이 미쳐 돌아가는 세상에 자신을 사랑하는 커다랗고 강인한 남자가 있고, 그래서 자기는 안전할 테니까요. 필립은 자기 집이 있다는 걸 알아요. 벽과 창문이 있는 집이 아니라, 다른 사람의 심장에 자기 집이 있다는 걸 알죠. 그게 바로 사람으로 산다는 거랍니다!"

숀이 나를 이상하게 쳐다봤다. 내가 평소보다 훨씬 더 거침없이 감정을 쏟아내고 있었다. 숨을 고르며 마음을 진정시켰다. 신경이 너덜너덜해지다 못해 창자를 온 방에 게워내고 있었다.

"방금 기억을 회상할 때 느낀 감정 말이에요. 우리 감정과 기억이 어떻게 연결돼 있는지 알겠어요?" 감탄스러울 정도로 정확하게 기어를 바꿔 넣고 나는 새로운 태도로 다시 시작했다.

"아, 그래요. 그만 내가 정신을 놔버렸군요. 젠장. 나는 원래 절대 안 우는데요, 선생님. 절대로."

"그런데 그렇게 걷잡을 수 없이 복받치는 감정이 있는데, 대체 왜 그런지 이유를 알 수 없다면 어떨까요?"

숀이 웃음을 터뜨렸다.

"네. 선생님하고 사랑에 빠졌다거나 뭐 그런 거 아닌가요?"

나도 같이 껄껄 웃었다.

"그럼요. 아니면 길에서 만난 모르는 사람이나. 거참 난감하겠군요."

“네, 알겠어요. 이런 귀신이라면 괜찮겠죠. 이런 귀신은 붙어서 떨어지지 않아도 괜찮겠어요.”

“즉흥적인 기쁨이야 우리 모두 살면서 많이 느낄수록 좋겠죠. 기억을 돌이켜보는 일을 좀 더 해봐도 되겠어요?”

“네. 해봅시다.”

나는 일어나 책상에서 노트북을 가지고 왔다. 우리는 언제나 시뮬레이션을 재생해놓고 작업했다.

“좋아요. 먼저 물어볼 게 있는데, 이번 주 그룹 상담에 올 건가요?”

숀의 표정을 세심하게 살폈다. 숀은 그룹 상담에서 제니를 만났다. 제니가 합류한 뒤로 두 사람 모두 한 번도 그룹 상담에 빠지지 않았다.

“그럼요, 네.”

지나치게 심드렁한 표정이 오히려 눈에 띄었다.

나는 두 사람이 가까워지고 있다고 믿었다. 내 치료 효과를 간과해서가 아니라 기억 치료의 진척 유무와 상관없이 두 사람 모두의 기분이 파격적으로 변하고 있었다. 나는 제니에게도 숀에 대해 물어봤다. 좀 지나치게 자주 물어본 게 아닐까 걱정될 정도로. 제니는 두 사람이 잘못을 저지르고 있는 걸까 걱정하기 시작한 눈치였다. 목소리에 주저하는 마음이 배어 있었다.

잘못은 아니었다. 두 사람 모두에게 도움이 되는데 잘못일 수 있을까? 그러나 두 사람 사이는 문자와 스카이프에서 커피와 긴 산책으로 발전하고 있었다. 숀은 비정규직으로 무슨 일이든 했다. 제니는 아직 복학하지 않았다. 제니가 자전거를 타고 시내로 갔고, 두 사람은 페어뷰 시내에서 만나 사람들이 알아보지 못할 곳들로 드라이브를 갔다. 샬럿은 제니가 쇼핑을 하거나 친구를 만나는 거라 생각했다. 제니가 외출하는 모습을 보고 싶어 안달이 나 있었기에 제니가 시내에 다녀오면 행복해 보인다고, 진심으로 행복해 보인다고 생각했고, 그래서 시내에 다녀올 때에는 전혀 걱정하지 않았다. 제니는 항상 두 시간 정도 지나 집으로 돌아왔다.

제니는 이미 은밀한 만남을 솔직히 털어놨다. 물론 나는 비밀을 지켜 줄 의무가 있었다. 하지만 숀은 스물다섯 살이었다. 더구나 유부남이었다. 제니는 열여섯 살이었다. 그것은 천장에 작은 금이 간 것처럼 잊히지 않고 마음 한구석에서 계속 신경 쓰이는 그런 딜레마다. 정신없이 돌아가는 다른 일들이 있을 때에는 잊고 산다. 그러나 아주 가끔 금이 눈에 띌 때마다 '전보다 더 심해졌나?' 또는 '이제 수리할 때가 됐나?' 생각하게 된다. 나는 물론 두 사람이 이성 관계로 발전하도록 방치하지 않을 생각이었다. 절대 천장이 완전히 무너져 내리게 두고 보지는 않을 것이었다. 그러나 금 간 데가 언제 무너질지는 아무도 모른다. 회칠을 꿰뚫어 볼 수는 없으니까.

숀은 제니와의 유대감 '덕분에' 아들에게 사랑을 느끼고 있었다. 제니와 숀은 아무도 모르는 독특한 감정과 이해를 공유했다. 나를 비롯해 다른 사람들이 아무리 공감 능력을 발휘해도 살면서 절대 알 수 없을 경험을 두 사람은 나누고 있었다. 그리고 이 이해의 범위 속에서 어떤 유대감이 생겨났다. 그 유대감은 제니에게 고향을, 안전하게 있을 수 있는 장소를 제공했다. 그리고 숀에게는 힘을 줬다.

숀이 한밤중에 제니에게 전화를 걸었을 때, 주먹을 쥐고 온몸을 꿰뚫는 분노를 주체하지 못하는 그의 마음을 제니는 알아줬다. 아무 말도 할 필요가 없었다. 그냥 들어주기만 하면 됐다. 숀 역시 제니를 위해 똑같이 해줬다. 강간에 대한 조각난 기억을 되살려내기 직전, 제니는 숀과 함께 있을 때 어떤지 말해줬다.

"몇 시간씩 그 생각을 해요. 눈을 감고 우리가 식당에 함께 앉아 있거나 호숫가를 산책하는 상상을 해요. 눈앞에 그의 얼굴을 떠올리고, 내가 하고 싶은 이야기들을 전부 마음속으로 짚어봐요. 연극 리허설처럼요. 과외 숙제나 엄마의 일정이나 그런 건 하나도 생각나지 않아요. 나쁜 감정을 죄다 모아서 쓰레기봉투에 넣는 상상을 해요. 거대한 까만 비닐봉지 같은 거 말이에요. 하나씩 하나씩, 배 속이 타오르는 느낌도, 가슴을 주먹으로 쿵쿵 때리는 느낌도, 모든 것과 아무것도 아닌 것에 대한 두려움도, 세상 어느 것도 보이는 대로가 아닌 것 같은 느낌도, 여기가 어딘지 도저히 알 수 없을 것 같은 불안감도— 우리가 여기서 이야기한 모든 것들, 나를 미치게 만드는 모든 것들, 그래서 죽어버리고 싶게 만드는 모든 것들 말이에요.— 전부 다 봉지에 쑤셔 넣기 시작하죠. 그리고 그 봉지를 자전거 뒤에 실어요. 그러면 숀의 자동차가 보이고, 숀이 차에서 내려요. 그러면 금세, 한순간에, 그가 봉지 실은 자전거를 가지고 가서 자기 차 트렁크에 넣거든요. 그러면 우리가 함께 있는 동안, 그런 마음들이 다 사라져버려요. 정말로 싹 다 없어져버린다고요! 그러면 뭐가 어떻게 돼도, 그냥 둘이 바보 같은 이야기를 나누든, 내가 줄곧 울기만 하든, 숀이 그 주에 자기를 화나게 만든 일을 털어놓든, 아무 상관이 없어요. 그 쓰레기봉투는 숀의 트렁크에 단단히 들어가 있으니까요."

"그러면 다시 시내로 돌아와 숀이 차를 세우고 네가 차에서 내려 자전거를 꺼내면 어떻게 될까? 그 쓰레기봉투도 다시 돌려주는 거니?"

보통 나는 내 질문의 답을 알고 있다. 그러나 이때는 아니었다.

"쓰레기를 돌려주지는 않아요. 숀은 절대 그럴 리가 없죠. 하지만 쓰레기봉투는 항상 더 생기니까요."

"미안하다, 제니야. 숀이 차를 몰고 갈 때 그게 완전히 사라지진 않는다는 생각을 하면 몹시 힘들겠구나."

"하지만요, 중요한 건 일주일이나 열흘이나 뭐 얼마가 됐든, 곧 숀한테 내 봉지를 줄 수 있고, 그 짧은 시간만은 그 무게 없이 자유롭게 살 수 있다는 걸 알잖아요. 그러니까 나쁜 생각이 들어도 그냥 쓰레기봉투에 넣는 상상을 해요. 더 많이 몰려와도 그냥 그 봉지에 쑤셔 넣어요. 봉지를 빵빵하게 채워서 자전거에 싣고 숀한테 가져가는 거예요."

나는 제니를 위해 쓰레기봉투를 받아줄 수가 없다. 부모나 친구나 그룹 상담의 다른 멤버들도 못 하는 일이다. 오로지 숀만 할 수 있다. 그런 힘을 갖는 게 어떨지 상상이 가는가?

숀은 자기 쓰레기봉투를 제니에게 주지 않는다. 이 문제에 대해서는, 아니 아예 제니에 대해서는 물어보지도 않았다. 이 점잖은 남자에게 굳이 죄책감을 더 떠안길 필요는 없으니까. 그러나 나는 안다. 숀은 자기 짐을 남에게 떠넘기는 데서 쾌감을 느낄 사람이 아니다. 그의 즐거움, 그의 기쁨은 제니의 쓰레기봉투를 받아줄 수 있는 힘에서 나온다. 제니의 쓰레기봉투를 처리해주며 삶의 목적을, 매일 아침 일어날 이유를 얻는 것이다. 계속 싸워야 할 이유, 살아야 할 이유를.

그렇다. 숀은 아들을 사랑했다. 아직 그가 아내를 사랑하는지, 그저 의무감만 느끼는지는 알 수 없었다. 두 사람은 하루도 평화로울 날이 없었다. 그럼에도 불구하고 숀은 아들을 사랑했고, 그 사랑은 제니와 나눈 유대감으로 인해 자유롭게 풀려나왔다. 제니는 숀의 죄책감을 꿰뚫고 귀신들을 피해 갈 수 있는 웜홀을 발견했다. 귀신들은 제니가 준 힘을 건드릴 수 없었다. 그리고 그 힘은 보이지 않는 역장(力場)을 형성해 그의 사랑을 에워싸고 안전히 은신처에서 나올 수 있도록 보호해줬다.

답답하기 짝이 없다. 지금 나는 너무 많은 은유들을 섞어 쓰고 있다. 여러분에게 상황을 설명하는 것이 왜 이렇게 어려운지 모르겠다. 최소한 두 사람이 아주 특별한 뭔가를 공유했다는 정도에서 합의해도 될까?

문제는 이것이다. 숀은 남자고, 제니는 여자라는 것. 어리지만 여자다. 그리고 이렇게 강렬한 유대감은 한번 생기면 땅끝까지라도 가고자 하기 마련이다. 그리고 남자와 여자가 땅끝까지 가면 섹스를 하게 된다. 가끔이 아니다. 혹시도 아니다. 언제나 어김없이 그렇다.

나는 숀과의 사이에 테이블을 두고 앉았다. 일부러 천천히 움직였다. 이날 아침 미리 부탁해놓은 전화가 5분 늦었기 때문이었다.

"아, 미안해요, 숀. 이 전화는 받아야 해서. 좀 기다려줄 수 있겠어요?"

"얼마든지요, 선생님."

나는 진료실과 화장실 사이의 작은 공간에서 휴대전화를 받았다. 문을 닫았지만 꽉 닫지는 않았다.

"파슨스 형사님. 전화 다시 주셔서 감사합니다."

나는 문틈에 바짝 붙어서 말했다. 목소리를 낮추지도 않았다.

"전혀 문제없습니다. 내가 살펴봐야 할 일이 있다고 하셨죠? 제니한테 무슨 일이 생겼답니까? 또 다른 기억?"

"뭐 비슷합니다. 그런데 좀 들어봐요. 이 이야기는 형사님과 나만 알아야 합니다, 알겠죠? 내가 말을 하면 아마 확실히 알 겁니다."

“경청하고 있습니다, 선생님. 말씀하세요. 무슨 일이죠?”

심장이 미친 듯이 쿵쾅거렸다. 타락한 기분이었다. 이날 아침, 숀과 있을 때에는 선한 기분으로 가득했는데. 그가 아들과 보낸 이야기를 들을 때에는 그렇게 좋았는데. 그 눈물을 함께 나눴는데. 순수하고 성스럽게 느껴졌는데. 그런데 이제 나는 사악한 길을 걸어야만 했다.

숀은 빛이었고, 나는 어둠이었다. 그는 선했고, 나는 악했다. 그는 깨끗했고, 나는 더러웠다.

나는 쓰디쓴 알약을 삼키고 말을 이었다. 성냥갑을 든 아이처럼. 성냥 하나에 불이 붙었다.

“선생님, 들리십니까? 내가 조사해야 할 사람이 누구죠?”

그때 말했다. 숀에게 들릴 만큼 크게 말했다.

“밥 설리번입니다.”

24

다음 날은 화요일이었고, 나는 여느 때처럼 서머스에 갔다. 범죄자들과 함께 있으면서 악쓰는 소리를 듣고, 불경한 취급을 받고, 기만을 당하니 마음이 편했다. 이런 안도감이 걱정스러웠다. 내가 지은 죄가 깊어 이런 취급을 받아도 마땅하다고 생각하는 걸까? 이제 범죄의 부채를 갚으며 순례자의 인생을 살아야 하는 운명일까? 그런 삶을 사느니 차라리 불쌍한 글렌 셸비와 함께 무덤으로 직행하는 편이 나았다.

서머스치고는 편한 하루였다. 어쩌면 페어뷰에서 보낸 지난주에 비해 수월하게 느껴진 것인지도 모르겠다. 늘 그렇듯 사람들이 와서 마약을 달라고 조르며 내 인내심을 시험했다. 진짜 치료받아 마땅한 죄수들은 증세가 호전되지도 않았고, 내 처방 약이 주는 작은 위안을 고마워하지도 않았다. 간수들은 올바른 삶의 길에 들어서지 않으면 인생이 얼마나 참담해지는지 새삼 실감하게 만들어줬다. 사람은 좋은 가정을 가꾸어야만 한다. 그래도 특별히 기분 나쁜 일은 없었다.

내 가족, 부모님과 누이에 대해서는 이제까지 말을 아꼈다. 별로 상관이 없어 보이지만 사실 내가 지금까지 한 설명 중 상당 부분이 내 어린 시절의 불행, 비행과 연관돼 있다. 내가 왜 그런 짓을 저질렀는지 이해하려면 여러분도 내가 가진 퍼즐 조각들을 조금 더 확보하는 게 좋을지도 모르겠다.

우리 부모님이 사랑스럽고 관대한 사람들이었다는 사실은 이미 알 것이다. 나는 두 분을 매년 여름에 한 번 뵙는다. 줄리는 이 부분에 있어 아주 훌륭하게 처신한다. 두 분은 비행기를 타고 가야 만날 수 있기 때문에 미리 계획하고 수고를 해야 한다. 지금은 두 분 다 연세가 많고 여행을 좋아하지 않기 때문에 우리가 가야 한다. 누이는 열 살 어리고, 나와 공통점이 별로 없다. 누이는 런던에서 역사 교수로 지내고 있다. 미혼인데 아주 행복한 삶을 사는 것 같다. 크리스마스마다 래브라도 두 마리와 함께 찍은 사진을 보내준다.

일단 이 정도면 충분해 보인다. 내가 아들을 도우려는 동기가 자식을 보호하고자 하는 이기적이지만 정상적인 부모의 마음일 뿐 그 이상 타락하거나 도착적인 저의가 없다는 점이 충분히 설득됐길 바란다. 왠지나 자신과 내 행동을 정당화해야 할 필요성을 느끼는데, 이게 바로 내 죄책감의 발현이다. 나는 환자들에게 죄책감은 좋을 것이 하나도 없다고 말한다. 전진하기 위해 밟아서는 안 될 길만 가게 만든다고 말한다. 본질적으로 죄책감은 퇴행적인 감정이다. 나만 해도 처리해야 할 일을 앞두고 있는데 발목이 잡혀 못 하고 있지 않은가.

힘겨운 나날이었고, 나 역시 정신과적 도움이 필요하다는 사실을 인지하고 있었다. 최악의 환자는 바로 의사라고들 한다. 우리 의사들이 엄청난 권능을 휘두르기 때문이다. 유능하다는 것이 치유의 힘이 된다. 반대로 무능하면 상처를 준다. 눈을 질끈 감고 우리가 권능을 행사하는 대상들 사이로 뛰어들려면 스스로를 낮추려 노력해야 한다. 어떤 의사들에게는 감당하기 힘들 정도로 어렵다. 권능을 행사하려면 엄청난 자신감이 필요하고, 그러려면 자아가 아주 강인해야 한다. 망설임도, 의혹도 있어서는 안 된다. 그래서는 의사로서 제 역할을 다 해낼 수 없기 때문이다. 손에 메스를 들고 있고, 칼날 밑에 보드라운 살점이 있다고 상상해보라. 여러분 손이 수술대에 누운 환자의 생명을 좌우할 것이다. 아니 내 경우에는 손에 펜을 들고 있다고 해야겠다. 그 펜으로 글을 쓰면 환자의 몸에 화학약품이 주입돼 정신을 바꾼다. 육체를 관장하는 정신을 바꾼다. 약점을 인정하고 도움을 받아들인다니, 그것은 의사의 죽음으로 가는 미끄러운 비탈길이다.

살아오면서 한 번도 처방 약을 먹어본 적이 없고, 이제 와서 그럴 생각도 없었다. 그래서 소량의 로라저팜으로 국한했다. 제니가 그랬듯, 그리고 숀이 그랬듯, 나만의 불안감을 떠안고 버텼다. 공감 능력을 키우고 있다고, 덕분에 더 좋은 심리 치료사가 될 수 있다고 스스로를 타일렀다. 그러나 나와 그들의 차이를 인식하지 못할 정도로 바보는 아니었다. 제니는 하루 종일 울고 나쁜 감정들을 쓰레기봉투에 넣어 숀에게 줄 수 있었다. 숀은 벽을 주먹으로 내리치고 끝도 없이 도로를 달리는 사치를 허락받았다. 내게는 그럴 여유가 없었다. 나는 출근해야 했다. 환자를 봐야 했다. 아내를 보고 미소 짓고, 아들의 수영 대회를 참관해야 했다. 아들에게 힘을 주면서도 행동을 엄격하게 감시해야 했다. 그리고 내 계획을 점진적으로 수정해야 했다. 한 치의 오차도 없이 정확하게 다듬어야 했다.

그 주의 나머지 날들이 지나갔다. 톰은 금요일에 봤다. 파란색 후드티를 입은 소년을 찾지 못하는 파슨스 형사에게 점점 더 화를 내고 있었다. 샬럿은 목요일에 만났다. 밥과 또 불만족스러운 만남을 가졌고, 톰과 또 말다툼을 했지만 정신은 온통 딸과의 유대감에 집중하고 있었다. 제니가 수요일 그룹 상담 시간 이후로 왠지 기분이 좋지 않다고 말했다. 혹시 무슨 일이 있었느냐고 묻기에 나는 거짓말을 했다. 사실 그 직전에 제니와 말소리 치료를 하면서 "하느님 맙소사, 이런 세상에."를 들려줬는데도 말이다. 그리고 숀과는 빨간색 문에 대해 작업했다. 둘 다 정신이 다른 데 팔려 있었다. 둘 다 내게 뭔가를 숨겼다. 수요일 밤 그룹 상담 때, 두 사람은 복도에서 오랫동안 대화를 나눴다. 샬럿은 바깥에 주차해 놓은 자동차에서 기다렸다. 다른 환자들은 그들 곁을 스쳐 지나갔다. 대화는 긴 포옹으로 끝났고, 나는 그 모습을 몰래 지켜봤다.

그다음 주까지는 내 진료실 밖에서 일어난 일들을 알 길이 없었다. 그러나 물론 무슨 일이 일어나든 모두 내가 배후에 있었다.

처음 내게 정보를 준 사람은 샬럿이었다. 그다음 주 월요일에 전화를 걸어 찾아오겠다고 했다. 문을 열어주자 허겁지겁 진료실로 들어와, 내가 미처 자리에 앉기도 전에 울음을 터뜨리며 말문을 열었다.

"나빠요! 너무 나쁜 일이에요!"

"숨을 좀 쉬어요, 샬럿. 눈을 감고. 전부 다 말할 시간은 충분해요. 다 말할 수 있게 해줄게요. 그러니까 일단 잠깐만 마음을 추슬러요."

"알았어요, 알았어……."

샬럿은 내 말대로 했다. 그리고 나는 기다렸다. 기대감에 현기증이 날 지경이었다. 제이슨의 조사 일정이 그다음 주로 잡혀 있었다. 파슨스는 내 아들이 수영 팀이라는 것을 몰랐다. 파티에 갔다는 사실도 몰랐다. 그러나 이 문제는 나중에 이야기하자. 샬럿이 찾아왔을 무렵, 나는 내가 한 일들이 아무 효과도 없는 것이 아닐까 걱정되기 시작한 참이었다. 내가 불을 붙여 땅바닥에 던진 성냥불이 아무 데도 옮겨붙지 않고 꺼져버린 것은 아닐까 두려웠다. 시간이 없었다. 내가 틀렸나? 불이 났을까? 샬럿이 눈물을 흘리지 않으려 애쓰며 눈을 떴다. 그리고 내 의문에 답을 줬다.

"다 엉망으로 돌아가고 있어요. 선생님하고 하는 치료, 제니가 회상하는 기억들, 이제 다 뒤죽박죽 뒤섞여서, 그 애가 글쎄…… 아, 세상에…… 제니가 이야기했어요? 제니는 아무한테도 말하지 않았다고 그랬는데, 틀림없이 여기서 일어난 일이에요……. 틀림없어요!"

"샬럿, 천천히 말해요. 제니가 뭐라고 했는지 먼저 말해주면 내가 아는 대로 설명할게요."

샬럿의 생각이 미친 듯이 폭주하고 있었다. 그 눈빛에서 읽을 수 있었다. 빙글빙글 휘몰아치는 생각의 소용돌이 때문에 밤잠을 설쳤다는 것을. 이제는 끊어진 가닥들이 뭉쳐 엉킨 실타래처럼 생각이 꼬여 있었다.

"제니는 밥이라고 생각해요. 제니는 밥이 자기를 강간했다고 생각해요! 상상이 가요?"

"그렇군요."

나는 이 대답을 어떤 어조로 할지 며칠 동안 연습했다. 결국 적절한 말투를 썼구나 깨달은 것은, 샬럿이 여전히 위기 상황에만 집중했기 때문이다.

"어쩌다 그런 일이 생긴 겁니까?"

“선생님이 말해야죠! 말소리, 단어로 치료 작업을 했다면서요. 제니가 밥의 목소리를 기억해냈대요. 밥의 자동차 광고를 유튜브로 나한테 틀어줬어요. 게다가 제니는 대리점이랑 시내에서 밥을 수십 번도 더 만났단 말이에요. 밥은 톰의 상사라고요, 빌어먹을!”

“언제 이런 일이 일어났는지 제니가 말하던가요? 우리가 단어와 말소리로 작업을 한 건 사실입니다만, 우리 치료 시간에는 아무것도 회상하지 못했어요. 막다른 골목이라고 생각했는데.”

샬럿은 양팔로 자기 몸을 감싸고 소파에 앉은 채 앞뒤로 몸을 흔들고 있었다. 고개를 좌우로 절레절레 저었다. 급성 불안 발작이 흔히 야기하는 행동들이었다.

“방금 떠오른 생각이라더군요. 어젯밤 저녁 식사 시간에 정말 말이 없었어요. 그러더니 방으로 갔는데, 그때 광고에 나오는 밥의 목소리가 들렸어요. 들어가서 뭐 하느냐고 물어봤는데, 컴퓨터에서 고개를 돌리는 제니의 얼굴이 온통 눈물범벅인 거예요. 강간의 순간을 기억해낸 바로 그날 같았어요.”

“그러니까 뭔가 기억해냈는데 그게 진짜처럼 느껴졌다는 거군요?”

“당연히 뭔가 기억해냈죠! 하지만 다 잘못된 기억이란 말이에요! 그날 오후 수영장 별채에서 들은 목소리를 기억한 거예요. 밥의 도움으로 목숨을 구했는데! 그런데 그 기억을 강간당한 날 밤으로 갖고 간 거죠! 도움받을 때가 아니라 강간당할 때 그 목소리를 들었다고 생각해요! 모르시겠어요? 다 뒤죽박죽이 됐단 말이에요!”

나는 손으로 턱을 문질렀다. 실눈을 뜨고 시선을 돌렸다. 놀라고 걱정스러운 태를 내되 정도를 넘지 않았다.

"충분히 가능성 있는 일이군요. 의식을 잃었던 그날 오후의 기억을 떠올릴 거란 생각은 못 했습니다. 그렇지만 사실일 가능성이 몹시 높습니다. 사람들은 혼수상태에서도 소리를 듣거든요. 기억을 형성하죠. 무의식 상태에서도 뇌는 일을 합니다. 여러 가지 요인이 얽혀 있어요."

나는 잠시 말을 끊고 앞으로 어떻게 대처할지 생각하는 척했다. 샬럿이 나를 뚫어져라 쳐다봤다. 내가 주변에 떠다니는 구명보트라도 되는 것 같은 눈길이었다. 조류가 그 구명보트를 그녀 쪽으로 흘려보내줄까? 아니면 멀리 낚아채 익사하게 둘까?

"자, 듣고 싶지 않은 질문을 하나 할 겁니다. 그 목소리의 기억이 잘못된 위치를 찾았을 가능성도 있지만 최소한 배제해야 할……."

"절대 말도 안 돼요!"

샬럿이 재빨리, 단호하게 내 말을 끊었다.

"밥 설리번이 내 딸을 강간했을 가능성은 없습니다."

"좋습니다. 그렇다면 우리가 이 문제를 해결해야죠. 제니는 머릿속에 그런 생각을 담고 광고를 들으면 안 됩니다. 이 진료실 밖에서 기억 회상 작업을 하면 안 된다는 건 제니도 알아요."

"아, 선생님은 아무것도 몰라요! 내가 인터넷 검색 기록을 살펴봤단 말이에요. 며칠 동안 이러고 있었더라고요. 밥의 광고를 검색하고, 그 광고 소리를 듣고 또 듣고. 심지어 루커스한테 밥에 대해 캐묻기까지 했다니까요. 밥이 근처에 있을 때 불편한 마음이 든 적이 있느냐고 물었대요. 아니 그 사람이 열 살짜리한테 몹쓸 짓이라도 할 것처럼 말이죠! 밥과 그 가족을 구글로 검색하고 알림도 설정해놨어요. 이미 그 생각이 머릿속에 박혀서 그게 기억이라고 믿어버린 거예요."

"언제부터입니까?"

"수요일요. 그룹 상담이 끝나고 나서. 그날 처음 컴퓨터로 검색했더군요. 모르겠어요. 휴대전화를 보면 뭐가 더 나올지도 모르겠지만, 이런 일로 혼내거나 자기가 잘못했다고 생각하게 하고 싶진 않아요."

그렇다. 수요일 그룹 상담 이후에. 숀이 제니에게 내 진료실에서 엿들은 내용을 말해준 것이다. 그래서 그렇게 오래 이야기를 나눈 것이다. 그래서 포옹을 해준 것이다. 샬럿에게 제니의 다른 행동에 대해 물어봤다. 제니는 그룹 상담을 한 뒤에 두 번이나 시내로 나갔다. 숀에게 갖다 줄 쓰레기가 차고 넘쳤던 것이다. 그리고 내게 숨겨야 할 비밀도 너무나 많았다.

"더 심각해지기 전에 이 문제를 해결해줄 수 있어요? 제니가 톰한테 말하기 전에? 세상에…… 상상이 가요?"

"무슨 일이 일어날 것 같으세요?"

"지금 농담해요? 톰이 밥한테 담판을 지으러 갈 거예요. 그러면 밥은 어쩔 수 없이 다 털어놓을 수밖에 없겠죠."

"불륜에 대해서? 왜 자기 목소리가 제니의 머릿속에 있는지?"

"그래요! 그래요!"

나는 공감과 확신으로 고개를 끄덕였다.

"어째서 그렇게 속상한지 이해합니다. 밥한테 말했나요?"

"절대 안 되죠. 밥이 톰한테 말할 거예요. 이 문제만은 철저하게 나갈 거예요. 선생님은 몰라요. 밥은 선거에 출마할 예정이거든요, 젠장!"

"그렇다면 이 문제가 공론화되는 건 피하고 싶을 텐데요?"

"강간범 혐의를 받는 것보다야 낫죠."

"그래요. 하지만 아직 혐의는 없습니다. 오늘 오후에 제니의 진료가 잡혀 있어요. 이 문제를 이야기해볼게요. 광고를 들으면서 기억이 오염됐을 가능성이 있다고 할게요. 아버지한테 말하지 않겠다는 약속을 받을 순 없어요. 하지만 분별 있게 행동하고 그날 밤의 진짜 기억을 찾을 수 있게 노력할 시간을 좀 더 달라고 부탁해보겠습니다."

샬럿은 무겁게 한숨을 내쉬었다.

"감사합니다! 아…… 정말, 정말 감사합니다."

"하지만 샬럿, 한 가지는 알아둬야 해요. 제니한테 기억이 틀렸다는 이야기는 하지 않을 겁니다. 그건 나도 아직 확실히 모르니까요. 내 말은, 샬럿의 의견은 물론 존중합니다. 하지만 절대적인 확신이 없는데 제니의 기억을 묵살하는 것도 내게는 비윤리적인 일이에요. 그러니까 어떻게 하려는가 하면, 제니가 스스로 잘못 연결된 지점을 찾아내게 도와줄 거예요……. 이 목소리를 거꾸로 쫓아가서 강간이 아닌 다른 근원지를 찾아낼 수 있도록 말이죠. 정황상 진짜 제자리를 찾아내긴 힘들 겁니다. 아주 어려운 문제죠. 그래서 아슬아슬하게 작업해야 하는 겁니다. 치료의 윤리성은 유지해야 한단 말입니다."

"그냥 이 목소리의 기억이 강간과 무관하다는 것만 깨닫게 해줘요. 밥을 얼마나 많이 만나고 광고를 얼마나 많이 들었는지 그것만 환기해줘요. 어쩌면 차를 타고 파티 장소에 가다가 들었던 게 아닐까요? 누가 알아요? 뭔가 있겠죠. 뭐라도 있겠죠! 밥이 강간 혐의를 뒤집어쓰게 할 순 없어요! 그리고 내가 한 짓을 남편이 알게 만들 수도 없고요. 도저히 못 해요. 얼마나 많은 일들을 겪었는데. 남편은 완전히 정신을 놓을 거예요. 아니면 나를 떠나든가. 그러면 내가 책임을 다 뒤집어쓰겠죠."

샬럿으로서는 무서운 딜레마가 아닐 수 없었다. 샬럿은 이 방면으로 그간 엄청난 진척을 보여왔다. 우리는 밥과의 불만족을 논하기 시작했고, 샬럿은 관계를 끝낼까 고려하기 시작했다. 아직 내 나머지 계획을 알려주지는 않고 있었다. 샬럿이 톰에게 자신의 어린 시절에 대한 이야기를 털어놓고, 둘로 나뉜 자아를 하나로 합치게 하는 것이 내 궁극적인 계획이었다. 그렇게 나쁜 샬럿을 단번에 끝장내는 것이다. 톰에게는 진실을 감당할 힘이 있다. 사실, 샬럿을 숭배의 제단에서 넘어뜨리고 아름답지만 결함이 있는 진짜 모습을 보게 되면 톰 역시 남성성을 회복할 수 있을 터였다. 할 일이 너무나 많았다. 그런데 이런 내게 끔찍한 장애물이 등장하다니.

샬럿이 떠나고 나는 내 작은 성냥불에서 옮겨붙은 화재를 생각했다. 숀이 제니에게 용의 선상에 밥이 있다는 말을 전했다. 제니는 밥에게 강박증을 갖고 그의 이미지와 목소리에 집착하다 못해 거짓 기억을 생성해냈다. 사실은 길을 잃은 적이 없는 쇼핑몰 실험의 대상자들처럼 말이다. 나는 소설 속 등장인물이 된 기분이었다. 천재적이지만 사악한 교수 캐릭터 말이다. 프랑켄슈타인 박사. 나 자신의 능력에 살짝 우쭐하기도 했다. 내 아들에게 쏠릴 이목을 돌릴 허수아비를 만들어내는 데 성공했다. 앞으로 일이 어떻게 전개될지 상상하며 공상의 세계를 떠돌았다. 밥은 절대 기소되지 않겠지만, 그 악명과 주 의회 의원 선거, 이 모든 것이 미쳐 날뛰는 언론의 먹잇감이 되리라. 그리고 자기 이름을 지켜내는 데 지옥 같은 대가를 치르게 되겠지. 소송이 잇따를 것이고, 파슨스는 문책당하게 될 테고, 수사는 급정거하게 되리라. 죄 없는 아이들에 대한 조사도 중단된다. 파란색 스웨트셔츠에 대한 '마녀사냥'도 끝난다.

이 역겨운 자기만족적 공상에서 빠져나온 다음에는 제니와 숀, 그리고 그들을 치료하는 데 어떤 결과를 미치게 될지를 두고 나 자신에게 거짓말했다. 두 사람이 계속 치료를 받을 것이라고 스스로를 설득했다. 내 판타지의 방향을 진료실에서의 기적적인 순간들로 전환했다. 숀이 소파에서 벌떡 일어나 우주를 향해 외친다. '기억나요! 빨간색 문에서 무슨 일이 있었는지 이제 압니다!' 그리고 아내와 아들이 있는 집으로 돌아가 평화롭게 살 것이다. 그리고 제니. 차마 나는 제니 생각을 할 수 없었다. 내가 암을 치유한다거나 세계 평화를 중재하는 꿈을 꾸는 것과 뭐가 다를까. 내 판타지에 허락하기에는 지나치게 거대한 꿈이었다. 섬광처럼 스치는 생각으로 두고 더 이상 좇지 않았다. 그날 밤, 그 최악의 악몽을 돌려주는 일에서 느끼는 쾌감에 오래 머물 수는 없었다.

그 한 주를 생각하면 똑같은 생각으로 계속 돌아가게 된다. 성냥갑을 든, 자신이 그것을 다룰 수 있을 만큼 성숙하다고 믿는 어린애. 나는 성냥에 불을 붙여 날아가게 뒀다. 내 불길이 번졌다. 돌풍이 불어 그 불길을 키우고, 생명을 주고, 내 힘으로는 제어할 수 없는 권능을 주리라는 걸 내가 무슨 수로 알았겠는가!

25

그날 늦은 오후 제니를 만났을 때, 나는 샬럿에게 한 약속을 지켰다. 이제 더 이상 한쪽을 옹호할 필요가 없었다. 이해관계가 없는 제삼자가 했을 법한 일을 하면 됐다.

제니는 자기 어머니가 내게 기억 이야기를 했다는 것을 알고 있었다. 밥 설리번에 관한 기억. 나는 애초에 어떻게 이런 생각을 갖게 됐느냐고 단도직입적으로 물었다.

"말하고 싶지 않아요."

나는 제니의 정직함을 존중했다. 그리고 고맙게 생각했다. 숀이 내 진료실에서 들은 이야기를 전해줬다고 말한다면 내가 무슨 말을 할 수 있었겠는가! 파슨스 형사에게 밥 설리번에 대해 말한 이유를 설명하는 데는 딱 두 가지 선택지밖에 없었다. 하나는 설리번의 혐의를 풀어주는 것이다. "숀이 오해한 거야. 숀이 잘못 들었어."라고. 두 번째는 내가 왜 그를 수상하게 여겼는지 해명하는 것이다. 그런 이유는 애초에 있지도 않은데. 제니가 답변을 거절함으로써 나는 면죄부를 받았다.

"좋아. 굳이 말하라고 하지 않을게."

"어차피 말도 못 해요. 약속했거든요."

"어머니 느낌으로는, 나로서도 아니라고 말해주기가 힘든데, 네 기억이 정확할 가능성이 그리 높아 보이지 않는다는구나. 먼저…… 네가 혼자서 몰입 치료를 하면서 떠올린 기억이라는 점. 그리고 밥 설리번이 워낙 뜻밖의 용의자라는 점. 그 사람은 공직에 출마하려고 준비하고 있단다. 잃을 게 많은 사람이야. 아무 스캔들 없이 30년 동안 결혼 생활을 해왔고, 이런 류의 비밀을 갖고 있다고 생각되지도 않고. 그리고 아버지 상사잖니. 그러니 네가 그 사람을 알아볼 가능성이 여러모로 굉장히 높은 거지."

"그래서요? 여자 대부분이 아는 사람한테 당해요. 그룹 상담에서 만난 여자들 절반이 아는 사람한테 강간당했다고요."

제니의 목소리는 월요일과 달랐다. 내가 자신을 구해줄 유일한 희망이 아니라 아무것도 모르는 제삼자라는 투로 말했다. 그 말투가 영 마음에 들지 않았다. 바꾸고 싶었다. 우리가 그토록 어렵게 만들어낸 믿음을 쉽사리 잃을 수는 없었다.

"있잖아. 네 말이 옳다. 탁 까놓고 솔직히 말할게. 우리가 여기서 하는 작업은 아주 논쟁적인 거야. 거짓 기억을 가진 사람들에 대한 이야기 기억나니? 암시로 인해 그들이 회상하는 기억이 오염될 수 있다는 것도? 그리고 어떻게 거짓 기억이 생성되는지 그때 해준 이야기 기억나? 쇼핑몰에서 길 잃은 적이 있다는 이야기를 들은 사람들 말이야."

"네."

"그러니까 지금 우리는 작업 과정 중에 암시가 끼어들었을 가능성이 있는 상황에 놓인 거지. 나한테 당장 말해줄 필요는 없지만 적어도 어떤 암시가 간섭을 했고 네가 그 암시에 몰입해서 새로운 가설을 더욱 강화시켰을지도 모른다는 사실은 인정해줬으면 한다."

제니가 쿠션들에 푹 기댔다. 오락가락하는 마음을 읽을 수 있었다.

"우리가 너무 서둘러서 이 새로운 가설을 따라갔다가 그게 거짓으로 밝혀졌을 때 네 기억 전체가 신뢰를 잃을까 봐 걱정이 되는구나. 그리고 심지어 너 스스로도 믿기 힘들어질 수도 있어. 그러니 암시는 걸러내고 우리 작업을 조용히 진척시키면서 완벽하게 확신이 생기기 전까지는 아무한테도 말하지 말자."

"경찰 같은 데 말이에요?"

"그래."

"우리 아빠도요?"

"내가 너한테 이래라저래라 할 수는 없단다. 아버지한테 말씀드리면 어떻게 하실 것 같니?"

"경찰을 부르시겠죠. 더 나쁜 상황이 닥칠 수도 있고."

"더 나쁜 상황?"

"말도 못 하게 화를 내실 거예요."

"그건 이해할 만하지. 아버지가 하실 일이잖니. 네 아버지로서."

"그렇겠죠. 하지만 나보다 더 화를 내실 거예요."

"그러고 보니 막상 너는 오늘 전혀 화가 난 눈치가 아니구나."

제니는 어깨를 으쓱했다.

"피곤해요. 뇌가 막 쑤시는 기분이에요. 그 목소리를 들은 기억이 나는데, 엄마가, 이제는 선생님까지 그냥 뒤섞인 기억이라고 하니까. 누가 나한테 모르는 수학 문제를 억지로 풀라고 하는 것 같아요. 아무리 노력해도 못 풀겠어요. 그냥 다 그만두고 싶어요."

내가 얼마나 놀랐는지 말로 표현하기 힘들 정도였다.

"엄마한테 말씀드리기 전에는 기분이 어땠니? 밥의 목소리를 들은 기억이 돌아오는 느낌을 받았을 때 말이야."

"모르겠어요. 문제를 푼 것처럼 흥분됐어요. 숀한테 곧장 말했죠. 약간 울기도 했어요. 설리번 씨 사진들을 뚫어져라 보고 비디오들도 봤어요. 멍청한 아들들 생각도 하고, 걔들은 아버지가 얼마나 부끄러울까 그 생각도 했죠. 우리 아빠 생각도 났고, 아빠가 그 아저씨를 죽이고 싶어하겠다는 생각도 들었어요."

"하지만 잠깐……. 너, 기억 안 나니? 지난주에 표백제 냄새를 맡고 숲에서의 그 순간을 기억했을 때 말이야. 너는 제정신이 아니었고 몹시 절망했잖아. 그 사람이 왜 네 영혼 한 조각을 앗아 갔는지 모르겠다고 나한테 물었잖니. 그런데 지금은, 너한테 그런 짓을 했다고 생각하는 남자의 사진을 보면서도 그런 느낌이 전혀 들지 않았단 말이니?"

제니는 패배자의 표정을 지었다. 나는 다시 입을 열어 말하려 했다. 어째서 그런지 설명해주려 했다. 밥 설리번이 강간한 게 아니라고. 강간의 기억을 떠올린 게 아니라고. 그의 목소리에는 아무런 감정도 유착돼 있지 않으며, 그뿐 아니라 구조받았을 때의 긍정적 감정이 유착돼 있다고. 이런 설명을 해줄 힘이 있었지만, 제니가 나를 위해 그 가설과 거짓 기억을 계속 갖고 있어야 했기 때문에 그러지 못했다. 그러면서 제니에게 그런 가설은 포기하라고 설득하는 척 시늉만 했다. 입을 다물고 하려던 말을 삼켰다. 진실을 덮었다.

"그냥 다 끝나버렸으면 좋겠어요."

제니는 코를 훌쩍거리고 눈물을 흘리며 말했다. 나는 제니를 마구 흔들어 정신이 번쩍 나게 해주고 싶었다. 이게 무슨 소리야? 숀? 숀 때문에 주의가 산만해졌나? 두 사람이 혹시 내밀한 관계로 발전했나? 나로서는 도저히 이해가 되지 않았다. 강간에 대한 아주 작은 기억 파편 하나를 가졌을 뿐인데 그게 얼마나 도움이 됐는지 제니는 잘 알았다. 얼마나 안심되는지 모른다고 내게 말하지 않았던가. 지난주 숀이 밥 설리번 이야기를 하기 전, 이렇게 급작스럽게 무관심으로 돌아서기 전에 그룹 상담에서도 그런 말을 했다. 기억을 더 많이 찾게 되면 더 확실히 마무리가 지어질 테고, 내면에서 배회하는 귀신들로부터 더 자유로워질 수 있다고. 앞으로 해야 할 일이 더 많이 있다고!

나는 화가 치밀었다. 여러분에게 이 말을 몇 번이나 더 해야 할까? 내게는 힘든 시간이었다. 포기하고 싶어 하는 제니에게 화가 났다. 제니의 정신을 산란하게 만드는 숀에게 화가 치밀었다. 그리고 나를 이런 입장으로 몰아넣은 아들에게도 화가 치밀었다. 형편없는 놈 뒤치다꺼리를 해주느라 제니와의 작업에 제대로 임할 수 없게 되다니.

나는 마음을 추슬렀다. 제니와 나는 다시 그날 밤 숲으로 돌아갔다. 이번에는 표백제와 음악을 사용했고, 아무 말도 하지 않았다. 밥 설리번의 광고도 틀지 않았다. 있는 그대로의 정황을 얻고 싶었다. 이 진료실에서 또 한 번 순수한 성공의 순간이 재현되길 바랐다. 그 순간의 마법이 돌아오길 바랐다.

그러나 허사였다. 제니는 차단되고 초연해져 있었다. 혼자서는 할 수 없는 일이었다. 제니가 진료실을 나가고 나는 책상에 앉아 참담한 절망감에 허우적거렸다.

바로 그때였다. 바로 그 절망의 순간에 파슨스 형사에게 전화가 왔다. 그가 일으킨 바람이 내 가슴속 작은 불씨에 새삼스럽게 불을 지폈다.

26

파슨스는 기분이 몹시 안 좋았다. 목소리만 들어도 알 수 있었다. 처음에 그는 밥 설리번을 제대로 용의 선상에 올릴 수 있으리라 믿지 않았다. 그러려고 싶은 마음도 없었다. 그를 탓할 수는 없었다. 이 사건에는 소위 '스모킹 건(범죄 등을 해결하는 데 결정적인 열쇠가 되는 증거 — 옮긴이)'이 있을 수가 없었다. 어떤 용의자를 조사하더라도 일단 무작정 무모한 믿음에 기대서 착수해야 했고, 본격적인 조사는 그다음 일이었다. 수사 선상에 오른 용의자가 크루즈 더마코, 아니 차라리 파티에 있던 남자애들이라면 모르겠다. 하지만 밥 설리번은 페어뷰 최고위층이었다. 그리고 주 중심부 전역에 걸쳐 상당한 권력을 휘두르는 권력가이기도 했다. 파슨스와 그가 이끄는 수사 전체가 현미경 아래 놓여 세밀하게 감시받게 될 터였다.

또한 내 아들 문제가 있었다. 조사 대상자 명단에 내 아들 이름이 올라가 있었다. 나는 타이밍을 세심하게 계산해둔 상태였다.

"우리 아들도 명단에 올려둬야 한다는 생각이 들었습니다."

나는 지난 금요일 오후에 전화를 걸어 이렇게 말했다.

"이 생각을 미리 못 해 미안하군요. 그 애도 수영 팀 소속이고 파티에도 갔다고 하네요."

파슨스는 예상대로 아직 명단을 살펴보지 못한 상태였다.

"정말입니까? 어디 봅시다……. 아, 그렇네요. 여기 있습니다. 다음 주 목요일로 일정이 잡혀 있군요. 전부 변호사를 대동하고 싶어 해서 미리 약속을 잡고 있거든요."

"물론이죠. 미안한 말이지만 내 아내도 그럴 것 같더군요. 나는 개의치 않지만. 아무리 작은 조각이라도 낱낱이 철저히 점검해서 맞춰봐야죠. 크레이머 부부 입장에서도 철저한 조치가 당연하다고 생각합니다."

파슨스는 잠시 조용했다. 생각을 하고 있었다.

"크레이머 부부가 아드님을 알죠? 제이슨을요."

"글쎄요, 잘 모르겠습니다. 공과 사를 분리하려고 노력하니까요. 말해야 할 것 같군요. 적어도 톰한테만이라도. 즉시 조치를 취하도록 하죠."

그게 끝이었다. 아내가 서에 전화해 다시 약속을 그다음 주로 미뤘다. 나는 상담 중에 슬쩍 지나가는 말로 아들이 조사를 받는다고 말했다. 톰이 파란색 스웨트셔츠를 찾아내지 못하는 경찰의 무능에 분노를 터뜨릴 때까지 기다렸다가 말을 흘렸다.

이제 그 문제는 다 짚고 지나갔다. 밥 설리번 문제로 넘어간 것이다. 나는 깡통을 발로 차 저 멀리 길바닥으로 날리는 데 성공했다. 하지만 길이 끝없이 이어지는 것은 아니었다.

"선생님, 설리번에 대해 조사를 좀 해봤습니다. 선생님 쪽에서 새로 나온 건 없습니까?"

"그게 사실, 있긴 있어요. 하지만 몹시 불확실해서. 선불리 행동하고 싶지 않습니다."

"선생님…… 갖고 있는 게 있으면 뭐라도 좀 줘요. 젠장……. 상황이 지금 통제 불능으로 흘러가고 있단 말입니다."

"무슨 일이 있습니까? 뭘 찾아냈어요?"

가끔 삶이 불쑥 선물을 내밀 때가 있다. 언제가 될지 예측할 수 없지만. 그러니 그것만 믿고 있을 수도 없는 일이다. 하지만 그런 선물이 뚝 떨어지면 하느님이 정말 세상에 계신다고 믿고 싶어진다.

"제길, 말도 꺼내고 싶지 않아요. 취조할 만큼 증거가 모일 때까지 선생님하고 둘만의 비밀로 해야 되는데 약속해주겠습니까?"

"물론이죠."

"좋아요. 1982년 봄. 포트로더데일. 파일이 하나 있는데, 스키드모어까지 나오더라고요. 설리번이 대학을 다닌 곳입니다. 나온 건 아무것도 없습니다. 기소도 없고. 그런 건 없었어요. 하지만 성추행과 관련된 사건이 있었어요. 피해자는 열여섯 살짜리로 그 동네 아이였는데, 봄방학을 맞아 놀러 온 대학생들과 파티를 하려고 친구들하고 외출했던 거죠. 일이 벌어지고 난 다음 날 아침에 전날 일을 후회하게 되면서 사건이 커진 것 같기도 하더군요. 사진이 있어요. 딱 달라붙는 튜브톱에 미니스커트, 검은 아이라이너…… 대충 알겠죠?"

"네."

"설리번의 부모가 변호사를 붙였어요. 대학에 알리지 않는다는 조건으로 기소가 취하됐습니다. 아무 일도 아니었어요. 그리고 우리끼리 이야기지만, 톰 크레이머가 그렇게 미쳐 날뛰지만 않았어도 이 서류는 벌써 세단기에 들어갔을 겁니다. 한 남자의 인생을 망칠 수도 있는 그런 거라고요. 게다가 성격이 전혀 다른 사건이고."

오, 얼마나 놀라운 선물인가! 그야말로 순풍이었다.

"글쎄요……. 형사님의 딜레마를 이해합니다. 어떻게 도와드릴까요?"

파슨스가 한숨을 쉬었다. 나 때문에 얼마나 속 터지고 억울한 기분이 드는지, 목소리만 들어도 알 수 있었다.

"대체 왜 이쪽을 수사해보라고 했는지 알아야겠어요. 제니 크레이머가 뭘 기억하는지 알아야 합니다. 기소도 되지 않은 33년 전 혐의만으로 이 남자를 조사할 순 없다고요. 부당한 박해처럼 보일 겁니다."

"하지만 단서가 하나라도 있으면 조사해보는 게 형사님이 해야 할 일이잖습니까? 실마리가 밥 설리번 같은 사람한테로 이어진다 해도요. 어쩌면 더 캐낼 게 있을지도 몰라요. 확실히 성욕이 대단한 사람 같으니까. 어쩌면 통제력에 문제가 있을지도 모르죠. 공격 성향이 강한 사내입니다. 그 성공과 야망만 봐도 알 수 있잖아요."

"그걸 갖고 덤비라고요? 진심입니까? 뭐, 그렇게 치면 선생님이 잔혹하게 동네 10대 여자애를 강간했다는 소리도 말이 되네요. 워낙 성공했고, 야심도 있잖아요……."

"형사님."

나는 말허리를 끊었다.

"이거 하나 물어봅시다. 이 사건 수사할 때 처음 한 일이 페어뷰나 인근에 사는 성범죄자들을 확인한 것 아닙니까? 그것과 파란색 시빅이었죠? 이 대학 시절 기록이 실제 기소된 건이었다면 최소한 용의 선상에서 그를 배제하기 위해 점잖게 알리바이를 물어보기라도 했겠죠? 그러면 그 역시 이해하고 기꺼이 알리바이를 제공했을 겁니다. 이 도시 10대 남자애들의 절반을 두고는 그 이상의 조치를 취했잖아요, 안 그렇습니까?"

"그건 달라요. 애들은 파티장에 가지 않았습니까? 우리는 이미 그 사실을 알고 있었다고요. 그런데 밥 설리번의 기록을 뒤진 이유는 어떻게 설명한단 말입니까? 그쪽에서도 탐정들을 고용할 겁니다. 변호사 집단도요. 그러면 사건이 완전히 내 손에서 어쩔 수 있는 범위를 벗어나게 될 거예요. 그런데 뭣 때문에 그걸 다 감수해야 하느냐고요."

"하지만 공직에 출마하려 하잖아요. 언론이 벌써 그 사실을 알아내지 못한 게 놀랍군요. 누가 형사님한테 정보를 찔러준 거라고 믿도록 만들면 되죠."

"모르겠어요. 좀 무리 같습니다. 주 의회 의원직이에요. 반대쪽은 재산이라고 해봤자 동전 한두 푼 있는 여든 살 먹은 유언 검인 판사고요. 안 돼요……. 알리바이가 필요한 이유는 말해주지 않더라도, 뭐라도 있어야 됩니다. 그게 뭔지 말해주지 않아도 돼요. 그냥 나한테 필요한 뭔가가 있다고 말만 해줘요. 확실한 이유도 없이 헛수고시키는 게 아니라고 말해 달라고요."

나는 이 문제를 숙고하는 척했다. 한숨을 쉬었다. 헛기침도 하고, 어물거리는 소리를 내기도 했다.

"뭔가 있습니다. 믿을 만한 건 못 되지만요. 재판에 나가면 만신창이가 될 증거죠. 하지만 확실히 조사할 만은 합니다."

이것이 파슨스가 듣고 싶었던 말인지는 잘 모르겠다. 오히려 밥 설리번에 대한 조사를 덮을 이유가 필요했던 것 같다. 이 사건에 대한 파슨스의 열의는 스포트라이트 방향이 바뀔 때마다 오락가락했으니까. 페어뷰 밖을 반짝반짝 비출 때에는 사냥을 나선 맹호가 따로 없었다. 나는 크루즈 더마코를 잡고 싶어 안달하며 그 차에 타고 있는 파슨스를 떠올려본다. 더마코가 알리바이를 들고 나오자 파슨스는 다시 수영 팀과 파란색 스웨트셔츠 수색으로 돌아갔지만 눈에 띄게 의욕이 줄어들었다. 심지어 명단에 오른 아이들 이름도 몰랐다. 제이슨 이야기를 듣고 놀랐으니 말 다 했다. 무슨 형사가 일을 그 따위로 한단 말인가? 왜인지는 몰랐다. 아마 자기 연못이 흙탕물로 변하는 게 싫었는지도. 몇 주일 동안 파슨스는 톰 크레이머의 요구를 만족시킬 정도로만 일했고, 그 이상은 아예 손도 대지 않았다. 뭐, 톰 크레이머는 결코 만족을 모르는 사람이긴 했지만.

파슨스가 전화를 끊었다. 밥이 조사를 받고, 어떤 영문으로 자신이 용의 선상에 올랐는지 알게 되는 것은 이제 시간문제였다. 밥은 샬럿을 찾아갈 테고, 샬럿은 제니가 밥의 목소리에 대한 기억을 떠올렸는데 그만 혼동하고 있다고 털어놔야 할 것이다. 그다음에는 어떻게 될까? 그것이 문제였다. 바람이 어디로 불까? 또 뭘 타오르게 할까? 밥의 결혼 생활? 공직 출마? 샬럿?

통화를 마친 나는 집으로 갔다. 집중할 수가 없었다. 다른 사람의 문제를 도저히 경청할 수가 없었다. 로라저팜을 조금 더 먹었다. 불안감을 간신히 조금 무디게 하는 정도였다.

선물을 받고 흥분한 마음, 순풍과 활활 지펴진 불길, 이 모든 것이 순식간에 스러지고, 거대한 어둠이 내 하늘을 뒤덮고 있다는 사실을 깨달았다. 이것을 달리 어떻게 설명해야 할지 모르겠다. 몇 명은 이해하겠지.

내 진료실을 찾아와 내 소파에 앉아 돌이킬 수 없는 일을 저질렀다고, 혹은 이런저런 일들을 당했다고 말하는 사람들. 인생이란 것이 그저 심리 상태에 불과하다. 그렇지 않은가? 우리는 모두 천천히 무덤을 향해 걸어가고 있으면서 그 생각을 하지 않으려 애쓴다. 의미를 찾고 그 시간을 즐겁게 보내려 애쓴다. 주위를 둘러보라. 눈에 보이는 모든 사람이 백 년만 지나면 다 죽으리라. 여러분도, 배우자도, 자식도, 친구들도, 여러분을 사랑하는 사람들도, 여러분을 증오하는 사람들도, 중동 테러리스트들도, 세금을 올리고 형편없는 정책을 만드는 정치가들도, 여러분 아들에게 나쁜 성적을 준 교사도, 디너파티에 여러분을 초대하지 않은 부부도.

나는 상황이 내 마음대로 돌아가지 않아 기분이 나빠질 때면 이런 생각들을 한다. 그러면 인생을 좀 더 객관적으로 바라보게 된다. 세상에 정말로 중요한 것은 별로 없다는 사실을 기억하는 것은 좋은 일일 수도 있다. 나쁜 성적, 멍청한 정치가, 사회적인 멸시.

불행히 정말로 중요한 일들도 있다. 우리가 여기서 누리는 얼마 안 되는 시간을 망쳐버리는 일들. 취소하거나 치유할 수 없는 일들. 우리는 그런 일들을 후회한다. 그리고 후회는 죄책감보다 더 도착적이다. 질투보다 더 유독하다. 공포보다 더 강력하다.

"내가 왜 수영장을 지켜보지 않았을까?" "어째서 그 길을 주시하지 않았을까?" "어째서 아내를 두고 바람을 피웠을까?" "어째서 고객들의 것을 훔쳤을까?"

사람들은 자신의 후회를 통제하기 위해, 후회로부터 행복을 빼앗기지 않으려 날마다 사투를 벌인다. 가끔은 그냥 삶을 유지하기 위해 다리에서 뛰어내리는 대신 일하고, 애들을 학교에 데려다주고, 저녁을 만들기 위해 싸운다. 고통스러운 일이다. 뼈저리게. 숙달된 사람들은 어떻게든 후회를 물리치는 데 성공한다. 그리고 잠이 들면 후회가 다시 왕좌로 복귀한다. 아침이 오고 눈을 뜨면 다시 이 무자비한 독재자의 노예가 돼 있다.

나는 내 후회의 노예가 돼 진입로로 들어섰다. 이미 내가 얼마나 돌이킬 수 없는 짓들을 저질렀는지 똑똑히 보고 있었다. 절대 지울 수 없는 얼룩에 물든 기분이었다. 하얀 테이블보에 쏟아진 레드와인. 샬럿의 블라우스에 묻은 피. 밥 설리번 생각을 했다. 사기꾼. 거짓말쟁이. 그러나 죄 없는 사람이다. 숀 로건 생각을 했다. 영웅. 고뇌하는 영혼. 그런데 이제 밥 설리번에 대한 분노까지 그의 내면을 갉아먹고 있었다. 제니 생각을 했다. 화장실 바닥에 흐른 제니의 선혈을 생각했다. 그 애의 기억을 돌려주는 데까지 얼마나 가까이 갔는지 생각했다. 그 기억과 함께 삶까지 돌려줄 수 있었는데. 이 모두가 바로 내가 저지른 일들이다. 딴 데 정신이 팔려 자동차로 죄 없는 사람들을 들이받은 것이나 다름없다. 어쩌면 그보다 나쁠 수도 있다. 사고가 아니었으니까. 내가 도로를 달리는데 한쪽에는 아들이, 반대쪽에는 이 무고한 사람들이 서 있는 거다. 그런데 그 사이로 안전하게 달릴 수 있는 길이 아예 없었던 것.

아내가 부엌에서 아들 간식을 요리하고 있었다. 가족실에서 그 빌어먹을 게임 소리, 아들의 웃음소리, 총소리, 폭발음이 들렸다. 또 폭소가 터졌다.

"당신 얼굴이 왜 그래? 무슨 일 있었어?"

아내가 물었다. 그때까지 몰랐는데, 나는 줄곧 울고 있었다. 이런 식으로 아들을 구해야 한다는 사실에 대한 분노와 선반에 치워둔 상자에서 빠져나온 두려움이 내 눈에서 흘러나오고 있었다. 눈물을 참 많이도 본 날이었다.

나는 아내를 지나쳐 가족실로 갔다. 잠시 멈춰 서서 게임을 끄지도 않았다. 곧장 아들의 양팔을 잡고 다짜고짜 일으켜 세웠다.

"아빠!"

아들이 뭐라고 말하려 했지만 나는 아들 손에서 컨트롤러를 빼앗아 텔레비전으로 던졌다. 화면이 박살 났다. 아내가 비명을 지르며 부엌에서 달려왔다. 손에 음식을 담은 접시를 들고 있었다.

"여보!"

나는 아들의 팔을 잡고 마구 흔들었다.

"당장 말해! 그 숲에 왜 갔어? 그 숲에서 뭘 했느냐고?"

"안 갔어요! 말했잖아요!"

아들을 흔들고 또 흔들었다. 아내가 접시를 내려놓고 내 옆으로 달려와 팔을 잡았다. 우리 자식에게서 나를 떼어놓으려 했다.

"네가 무슨 짓을 했는지 알기나 해? 하마터면 무슨 일을 당할 뻔했는지 알기나 하느냐고! 말해! 왜 거기 있었어? 어째서 그 숲에 갔냐고!"

아내가 대답을 기다리며 아들을 빤히 쳐다봤다. 시간이 지날수록 아내는 아들이 제니 크레이머를 강간한 게 아닐까 점점 더 두려워했다. 그 눈빛에서 다 읽을 수 있었다. 슬픔이 점점 더 짙게 스며들고 있었다.

소파에 놓인 아들의 휴대전화가 보였다. 그것을 움켜쥐었다. 비밀번호는 아내에게 들어 알고 있었다. 아들 컴퓨터에 포르노가 있다는 것도 아내에게 들어 알고 있었다. 휴대전화를 켜고 인터넷 검색 기록을 확인했다.

“무슨 짓이에요! 그만둬요!”

제이슨이 비명을 질렀다. 펄쩍 뛰어 휴대전화를 잡으려 했지만 내가 더 빨랐다. 아들의 팔이 허공에서 허우적거리며 나를 비껴 나갔다.

이미지를 불러내니 털이 하나도 없는 보지에 거대한 자지가 들어가기 직전이었다. 사진이 움직이더니 비디오로 돌아가기 시작했다. 사람들이 교접하는 이미지가 화면을 채웠다. 난교의 소리가 터져 나왔다. 아내가 손으로 입을 막고 ‘헉’ 하고 숨을 쉬었다.

“엄마…….”

우리 아들이 제 엄마에게 도움을 구했다. 아내는 아들을 보고 나를 봤다. 내 감정이 아내에게 옮아가 있었다.

“이런 식인 거냐? 경찰들이 네 휴대전화를 조사하면 이런 게 나오게 만들 셈이냐? 강간범처럼 보이려고 무슨 작정이라도 한 거야?”

“맙소사, 아빠! 이런 건 다들 본단 말이에요. 그냥 평범한 거예요! 이런다고 내가 강간범이 되는 건 아니잖아요.”

“평범한 거?”

나는 휴대전화를 아들 코앞에 들이대며 말했다.

“이건 절대 평범한 게 아니야. 절대로!”

줄리가 아들에게 애원했다.

“제이슨, 제발 이러지 마! 우리는 여전히 너를 사랑한단다. 변함없이 너를 도울 거야. 하지만 우리도 알아야 해. 말해줘! 제발 부탁이다, 그냥 우리한테 말을 해 줘!”

아들의 얼굴이 시뻘겋게 달아올랐고 나는 우리가 아이 마음을 돌렸다는 것을 알았다. 아이의 감정이 무너지고 있었다. 그리고 한순간, 착한 제니에게 그렇게 끔찍한 짓을 한 장본인이 우리 아들일지도 모른다는 생각마저 들었다. 아, 마음이 치달려 갈 수 있는 곳들이란! 우리는 참으로 연약하다. 너무나, 너무나 연약하다.

"알았다고요!"

아들이 우리에게 악을 쓰며 내 손아귀에서 팔을 빼냈다.

"알았으니까 이거나 봐요!"

우리는 가족실 한가운데 서 있었다. 줄리와 나는 숨을 죽이고 앞으로 나올 말을 기다렸다. 제이슨은 용기를 그러모으고 있었다. 나는 휴대전화를 끄고 소파에 휙 던졌다.

"거기 있었어요, 그래요! 씨발 거기 갔었다고요! 이제 됐어요? 내가 교도소에 가게 돼서 다들 속이 후련해요?"

줄리가 신음했다.

"무슨 짓을 한 거니? 맙소사, 무슨 짓을 했어?"

"제이슨……."

나는 거의 속삭이다시피 했다. 내 마음을 주체할 수가 없었다.

제이슨이 울기 시작했다. 눈물을 많이 본 날이었다고 이미 말했던가? 아들이 소파에 주저앉더니 머리를 두 손에 묻었다.

"그 남자를 찾으러 갔었어요. 파란색 시빅을 탄 남자."

"크루즈 더마코? 그 마약상?"

"100달러가 있었어요. 그래서 그 남자를 찾으러 갔었어요."

"100달러가 어디서 났니?"

"훔쳤어요. 부엌에 있던 지갑에서. 누구 건지는 몰라요. 그냥 거기 있었는데 돈이 잔뜩 들어 있었어요."

"그래서 돈을 훔쳤으니까 마약을 사자고 생각했다는 거냐?"

"여자애가 하나 있었는데, 나한테 약 좀 있느냐고 물었어요. 나는 그 남자가 거기 와 있다는 걸 알고 있었고요. 애들이 들락날락하면서 속삭거리는 소리를 들었거든요. 없는 게 없다고 했어요."

"그래서 마약을 사고 나면 그다음에 어쩌려고? 여자애가 너하고 데이트라도 해주겠다던?"

아내를 봤다. 아내는 웃음을 터뜨리기 직전이었다. 나는 눈물을 닦고 웃지 않으려 애썼다. 안도감이 우리 두 사람을 휩쓸었다.

"그다음에는? 길에서 숲까지 어떻게 갔어?"

"그냥…… 자동차에 다가갔는데 겁이 났어요. 그래서 그냥 지나치는 사람인 척했어요……. 자동차 반대편, 숲 가까운 쪽으로요. 그리고 공터가 나오자마자 나무들에 바짝 붙어서 걷다가 다시 파티장으로 돌아왔어요. 돈을 다시 넣어두고, 여자애한테는 그 남자가 벌써 가고 없었다고 말했어요."

"그러니까 숲에는 들어간 적이 없다는 말이구나?"

그때 내 머릿속은 핑글핑글 돌아가고 있었다. 그 질문을 할 수는 있다. 대답이 돌아올 거라는 사실을 아는 것은 완전히 다른 이야기이지만. 이래서 수많은 질문들이 아예 던져지지도 못한 채로 남는다. 가끔은 모르는 편이 더 수월하니까.

"그런 적 없다고요!"

이 말이 내 심장 속에서 메아리쳤다.

'하느님 감사합니다! 아, 자비로우신 주님, 감사합니다!'

아내는 기쁨에 겨워 아무 말도 하지 못했다. 근사한 아들이 여전히 근사하게 남아줬다는 사실에서 비롯한 순수하고 완벽한 기쁨이었다.

"너답지 않은 일이구나."

나는 엄하게 말했다. 대체 어떻게 그랬는지 모르겠지만 속내를 숨기는 데 성공했다. 머릿속이 핑핑 돌고 있었다.

"돈을 훔치고 심지어 마약을 살 생각까지 하다니!"

제이슨이 풀썩 소파에 기댔다. 정말로 아무것도 몰랐다.

"네 방으로 가. 엑스박스도 갖고. 텔레비전 부순 건 미안하다."

"나 외출 금지예요?"

"당연하지. 다음 주말까지 근신이야."

제이슨이 일어나서 엑스박스 전원을 빼고, 전선과 컨트롤러와 게임들을 모조리 챙겼다. 슬금슬금 계단으로 가더니 제 방으로 올라갔다.

줄리가 내 품에 안겼고, 우리는 함께 너털웃음을 터뜨렸다. 두려움은 사라졌다. 선반 위 상자는 텅 비었다. 어둠을 걷어내지는 못했다. 얼룩을 씻어내지도 못했다. 그러나 나는 우리가 창조한 저 결함 많지만 멋진 생명체를 위해서라면 얼마든지 그늘 속에서 더럽게 살아가도 좋다고 체념했다.

27

나는 확신을 가지고 나섰다. 목적의식과 함께. 아들이 제니를 강간하지 않았다는 증거가 필요해서가 아니었다. 아들의 무죄를, 선한 본성을 내 눈으로 다시 봐야 했다. 아들은 우리에게 그날 밤에 대해 거짓말했지만, 이제는 고백했다. 그리고 그 고백에서, 그 말투에서, 그 말과 어조와 표정에서 나는 결백을 읽었다.

내 아들이다. 내 자식이다. 내가 이 세상에 남길 유산이다. 내 확장판이다. 저들이 내 아들을 좇는 것을 나는 나 자신을 좇는 것으로 받아들였다. 예전에 한 번도 느껴보지 못한 본능적 감정을 느꼈다. 원초적인 감정이었다. 그래서 새끼를 보호하는 사자처럼 앞으로 나섰다.

욕망을 버린 것은 아니었다. 머리를 깨끗하게 비우고 계획을 좀 더 세웠다. 아들이 수사에 휘말리지 않게 막으면서 동시에 제니의 치료를 다시 궤도에 올려놓을 방도를 찾았다고 믿었다. 나는 두 사람이 됐다. 하나는 환자를 치료하는 의사였고, 다른 하나는 나무 막대기를 들고 자기 의지에 따라 꼭두각시들을 춤추게 하는 인형술사였다.

이틀 뒤, 나는 샬럿을 만났다. 샬럿은 격분한 상태였다.

"선생님이 경찰한테 말했죠? 밥과 목소리에 대해. 선생님이 그랬죠?"

"진정해요, 샬럿. 제니의 기억에 대해서는 아무 말도 하지 않았어요. 대체 무슨 일입니까?"

샬럿이 마음을 가라앉히며 내 표정을 찬찬히 살폈다. 아까도 말했지만 나는 굳건한 확신이 있었다. 바위처럼 단단했다. 열여섯 시간 동안 샬럿이 짊어졌던 의혹과 분노는 한순간에 사라졌다. 내 권능에 한계가 없는 것 같았다.

"만나자고 했어요, 밥이. 그 집에서 만났는데, 내 몸에 손도 대지 않더라고요. 심지어 인사로 가볍게 키스를 하지도 않았어요. 기분이 상해 있었죠. 걱정하고 있더군요. 그래서 당연히 무슨 문제냐고 물었죠. 두려움을 감추려고 하면서요. 아무것도 모르는 척했어요. 모르겠어요……. 밥은 내 말을 믿는 눈치였어요."

"틀림없이 그랬을 겁니다. 어쨌든 그게 진실이니까요. 왜 그렇게 기분이 상했는지 당신이 알 도리가 없잖아요."

"그렇죠. 그런데 거짓말처럼 느껴졌어요. 모르는 척 행동하면서 죄책감을 느꼈어요."

"말했습니까?"

"아뇨. 밥이 말하게 내버려뒀어요. 파슨스 형사가 그냥 들렀다면서 찾아왔대요. 밥은 형사가 아주 친절했고, 굉장히 변명조였다고 했어요. 수백 년 전에 묻힌 무슨 기록을 파내서 들고 왔다던데. 대학교 때 말이에요. 밥은 스키드모어에서 대학을 다녔거든요."

"대학요?"

“네. 봄방학 때 여자를 만났는데 자기 나이를 속였더래요. 그 여자가 다음 날 울고불고하니까 친구들이 제 부모들한테 말했고, 그 부모들이 다시 여자애 부모한테 말했대요. 여자애가 미성년이어서 경찰이 수사를 했는데, 그 일로 뭐가 어떻게 된 건 없었대요. 밥은 그때 일이 드러날까 봐 두렵댔어요. 있잖아요, 선거 때문에. 그 일은 나중에, 앞으로 몇 년 뒤 주 의회 의원에 출마할 때까지는 드러나지 않을 줄 알았대요. 마음 한구석에서는 누가 그걸 파낼까 봐 은근히 걱정하고 있었던 모양이에요.”

“그런데 그게 지금 이 문제와 무슨 상관입니까? 제니하고는 별 상관 없잖습니까?”

“당연히 있죠. 성범죄인지 추행인지 아무튼 뭐 그런 기록이잖아요. 파슨스 형사가 그냥 조사를 덮기 위해서 재빨리 후속 조치를 취하려고 한다고 말했대요.”

“그러니까 알리바이가 필요하다 이 말이군요?”

“그래요.”

“그리고 밥한테 알리바이가 있고요?”

“기억이 안 난다고 했대요. 아내의 달력을 확인해보고 이야기도 나눠보고 나서 다시 전화하겠다고 그랬대요. 그래서 파슨스가 가고 나서 아내한테 전화하니까 아내가 둘이서 클럽 행사에 갔다고 말해줬대요. 봄맞이 와인 시음 만찬이었대요. 나도 가고 싶었는데, 우리는 저녁 약속이 있었죠.”

“기억납니다. 차에서 그 일로 톰과 싸우셨다고 했죠.”

“그래요. 아무튼 밥이 파슨스를 다시 불러서 그 이야기를 해줬대요.”

“그렇군요. 그럼 그걸로 됐네요. 알리바이가 있는 거잖아요?”

정말이지 솔직히 까놓고 말해 이런 가능성은 상상조차 하지 못했다. 왜 그렇게 생각했는지 모르겠지만, 밥이 아내와 함께 있었다고 말할 줄은 알았다. 하지만 어디 있었다는 데 대한 증명도 부인도 하지 않을 것이라고 생각했다. 아내란 절대 좋은 알리바이가 될 수 없는 법이다. 그러나 클럽 만찬은 기록이 남는다. 그리고 목격자들도 많다. 그래도 나는 초점을 잃지 않았다.

"자기가 어디 있었는지 기억나지 않는다고 했다는 게 이상하기는 하네요. 이 도시 사람이면 전부 그날 밤 어디 있었는지 기억이 날 텐데요. 폭행 뉴스 때문에 모두가 충격받았으니까요."

"맙소사! 이걸 어떻게 생각해야 하죠? 정말 모르겠네요."

"뭐에 대해서요? 좋은 소식이잖아요."

"밥이 그 만찬에 갔다면 좋은 소식이겠죠. 아니면 다른 데 있었다고 말했거나."

"잠깐, 그러니까 밥이 거기 없었다는 말씀이세요? 어떻게 그걸 알죠?"

"아니까요. 거기 있었어요, 밥의 아내 프랜은. 어…… 이거 창피하네요. 만찬에 갔던 클럽 친구가 이런저런 뒷이야기를 해줬거든요. 몇 주일 뒤에요. 온통 제니한테 쏠린 내 마음을 좀 다른 데로 돌려보려고 그런 거죠. 밥이 안 왔댔어요. 프랜이 내 친구 부부와 함께 앉아서 남편이 오지 못했다고 계속 변명했다면서요. 다른 사람이었다면 신경 쓰지도 않고, 기억하지도 않았을 거예요. 그런데 밥이니까, 그리고 그간 만나지 못했으니까, 그러니까 그날 밤 이후로는 정말로 제대로 만나지를 못했으니까 기억에 남았죠. 위장에 통증이 느껴지는 거예요. 밥이 다른 여자를 만나고 있을까 봐 걱정됐죠."

이렇게 바람이 계속 불었다.

"알겠습니다. 밥에게 이 사실을 알고 있다고 말했나요?"

"당연하죠. 내 말은, 걱정된다고 말하지는 않았어요. 그렇지만 프랜이 그날 밤 혼자 와서 내 친구 부부와 함께 앉아 있었다는 이야기는 짚어줬어요. 정말로 자기가 어디 있었는지 모르는 사람처럼 놀라더군요. 선생님 말대로 그거 이상하죠, 그렇죠?"

"내가 보기에는요. 하지만 모르죠. 어디 있었는지 또 다른 변명을 하지는 않던가요?"

"아뇨. 사실은 계속 내가 틀렸다면서, 프랜이 이미 자기가 같이 있었다고 확인해줬다고 말하더군요. 파슨스는 그 말을 믿었고요. 조사 끝난 거죠."

"그러면 마음 놓으셔도 되겠네요."

그러나 샬럿은 마음을 놓지 못했다. 정말로 딸의 강간범으로 정부를 의심하기 시작한 것인지, 그것은 나도 확신할 수 없었다. 아니면 그날 밤, 밥이 다른 여자와 있었다는 의혹을 키우고 있는지도 몰랐다. 나는 샬럿의 몸, 얼굴, 구부린 다리 아래 무릎이 통통 튀며 발이 허공에서 춤을 추는 모습을 찬찬히 지켜봤다. 공포에 질리지는 않았다. 걱정스러워했다. 불안감의 원인은 후자라는 결론을 내렸다.

"그때 말을 멈추고 내 허리로 손을 뻗더군요. 우리는 섹스를 했어요. 그리고 나왔죠. 나는 가족이 있는 집으로 와서 착한 샬럿인 척했어요."

"그냥 샬럿이에요. 이 싸움에서 이기고 있어요. 느낌이 오지 않아요?"

샬럿은 내가 쓰는 언어를 차용하고 있었다. 나는 '착한 샬럿'과 '나쁜 샬럿'의 패러다임이 샬럿의 마음속에서 울림을 갖기 시작했다는 것을 알았다. 나쁜 샬럿에 대한 애착은 줄어들고, 착한 샬럿이 될 자격은 없다고 생각했다. 내 희망, 샬럿을 위해 꾸는 내 꿈은 샬럿이 둘 다 놔주는 것이었다.

내가 별별 은유를 다 썼다는 것을 안다. 마음에 드는 표현을 하나 고르면 된다. 경사를 굴러 내려가는 롤러코스터, 충돌을 향해 달려가는 자동차, 빙글빙글 돌아가며 완벽한 원뿔형으로 모양을 잡아가는 설탕 가닥……. 이야기의 결말. 이 대목에서 모든 것이 속도를 높인다.

샬럿과 나는 그녀 내면의 갈등을 놓고 작업해왔다. 이날 의사로서 나는 천재적이었다. 타이밍, 말, 그녀 내면의 갈등으로 이끈 방식. 샬럿은 자기 행실에 속이 뒤틀려 구역질 나는 느낌을 안고 진료실을 떠났다. 나쁜 샬럿은 설 땅을 잃고 있었다. 나는 착한 샬럿을 해체하는 작업을 진행했다. 우리는 제니와의 유대감을 논했다. 착한 샬럿, 완벽한 샬럿이라면 자유의지를 빼앗긴 그날에 느낀 딸의 고통을 절대 이해하지 못했을 것이란 이야기도 했다. 샬럿은 이해했다. 그런 생각이 이제 샬럿의 뇌리에 박혔고, 점점 그녀를 장악하고 있었다.

떠나기 전 샬럿이 마지막으로 이렇게 말했다.

"아…… 하마터면 잊어버릴 뻔했네요. 이번 주에 톰을 만날 때 미리 각오해두세요. 졸업 앨범에서 사진을 한 장을 발견했거든요. 그 스웨트셔츠를 입은 애 말이에요. 뒤에서 찍은 데다 여러 사람들 사이에 섞여 있어서 얼굴이 보이지는 않아요. 풋볼 시합에서 찍은 사진 같더라고요. 지금은 완전히 그 생각에 매달려 있어요. 솔직히 어떻게 찾았는지도 모르겠어요. 돋보기로 사진을 모조리 다 확인한 모양이에요."

"나한테는 아마 다 털어놓으실 겁니다. 톰이 졸업 앨범을 파슨스 형사한테 줬습니까?"

"아침 6시에 전화했어요. 기가 막히지 않아요? 말릴 수가 없어요. 지겨워죽겠어, 정말."

나는 미소 지었다. 샬럿이 떠났다. 나는 지극히 침착했다.

"파슨스 형사님?"

나는 문 닫히는 소리가 나자마자 그에게 전화를 걸었다.

대화를 옮겨 적지는 않겠다. 그냥 내가 환자와의 신뢰를 깨고 파슨스에게 컨트리클럽에서 밥의 알리바이를 확인해보라고 은근히 암시했다는 이야기로 충분하다. 파슨스는 세세한 사항을 추궁하지 않았다. 사건을 덮을 수 없어 기분 나빠하는 기색이 역력했다. 파슨스 형사는 빌어먹을 스웨트셔츠를 찾아낸 톰고 그렇고, 내 전화도 그렇고, 그날 일진이 썩 좋지 못했으리라. 하지만 내 알 바가 아니었다.

양손에 든 막대기로 쟁반을 돌리면서 줄타기를 하는 곡예사들을 본 적이 있는지 모르겠다.

숀 로건이 그날 오후 늦게 찾아왔다. 몹시 동요하고 있었다.

"무슨 일 있었어요? 화가 난 것처럼 보이는군요."

"아니에요. 나야 다 좋죠, 선생님."

말투가 냉소적이었다.

"숀, 이게 선을 넘는 일이라는 거 압니다. 그리고 우리가 하는 일에서 선은 중요하죠. 하지만 내가 알면서도 며칠 동안 숀을 괴롭히고 있는 문제를 짚고 넘어가지 않으면 직무 태만이 될 겁니다."

숀이 버릇없는 10대 같은 표정으로 나를 바라봤다. 그러고는 어깨를 으쓱했다. 바로 전날만 해도 나는 속이 쓰렸을 것이다. 육체적으로 아픔을 느꼈으리라. 내 환자, 내 아름다운 부상병이 내게 미소도, 유머도, 애정도 보여주지 않는다면 아마 마음 깊이 상처 입었으리라. 그러나 오늘 나는 바윗돌이었다. 그리고 결국은 내게 돌아오리란 것을 알고 있었다.

"숀, 제니와 가깝게 지낸다는 거 알아요. 지금 제니가 뭔가를 기억해 내는 바람에 아주 나쁜 상태에 있다는 것도 압니다. 아니 제니가 기억해 냈다고 '생각한다'는 표현이 더 맞겠죠. 그리고 제니가 좌절하고 있기 때문에 나는 그 기억이 진짜인지 아닌지 걱정이 됩니다."

숀이 가슴을 벌렁거리며 숨을 헐떡거리기 시작했다. 그는 여전히 쉽게 분노했다. 그 모든 죄책감, 귀신이 그의 마음속을 헤집고 돌아다녔다.

"선생님, 이 말은 해야겠네요. 어째서 이 빌어먹을 괴물이 철창에 들어가지 않고 버젓이 돌아다니는지 모르겠습니다. 선생님은 어떻게 그런 걸 다 알면서 거기 그렇게 앉아 있을 수 있습니까? 온갖 미사여구를 동원해 안다는 이야기를 해주지도 않고, 이 남자를 잡아서 이 세상의 나머지 쓰레기들과 함께 교도소에 처넣지도 않고, 어떻게 그러고 있을 수가 있습니까? 이 헛소리 말고 선생님 마음속에 다른 감정은 없습니까? 이 불쌍한 애가 겪는 일에 일말의 감정이 느껴지지 않느냐고요."

나는 의자 깊숙이 기대앉았다. 심장이 아주 조금 더 빨리 뛰었다. 숀의 분노가 유착 대상을 찾고 있었다. 아내나 아들처럼 무고한 대상이 아닌 뭔가 다른 대상을, 죽을힘을 다해 분노를 절제하지 않아도 되는 대상을.

"당연히 내게도 감정이 있어요. 내 일이나 환자들 일에 감정적으로 개입하지 않으려고 굉장히 애를 씁니다. 숀 당신과 제니에게도."

나는 한숨을 쉬며 눈길을 돌렸다. 괴로운 표정이 내 얼굴을 훑고 지나갔다. 내가 너무나 많이 봐온 종류의 표정, 이제 내게는 자연스럽기 짝이 없는 위장이었다.

“누구보다 제니의 행복을 빌고 있어요. 진심이에요.”

나는 괴로운 표정 사이로 말했다.

“이 기억과 지금 수사받고 있는 기억 속 인물……. 내가 낄 자리가 아니니 이 이상은 말하지 않겠습니다. 내가 해야 할 일은 기억이 정확하게 복원되도록 철저히 관장하는 겁니다. 그는 어디 도망가지 않아요. 시간을 두고 제대로 처리해서 나쁠 거 없어요. 혹시라도 물론 여전히 엄청난 ‘가정’이지만, 행여 그가 범인으로 밝혀지더라도 증거 불충분으로 풀려나는 일이 없어야 하잖아요?”

숀이 나를 다시 올려다봤다. 이번에는 훨씬 누그러진 표정이었다.

“이라크에서의 그 끔찍했던 기억이 얼마나 쉽게 오염될 수 있는지 잘 알잖아요, 그렇죠? 우리가 사건을 재구성하고 환경을 재구성할 때 얼마나 조심스럽게 접근했는지 생각해봐요. 뇌가 파일을 꺼낼 때, 그 과정은 위태롭기 짝이 없어요. 엄청난 위험에 노출돼 있죠. 제니의 기억이 그런 식으로 오염됐을까 봐 걱정하는 겁니다.”

“제니는 그렇게 생각 안 하던데요. 아주 확신해요.”

“그렇지만 혹시 눈치 못 챘습니까? 이 사람 생각을 할 때 두려움이나 분노나 슬픔이 없어요. 그냥 밋밋하고 단조로운 지적 반응뿐이죠.”

숀이 내 말을 곱씹었다. 내가 옳다는 것을 알았다. 보기만 해도 알 수 있었다. 숀이 요란하게 숨을 내쉬었다. 몸에 힘이 빠지면서 쿠션들에 기댔다.

“젠장.”

“이 남자였으면 하고 바라는 거죠, 그렇죠?”

“젠장, 당연하죠! 제니도 끝장을 봐야 해요. 아시잖아요. 이제 잊고 넘어가야 해요. 미래를 살아야 한다고요.”

“기억해내야 하는 겁니다. 귀신들을 떠나게 할 유일한 방법이에요. 당신도 그렇고요. 그럼 우리 치료를 시작할까요?”

나는 숀과 두 시간 동안 작업했다. 우리는 사막으로 돌아갔다. 그 임무로 돌아갔다. 동료들이 하나씩 길거리에서 살해당하는 동안 통신 소리가 들렸다. 발란시아가 그의 곁에 있었다. 빨간색 문이 보이고, 안전한 곳으로 대피하지 않은 동네 주민들도 보였다. 여자들과 아이들, 한 노인. 그의 분노는 보통 때보다 깊었다. 제니가 그의 뇌리에서 떠나지 않았다. 더 나쁜 것은 제니가 그의 심장에 있다는 것이었다. 떠날 때에는 숀이 좀 더 차분해졌다고 나는 믿었다. 그가 분노하는 정도와 그의 통제력을 알고 있다고 믿었다. 숀은 천성적으로 폭력적인 남자가 아니었다. 그러나 나는 그가 군인이란 사실을 어떻게든 기억하지 않는 데 성공했다.

28

제니의 강간 사건이 있기 전 겨울이었다. 글렌 셸비가 죽기 전 내가 마지막으로 그를 만난 곳은 서머스가 아니다. 부모님은 나를 관대한 사람으로 키웠다. 자선을 베풀라고 가르쳤다. 그리고 곤경에 처한 사람들을 도우라고 가르쳤다.

지금 이 이야기를 하는 것은, 그날 저녁 내가 숀과 상담을 마치고 글렌을 만나러 갔기 때문이다. 교도소를 나온 지 1년도 훨씬 넘은 글렌 셸비가 마음 한구석에서 계속 신경이 쓰였다. 글렌 셸비를 둘러싼 수많은 일들로 양심의 가책을 느꼈고, 일에 집중하지 못할 정도로 고통이 심해졌다. 주소는 가석방 담당관을 통해 쉽게 알아냈다. 글렌 셸비는 원룸 아파트에 살면서 허접스러운 인터넷 마케팅 회사의 데이터 입력 일을 하고 있었다. 고객의 데이터를 알아내서 당장 삭제해야 할 쓰레기 같은 스팸을 보내는 일이었다. 보스턴에 사는 숙모가 구해준 일자리였다. 숙모는 수년 동안 크랜스턴의 아파트 월세를 내주고, 관리비도 대신 내줬다. 그 돈은 세상을 떠난 부모가 남긴 작은 부동산에서 나왔다. 숙모는 나이지긋한 할머니였고, 신탁 관리인으로서의 의무를 제외하면 조카에게 관심이 없었다. 내 생각에는 신탁을 관리해주는 대가로 소정의 수고비를 받지 않았나 싶다. 이전의 불법 행위들은 알고 있었는지 몰라도 최근 수감됐던 사실은 전혀 몰랐을 것 같다. 글렌 셸비에게는 두 번의 스토킹 전과가 있었다.

밤낮으로 집에 붙어 있어야 하는 이 일을 맡기 전, 글렌은 어떤 자산관리 회사에 다녔다. 사회적 교류가 필요한 상황이라면 언제나 그랬듯 글렌은 몇 달도 못 돼 해고당했다. 이 일로 글렌은 앙심을 품었다. 글렌은 흙이 좋았고, 풀 냄새가 좋았고, 다른 사람들과 어울리는 것이 좋았다. 새로 만나는 사람은 모두 내밀한 관계의 가능성을 갖고 있었다. 불행히도 그는 한 고객과의 관계를 지나치게 밀어붙였다. 꽉 막힌 교외의 학부모가 예의 바르게 대해준 것을 글렌은 그 자신과 삶의 철학에 대한 진심 어린 관심이라고 착각했던 것이다.

글렌 셸비는 딱한 인간이었다. 이미 그에 대해 두 가지 이야기를 한 바 있다. 첫째, 목표물을 정하면 꼬드겨서 이야기를 끌어내는 데 탁월한 재능이 있다는 것. 그것도 보통 절친한 친구나 연인에게나 밝히는 개인적인 이야기들을 줄줄 끌어내곤 했다. 그가 하는 이야기 일부는 우리 상담 시간에 들은, 그러니까 내게서 들은 이야기라는 것이 언제나 마음에 걸렸다. 그리고 둘째, 그는 내가 구하지 못한 단 한 명의 환자였다.

그날 밤, 나는 아파트로 그를 찾아갔다. 솔직히 인정하자면 그곳에 그와 함께 있는 것 자체가 몹시 심란한 경험이었다. 아파트는 단독주택처럼 현관문이 밖으로 나 있는 모텔 같은 구조였다. 그러나 안으로 들어가 보면 방이 하나밖에 없었다. 자동차들은 다 바깥에 세워져 있었다. 대체로 낡고 유지 보수도 제대로 되지 않은 똥차들이었다. 안뜰 한가운데 수영장이 있었는데 입주민들의 무관심 속에 버려져서 솔직히 말하면 썩은 시궁창이 따로 없었다. 노숙인 쉼터보다 나을 것이 하나도 없는 아파트였다. 주민 상당수가 범죄자이거나, 글렌처럼 친척들의 호의에 의지해 살아가고 있었다. 글렌은 그 사람들의 이야기를 서머스에서의 우리 상담 시간에 내게 전했다. 나는 그 이야기들을 잘 기억하고 있었다.

글렌 셸비는 깔끔한 카키색 바지와 버튼다운셔츠를 입고 있었다. 금방이라도 사무실로 출근할 것 같은 차림이었다. 집 안에서 코를 찌르는 냄새가 풍겼다. 세척제와 카레가 뒤섞인 냄새였다. 글렌이 일하는 회사 직원 대다수가 인도 사람이었다. 실제로 인도에 사는 인도 사람들이었다. 최근 고객 지원 센터에 전화를 걸어본 사람이라면 별로 놀랍지도 않은 사실이다. 직원들은 단체로 훈련을 받거나 데이터 입력을 조정하곤 했고, 따라서 가상의 직장 동료나 마찬가지였다. 어느새 인도 동료들 문화에 젖어들어 글렌도 인도 테이크아웃 음식에 강박적인 애착을 갖게 된 모양이었다.

글렌은 성난 미소를 띠었지만 몸을 떨고 있었다.

"이런, 이런, 세상에. 이게 누구신가요."

"안녕하세요, 글렌. 들어가도 될까요?"

글렌이 옆으로 비켜서서 방구석에 있는 작은 소파를 가리켰다.

"잘 지냈습니까?"

나는 소파에 앉으며 물었다.

아파트는 빈틈없이 말끔하게 정리돼 있었다. 접시는 유리 찬장에 가지런히 들어 있었다. 종이들은 주방 테이블에 차곡차곡 한 다발씩 정확한 간격을 유지하며 나란히 놓여 있었다. 각 종이 다발은 맨 위와 아래가 정확히 맞춰져 있었다. 작은 도자기 인형들이 서랍장을 장식했다. 강박적 청결은 이 정도 중증의 정신 질환자에게 전형적으로 나타나는 증상이다. 아이러니하지만 지독한 더러움도 마찬가지다.

글렌이 어깨를 으쓱했다. 내 옆의 나무 의자에 나란히 앉아 다리를 꼬고 그제야 나를 바라봤다.

"아주 잘 지내요, 앨런 선생님."

"내가 찾아온 게 괜찮길 바라요. 의사가 이러는 게 평범한 일은 아니지만 한참 동안 글렌 걱정을 했어요."

글렌이 뒤로 기대앉았다. 분노가 스러지고, 나와 다시 유대감을 맺고자 하는 깊은 욕구가 떠올랐다. 얼마나 쉽게, 빨리 이런 변화가 일어나는지 놀라울 정도였다.

"선생님이 나를 찾을 때까지 얼마나 걸릴까 궁금해하고 있었죠."

내가 그를 보고 미소 지었다. 그의 눈이 커다래졌다. 불현듯 우리는 서머스에서의 상담 치료 시간으로 돌아가 있었다. 그가 선을 존중하지 않아 끝내야만 했던 치료. 그때 나는 그를 돕고 싶은 마음에 바보처럼 그가 선 넘는 것을 허락해버리고 말았다.

"글렌, 내가 더 빨리 왔었어야 한다는 거 알아요. 웨스트콧 박사와의 치료를 중단했다는 이야기 들었습니다. 지난주에 교도소에서 우연히 만났는데 출소 후에는 치료가 잘 되지 않았다고 하더군요. 무슨 일이 있었는지 말해줄래요?"

이는 모두 사실이었다. 일단 무너진 경계선은 다시 쌓을 수 없다. 석고나 벽돌로 쌓은 장벽이 아니다. 마음속에 있는 선이다. 한번 내뱉은 말을 도로 담을 수 없는 것과 마찬가지다. 나는 글렌이 다른 자원봉사 의사인 대니얼 웨스트콧 박사에게 재배정되게 해달라고 부탁했고, 웨스트콧은 글렌이 석방된 다음에도 계속 치료를 담당해주기로 했었다. 하긴 치료라기보다 감독이라고 해야 옳겠다. 지나치게 누군가에게 강박적인 애착을 갖지 못하도록 관리하는 일이었으니까. 글렌이 다시 통제력을 잃지 않도록 도와줘야 했다.

글렌이 마룻바닥을 보더니 어깨를 으쓱했다.

"예전 같지는 않았죠."

"무슨 뜻이죠? 웨스트콧 박사는 훌륭한 의사입니다. 그리고 개인 병원도 바로 여기 크랜스턴에 있고요."

"대답을 알잖아요, 앨런 선생님."

싸늘한 전율이 척추를 훑었다. 머리카락이 쭈뼛 섰다. 글렌의 치료가 내게서 웨스트콧 박사에게 넘어가고 몇 달 동안 우리 집으로 글렌의 편지들이 배달됐다. 어떻게 우리 집 주소를 알았는지, 어떻게 내 아내와 아이들 이름을 알았는지 모르겠다. 나는 웨스트콧 박사와 교도관들에게 알렸다. 글렌은 더 이상 편지를 보내지 않았고, 나는 이번에는 다행히 총알을 피했다고 믿어버렸다.

경계성 인격 장애 환자는 여타 환자들에 비해 치료자와 불건전한 애착 관계를 형성할 가능성이 훨씬 높다. 40퍼센트나 된다는 통계도 있다. 숫자는 그리 중요하지 않다. 중요한 것은 명백한 사실이라는 확증이다. 우리는 엄격한 선을 지키는 것에 대한 수련을 받는다. 그러나 이미 고백한 대로 처음 글렌 셸비를 만났을 당시 내 수련은 온전치 못했다. 경계선이 침범됐고, 강박적 애착이 형성됐으며, 일정 기간 스토킹이 이어졌다. 다행히 글렌이 독방에 수감되고 새로 기소를 당해 수형 기간이 길어질 것을 두려워한 덕분에 스토킹의 불씨는 곧 꺼졌다.

잠깐 딴소리를 하자면, 이건 축2장애 환자의 경우 효과적으로 치료하기 힘들다는 관념을 반증하는 완벽한 사례 연구감이다. 경증 장애라면 치료할 수 있다. 당근과 채찍이라는 가장 기본적인 테크닉을 구사하면 된다. 이런 환자들은 보상을 받고 벌을 피하기 위해 자기 행동을 제어할 수 있고, 또 그렇게 한다.

치료할 수는 있다. 그러나 치유되지는 않는다. 당근과 채찍이 없어지면 어김없이 행동 장애가 재발한다. 글렌이 석방된 뒤에도 우리 집으로 편지가 날아오는 일은 없었다. 그러나 나는 친밀한 감정을 갈구하는 글렌의 노력이 편지로 끝난 것이 아니란 사실을 알게 됐다. 그래서 완전히 끝내기 위해 그를 찾아간 것이었다.

우리 대화는 한 시간가량 이어졌다. 그리고 나는 그곳을 나와 집으로 돌아왔다.

1주일 뒤에 글렌은 천장에 목을 맨 채로 발견됐다.

뉴스를 들었을 때 나는 그날 아파트에서 본 것들을 떠올렸다. 이런저런 이유로 내 눈길을 끌었지만 특별히 걱정되지는 않았던 물건들. 전혀 해롭지 않은 물건들이었다. 방 한구석에 뱀처럼 똬리를 튼 줄넘기 줄. 주방 사다리 의자. 화장실 문 근처 천장에 설치된 금속 봉. 천장은 상당히 높았다. 아마 2.5미터쯤 됐을 것이다. 지금도 눈을 감으면 천장에 매달려 흔들리는 글렌의 모습이 그려진다. 발끝이 닿을락 말락 하는 데 하얀 의자가 쓰러져 있다. 줄은 발이 바닥에 닿지 못하도록 짧고 깔끔하게 매듭지어져 있다. 파란색 사각팬티를 걸쳤을 뿐 벌거벗은 몸이다. 나도 이 문제에 연연하고 싶지 않다. 하지만 아마 평범한 실패가 아니라서, 그러니까 대다수 사람들이 직업적으로 실패를 경험하는 것과 많이 다르기 때문에 이러는 것 같다. 내 실패, 이 실패는 내 머릿속에 끔찍한 이미지를 심어주고 끝났다. 날이면 날마다 내가 짊어지고 살아가야 하는 이미지. 그 이미지는 한순간도 사라지지 않고 그 자리에 남아 내가 모든 환자를 치유할 수는 없다는 사실을 환기한다.

나는 살아 있는 글렌을 등지고 나왔다. 떨고 있었지만 다른 면에서는 멀쩡했다. 차를 몰고 진료실로 돌아와 다른 환자를 보고 가족이 기다리는 집으로 돌아갔다.

다음 날, 나는 파슨스 형사에게 전화 한 통을 받았다. 예상한 전화는 아니었다. 기억해둘 것은 내가 최선의 상태로 일에 임하고 있었다는 사실이다. 머리도 맑았고, 판단도 정확했다. 나는 앞을 내다볼 수 있었다. 내가 통제하는 미래였으니 당연히 앞을 내다볼 수 있었다. 내 인형들이 줄에 매달려 움직이고 있었다. 조종하는 막대기는 내가 쥐고 있었다.

"선생님 말이 맞았어요. 알리바이 말입니다. 젠장, 다 헛소리였어요!"

"유감이군요. 정말 유감입니다."

진심이 아니었다.

"어떻게 알았죠? 나한테 말해줄 생각입니까? 또 뭘 숨기고 있나요?"

"말할 수 없어요. 이미 설명했다시피……."

"알아요. 그 대단하신 비밀 유지 의무 말이죠. 까놓고 말해 가끔은 선생님이 나를 갖고 장난을 치고 있단 생각이 든단 말입니다."

"전령을 쏘고 싶은 마음은 아주 정상적인 거죠. 기분 나쁘지 않습니다. 플로리다의 성추행 기록을 내가 만든 것도 아니고, 알리바이에 대해 거짓말한 것도 내가 아니니까요. 이 모든 건 사실입니다. 내가 어떻게 한 건 하나도 없어요."

파슨스가 땅이 꺼져라 한숨 쉬었다.

"나도 압니다. 죄송합니다. 그냥 이 거지 같은 쇼가 기대되지 않을 뿐이에요. 끝이 영 좋지 않을 것 같거든요. 이렇게든 저렇게든 말입니다. 감이 와요. 온갖 사람을 모아 와서 나를 완전히 조지려들겠죠."

"그런데 끝이 나야 하는 거 아닙니까, 안 그래요? 끝이 나야 합니다. 설리번과 아내에게 그 문제에 대해 물어봤습니까?"

"별 뜻 없는 실수였다고 주장합니다. 하지만 클럽 청구서는 거짓말을 하지 않죠. 와인 만찬은 1인분만 청구됐어요. 영수증에 서명한 사람은 아내 프랜이었고요. 설리번한테는 알리바이가 없어요."

"알겠어요."

"그리고 플로리다 추행 기록도 있죠. 온 세상의 먹잇감이 될 겁니다. 아마 제대로 붙어야 할 거예요."

"그럴 것 같군요."

밥이 무죄라는 파슨스의 결론을 반박하지도 않았다. 그가 무슨 생각을 하든 상관없었다. 중요한 것은 파슨스의 목소리에 배어든 두려움이었다. 이것은 한 남자의 경력을 망치는 '더러운 헛소리' 같은 것이었다.

"이제 어떻게 됩니까?"

"설리번은 이미 변호사를 고용했어요. 하트퍼드에서 잘나가는 변호사라고 하더군요. 칼 슈먼이라고. 1990년대 후반에 발생한 그 윤간 사건 피의자들을 다 풀어줬다더군요."

"그 사건 기억납니다."

“자수성가한 사람이에요. 이제는 값비싼 수임료를 낼 수 있는 사람들의 사건이라면 닥치는 대로 맡는다고 합니다. 이제 우리는 공식적으로 구금하지 않으면 밥 설리번 근처에는 얼씬도 못하게 생겼어요. 서로 불러 취조해야 한다고요. 그렇게 되면 언론도 알게 됩니다. 그때 가면 다 터져버릴 거라고요.”

“이런 문제를 처리해야 하다니 유감입니다. 내가 좀 더 도움이 되면 좋겠습니다만.”

“선생님, 부탁입니다. 이 일이 제대로 될지 안 될지 그 말만 해주면 안 되겠습니까? 대충 눈 좀 감아주거나 신호를 줘요. 뭐 없습니까? 여기서 결정을 내려야 한단 말입니다.”

“솔직히 말해서 형사님, 내가 눈을 감든 신호를 보내든 그런 건 별 의미 없습니다. 이 진료실에서 일어난 일 중에 가타부타할 수 있는 건 하나도 없어요. 이 피해자들이 받는 치료는 이게 문제예요. 기억이 회복되더라도 불확실성이 너무 커서 법적으로 힘을 받을 수가 없으니까요. 나도 판례와 판결을 여럿 읽어봤습니다. 환자들이 증언대에서 집중포화를 받고 법원은 그걸 용인하더군요.”

파슨스는 한순간 말이 없었다. 내 번호를 눌렀을 때 그랬듯 정신적인 혼돈 상태에 빠진 채로 전화를 끊고 싶지는 않은 것이었다. 파슨스는 상자에 갇혔는데 탈출구가 보이지 않는 상황에 빠졌다. 이렇게 아무것도 하지 않은 채로 언론이 수사를 진척해야 할 정황이 있다는 것을 알면 그는 부유한 권력자의 개로 낙인찍힐 것이다. 그러나 별다른 이유도 없이 페어뷰의 총아를 진흙탕으로 끌고 들어가면, 소송과 사설탐정들의 수사가 난무하게 된다. 소송은 꼭 해고 사태를 불러온다. 사건을 해결하려는 그의 노력을 사설탐정들이 세밀하게 재검토하게 된다니, 점점 더 두려워질 수밖에 없었다. 저질러도 망하고 가만히 있어도 망하는 상황이었다. 그나마 밥 설리번이 유죄라야만 탈출구가 보였다. 그러나 그는 죄가 없었다.

불쌍한 파슨스 형사.

29

의혹의 씨앗은 적당한 햇볕만 있으면 잡초처럼 무럭무럭 자란다. 물도 잘 주고, 비료도 넉넉히 주고.

다음 진료 시간에 찾아온 샬럿은 밥에 대한 의혹을 온몸의 땀구멍으로부터 뿜어내고 있었다. 다시 밥을 만나지는 않았지만 밥이 그녀에게 전화를 걸어 알리바이에 문제가 있으며 새 변호사를 구했다는 이야기를 해줬다. 그는 만찬에 갔었다는 이야기를 고집하고 있었다. 하지만 더 이상 희롱에 찬 문자메시지는 오지 않았다. 발기한 성기 사진도 없었다. 죄지은 사람들이 조심하듯 밥은 지극히 조심하고 있었다.

"밥과의 일들 때문에 마음이 편치 않은 건 유감입니다. 그 일로 초조해하는 것 같아 보여서 하는 말이에요."

"그래요. 굉장히 심란해요. 아니 대체 밥은 뭘 숨기고 있는 걸까요? 심지어 물어보기까지 했어요. '그날 밤 어디 갔었는지 그냥 말해요. 다른 여자하고 있었다고 해도 이해할게요.' 그렇게 말했다고요. 그런데 계속 클럽에 있었다면서 자기가 의원 자리를 노려서 박해를 받는 거라는 둥 돈이 많아서 질시를 받는다는 둥 그러는 거예요. 과하게 우기는 거 있죠, 무슨 뜻인지 알죠?"

"그래요. 굉장히 이상한 소리로 들리네요. 왜 그렇게 걱정하는지 알겠습니다."

이 말의 진의가 전해질 때까지 잠시 기다렸다.

"제니는 그룹 상담 이후에 어떻게 지내요?"

"똑같죠. 그 목소리를 기억해내기 전까지는 정말 잘 지냈어요. 그런데 이제 다 포기한 사람 같아요. 더 이상 치료도 믿지 않고 끝없이 고통 속에 살아야 한다는 사실을 체념하고 받아들인 눈치더라고요. 보고 있기가 너무 괴로워요. 그리고 걱정도 되고요. 처음부터 다시 시작인가 싶고."

"알겠습니다. 그 치료 때문에 변화가 생겼을지도 모르겠습니다. 다른 환자들 중 한 사람이 좀 지나칠 정도로 생생하게 폭로했거든요. 또 다른 강간 피해자가요. 제니의 나이가 영 신경 쓰여서 말리려다가 그냥 뒀습니다. 그 자체로는 그렇게 문제될 만한 이야기가 아니었어요. 그러나 첫 삽입 순간을 묘사한 거라서요. 그게 제니가 그날 밤 회복한 단 하나의 기억이기도 하고."

샬럿이 눈을 동그랗게 뜨며 소파 끄트머리로 바짝 다가앉았다.

"그렇게 자세하게 이야기한 줄은 몰랐어요."

"뭐, 당연하죠. 치료 과정에서 어떤 일이 일어났다고 생각했어요?"

"모르겠어요. 그냥 기억을 하고, 기억이 났다고 말하는 정도로 생각했죠. 자세한 내용은 물어보기가 겁났어요. 하지만 선생님한테는 말했다는 걸 몰랐네요……. 그냥…… 너무 사적인 내용 같아서. 잘못됐다는 이야기는 아니고요. 아, 내가 무슨 소리를 하는지 모르겠어요!"

"아니에요. 괜찮습니다. 그런 행위를 제니가 나한테 묘사했다고 생각하면 기분이 이상하죠. 이렇게 휑한 공간에서 남자인 나한테."

샬럿이 화분에 붙은 스티커를 노려봤다. 생각에 잠겨 얼굴이 잔뜩 구겨졌다. 상념들 때문에 괴로워 보였다.

"제니가 무슨 말을 했는지 알고 싶은가요? 내가 아는 걸 말하면 도움이 될까요?"

"어쩌면요. 네. 사실은 알고 싶어요. 제니가 한 말 전부요. 전부 다."

이건 쉬워도 너무 쉬웠다.

샬럿에게 삽입 행위에 대해 말해줬다. 내가 묘사한 것은 제니가 강간당했을 때의 행위가 아니었다. 크게 다르지도 않았지만 오히려 쇼룸에서 밥 설리번이 10대 비서와 한 섹스에 가까웠다. 후방 삽입. 손으로 어깨를 누르고, 얼굴을 땅바닥에 짓누르고, 손을 뒤통수에 대고 치렁치렁한 머리카락을 손가락으로 움켜쥐고, 강하게 앞뒤로 짐승처럼 움직인다.

샬럿이 의자에 기대앉아 팔짱을 꼈다. 그 표정을 보니 내 생각이 옳았다는 것을, 밥 설리번이 그녀와도 그렇게 했다는 것을 알 수 있었다. 이제 샬럿은 그날 밤 밥 설리번의 행방을 진심으로 궁금해하고 있었다.

그로부터 닷새 뒤, 새싹은 꽃을 피우게 된다.

하지만 앞서 나가지는 말자.

우리는 모두 제니를 깊이 걱정하고 있었다. 한창 진행되던 치료가 급작스럽게 중단된 것에 대한 염려가 컸다. 나는 기회를 놓치지 않고 내 작은 불씨에 충분히 연료를 공급했다. 이제 우리 아들이 조용히 빠져나갈 수 있을 만큼 연기가 뭉게뭉게 피어오르고 있었다. 나는 환자를 구하고 싶다는 이기적인 욕망으로 돌아가기로 했다.

"어떻게 지냈니? 아직도 골치 아픈 수학 문제를 풀지 못한 기분이니? 그래서 포기하고 싶어?"

제니가 어깨를 으쓱했다.

"오늘은 슬퍼 보이는구나."

눈물이 흘렀다. 나는 휴지를 건넸다.

"기억 때문이니? 우리가 새로 캐낸 기억?"

"아니요. 그건 오히려 기분이 나아졌어요. 정말로 선생님이 말한 대로였어요. 뇌리에 떠오르는 이미지들이 끔찍하게 싫긴 하지만……. 그 사람 손길이 기억나면 정말로 피부에 닭살이 돋아요. 다른 것도 다 그렇고요. 하지만 소름이 돋고 악을 쓰며 울고불고 난리 치며 그대로 죽어버리고 싶다는 생각이 들다가도 얼마 있으면 그런 기분이 사라져버리곤 했어요. 다른 걸 생각하고 다른 일을 하면 감정도 다 싹 사라져버려요."

"좋았어!"

나는 그냥 흥분한 정도가 아니었다.

"감정들이 제자리를 찾은 거란다. 기억에 유착됐으니 이제 그걸 찾아서 네 마음을 온통 헤집고 다니며 괴롭히지 않을 거다. 트라우마는 바로 그런 식으로 극복하게 되는 거야. 시간이 흐르면서 네가 그 감정을 발산하고, 그 이미지들을 쏟아내고, 그러다 보면 희미해져서 사라지게 된단다. 감정이 튀어나와서 네가 안전하다는 걸 확인하면 더 이상 도발할 필요가 없어지는 거지."

제니는 고개를 끄덕였다. 하지만 곧 한숨을 쉬었다.

"그러면 이제 뭐가 문제니?"

"이건 말하면 안 될 것 같아요."

그래서 나는 깨달았다.

"숀?"

제니의 표정이 속내를 드러냈다.

"말해도 돼. 숀은 우리가 둘의 관계에 대해 이야기한다는 걸 알아. 그리고 숀도 나한테 이야기하고."

"정말이에요?"

"그래."

"좋아요. 모르겠어요. 내가 숀한테 나쁜 사람 같아요. 숀의 기분을 나쁘게 만드는 것 같아요."

"어떤 식으로?"

"숀이 그냥 너무 화를 내요. 정말로 설리번 씨가 나를 강간했다고 생각하고, 그래서……."

"그래서 뭐?"

"그냥 너무 무섭게 화를 내요. 요즘 만나면 아무 말도 하면 안 될 것 같아요. 무슨 말을 하든 계속 설리번 씨 이야기로 돌아가고, 설리번 씨가 체포돼 벌을 받지 않는다는 이야기만 해요. 내가 그 치료를 받은 탓에 그 목소리를 기억해도 아무 소용 없다면서요."

"알겠구나. 그런데 여전히 네가 기억하는 목소리가 그날 밤 숲에서 들은 거라고 믿니?"

"전하고 똑같아요. 머리로는 그렇게 생각해요. 그렇지만 설리번 씨 근처에 있을 때 이상한 감정이 들거나 하지는 않아요. 원래는 그래야 하잖아요? 지난주에 아빠 직장에서 봤거든요. 기억 때문에 불안해지긴 했지만 아무 감정도 느껴지지 않았어요."

"밥 설리번이 경찰 조사를 받고 있다는 걸 숀도 아니?"

"뭐라고요?"

"어머니가 아무 말도 안 하셨니? 아, 아버지가 알게 될까 봐 걱정하셨는지도 모르겠구나."

"이런 세상에! 그 사람이 나를 보자마자 돌아서서 반대편으로 간 이유를 알겠네요!"

제니가 창피한 듯이 머리를 양손에 묻었다.

"어떡해!"

"괜찮아. 정말 괜찮다. 여기에서 있었던 무슨 일 때문에 조사를 받는 게 아니니까. 과거에 저지른 잘못이 있는 모양이더라. 그날 밤 행방에 대해서도 거짓말했다고 하고. 경찰은 우리 치료에 대해서 아무것도 몰라. 네 기억은 비밀이야, 내가 약속할게."

"결국 그렇게 되는 거죠? 재판이 열리고 내 머릿속이 얼마나 엉망진창인지 다들 알게 될 거예요! 그리고 숀…… 아, 어떡해!"

"숀에 대해 뭘 그렇게 걱정하는 거니?"

"그냥…… 너무 화를 내고 있어서. 글쎄……."

"뭐라고 했니, 제니?"

"말할 수 없어요."

"괜찮다. 나를 믿니?"

"네……. 숀은 그러니까, 내 가장 가까운 친구란 말이에요. 가끔은 하나밖에 없는 친구라는 생각마저 들 정도로."

"그러면 내가 숀을 도와줄 수 있게 해줘. 숀이 무슨 말을 했는지 말해주겠니?"

제니가 나를 봤다. 입을 열고 그 말을 내뱉는 순간에도 혹시 누가 엿들을까 봐 두려워하는 작은 생쥐 같은 얼굴을 하고 있었다.

"그 사람을 죽이고 싶대요."

나는 별일 아니라는 듯 대답했다.

"그건 뭐 사람들이 항상 하는 말 아니니? 나만 해도 오늘 아침에 우리 집 개를 보고 소리쳤거든. '저놈의 개새끼를 죽여버려야지, 이거 원!' 알겠니? 사람들이 내뱉는 말들이 다 진심인 건 아니란다. 그냥 표현이지."

"아니에요. 선생님은 몰라요. 숀은 제거 명령을 받은 테러리스트 중에 설리번 씨가 있다는 상상을 한대요. 그런 감정이 든다고. 죽어 마땅하다고. 그래야 다시는 그런 짓을 못 하지 않겠느냐고. 그리고 또…… 설리번 씨가 그 막대기를 쥐고 내 살을 깎아내는 상상을 한다고, 그렇게 말했어요. 그러니까 한없이 앉아서 강박증에 걸린 사람처럼 그를 죽이는 자기 모습을 상상하는 거예요. 총이 있다는 말도 했어요. 왼팔로 발사하는 법을 안다고 했어요. 연습이라도 하는 사람처럼."

"정말이니? 언제 총을 구했다든?"

"모르겠어요. 그냥 밥 설리번이 정의의 심판을 받지 않으면 자기가 죽여버리겠대요. 이제 총이 있으니까 그냥 저지르면 된대요. 숀이 그런 식으로 곤경에 빠지는 걸 보느니 차라리 내가 죽어버리겠다고 했어요. 그런데 숀은…… 그냥 나를 꼭 안아주기만 하고……."

제니는 또 울고 있었다. 아, 내 뒤틀린 감정이란! 우는 것도 제니에게는 필요했다. 어떤 감정이든 무조건 다 계속 느껴야만 했다. 이게 어떻게 효과가 있는지 알겠는가? 감정들이 하나의 기억을 찾아 유착됐다. 이제 우리는 그 감정들의 안내를 받아 다른 감정들을 찾아낼 수 있다. 감정들을 따라 기억이 숨어 있는 곳으로 가서 거기에 뭐가 있는지 볼 수 있다. 그저 이론에 불과하다. 하지만 나는 믿었다.

그러나 가엾은 내 병사를 생각하면 괴롭기 짝이 없었다. 그가 이 사실을 그토록 무겁게 마음에 담고 있다니 생각만 해도 가슴이 미어졌다. 숀은 이런 사실을 팔을 잃은 그날 밤 일과 동일시하고 있었다. 빨간색 문 뒤에 숨어 있던 테러리스트에게 정의의 심판을 받게 해야만 했다. 죽여야 했다. 갑자기 어서 빨리 그를 불러 상담 치료를 해야겠다는 생각에 조바심이 났다.

그리고 또 다른 걱정거리들도 있었다.

"제니. 숀이 너를 안았다고 했잖니. 그게 무슨 뜻이니?"

"그냥 가끔 안아줘요. 나쁜 건 절대 아니에요. 내가 여동생 같다고, 또 동료 병사들 같기도 하대요. 있잖아요, 그의 부하들. 신참들. 나를 보호하기 위해서는 죽어도 좋대요. 나를 위해 싸우다 죽겠다고 했어요."

"알겠다. 솔직히 안심이 되는구나. 두 사람의 우정이 변질될까 봐 걱정했거든. 두 사람 모두에게 좋을 리가 없으니까."

"그렇지만 나는 여전히 숀을 사랑해요. 지금은 기대하고 살아갈 만한 일이 그것뿐인걸요."

"뭐, 이제 그건 우리가 바꾸면 되니까."

나는 앞으로 상체를 숙여 제니의 손을 잡고 감쌌다.

"우리가 시작한 일을 같이 마무리할 거야. 그날 밤 있었던 일들을 모조리 기억하게 될 거다. 귀신들을 모조리 잠재우고 너는 네 인생을 계속 살아가게 될 거다. 알겠니?"

제니가 약간 놀란 얼굴로 나를 쳐다봤다. 나는 한 번도 제니의 몸에 손을 대거나 감정을 실어 말한 적이 없었다. 이제 와서 자제력을 잃은 것은 아니었다. 오히려 제니가 숀에게서 얻는 기운을 내가 조금 줬을 뿐이었다.

"무슨 말인지 알겠니?"

"네."

"선생님 믿니?"

"모르겠어요. 겁이 나서 차마 희망을 품지도 못하겠어요. 찾게 될까 봐 무서워요. 내가 독(毒) 같아요. 사람들하고 멀리 떨어져 있으면 아무도 다치지 않을 거예요."

"아니다, 제니야. 너는 독이 아니야. 치료제이지."

30

이 이야기가 끝나기 전까지 나는 숀을 다시 보지 못할 것이다. 그때는 이 사실을 알지 못했다. 접시들이 너무 많이 돌아가고 있었다. 조종해야 할 인형들이 너무 많았다.

파슨스 형사는 내키지 않는 마음으로 밥 설리번의 단서를 좇고 있었다. 밥은 파슨스와 샬럿에게 거짓의 알리바이를 말했고, 밥의 아내는 남편을 위해 사실을 덮어주고 있었다. 변호사는 그런 밥을 보호하고 있었다. 제니와 나는 다시 치료를 시작했고, 제니가 또다시 멀어지지 않도록 노력하고 있었다. 숀은 밥이 제니를 사악하게 강간하며 막대기로 살갗을 깎아내는 상상을 하고 있었다. 그리고 톰이 있다. 내 아들도.

일단 하나씩 풀어보자. 파란색 스웨트셔츠에 집착하는 톰에 대한 내 인내심이 바닥나고 있었다. 그 남자를 경멸하거나 혐오하게 됐다는 말이 아니다. 정반대다. 나는 그를 심통 부리는 우리 아이, 내 말을 아예 듣지 않는 심술쟁이 우리 아이라고 생각했다.

"대체 왜 감식 쪽 사람들이 하나도 이 사진을 살펴보지 않는지 이해가 안 된단 말입니다!"

톰은 졸업 앨범에 찍힌 내 아들의 사진을 들고 있었다. 아이 얼굴은 보이지 않았다.

"라크로스 경기에서 찍힌 사진인가요? 학교에서?"

"그래요! 제니가 강간당한 그해 봄에요."

"감식을 하면 뭘 더 알 수 있을 거라 생각합니까? 여기에는 별 특징 없는 몸매에 페어뷰 고등학교 모자를 쓴 중키의 10대 남자애가 있군요. 분명히 돋보기로 들여다봤을 테죠. 하나도 빠짐없이 다 살펴봤죠?"

톰이 사진을 뚫어져라 바라봤다.

"그래요. 그랬습니다……. 내 말 좀 들어보세요. 이 뒤에 서 있는 여자애들은 다 누구인지 알겠고, 이 여자애 옆에 서 있는 남자애 한 명도 알아볼 수 있다고요. 그 경기에 간 사람 모두에게 이 사진을 보여주면 누군가 한 사람은 기억할 겁니다!"

"그럴 수도 있겠죠. 확실히 그게 문제군요. 파티에 간 애들을 경찰에서 전부 다시 조사하고 있다던데요. 어쩌면 이 조사가 마녀사냥처럼 보일까 봐 걱정하는지도 모르죠. 서에 가서 조사받는 게 의무는 아니에요. 법적으로 강제할 수가 없는 겁니다. 지금으로서는 전부 자발적인 겁니다. 그래야 이 수사가 돌아가는 방향에 대해 오해를 막을 수 있겠죠."

"정말로요? 어떤 방향으로 돌아가고 있는데요?"

"글쎄요, 당신의 죄책감에 대해 이야기를 나눈 적이 있죠. 부모님 이야기와 두 분이 자존감에 미친 영향. 당신의 자의식. 뭐 '이드'라고 말할 수도 있겠네요. 톰, 딸을 강간한 범인을 잡는다고 해서 이런 문제들이 쉽사리 달라지진 않을 거예요."

"빌어먹을! 정말로 이런 단서가 눈앞에 있는데 내 이드를 논해야 한다는 겁니까? 이 죽일 놈을 그냥 찾을 수는 없는 거예요? 찾은 다음에 돌아와서 우리 불쌍한 부모님을 죽도록 깎아내리고 아내와 상사와 또 당신이 원하는 누구든 그 앞에 당당하게 서도록 하겠습니다. 어때요?"

그때 내 머릿속에는 딱 두 단어가 떠올랐다. '아, 젠장.'

"좋아요. 이 문제를 끝까지 파봐야 직성이 풀릴지도 모르겠군요. 일단 우리 치료는 여기서 중단해야겠습니다. 그렇지만 그 전에 이 생각을 한번 해보세요. 이 사진 말입니다. 여기 보이는 건 스웨트셔츠를 입은 남자애일 뿐이에요. 이쪽 각도로 봐서는 셔츠에 들어간 문양이 뭔지도 잘 보이지 않아요. 그리고 당신이 스웨트셔츠를 신경 쓰는 유일한 근거는 어떤 마약상이 형기를 줄이기 위해 둘러댄 말이잖아요. 내가 왜 걱정하는지 알겠습니까?"

"솔직히 모르겠어요. 전혀."

나는 무릎에 팔꿈치를 괴고 허리를 숙였다. 손을 맞잡고 고개를 푹 숙였다. 톰의 시선이 느껴졌다. 무슨 소리를 하려고 저렇게 힘들게 말을 고르나 생각하며 기다리고 있었다. 이 테크닉은 굉장한 효과가 있다. 고개를 들었을 때 나는 확신에 찬 표정을 지었다.

"지난 몇 달 동안 우리는 아주 깊이 파고 들어가서 유년기의 다양한 감정들을 헤집고 흔들었습니다. 그러면서 당신은 용감하게 부모님에 대한 분노에 똑바로 맞섰죠. 분노가 분명히 있단 말입니다, 톰. 부모님이 아무리 좋은 분들이어도, 아무리 가족이 서로 힘이 돼줬다 해도 그것과는 별개의 문제에요. 당신은 부모님이 남매를 기른 방식을 철저히 거부하며 아이들을 기르고 있어요. 그래서 나는 당신이 마음속 깊이 부모님이 당신에게 끼친 해악을 알고 있다고 생각하는 겁니다. 정서적 해악이죠. 당신은 좋은 걸 누릴 자격이 없다고 생각하죠. 훔친 것 같은 느낌이 들고. 그래서 나쁜 일을 겪으면 잠재의식이 그 도둑질의 인과응보라고 생각하는 겁니다. 그 점에서 죄책감을 느껴요, 톰. 분노와 죄책감이죠."

톰은 경청하고 있었고, 나는 자연스럽게 가야 할 길로 그를 이끌었다.

그 파란색 스웨트셔츠 이야기는 질리다 못해 신물이 났다.

"그 분노가 어디로 갔을까요? 죄책감은요?"

나는 그가 들고 있는 사진을 낚아채 흔들었다.

"여기요, 톰! 여깁니다! 다 여기 있어요. 스웨트셔츠를 입은 애한테 다 투사한 겁니다. 전체적인 그림을 보지 못하는 거죠. 자기 자신을 위해서나 수사를 위해서나 말이에요."

내 환자들이 울음을 터뜨리는 이야기가 이제는 지겨울 때도 됐으리라. 그래도 나는 상당히 절제해왔다. 내 환자들은 거의 상담을 할 때마다 운다고 보면 된다. 숫자는 더해보면 감이 올 것이다.

톰이 울었다. 짜증이 나더라도 걱정할 필요는 없다. 이야기의 속도가 빨라지고 있으니까. 나는 톰의 손을 잡고 슬쩍 내가 원하는 방향으로 밀어 넣었다.

"톰, 경찰이 다른 단서들을 갖고 있다는 생각은 안 해봤나요? 이런 맹목적인 분노 때문에 지금도 톰을 수사에서 배제하고 있을지도 몰라요. 전부 차질 없이 잘 진행되고 있으니 그냥 경찰에게 고삐를 넘겨주고 알아서 할 일을 하도록 두면 될지도 모릅니다. 그러면 마음이 한결 놓이겠죠, 안 그래요?"

톰이 새삼 이글거리는 눈빛으로 나를 바라봤다.

"그 사람들이 그럴까요? 나를 배제하고 있을까요? 1년 넘게 수사에 참여하고 있는 나를요? 처음 사건이 일어났을 때부터 관여해왔는데!"

나는 어깨를 으쓱했다.

"모르겠어요, 톰. 그냥 그런 가능성도 있으니 한번 생각이나 해보라는 겁니다. 마음이 좀 편해질까 해서요. 잠시 쉬어 갈 수도 있잖아요."

"나는 가야 해요, 선생님. 죄송해요. 좋은 환자가 못 돼서 죄송합니다. 선생님이 제기한 문제는 노력해볼게요. 그렇지만 지금은 안 되겠어요!"

우리 둘 다 일어섰다. 나는 손을 내밀었고, 톰이 내민 손을 양손으로 감싸 쥐었다.

"톰, 부탁해요. 내가 한 이야기 잘 생각해봐요. 무기를 내려놔요. 전문가들이 알아서 일하게 좀 둡시다."

하지만 톰은 벌써 사라지고 없었다. 이제 내 아들 차례였다.

이제 조사 일정을 더 미루면 의심을 살 수밖에 없었다. 브란디노 변호사가 아들과 동행했다. 나도 함께 갔다. 아내에게는 집에 있으라고 했다. 아내는 감정을 숨길 줄 몰랐다. 젊은 남자 경찰 두 명이 질문을 했다. 그들은 이 모든 일에 지쳐 있었다. 톰 크레이머도 지겹고, 날마다 소도시 경찰서에 전화를 돌려 해묵은 강간 사건 파일에 대해 묻는 것도 지겹고, 대답을 기다리느라고 어깨에 전화기를 끼고 앉아 있는 것도 지겹고, 담도 들고, 두통도 생기고, 트위터와 스냅챗과 페이스북을 들여다보지 못하는 것에도 진저리가 났다. 여기는 그들의 도시이기도 했다. 그래서 권태에 덧붙여 괜한 소란을 피우기 싫어하는 성향도 있었다. 사람들의 험악한 얼굴만 보며 하루를 보내는 것은 괴로운 일이다.

여러 가지 질문이 쏟아졌다. 모두 다 대답했다.

"몇 시에 파티에 도착했어? 몇 시에 나왔지? 누구랑 있었나? 언제든 집 밖으로 나간 적이 있어? 그때 누가 같이 있었지? 제니 크레이머를 봤어? 누가 그 애와 함께 있었어? 기타 등등, 기타 등등……. 빨간색 무늬나 글씨가 새겨진 파란색 스웨트셔츠를 갖고 있니?"

제이슨은 훌륭하게 처신했다. 죄책감은 10대의 두려움처럼 보였다. 졸업 무도회 밤에 처음으로 여자 친구의 아버지를 만나는 소년처럼 보였다. 제이슨은 좋은 아이였을까? 그렇다. 그 남자의 딸과 섹스를 하고 싶어 했을까? 그렇다. 정말로 할까? 십중팔구 아니었다. 그것은 용인된 기만이었다. 나는 여러분에게 정직에 대한 견해도 설파했고, 인간관계에 있어 거짓의 필요성에 대해서도 설명한 바 있다. 저 소년이 저 아버지에게 당신 딸의 나체를 상상했고 젖가슴을 손아귀에 쥔 채 그녀 입에 혀를 넣는 상상을 했다고 말한다면, 이렇게 예의 바른 소개가 있기 한 시간 전에 자위하며 이 모든 상상을 했다고 말한다면 어떨까? 무도회장에 무사히 등장할 소년이 과연 몇이나 될까? 내 설명이 너무 조악했는지도 모르겠다. 하지만 논점을 확실히 강조하고 싶었다.

"그런 것 같지는 않은데요."

제이슨은 살짝 움츠리며 스웨트셔츠에 대해 말했다.

"제 말은, 지금은 없어요. 예전에 있었는지는 기억이 나지 않습니다."

여기가 기가 막힌 대목이다. 아들은 완벽하게 연기해냈다.

"혹시 시간을 막론하고 파티 장소를 떠나 밖으로 나간 적이 있니?"

제이슨은 잠시 말을 멈췄다가 변호사를 봤고, 변호사는 고개를 끄덕이며 손을 토닥거려줬다. 제이슨이 나를 봤다. 나도 그 애를 봤다. 심지어 "괜찮다, 얘야. 진실을 말해."라고 했던 것 같기도 하다. 제이슨은 한

숨을 쉬었다. 자, 주지해두지만 그 애의 일거수일투족은 연기가 아니었다. 거짓말에 능한 아이가 아니었다. 멋진 아이다. 내 아들이다.

"몇 분쯤 나갔다 왔어요. 그 남자를 찾고 있었어요. 파란색 혼다를 몰고 온 남자요."

경찰들이 조금 더 관심을 가졌지만 그 흥미는 물론 오도된 것이었다. 아무도 잘못을 시인하지 않았다. 아무것도 입증할 수 없었다. 크루즈 더 마코는 그날 밤 천 달러도 넘는 돈을 벌었고, 어떻게 된 영문인지 몰라도 존 빈센트 혼자 뭔가를 샀다는 사실을 인정했다. 조사는 마치 사막에서 바늘 찾기 꼬락서니가 돼가고 있었다.

"그렇구나. 그러면 너도 마약을 사려고 했니?"

한 경찰이 물었고 제이슨이 소심하게 고개를 끄덕였다.

"그래서 샀니?"

"아니요. 막상 차를 보니 겁이 나서 그 옆으로 곧장 걸어갔다가 건너편으로 돌아와서 집으로 들어갔어요. 그 남자 눈에 띄지 않으려고요."

"그게 몇 시였니?"

"모르겠어요. 9시 30분 전이었어요. 8시 좀 넘어서. 확실치 않아요."

"다른 사람을 본 적은 없니?"

"못 봤어요. 하지만 길거리에 밤새도록 사람들이 드나들었어요. 다들 그 남자를 찾고 있었죠. 모두 그 이야기만 했어요. 그 남자도 집에, 뒷문 쪽으로 왔었던 것 같고요."

브란디노 변호사가 끼어들었다.

"다 끝났습니까? 보시다시피 우리 의뢰인은 아주 거리낌 없고 정직하게 답변해줬습니다. 마약을 왜 사려고 했는지 그 동기까지 말하는 건 의뢰인에게 유리할 게 없다고 판단됩니다. 그 점은 감안해서 평가해주셨으면 합니다."

그렇다. 평가. 그러나 무슨 뜻인지 몰라도 '점수'를 따려고 한 일은 아니었다. 초조한 태도를 설명하고 스웨트셔츠에 대한 질문을 받을 때마다 움찔거리는 것에 대한 핑계가 필요했을 뿐.

면담이 이어졌지만 중요하지 않았다. 스웨트셔츠에 대한 거짓말과 아들의 서툰 연기가 멋지게 주목을 피했다. 집에 와보니 아내는 부엌에서 와인을 마시고 있었다. 이른 오후였지만 신경이 바짝 곤두서 있었다.

"당신한테 멋진 걸 줄 수도 있었는데. 이제는 두통을 떠안게 됐네."

아내는 나를 그대로 지나쳐 우리 아들에게 달려가 양팔로 안았다.

"괜찮니? 아유, 불쌍해라."

제이슨은 어머니의 손길에 가만히 몸을 맡겼다가 곧 물러섰다.

"괜찮아요. 가봐도 돼요?"

우리는 가도 좋다고 했다. 새로 산 텔레비전이 켜졌다. 그리고 폭력적인 비디오게임도. 나는 아무 상관 없었다.

줄리는 너무 궁금한 나머지 땀구멍으로 질문들을 뿜어낼 기세였다. 아내의 괴로움을 길게 끌 생각은 없었다.

"잘됐어."

아내가 내 품에 안겼다.

"약속해?"

"그래. 약속해."

이토록 진심이 담긴 약속은 살면서 처음이었다. 우리가 낳은 자식을 보호할 수 없다면 그것이야말로 참담한 불행이다.

31

샬럿의 얼굴에 가득한 공포를 보고 밥 설리번이 속으로 무슨 생각을 했을지 여러분은 상상이나 할까?

두 사람은 내가 샬럿을 만나고 닷새 뒤 크랜스턴 외곽에 있는 집에서 만났다. 샬럿은 밥의 한 손이 그녀의 어깨를 누르고 다른 손이 그녀의 머리칼과 엉켜 있다가 골반으로 허벅지를 누를 때마다 뒤통수를 누르던 기억에 사로잡혀 있었다. 깊은 삽입, 그때마다 그가 내던 신음. 그리고 가끔은 그의 손아귀에 붙잡힌 제니를 상상하기도 했다. 샬럿은 내게 이런 말까지는 하지 않았다. 지나치게 사적인 이야기가 됐을 테니. 하지만 어차피 나는 알았다.

"심지어 제대로 쳐다볼 수도 없었어요. 무슨 평행 우주에 떨어진 기분이었죠. 전부 다 똑같은데 내 사고방식만 달라졌어요. 그게 말이 되나요? 이런 일은 비일비재하겠죠? 배우자가 바람을 피우거나 돈을 훔쳤다는 걸 알게 되면. 세상에, 그러고 보면 톰도 언젠가 나를 이런 눈으로 바라보게 되겠네요, 그렇죠? 내가 한 짓을 알게 되면 말이에요. 착한 샬럿은 존재하지 않는다는 걸 알게 되면……."

"여기서 착한 샬럿 생각은 하지 맙시다. 밥과 있었던 일에 집중해보죠. 이건 굉장히 중요합니다. 아직 깨닫지 못했을지 모르지만 심한 트라우마가 될 수 있어요. 당신은 밥을, 아니 당신이 밥이라고 생각한 그 남자를 사랑했죠. 그리고 그 사람도 당신을 사랑한다고 믿었어요. 정말로 사랑한다고. 과거의 비밀까지 포함해 당신이란 사람 자체를 사랑한다고요."

"내 감정이 어떤지 그것도 모르겠어요, 선생님. 정말로요. 그러니까 무슨 일이 있었는지 그냥 말하게 해줘요. 그리고 선생님 생각을 말해줘요, 네?"

"물론입니다."

"다시 와인 만찬 이야기를 꺼내지는 않았어요. 지난번에 내 생각이 틀렸다고 하도 완강하게 고집을 피웠고, 나도 밥과 함께 있을 때 내 진짜 감정이 뭔지 알고 싶었거든요. 거짓말과 온갖 불확실성을 다 참고도 살 수 있을지 알고 싶었어요."

"샬럿, 제니에게 그런 짓을 한 장본인이 그 사람이라는, 그러니까 밥이라는 의심을 품기 시작한 건 아니죠? 아니면 그날 밤 밥이 다른 여자와 있었는지 궁금해서 그런 건가요?"

"아니에요! 그러니까, 절대로 나는 밥이 그런 짓을 할 사람이라고는 믿지 않아요."

샬럿은 거짓말을 잘했다.

"하지만 밥이 그날 밤 어디 있었는지 기억한다는 걸 알았어요. 그게 문제예요. 대체 왜 나한테 말하지 않는 걸까요?"

“좋아요. 계속해보세요.”

“밥이 술을 따라줬어요. 나도 너무 이른 시각이 아니면 마실 때가 있거든요. 자기도 한 잔 마시더군요. 손에 뭘 쥐고 있으니 좋더라고요. 우리 둘 다 서로의 몸에 손을 대고 싶지 않았으니까요. 다 해결됐느냐고 물었더니 아니래요. 와인 만찬 문제가 걷잡을 수 없이 커지고 있다더군요. 하는 수 없이 변호사를 고용해야 했다고, 변호사와 상의해서 더 이상의 질문에 대답을 거부하고 있다고요. 그럴 필요는 없잖아요, 안 그래요?”

“그래요. 그럴 필요까지는 없죠. 자기 나름대로 허풍을 떨고 있는 것 같군요.”

“그래요. 밥도 그렇게 말했어요. 이제 그쪽에서 할 수 있는 건 영장을 가져오는 거라고, 그러려면 공개적으로 나가야 할 거라고요. 그러면 자기 변호사가 곧장 소송을 걸 거라고 장담했대요. 사업, 선거, 평판, 가족이 입은 손해배상을 청구할 거래요……. 그러니까 윗선에서 그렇게 나가지는 않을 거라 판단하고 있는 거죠. 그런데 진짜로 경찰에서 뭘 갖고 있는 거예요? 옛날 대학 때 기록. 그리고 1년 전 만찬에 대한 오해? 영장을 청구하진 않겠죠, 네?”

“모르겠어요, 샬럿. 하지만 밥은 아직 걱정이 많은 것 같은데요. 아니면 자신만만해 보이던가요?”

“아뇨, 전혀 자신 있어 보이지 않았어요. 화가 나 있었어요. ‘어떻게 이런 일이 있을 수가 있어? 다른 사람도 아니고 나한테? 아니 어떻게 내가 어린 여자애를 강간했다고 생각할 수가 있지? 나는 2천 만 달러도 넘는 자산 가치를 지닌 사람이라고! 곧 주 의회 의원이 될 거란 말이야! 제기랄, 대통령도 만난 사람이라고!' 이 비슷한 말을 했어요. 그리고 머리가 터져버릴 것 같다면서 아무튼 굉장히 감정적으로 굴었어요. 이 모든 걸 그 대단한 자존심에 대한 어마어마한 모욕으로 받아들이고 있었어요."

"그건 그리 매력적이지 않군요. 솔직히 말해서 말이에요. 밥이 경찰 쪽 입장을 잘못 이해한 건 아닙니까? 후속 조사를 해야 할 의무가 있었을지도 모르는데?"

"그러게 말이에요. 나도 그 사람을 보는 눈이 달라지더군요. 도저히 그런 마음으로 아무렇지 않게 섹스를 하고 집으로 갈 수가 없었어요……. 이번에는 그럴 수가 없었어요. 그래서 생각하던 걸 말했어요. 지금 선생님이 한 말요. 경찰들도 해야 할 일이 있으니까, 확실하게 하고 넘어가야 하니까 그런 거 아니냐고. 그날 밤 어디 있었는지 경찰한테 말하면 다 괜찮아질 거라고. 대체 왜 그러지 않는지 이해가 안 된다고."

"어떻게 받아들이던가요?"

"안 좋았어요. 나한테 엄청나게 화를 냈죠. 술잔을 집어던지더니 붉으락푸르락하면서 눈을 부릅뜨고 미친 사람처럼 나한테 바짝 다가서더니 양팔을 붙잡고 나를 뚫어져라 봤어요. 탐색하듯이. 그러더니 자기가 내 딸을 강간했다고 생각하느냐고 단도직입적으로 묻더군요."

샬럿이 헐떡거리며 손을 입으로 가져갔고, 시선을 스티커에 고정한 채로 천천히 고개를 저었다.

"아니라고 했어요. 그런 짓을 할 사람이 아니라는 거 안다고. 하지만 왜 어디 갔었는지 말하지 않는 걸까요? 게다가 제니가 머릿속에서 들은 목소리도 있고. 모르겠어요. 밥도 나를 안 믿는 것 같았어요."

이제 샬럿은 밥과 만난 기억에 푹 파묻혀 반쯤 넋이 나가 있었다. 잠시 그대로 두면서 기억이 의혹과 조금 더 뒤섞이게 놔뒀다. 그 이유는 이제 여러분도 알 것이다. 그래야 기억이 자기 자리로 돌아올 때 밥에 대한 의혹과 뒤섞여 아주 살짝 변질되기 때문이다.

"샬럿, 그래서 결국 어떻게 됐어요? 어떻게 헤어졌죠?"

"아아, 뭐, 좋지 않았어요. 밥이 '제기랄, 엿 먹어.' 그 말만 하고 나가버렸거든요."

"'엿 먹어.' 그 말만 했어요?"

"어, 네. 3년을 사귀었는데, 사랑한다고 그렇게 수없이 고백하고 다정하게 사랑을 나눈 순간들이 있었는데 말이에요. 그동안 내내 애정이 담뿍 담긴 눈빛으로 내 눈을 똑바로 들여다봤단 말이에요. 어떻게 이럴 수가 있죠? 우리는 어떻게 그렇게 영원할 것만 같은 그런 일들을 할 수가 있었을까요? 헤어지더라도 그런 감정들은 사라지지 않을 것만 같았는데. 그러니까 이제는 아무것도 못 믿겠어요. 어떤 감정도, 어떤 고백도, 어떤 사랑도 말이에요. 전부 다 헛소리예요. 그냥 호르몬이고, 욕망이고, 욕구고, 영혼에 난 구멍을 때우는 것에 불과하다고요. 우리는 전부 서로 이용만 하고 있어요, 안 그래요? 겉과 속이 같은 게 하나도 없다고요."

"아, 거기에 대해서는 나눌 이야기가 정말 많아요, 샬럿. 당신 말이 맞아요. 사람들은 서로 이용하죠. 하지만 가끔은 그 이상이 되기도 해요. 유약한 사랑, 욕망으로 치닫는 사랑, 구멍을 때우기 위한 임시변통의 행위들이 그 이상으로 변하기도 해요. 그리고 이 순간적 유대감, 건물 모퉁이를 지나 불어오는 차가운 바람처럼 무방비 상태의 우리를 덮치는 이런 감정들이 머물러 더 항구적인 유대를 지탱하는 닻이 되기도 하고요. 대체로 사람들은 이런 걸 안정된 관계라고 하죠. 중요한 건 유대고,

유대감을 향한 욕구예요. 우리에게 필요한 게 다 그렇듯 거기서부터 시작해 친절과 배려로, 사랑의 행위로 소중히 가꿔나가는 거예요. 그렇지만 이런 이야기를 하루에 다 할 수는 없겠죠. 그러니까 밥이 '제기랄, 엿먹어.'라고 말하고 떠난 다음, 지금 당신 기분이 어떤지 그 이야기를 해주세요."

"방향감각을 잃은 기분이에요. 내 삶에서 길을 잃은 것 같아요."

"완벽해요, 샬럿."

"완벽하다고요? 비참하기 짝이 없는데요?"

"이거 하나만 물어볼게요. 밥이 전화해서 미안하다고 하면 다시 그 사람에게 갈 건가요? 다시 그 사람과 사랑을 나누고 싶어요?"

"그러고 싶을지도 몰라요. 하지만 못 해요. 이런 일을 다 겪고 어떻게 그럴 수가 있겠어요? 밥의 정체를 다 알아버렸는데. 거짓말, 잔인함, 애착과 공격성이 춤을 추듯 제멋대로 드나드는 그런 사람이란 걸 다 알아버렸는데. 하지만 그래도 그러고 싶을 거예요. 이제 다 끝났다고 생각하면 정말 힘들어요. 내 삶을 유지하게 해준 관계였는데."

"알아요. 밥을 끊는 건 어려울 거예요. 한 가지만 해줄래요? 대체품을 찾지 말아요. 그냥 불편을 참고 살아요. 길 잃은 채로 얼마나 오래 그 고통을 참을 수 있는지 지켜봐요. 내 짐작이지만, 곧 괜찮아질 겁니다. 소파에 발가락을 찧었을 때처럼 말이에요."

샬럿은 그러겠다고 했다. 적어도 한동안은 담배 한 개비의 사치를 포기했다. 그리고 나는 그런 샬럿이 너무나 대견했다. 내가 아들을 구하겠다고 편집광처럼 굴었던 것은 사실이다. 제니와 시작한 일을 끝내고 싶어 안달했던 것도 사실이다. 톰이나 샬럿을 배려하지 못했다. 그들을 배려할 여유가 없었다. 그렇지만 관심이 없어진 것은 아니었다. 두 사람 모두에게 깊은 정이 들었다. 제니의 말을 빌리자면 그들은 내가 풀 수 있는, 그것도 쉽게 풀 수 있는 수학 문제였다. 그런데 왜 풀기 싫겠는가! 나는 의사다. 치료하고 치유하는 것이 내 소명이다.

내 계획에 내포된 잠재적 시너지는 미처 고려하지 못했지만 이제는 안다. 샬럿이 밥을 끊는 데는 수년이 걸렸을 것이다. 수년이! 그리고 그때는 이미 너무 늦었을 것이다. 나는 샬럿을 생각하면 지극히 만족스러웠다. 이기적인 소리처럼 들릴 위험을 감수하고 말하자면 몹시 뿌듯했다. 샬럿은 이제 괜찮을 것이다. 보면 알 수 있다. 끊을 때가 제일 힘든 법이었다.

밥은 그렇게 잘 풀리지 못했다.

32

프랜 설리번은 나와 꼭 닮은 심장을 가진 여자다. 정말 기이한 표현이지만 우리는 무슨 뜻인지 안다. 안 그런가? 프랜은 좋은 사람이 아니었다. 착한 사람도 아니었다. 그러나 자기 것은 확실히 챙겼다.

프랜과 밥은 고등학교 때 만났다. 그녀는 절제를 좋아하지 않아서 운동도 하지 않고, 식단 조절도 하지 않고, 어떤 식으로든 허기를 참지 않았다. 입고 싶은 옷은 다 입었다. 여름에는 팔뚝 살이 두드러지는 민소매를 입었다. 팔뚝 살을 코끼리 상아처럼 흔들며 자기 무리 남자들, 부자 남편과 세 아들을 거느리고 거리를 씩씩하게 행진하곤 했다. 겨울이면 모피를 꺼냈다. 요즘 사람들이 대체로 혐오감을 느끼는, 죽은 새끼 동물 털로 만든 코트를 입고 다녔다. 머리는 부풀렸고, 화장은 대담했다. 몇 블록이 떨어진 거리에서도 그녀의 향수 냄새를 맡을 수 있었다. 두 사람이 처음 만났을 때에도 지금보다 더 매력적이지는 않았을 것이다. 그러나 어째서 밥이 그녀와 결혼했는지도 이해가 됐다. 그녀는 같은 팀으로 함께 뛸 때 크나큰 가치가 있는 선수였다.

프랜 설리번을 개인적으로 만난 적은 없다. 사교에 있어 우리의 길은 한 번도 교차하지 않았다. 그러나 이 소도시에서 프랜은 대단한 인물이었다. 눈여겨보지 않기란 불가능했다.

프랜 설리번이 지금의 남편을 만들었다고 하는 이들이 많다. 나도 그랬을 거라고 믿는다. 프랜 역시 밥에게서 엄청난 욕심을 품은 거대한 자아를 봤을 테고, 이 굶주림이 자신에게 득이 될 줄 알았을 것이라 믿는다. 두 사람은 크랜스턴에서 함께 성장기를 보냈다. 중하층 계급이었다. 먹고사느라 고군분투하는 데 신물이 나 있었다. 바로 몇 킬로미터 거리에 있지만 손에 넣을 수 없는 부(富)가 지긋지긋했다. 프랜은 대학에 가지 않았다. 비서로 일하며 밥의 스키드모어 학비를 보조했다. 밥은 자동차 영업 사원으로 취직했다. 밤마다 집에 와서 아내에게 커미션을 슬쩍하고, 윗사람 똥구멍을 핥고, 남의 뒤통수를 친 이야기들을 들려줬다. 이 세일즈맨들은 콜로세움의 검투사들이었다. 워낙 악명이 자자한 직업 아닌가. 프랜은 천재적인 머리와 교활한 성정의 소유자였고, 양심은 아예 없었다. 모든 전투에서 밥 설리번이 최후의 승리자로 남았다.

물론 다 내 추측이다. 하지만 진실과 그리 동떨어졌을 것이라고 생각하지는 않는다.

프랜은 또한 거대하고 굶주린 자아에는 다른 여자들에 대한 욕망이 뒤따른다는 것을 알았다. 더 젊은 여자들, 더 예쁘고 더 성공한 여자들. 유명한 운동선수와 하층 스트리퍼들을 생각해보라. 대체 왜 남자는 기껏해야 커다랗고 단단한 거시기가 너무 좋다는 소리를 더 듣고 싶어서 갖고 있는 전부를 거는 걸까? 프랜은 남자를, 남자의 자존심을 속속들이 아는 여자였다.

그래서 이제 밥이 공직에 출마할 때가 됐다고 판단했을 때— 앞으로 워싱턴까지 곧장 달려가며 맡게 될 수많은 공직 중 첫 번째 자리 말이다.— 프랜은 탐정을 고용해 남편의 애정 행각을 모조리 기록하게 했다.

프랜은 샬럿에게 이렇게 설명했다.

"프랜은 위험을 감수할 가치가 있다고 했어요. 그 테이프들과 사진들을 다 갖고 있을 만큼요. 탐정이 언론에 제보한 대가로 받을 수 있는 돈보다 훨씬 거액을 지불할 능력이 있다고요. 이미 몇 년에 걸쳐 두둑하게 연봉을 주면서 탐정의 의리를 확보했다더군요. 그걸 다 가지고 있었어요. 남편이 다른 여자와 만나는 사진과 테이프를 하나도 빠짐없이 다 가지고 있었어요. 닥쳐올 수 있는 두 가지 태풍을 대비한 보험이랬어요. 첫 번째는 성폭력 의혹이 제기될 가능성이었어요. 대학 시절 봄방학 때의 일을 또 당하고 싶지는 않은 것 같았어요. 말이 돼요? 프랜은 집에서 정신없이 일하는데 밥은 봄방학이라고 플로리다에 놀러 간 거였어요. 아무튼. 두 번째 태풍은 혹시라도 밥이 헤어지자고 하는 사태였어요."

밥은 지난 수년 동안 여자 수십 명과 바람을 피웠다. 테이프와 사진이 있었다. 어떤 만남은 하룻밤으로 끝났다. 스트리퍼들도 있었다. 그런가 하면 정기적으로 만나는 여자들도 있었다. 샬럿처럼. 탐정은 밥이 자주 다니는 장소마다 녹음기를 설치해뒀다. 쇼룸, 연인들의 침실, 크랜스턴의 친구네 집, 크레이머네 수영장, 그리고 밥의 서류 가방에도. 대부분은 목소리로 작동하는 방식이었다. 어떤 것은 전파가 닿는 범위에서만 녹음할 수 있어 탐정은 밥이 야근하거나 사업상 저녁 약속이 있을 때마다 미행을 했다. 탐정이 녹취와 사진 원본을 주면 프랜은 그걸 받아 금고에 보관했다. 보조 열쇠는 하트퍼드에 사는 여동생이 갖고 있었다.

밥이 "제기랄, 엿 먹어."라고 내뱉고 떠난 이틀 뒤 프랜이 장을 보는 샬럿을 따라왔다. 그리고 샬럿이 산 물건들을 들고 나올 때까지 차에서 기다렸다.

"봉지들을 트렁크에 넣는데 내 이름을 부르는 소리가 들렸어요. 돌아보는 순간 심장이 멎는 줄 알았죠. 환하게 웃고 있더군요. 미소가 너무 환하고 다정해서 끔찍하게 무서웠어요. '안녕하세요, 정말 뜻밖이네요, 잘 지내시죠?' 하고 인사했죠. 알고 지낸 지 수년도 더 되니까 당연히 사교 모임이나 회사 파티에서도 많이 봤고요. 심지어 회사 창립 기념행사에서 같이 골프를 친 적도 있어요. 프랜은 내가 물건들을 트렁크에 싣는 걸 도와주고 아무렇지도 않게 내 차 조수석으로 들어와 앉았어요."

"혼비백산했겠군요."

"말도 마세요! 아무 말도 안 하는 거예요. 그냥 거기 앉아서 한참 나를 빤히 쳐다보다가 작은 테이프 녹음기를 꺼냈어요. 그리고 재생 버튼을 눌렀죠. 밥의 목소리였어요……."

샬럿은 그 순간을 떠올리며 무너져 내렸다.

"잠깐만, 멈춰봐……." (여자의 걱정스러운 목소리)

"왜?" (남자의 불안해하는 목소리)

"화장실 문…… 닫혀 있는데 그 밑으로…… 불이 켜져 있는 것 같아."

(여자의 속삭이는 목소리)

(부스럭대는 소리와 정적)

(여자의 커다란 비명 소리)

"오 맙소사! 맙소사!" (남자의 겁에 질린 목소리)

(여자의 비명 소리)

"우리 애, 살려줘! 우리 아가! 내 딸!"

"살아 있어? 이런! 제기랄!"

"타월 가져와! 손목에 감아. 꽉 감으라고!"

"우리 아가!"

"양쪽 손목 감아! 당겨! 꽉! 오, 제기랄! 피를 너무 많이 흘려."

"맥박이 잡혀! 제니! 정신이 드니? 타월 좀 줘! 오, 하느님, 안 돼, 안 돼!"

"제니!" (여자의 절박한 목소리)

"구급차 불러! 제니! 제니, 눈 떠!" (남자의 목소리)

"내 휴대전화 어디 있어!" (피에 미끄러지는 발소리, 여자의 목소리)

"바닥에! 얼른!" (남자의 목소리)

(발소리, 미끄러지는 소리)

(여자가 매우 흥분한 목소리로 신고하고 주소를 말한다)

"당신 가야 돼! 당장! 가야 돼!" (여자의 목소리)

"안 돼, 못 가! 제기랄!"

"그 끔찍한 날의 녹취를 들으면서 멍하니 그 기계를 바라보고 있었어요. 우리 아가! 그 흥건한 피바다!"

"맙소사, 당신 말소리를 녹음했군요."

나는 그리 쉽게 놀라는 사람이 아니다. 그런데 이때는 정말 놀랐다.

"몇 년 동안요. 테이프가 수십 개래요. 그걸 말해주더라고요. 그러더니 두 번째 테이프를 꺼내서 틀어줬어요."

"부모님은 어디 계시니?" (남자 목소리, 섹시한 말투)

"외출하셨어요." (여자 목소리, 추파를 던진다)

"으으음." (남자 목소리, 깊은 신음)

(바스락거리는 소리, 키스하는 소리)

"엄마, 아빠가 안 계시는 동안 아저씨가 아주 세게 해줄게."

(남자 목소리, 공격적)

"아, 안 돼요. 저는 착한 딸이에요. 못 해요." (여자 목소리)

"내 말 못 들었니? 지금 당장 할 거야. 네 허리를 젖히고 그 작은 분홍색 팬티를 벗겨주겠다고." (남자 목소리)

(여자의 몰아쉬는 숨소리)

"아니, 그만둬요, 안 돼……." (여자 목소리)

"역겨웠어요. 그 인간은 역겨운 돼지예요."

"같이 있던 여자는 누구였어요?"

"밥의 자동차 대리점에서 일하는 여자애요. 라일라 뭐라고. 스무 살이에요! 그러니까 당시 열아홉 살이었던 거죠. 게다가 그 가족과 오랫동안 친하게 지냈는데. 그 애 아버지하고 골프도 친다고요!"

"그런데 프랜 설리번은 왜 그 테이프를 샬럿에게 들려준 거죠? 수많은 테이프 중에서 왜 하필 그걸?"

"그게 클럽에서 와인 만찬이 있던 날 밤 녹음된 거니까요."

밥은 그날 밤 다른 여자와 있었을 것이라고, 거기까지는 나도 예상한 바였다. 그러나 이렇게 빼도 박도 못할 증거가 있을 줄은 몰랐다. 밥도 자신의 행방을 밝히기 싫어할 테고, 상대 여자도 입을 쉽게 열지 않으리라 생각했다. 시간이 훨씬 더 걸릴 줄 알았다.

“이게 그날 밤 밥의 행적이에요. 내 딸을 강간하고 있었던 게 아니에요. 다른 사람 딸을 강간하고 있었죠.”

“하지만 테이프에 녹음된 건 다 역할 놀이라면서요.”

“그 애는 어린애예요. 밥은 쉰세 살이고. 말로는 뭐라고 못 해요.”

“알겠습니다. 정말 유감이에요, 샬럿. 알면 알수록 끔찍한 인간이군요. 그런데 나는 아직도 프랜이 왜 그 테이프를 샬럿에게 틀어줬는지 이해가 안 되는데요.”

“협박. 아주 간단하고 명백한. 그날 밤 그 테이프를 경찰에, 파슨스 형사한테 가져갈 거라고 했어요. 넘겨주기 전에 변호사가 비밀 유지에 합의한다는 각서를 받을 거라더군요. 그러면 밥은 혐의를 벗게 될 테니 되도록 재빨리 소리 없이 처리하고 싶어 하는 거죠. 아직도 대중한테 이 사실을 숨길 수 있을 거라 믿어요. 이런 말을 하더라고요. ‘아마 어떤 경로로든 형사한테서 이 이야기를 듣게 될 거예요. 그러면 내 남편한테 푸대접을 받았다는 느낌이 들 거고. 밥이 워낙 물건을 잘 팔잖아요? 사랑이라고 했던가요? 폭로하면 내 기분은 좀 좋아질 수도 있겠죠? 망신당하게 하고 경력도 망치고 말이죠?’ 그리고 ‘당신은 당신 역할만 하고 이 일은 그냥 넘겨요. 그 대신 나도 내 할 일만 하고 당신하고 내 남편의 테이프를 혼자서만 갖고 있도록 하죠.’ 그러더군요.”

“알겠어요. 그래서 톰은 모르게 말이죠?”

“그래요. 마지막으로 이 말도 했어요. ‘우리는 이제 같은 배를 탄 거예요, 그렇죠? 당신 딸과 관련한 말도 안 되는 혐의가 또 따라붙으면 다 공개될 거예요. 전부 다.’라고요.”

"그럼 어떻게 할 건가요?"

샬럿이 나를 봤고, 아주 짧은 한순간 그 얼굴에 기가 막힐 정도로 패배감과 맹목적 용기가 혼재된 표정이 동시에 스쳤다. 더 이상 잃을 게 없으면 그렇게 되는 법이다.

"직접 톰한테 말할 거예요. 오늘 밤에. 프랜 설리번한테 이래라저래라 소리를 들을 순 없어요. 그 여자는 곧장 지옥으로 꺼지라고 해요. 선생님 말이 맞아요. 나도 고통을 견뎌야 해요. 아픔을 헤치고 살 필요가 있어요. 밥을 만난 뒤로 계속 그러려고 노력했어요. '제기랄, 엿 먹어.'라고 말하고 나가버린 그 순간부터요."

"정말 대견해요, 샬럿. 엄청난 용기가 필요한 일입니다."

이제 여러분에게 해줄 이야기가 두 가지 있다. 첫째, 밥을 포기하고 감정을 통제하려 노력하고 있다는 샬럿의 말은 거짓이었다. 둘째, 샬럿은 그날 밤 톰에게 말할 기회가 없을 터였다. 톰이 집에 없을 테니까.

샬럿이 떠나고 얼마 되지 않아 파슨스가 전화를 했다. 프랜 설리번이 괜한 소리를 하고 다닌 것은 아닌 모양이었다.

"설리번은 무혐의로 밝혀졌어요. 아셔야 할 것 같아서요. 무슨 근거로 그가 연루됐다고 생각했는지 모르지만, 뭐, 그건 착오였어요."

"정말입니까? 무슨 일 있었어요?"

"자세한 내용은 밝힐 수 없습니다. 하지만 밥 설리번이 알리바이를 제공했다는 정도만 말씀드리죠. 그림이 예쁜 건 아니지만 알리바이는 알리바이죠."

파슨스는 프랜 설리번과 변호사를 만났다. 프랜은 테이프를 틀어주지 않고, 대신 녹음된 내용을 설명해준 뒤 여자를 만나보라고 했다. 그래서 당연히 파슨스는 그 여자의 부모가 사는 집을 찾아갔다. 여자의 부모는 경찰이 온 이유를 설명해보라고 딸을 추궁한 뒤에야 사건의 전말을 알게 됐다. 오랜 친구이자 가장의 주말 골프 단짝이 1년 동안 딸과 섹스했다는 사실을. 아버지가 이성을 잃고 흥분하는 바람에, 파슨스가 진정시키는 데 한 시간도 넘게 걸렸다. 이 모든 이야기는 나도 나중에야 듣고 알았다.

"알겠습니다. 뭐, 그러면 좀 안심이 됐겠네요."

"그럼요. 하시만 세상이 어찌나 개판으로 돌아가는지."

"그러면 형사님은 이제 어떻게 되는 거죠?"

"뭐…… 예전으로 돌아가면 됩니다. 톰 크레이머한테 들들 볶이고, 해답도 없고, 용의자도 없고. 파란색 스웨트셔츠 한 장과 졸업 앨범 사진 한 장만 남은 거죠. 아, 하지만 한 가지……."

"뭔데요?"

나는 이야기를 듣는 둥 마는 둥 하고 있었다. 밥 설리번을 미끼로 쓰는 계책은 이제 끝이 보였다. 언론의 광기도, 소송도, 다들 생업을 전폐하고 집으로 돌아갈 만한 난리법석도 없다. 플랜 B는 전혀 기대하지 않았다.

"오리건에서 사건이 하나 있었는데요. 우리가 전화를 돌렸잖습니까? 이 나라 전역의 동네 파출소에요. 어, 어떤 노땅이 등에 똑같은 찰과상이 있는 아이에 대한 보고서를 읽은 적이 있대요. 직선으로 된, 골반 바로 위에 깊게 살점을 깎아서 새긴 상처요. 오래전 일이라는데 창고에서 그 파일을 찾아보겠다고 했습니다. 강간은 없었던 것 같다는데, 뭐가 나올지도 모르죠."

“알겠습니다. 뭐, 그냥 찰과상 같네요, 그렇죠? 일단 이 사건은 강간이 주된 범죄잖아요. 폭행이 먼저고 강간이 부수적인 게 아니라. 게다가 나라 반대편이고요. 안 그런가요?”

“선생님, 나는 이 사건에 관한 한 마지막 실마리까지 다 뒤져봐야 됩니다.”

그래, 뭐. 어디 앞으로 두고 보도록 하자.

33

대격돌의 밤, 롤러코스터가 비명을 지르며 쏜살같이 비탈을 내려가던 밤, 솜사탕이 거의 다 뭉쳐져 완성되던 밤. 이 이야기를 끝내고도 몇 가닥의 실은 여전히 흐트러진 채 바람에 날리고 있겠지만 그날 밤 실제로 있었던 일은 다음과 같다.

밥 설리번이 죽던 그날, 사건의 전모는 이러하다.

샬럿은 내게 거짓말을 했다. 이유는 알지만 그리 중요하지 않다. 샬럿은 밥과 헤어진 뒤 집에 가서 아픔을 다스리며 얌전하게 앉아 있지 못했다. 뇌리에서 "제기랄, 엿 먹어."라는 말을 떨쳐낼 수가 없었다. 이미 머릿속에 밥이 딸의 강간범이란 생각이 깊이 박혀버린 뒤였다. 그건 내가 한 짓이다. 하지만 또한 애인에 대한 충격적인 진실을 알게 된 후유증이기도 하다. "사랑해."가 "제기랄, 엿 먹어."가 됐을 때, 마음은 애인을 잔악무도한 악한으로 캐스팅함으로써 고통을 상쇄하려 한다. 도저히 씹어 삼킬 수가 없는 것이다. 약이 써도 너무 썼다. 그날 밤 샬럿은 진실의 약을 삼키려다 사레가 들고 말았다.

몰랐다고 변명할 수는 없다. 불장난을 친 나처럼, 샬럿도 톰이 제니 강간범 이야기만 나오면 정신을 놓는다는 사실을 잘 알았다. 밤잠을 설친다는 것도 알았다. 제대로 먹지도 못한다는 것도 알았다. 즐거운 일, 기쁨을 주는 일은 대부분 다 끊었다는 것도 알았다. 루커스와 제니와 함께 있을 때에도 그랬다. 다 시늉이고 속임수였다. 라크로스 게임도 건성으로 응원했다. 아침에 아이들과 인사할 때에도 억지 미소를 지었다. 톰은 극도로 불편한 심리 상태에 빠져 있었다.

이 심리적 불편을 극복하고 톰을 완전히 새로운 인간으로 탈바꿈하게 만드는 것이 내 계획이었다. 자기 안에 사는 악마들을 인정하는 남자. 그게 과정이다. 잘 사는 삶으로 가는 길이다. 이제 밥을 포기한 샬럿 역시 같은 길을 걷게 될 것이었다. 그러나 샬럿은 손끝으로 복수를 만지작거렸고, 그 폭탄을 터뜨리기로 결심했다.

샬럿은 그날 진료실을 나가 집으로 갔다. 밥이 무죄라는 사실을 알기 전이었다. 프랜 설리번이 자동차에 앉아 더러운 테이프를 틀어주기 전의 일이었다. 밥에게 화가 나 있었고, 또 더 중요한 문제인데, 제니를 강간했는지 의심하고 있었다. 샬럿은 아이들이 잠들 때까지 기다렸다. 그리고 톰에게 말했다.

"내가 무슨 소리를 듣고 있는지 도저히 믿기지 않았습니다. 밥 설리번이, 우리 사장이, 그토록 오랜 세월 우리 식구의 친구였던 그가 우리 딸의 강간 용의자라니. 선생님, 선생님이 나한테 새로운 용의자에 대한 생각을 불어넣어줬잖아요. 졸업 앨범 사진에 관심을 보이지 않는 게 새 용의자 때문이라면 말이 되더라고요. 파슨스한테 알아보려 했는데 말해주지 않더군요. 그런데 샬럿이 말해줬어요. 대학 시절 여자애 이야기를 들었죠. 그리고 알리바이가 없다는 것, 경찰한테 한 거짓말. 하지만 제니가 목소리를 들었다는 그 대목, 거기서 확실히 믿게 됐습니다. 그날 밤에 죽여버릴 수도 있었어요. 침대에 앉아서 놈을 죽이는 꿈을 꿨습니다. 차고에서 야구방망이를 찾아들고 두개골을 쪼개버리는 상상을 했죠.

제니가 잠들고 나서 그 애 방에 갔어요. 휴대전화를 켜서 친구라는 그 군인과 주고받은 문자메시지를 다 봤습니다. 이라크에서 그 끔찍한 치료를 받았다는, 그룹 상담에서 만난 사람요. 그리고 봤어요. 아이가 무슨 말을 했는지. '그 사람인 것 같아요……. 머릿속에서 그 사람 목소리가 들려요.' 지난 2주 동안 문자메시지가 수십 통 오갔더군요. 나한테는 아무도 말해주지 않았는데. 이제 알 것 같습니다. 나 말고 다들 알고 있었어요, 그렇죠? 당신, 제니, 파슨스, 샬럿. 나만 빼고 다들."

톰은 그다음 날 하루 종일 분노에 사로잡혀 앉아 있었다. 그러나 그 이상은 도저히 참을 수 없었다.

"그날 밤 놈이 고객과 재규어 쇼룸에 있으리란 걸 알았습니다. 식구들과 저녁을 먹었어요. 접시를 싹 다 비웠죠. 스테이크, 감자, 그린빈. 다 먹었는데도 배가 고프더군요. 딸이 당한 뒤로 처음으로 식욕을 느꼈습니다. 식구들한테는 쇼룸에서 서류 작업을 할 게 남아 있다고 둘러댔죠. 아내의 입술에 키스했어요, 긴 키스를. 키스가 길어서 아내가 놀랐습니다. 아이들 머리에도 입을 맞췄죠. 그리고 꼭 안아줬습니다. 이렇게 우리 집에서 식구들을 보는 건 마지막일 거라 생각했거든요. 그 어느 때보다도 맑은 머리로 계단을 내려갔습니다. 야구방망이를 찾았죠. 그리고 자동차에 실었어요. 차를 몰았습니다."

그날 밤 도로에 있던 사람은 톰 하나가 아니었다.

나는 숀 로건이 밥 설리번에 대한 감정을 토로한 그날 이후로 그를 보지 못했다. 숀 역시 밥이 제니를 강간했다고 믿고 이라크 적군인 양 강렬한 적개심으로 그를 보고 있었다. 밥이 바로 테러리스트였다. 제니는 그가 보호해야 했던 신참 발란시아였다. 우리 작업이 워낙 지지부진해서 숀은 몹시 답답해했다. 우리는 그 빨간색 문에 발목이 잡혀 있었고, 숀은 알아내야만 했다. 자신이 동료의 죽음을 초래했는지. 보살펴줬어야 하는 신참을 자기 실수로 죽였는지. 그 괴로움이 이제 밥 설리번을 향하고 있었다.

"이제 알겠어요. 어떻게 그 분노를 다른 사람, 다른 상황에 투영해서 엎질러진 일을 주워 담으려 했는지. 나는 발란시아를 보호하지 못했습니다. 그렇지만 제니는 지킬 수 있었어요. 기분이 훨씬 좋아졌죠. 기억하시죠? 내가 제니를 도울 수 있는 힘이 있다고 생각했기에 우리 아들에 대한 사랑을 느낄 수 있었다는 걸. 선생님 덕분에 그걸 이해할 수 있었어요. 하지만 설리번 때문에 그 힘에 불이 붙고 말았습니다. 며칠 동안 그 생각이 눈덩이처럼 커져갔어요. 이 힘이 폭발한 겁니다. 상담 치료에 가지 않았던 건 선생님이 내 눈을 보면 속내를 알아차리고 말리려 할 게 뻔했기 때문입니다. 딱 한 가지, 그 괴로움을 멈추고 싶었어요. 나와 제니의 괴로움을. 어떻게든 멈춰야 했어요. 총에 총알을 넣었습니다. 서랍장 맨 아래 칸에 아내를 위해 쪽지를 한 장 남겼어요. 언젠가는 찾더라도, 그날 밤에는 찾지 못하도록 숨겨뒀죠. 그날은 어두워질 때까지 그를 찾아다니고 뒤를 쫓는데 시간을 다 보냈습니다. 몇 시간 동안 잠복하며 쇼룸을 감시했죠."

톰은 쇼룸에서 몇 블록 떨어진 곳에 차를 세웠다.

"심장이 미친 듯이 뛰었습니다. 터져버릴 것만 같았어요. 터져서 심장 밖으로 튀어나올 것 같았습니다. 과호흡 증세가 나타났어요. 공기가 들어오고는 있는데 느껴지지가 않았어요. 내 숨에 내가 질식하고 있었습니다. 온갖 생각이 펄쩍펄쩍 뛰면서 나를 덮치고 있었습니다. '해치워!' 목소리들이 절규했어요. 우리 어린 딸이 그 숲에 있는 이미지들. 밥이 자동차 위에서 그 어린 여자애를 범하던 모습. 모든 게 뒤섞이고 있었습니다. 하지만 꿈쩍도 하지 않았어요. 부모님이 나에 대해 말하는 소리가 귓전에 들렸어요. 아내도 추임새를 넣었죠. '톰은 안 할 거야. 그런 용기가 없어……. 아무나 병사가 되는 게 아니지……. 우리 모두 한계를 받아들여야 해…….'라고요."

숀은 고객이 나가는 것을 지켜봤다. 고객의 차가 시야를 벗어나 전조등 불빛이 스러지자 차에서 내려 총의 안전장치를 풀고 확신을 품은 채 쇼룸을 향해 걷기 시작했다.

"발이 땅에 닿는 순간, 처음으로 환각을 경험했습니다. 대낮처럼 뚜렷했어요. 그 거리, 파이프를 문 노인, 아직도 나를 쳐다보는 것 같은 공놀이를 하던 세 아이. 거리가 얼어붙어 있어요. 아무도 움직이지 않아요. 아무도 뛰지 않습니다. 그들을 봤어요. 선생님이 읽어준 자료 내용이 아니었어요. 새로운 것들, 그날의 다른 기억들을 봤어요. 빨간색 문이 있는 그 거리였어요. 걸음을 멈추고 환각을 털어버렸습니다. 쇼룸 불빛이 보이더군요. 이미 매복 계획을 세워둔 터였습니다. 들어가는 길도 봐뒀죠. 옆문이 살짝 열려 있었습니다. 아마 전에 왔던 수리공이 열어두고 간 모양이었습니다. 나는 임무에 집중했습니다."

숀은 리콜 현상을 겪고 있었다. 그 감정, 손에 든 총, 임무 집중, 살인의 각오……. 이런 것은 우리가 상담 치료 시간에 시뮬레이션을 할 수 없다. 이제 표면으로 떠오른 그 기억들은 그날 마지막 임무의 또 다른 기억들로 그를 이끌고 있었다.

숀이 계속 걸음을 옮기는 동안 톰은 운전을 하려 애쓰고 있었다. 자동차 기어를 넣고 도로에 진입했다가 한 블록 가서 다시 멈췄다.

"그때 느낀 분노를 형용할 수가 없네요. 부모님이 나를 깎아내리는 소리가 들렸습니다. 온몸이 얼어붙고 있다고 나를 겁쟁이라고 불렀습니다! 사람을 죽이려고 하고 있는데! 이런 일은 몹시 두려워하고, 깊이 생각해야 하는 거 아니냐고요. 우리 애들과 헤어지게 된단 말입니다. 수입도 없어질 테고요. 애들은 아버지 없이 자랄 테죠. 그런데 다 뭣 때문에? 제니가 피해자라는 건 변하지 않아요. 강간범을 죽인다고 그 사실이 달라지지는 않습니다. 여전히 기억도, 치유 능력도 없이 살아가게 될 겁니다. 설리번을 죽인다고 되찾아지는 게 아니죠. 그리고 내가 그토록 집착했던 정의를 생각해봤어요. 다른 피해자들 이야기며, 정의가 구현되면서 치료에 도움이 됐다는 이야기들. 다른 식으로는 제니가 절대 정의가 실현되는 걸 볼 수 없다는 생각도 들더군요. 우리가 제니한테서 그 기회를 빼앗은 거예요. 계기판을 보면서 마음을 차분하게 다스렸어요."

숀은 한 발, 한 발 열린 문으로 접근하고 있었다. 그런데 기억들이, 번득이는 기억의 편린들이 계속해서 새로 떠올랐다.

"서서히 미쳐가는 줄 알았습니다. 임무에 집중할 수가 없었어요. 계속 발길을 멈추고 각다귀 떼처럼 들러붙는 기억의 조각들을 떨쳐냈어요. 이번에는 실패하지 않을 작정이었습니다. 발을 들어 움직였다가 다시 땅바닥에 내려놨습니다. 내 발이 있던 자리에 갑자기 발란시아가 나타났어요. 또 한 발짝 딛고 뒤를 봤습니다. 그런데 거기 없었어요! 내 앞에, 내 앞에서 먼저 가고 있었습니다! 창문 너머로 설리번의 그림자가 보였어요. 또 한 발을 들어 기어이 앞으로 옮겼죠. '씨발, 이게 뭐야!' 내 말소리였어요. '이건 안 돼! 좋지 않아!' 내가 한 말이었어요! 발란시아가 나를 밀치고 앞으로 나갔어요. 흙먼지로 덮인 녀석의 얼굴에 눈물이 줄줄 흐르고 있었어요. 공포였어요. 공포에 완전히 넋이 나가 있었어요. 씨발! 그 자식이 하려고 했어요! '나는 겁나지 않아!' 그렇게 말했던 것 같아요! 밥 설리번을 죽이려고 걸어가는데 그런 것들이 기억난 겁니다. 기억해냈다고요!"

갓길에 차를 세워놓고 앉아 있는 톰 옆으로 자동차 한 대가 정신없이 지나갔다. 그때는 신경도 쓰지 않았지만 뒤늦게 기억이 났다고 한다.

"남자답다는 게 무슨 뜻일까요? 강하다는 게 무슨 뜻이죠? 그런 의문이 머릿속에 빙빙 돌았습니다. 이 분노를 삼키고 규칙을 따르면 더 강한 남자가 될까? 아니면 딸을 위해 정의를 바로 세워야 더 강해질까? 대체 믿어지나요? 마흔다섯 살이나 먹어가지고 여전히 아무것도 모르겠더란 말입니다. 남자답다는 게 뭔지 도무지 알 수가 없었어요."

숀은 무릎을 꿇었다. 그의 의지와는 상관없었다. 감정이 이미 운전대를 잡아버린 것이다.

"그 멍청한 꼬마 새끼. 무릎에 닿는 아스팔트가 느껴졌어요. 총을 발치에 내려놓고, 양손으로 머리를 감쌌습니다. 눈을 감았어요. 모조리 다 기억나길 바랐어요. 전부 다, 한꺼번에 모조리 다. 그 녀석이 고개를 돌리더니 지옥에서 뛰쳐나온 박쥐처럼 그 빨간색 문을 향해 내달리기 시작했어요. 손을 뻗어 녀석의 팔을 잡으려고 했는데, 내 손에서 쏙 빠져나갔어요. 여전히 모든 사람들이 정지 상태였습니다. 앞으로 무슨 일이 벌어질지 다들 알고 있었던 거예요. 그 문에 뭐가 있는지 알고 있었습니다. 나는 그를 쫓아 달려갔어요. '안 돼, 신참! 엎드려!' 거의 다 따라잡았습니다. 거의 문 앞까지 갔어요. 그런데 거기서 전부 다 멈춰버렸습니다."

숀은 한밤의 어둠에 대고 절규했다. 나는 밥 설리번이 숀의 소리를 들었는지, 그래서 조금이라도 경계심을 가졌는지 궁금했다. 물론 대답을 듣진 못하겠지만.

"눈을 떴습니다. 총을 집어 들고 차로 돌아갔어요. 우리 가족이 있는 집으로 차를 몰았습니다. 못 하겠더군요. 발란시아를 죽음으로 몰고 들어갈 수 없었던 것처럼. 모르겠습니까, 선생님? 내가 한 짓이 아니었습니다. 녀석이 나를 따라 자살 임무로 뛰어든 게 아니었어요. 내가 그 뒤를 따라가고 있었어요. 내가 따라가고 있었단 말입니다!"

톰은 다시 도로로 나왔다. 결정을 내렸다. 다시는 멈추지 않았다. 나는 숀이 바로 그 옆을 지나치는 상상을 한다.

"적어도 찾아가서 밥과 대면하고 자백을 받아야겠다고 생각했습니다. 적어도 그럴 수는 있다고 생각했어요. 타협이었죠. 나 자신한테 그렇게 말했어요. 쇼룸에 도착했더니 뒤쪽 사무실에 불이 켜져 있더군요. 야구방망이는 차에 두고 내렸습니다. 나 자신을 믿을 수 없어서요. 아마 내가 바보 천치인가 봅니다. 그런 배포가 없었나 봅니다. 어쩌면 알고 싶지 않았는지도 모르겠습니다. 문을 열고 들어갔어요. 머릿속에 해야 할 말들이 맴돌아서 쇼룸으로 걸어 들어가면서 속으로 중얼거리면서 연습했습니다. 바로 그때 그 소리를 들었습니다. 어떤 남자가 울고 있었습니다.

모퉁이를 돌아 걸어갔어요. 밥이 라일라와 함께 있던 그날 밤 그랬던 것처럼. 다만 이번에 본 건…… 맙소사."

톰 옆을 쏜살같이 스쳐 지나간 차는 제니 크레이머가 강간당하던 밤, 밥 설리번과 함께 있었던 소녀의 아버지 것이었다. 쇼룸에서 본 라일라 말이다. 그녀의 아버지는 밥과 골프를 쳤다. 그 사람이 바로 밥 설리번의 피투성이 시체 옆, 쇼룸 바닥에 쓰러져 울고 있던 남자다.

"쇠지레를 갖고 있었습니다. 밥은 실버XK의 후드에 쓰러져 있었고요. 두개골에서 피를 쏟고 있었죠. '우리 아가, 우리 딸을!' 남자가 외쳤어요. 나는 밥한테 달려가 바닥으로 내리고 맥박을 짚었습니다. 약했지만 맥은 잡혔어요. 하지만 머리 상처는, 뇌수가 쏟아져 나오는 게 다 보였어요. 심하게 충격받아서 말로 잘 표현하기도 어려워요. 현실 같지 않았습니다. 휴대전화를 들고 구급차를 불렀어요. 우리가 있는 곳을 알리고 사람이 맞았다고 말했습니다. 죽었다고 했습니다."

"톰, 어째서 맥이 잡힌다는 말을 하지 않았죠?"

"잘했다고 생각하지는 않아요. 아니 어쩌면 그럴지도 모르겠네요. 아직도 잘 모르겠습니다. 하지만 밥 설리번을 살리기 위해서 그 어떤 노력도 하지 않았어요. 땅바닥에 눕히고 죽을 때까지 피를 흘리게 방치했습니다. 그 남자, 그 아버지 옆에 앉아 있었어요. 그는 밥 설리번이 자기 어린 딸을 강간했다고 그 말만 반복했습니다. 그런데 나는 그때 그 남자가 누구인지 전혀 몰랐어요. 알리바이는 아직 나오지 않았을 때고요. 하지만 그 말들을 들으니, 꼭 그 남자가 나 같았어요. 밥 설리번을 죽이고 싶어 했던 또 다른 나 자신 같았습니다. 정의를 원했던 사람. 나는 절망에 빠져 소리 지르는 남자를 두 팔로 안고 앞뒤로 얼렀습니다. 왜인지 설명할 수는 없지만 내 눈물을 그가 흘려주는 것 같았어요. 그리고 나는 그가 실현한 정의를 느끼고 있었습니다."

그렇다. 이게 바로 대격돌의 전모다. 굉장하지 않은가?

그러나 이것이 이야기의 끝은 아니다.

34

밥 설리번의 죽음을 거든 내 역할에 대해서는 아무런 회한이 없다. 어차피 닥칠 일이었다. 안 그런가? 그는 다른 사람들의 아내와 딸을 선호했다. 테이프에는 훨씬 더 많은 사람들이 나왔다. 결국 살인범의 재판 과정에서 이 모든 사실들이 까발려졌다. 이성을 잃고 불쌍한 밥의 머리를 쇠지레로 내리친 그 아버지의 재판 말이다. 심지어 샬럿과의 테이프도 나왔다.

내용은 합의에 의해 봉인됐다. 페어뷰를 파괴하고 싶은 사람은 아무도 없었으니까. 여기는 작은 도시다. 이미 한 말이지만, 이쯤에서 다시 한 번 말할 가치가 있으리라. 아무도 자신의 결혼, 친구, 아이들을 가르치는 학교 선생님, 딸, 어머니를 두고 선택해야 하는 상황을 원치 않았다. 이 도시에는 그런 엄청난 분노를 담을 여유가 없었다. 그래서 날짜와 여자들의 나이만 증거로 제출됐다. 테이프들은 결국 프랜 설리번에게 되돌아갔다. 마이애미에 마련한 새집에 아주 안전하게 보관할 장소를 마련해뒀을 것이다. 당연한 이야기지만 페어뷰에 계속 살 수는 없었다. 그래도 아들들은 키워야 했다. 자동차 대리점들은 팔았고(그중 둘은 톰 크레이머가 샀다) 설리번 집안은 멀리 떨어진 다른 곳에서 새 출발을 했다.

샬럿은 결국 톰에게 불륜을 털어놨다. 톰이 밥의 죽음을 방치한 바로 그다음 날 고백했다.

"톰이 그런 죄책감에 빠져 허우적거리는 걸 두고 볼 수가 없었어요. 여전히 너무 선명했어요. 그 상처의 이미지, 쏟아져 나오는 뇌수, 흥건한 피, 그리고 바닥에서 울고만 있던 남자도요. 톰은 하마터면 자기가 저지를 뻔한 짓에 충격받았고, 실제로 저지른 일 때문에 공포에 질려 있었어요. 그런 궁지에 몰아넣은 장본인이 바로 나였어요. 내가 자동차에 야구방망이를 넣어주고 쇼룸으로 차를 몰게 만들었다고요. 그러니까 내가 바로잡아야 했어요."

샬럿은 말하지 않았지만 나는 샬럿이 톰의 용기와 분노를 억누른 자제력 덕분에 남편을 새로운 눈으로 보게 됐다는 것을 알 수 있었다. 강인한 남자로 보게 된 것이다. 1년 내내 그런 것처럼 남에게 칭얼거리기만 하는 것이 아니라 가족을 실제로 보호해줄 수 있는 남자로 말이다. 하지만 한편으로 결함도 있었다. 그렇다, 밥은 어차피 죽을 사람이었지만 톰은 그를 구하기 위해 아무것도 하지 않았다. 톰은 완벽한 사람이 아니었다. 그리고 이 사실 덕분에 샬럿은 나쁜 샬럿의 손을 놨듯 착한 샬럿의 손도 놔줄 수 있었다.

톰 입장에서는 샬럿의 결함을 알게 되면서 마침내 자신이 샬럿과, 가족과, 자기 삶을 누릴 자격이 있다는 사실을 실감하게 됐다.

일이 언제나 이렇게 수월하게 돌아가지는 않는다. 대부분의 부부는 이렇게 삶을 철저히 뒤흔드는 대사건을 겪지 않는다. 무기력, 정체, 반복되는 일상…… 이런 강력한 기운들에 맞서서는 오히려 변화가 쉽지 않다.

밥 설리번의 죽음은 두 사람 모두를 완전히 바꿔놨다.

"물론 미쳐 있었죠. 분노로 눈이 멀었죠. 상처받고, 완전히 폐인이 돼 있었어요. 내 안의 모든 걸 집어삼키는 구덩이를 배 속에 둔 채로 돌아다녔습니다. 며칠 동안 아내 얼굴을 제대로 볼 수도 없었어요. 자세한 것까지 다 말하라고 시켰거든요. 어디서 만났는지, 얼마나 자주, 얼마나 오래 만났는지. 제니를 찾은 날 이야기도 하게 만들었어요. 아내는 딱 한 번 사과했어요. 자기 어린 시절 이야기를 해주더군요. 정말 차분한 말투였어요. 용서를 애걸하는 것도 아니고, 그냥 내가 이해해주기만 바랐습니다. 선생님이 도와줘서 자기 자신을 이해할 수 있었다고 했어요. 늘 품고 다닌 수치심 때문에 선과 악, 두 가지 다른 자아를 가질 필요가 있었다고 말입니다. 계부 이야기, 처음 그 일이 일어났을 때 이야기를 하면서 울었어요. 나는 귀 기울여 들었고, 아내는 이야기를 마치고 나서 그냥 일어나더니 방에 나 혼자 남겨두고 나가버렸어요. 아내와 그 후로 2주간 그 이야기는 한마디도 하지 않았어요."

샬럿은 그때가 평생 가장 긴 2주였다고, 심지어 제니가 강간당하고 난 뒤 몇 주일보다도 더 길었다고 했다.

"나한테 할 일이 남아 있지 않았기 때문이죠. 취할 행동이 없었어요. 전화도, 누가 시키는 일도, 아무것도. 가만히 앉아서 남편이 나를, 온전한 내 모습을 다 알고 여전히 나를 사랑하는지 여부를 결정하게 하는 수밖에요. 남편한테 말하고 나서 정말 힘들었어요. 그 어느 때보다 남편을 더 사랑한다는 사실을 깨달았거든요. 아니 어쩌면 남편을 정말 사랑한다는 걸 알았다, 이 말만 해야 할까 봐요."

톰은 목요일 밤에 샬럿에게 왔다. 두 사람은 침실에 단둘이 있었다. 집은 조용했다.

"들어가니까 아내는 화장대 앞에 서서 거울을 보고 있었습니다. 내가 선 자리에서 거울에 비친 아내가 보였어요. 그런데 그때 처음으로 그녀를 봤습니다. 내 말은 진짜의 모습을 본 게 처음이었다는 뜻이에요. 내가 결혼했다고 생각했던 그 여자가 아니었어요. 하지만 맙소사, 정말 아름다웠습니다. 죄송합니다……. 요즘 들어 좀 많이 웁니다. 그냥 정말 너무 아름다웠어요. 그 연약한 소녀, 그 강인한 여인, 전부 다 그 얼굴에 있었습니다. 그래서 안아주고 싶은 마음뿐이었어요."

샬럿은 그날 밤을 잘 기억했다. 아마 두 사람 모두 결코 잊을 수 없겠지만.

"남편이 바로 내 등 뒤에 다가올 때까지 방에 있는 줄도 몰랐어요. 양팔로 내 허리를 감싸고 머리를 내 어깨에 올렸죠. 나를 사랑한다고 말해줬어요. 아는 여자들 중에서 내가 가장 아름답다고, 이제 내 모든 면을 보게 됐고, 그 어느 때보다도 아름답다고 말했어요. 마음의 장벽이 허물어져 내리는 느낌을 받았어요. 우리 사이에 아무 장애물도 없었어요. 우리는 사랑을 나눴고, 나는 밤새도록 남편 품에서 잠을 잤어요."

숀 역시 밥 설리번의 죽음 이후 아내와 다시 연결되는 지점을 찾았다. 바로 그다음 날, 하마터면 그 남자를 자기 손으로 죽일 뻔한 바로 그다음 날, 리콜 현상을 겪은 바로 그다음 날, 나를 찾아왔다.

"미친 사람처럼 집으로 차를 몰고 왔어요. 아무리 빨리 달려도 성에 차지 않았습니다. 아내한테 밥 설리번을 죽이지 않았다고 말하고 싶었어요. 발란시아도 내가 죽이지 않았고. 나는 그를 구하려고 노력했었다고. 기억하는 게 문제가 아니었어요. 수월하게 기억해냈어도, 그 문을 향해 뛴 게 나였을 수도 있잖아요. 이성으로 도저히 말릴 수 없는 광기에 휩싸여 그 빨간색 문을 향해 질주한 게 나였을 수도 있잖아요. 살아가면서 대개는 그런 기분이거든요. 불안을 떠안고 사는 것, 그것 때문에 내가 미친 짓을 너무 많이 했어요. 나였을 수도 있었죠. 심지어 죽고 싶어 했을 수도 있고요. 고생을 워낙 많이 했으니까요. 아시겠어요, 선생님? 내가 완전히 답 없는 인간은 아니란 걸 이제 알게 된 거예요. 부하를 죽음으로 몰고 갈 만큼 그렇게 답이 없는 놈은 아니었어요."

"그럼요, 숀. 답 없는 인간이라뇨. 사실 당신은 부하의 뒤를 쫓아갔던 겁니다. 말리려고 했잖아요. 기꺼이 그를 위해 죽을 각오도 했잖아요? 당신은 영웅입니다."

"영웅이 되고 싶었어요. 설리번을 죽이면 제니를 구하는 거라고 생각했어요. 그날 밤에 기억이 돌아오지 않았으면 나는 어떻게 됐을까요? 죄 없는 사람을 죽였다면요? 자칫하면 정말 저지를 뻔했어요."

"밥 설리번을 쐈을 리가 없어요. 당신답지 않은 일이니까."

"아마도요."

숀이 바닥을 뚫어져라 바라봤다. 서서히 고개를 끄덕였다.

"아마도, 선생님. 하지만 영영 알 길이 없잖아요."

숀은 계속 불안증 치료를 받았고, 귀신들을 잠재우는 우리 작업도 마무리했다. 그날 이라크에서의 기억을 조금 찾고 나니 물 흐르듯이 자연스럽게 진척됐고, 결과도 몹시 흡족했다. 폭발과 부상으로 인한 트라우마는 제집을 찾은 뒤 배회하지 않게 됐다. 숀은 그해 대학에 복학했다.

숀의 아내는 딸을 가졌고, 이름을 사라라고 지었다. 그리고 그는 제니에게 아주 가까운 친구로, 쓰레기가 잔뜩 든 검은 봉지를 받아줄 수 있는 남자로 남았다.

이들에게는 해피엔딩이다. 이 걸출한 사람들이 자신의 인생을 바꾸기 위해 해낸 일들을 모두 내 덕분이라고 말할 수는 없다. 그저 내가 맡아 할 수 있었던 작은 역할에 감사하다.

그리고 이제 글렌 셸비의 엔딩을 말해야겠다.

밥 설리번이 죽고 이레 뒤 글렌 셸비의 시체가 아파트에 설치된 금속 봉에 매달린 상태로 발견됐다. 날씨가 아주 따뜻해지면서 시체에서 악취가 막 풍기려던 참이었다.

크랜스턴 경찰이 유품을 조사하다 검은색 스키 마스크, 검은색 장갑, 그리고 제니 크레이머의 강간을 상세하게 묘사한 공책을 발견했다.

글렌은 자산 관리 회사에서 일하다가 동료들이 같이 있는 것을 불편해하자 그만뒀다. 이 이야기는 앞에서 했다. 여러분이 잊었을지도 모르지만. 그 회사에서 마지막으로 한 일이 바로 페어뷰의 주택 두 채를 관리하는 일이었다. 그는 온갖 일을 도맡아 했다. 제초, 잔디밭 관리, 나무 가지치기. 그리고 수영장 청소까지.

파슨스 형사가 전화로 이 소식을 알려줬다.

"미친 거죠? 이 인간, 완전히 제대로 돌았어요. 스토킹 피해자만 두 명이고요. 동료들한테서 불만이 빗발쳤답니다. 교도소를 들락거렸고. 미친 개새끼. 그 파티에서 누구 하나 강간하겠다고 작정하고 있었던 것 같아요. 인스타그램에서 10대 남자애들 몇 명을 팔로우했더군요. 가짜 프로필도 올리고. 젠장, 요즘 10대 애들이 워낙 생각이 없잖아요. '좋아요'나

'팔로워'에 다 홀려가지고. 아무튼 자기 세상에 들이는 인간들 중에서 절반은 누군지도 모를 겁니다. 해시태그에서 그 파티에 대한 내용을 발견했어요. 일주일 전부터 파티 이야기를 하기 시작했더군요. 놈으로서는 준비할 시간 여유가 충분했던 거죠. 남자애를 노리고 있었던 것 같은데. 어디서 시작했는지 아직 파악 중입니다. 애초에 어떤 애가 그를 무리로 들여보내준 건지 말이에요. 그러면 우리도 뭘 좀 알게 될 텐데요."

나는 이미 답을 알았다. 파란색 스웨트셔츠를 입은 사진들을 다 지우면서 제이슨의 계정을 샅샅이 훑었으니까. 나는 인스타그램을 쓰지 않는다. 하지만 우리 아들의 '팔로워' 하나가 끈질기게 아들이 쓴 포스팅에 '좋아요'를 눌러주고, 말을 걸려 애쓰고, 자신에게도 '좋아요'를 눌러달라고 조르고 있었다. 왜 느닷없이 그런 생각이 들었는지 설명하기 어렵다. 이 팔로워의 사진과 포스팅에는 글렌 셸비의 얼굴이 없었다. 그러나 나는 알았다. 페이지를 하나, 하나, 또 하나 넘길 때마다 화면에서 절박한 애정 결핍이 유독성 물질처럼 슬그머니 배어 나왔다.

셸비는 내 아들을 스토킹하는 데 재미를 붙였다. 셸비는 내 아들을 스토킹하러 그 파티에 갔던 것이다. 이제는 여러분도 내 아들이 숲에 갔다는 말을 처음 들었을 때 내가 느낀, 온몸에 기운이 쭉 빠지는 공포를 이해할 수 있으리라. 파슨스에게는 말하지 않았다.

"그거 대단하군요, 형사님. 정말 대단해요. 부탁이 하나 있습니다만. 글이 있다고 했죠? 제니의 강간에 대해서 말입니다."

"아, 네. 노트를 아주 꼼꼼하게 적었더군요. 우리가 찾은 내용에 다 부합하고 그 이상도 있었습니다. 더럽고 역겨운 글이에요. 그건 확실히 말할 수 있습니다."

"좀 이상하게 들릴 수도 있는데, 제니의 기억을 찾는 치료에 그게 도움이 될 것 같습니다. 그걸 좀 볼 수 없을까요? 복사를 하거나?"

"맙소사. 그거 이상하네요. 정말 그게 제니가 원하는 겁니까? 그놈이 자기한테 그런 짓을 할 때 무슨 생각을 하고 어떤 감정이었는지 전부 다 알고 싶대요?"

"내가 제니하고 그 부모에게 말할 겁니다. 하지만 글을 구할 수 없다면 괜한 희망을 품게 할 필요는 없잖아요."

"글은 구해줄 수 있습니다."

"감사합니다."

"아, 그리고 깜박 잊을 뻔했어요. 그 오리건의 노땅 경찰 있잖아요? 기억나세요?"

나는 기억하고 있었다.

"그 파일을 찾았다고 합니다. 학교에서 온 보고였대요. 교사가 어떤 애 셔츠에서 피가 나는 걸 봤나 봐요. 보건교사한테 보냈는데 그런 상처가 있었다고 말했답니다. 사고처럼 보이지 않는다고요. 일부러 누가 새긴 것처럼 너무 깔끔한 상처였대요."

"그렇군요, 형사님. 그건 이제 어차피 별 상관 없잖아요? 글렌 셸비도 그때는 어린애였을 테니까."

"그래요. 나도 이제 그 파일은 필요 없다고 했어요. 천만다행이죠. 이 모든 일이 드디어 끝났습니다. 이제 휴가라도 떠나서 좀 즐겨야겠어요."

"그럴 자격이 있죠."

진심으로 한 말은 아니었다.

"선생님도요. 크레이머 부부한테는 진짜 하늘이 보내주신 은인 같겠어요. 그 부부가 고마워한다는 거 잘 압니다."

"나야 도움이 됐다면 그저 기쁠 뿐이죠. 이 일을 잘 마무리할 수 있기만 바랍니다."

35

공감 능력의 정의는 이렇다.

'타인의 감정을 공유하고 이해할 수 있는 능력.'

점심시간 때 모여 몇 시간 동안 수다를 떠는 여자들. 일요일 아침마다 골프 코스에 모여 걷는 남자들. 휴대전화에 찰싹 붙어 있는 10대 소녀들. 이런 때 우리는 우리의 이야기를 한다. 가끔은 세세한 부분까지 낱낱이 말한다. 그리고 그 말들을 경청하는 다른 사람들의 표정을 본다. 우리는 그들로부터 공감을, 기쁨을, 이해를 이끌어낸다. 서서히 죽음으로 걸어가는 동안 혼자이고 싶지 않아서 우리는 이런 일을 한다. 공감 능력은 우리 인간성의 핵심이다. 공감 능력이 없는 삶은 고통이다.

이것이 마지막 남은 설탕 몇 가닥이다.

파슨스 형사는 내게 글렌 셸비의 글을 줬다. 크레이머 부부는 내 계획이 시도해볼 가치가 있다는 데 동의했다. 그래서 초여름의 어느 밤, 강간이 일어난 지 1년 남짓 됐을 무렵 진료실에 온 제니 크레이머는 마침내, 어떻게든, 주니퍼 로드 뒤의 그 숲에서 무슨 일이 있었는지 알게 됐다.

제니는 그날 밤 입었던 옷을 입고 있었다. 우리가 진료실에서 상담할 때 쓰던 바로 그 옷이었다. 향수도 화장도 똑같이 했다. 머리카락은 오른쪽으로 작게 땋은 머리 말고는 풀어 내렸다.

제니는 지난 2주 동안 벌어진 일들에 몹시 훌륭하게 대처했다. 범인이 밥 설리번이 아니라 중증 정신 질환자였다는 사실에 안도감을 느낀다고 했다. 나는 글렌의 상태를 몹시 너그럽게 묘사함으로써 수월하게 받아들이도록 했다. 제니가 직접 글렌을 만나고 세상에는 얼마나 정상적인 모습만 보여주는지 봤더라면 좀 다른 감정을 느꼈으리라. 글렌의 상태를 알고 나니 이 일이 사고에 가까웠다는 생각을 하게 된다고 제니는 말했다. 정글에서 야생동물을 만나거나, 상어에 물리거나, 바다에서 거센 물결에 휩쓸린 것과 다를 바 없는 것 같다고. 자신을 강간한 글렌 셸비를 용서하는 것이 중요한 게 아니었다. 제니가 이 일을 이해할 수 있는 능력이 중요했다. 그리고 벌어진 일을 그 맥락 속에서 이해하고 삶을 살 만하게 만들어나가는 것이 중요했다. 물론 어떤 일들은 너무나 불가해해서 우리가 밟고 선 땅, 우리 토대를 갈가리 찢어놓는다. 그러면 우리는 한 발, 한 발 내디딜 때마다 땅이 갈라져 추락하게 될까 봐 두려워하면서 살아가는 내내 절름발이가 된다. 밥 설리번이었다면 아마 그랬을 것이다. 아빠 회사에 가면 웃어주던 남자, 원하면 어떤 여자라도 얻을 수 있을 남자가 그런 짓을 했다면 제니는 마땅하고 합리적인 이유를 영영 얻지 못한 채 다시는 아무도 믿지 못하고 살아가야 했을 것이다.

"어디서부터 시작하고 싶니?"

제니는 불안해했고, 내 생각에는 약간 부끄러워했던 것 같다.

"모르겠어요. 땅바닥에 엎드려야 할까요? 아니면 그냥 앉아서 눈을 감을까요?"

"앉아서 눈을 감아보자. 그걸로 충분한지 한번 보자."

나는 표백제 덩어리 냄새를 맡게 했다. 음악을 틀었다. 그 숲의 낙엽과 가지를 좀 담아 온 봉지가 있어서 그것도 열었다. 제니는 길게 숨을 들이마시고 천천히 내쉬었다. 그리고 눈을 감았다. 나는 파슨스 형사에게 받은 것을 꺼냈다. 글렌 셸비의 글을 읽기 시작했다.

몇 블록 떨어진 곳에 주차하고 주니퍼 로드로 걸어갔다. 숲에서는 전부 다 보였다. 파티가 열리는 집은 방방마다 전부 불이 밝혀져 있었다. 아이들이 술을 마시며 웃고 있었다. 몇몇은 침실에 혼자 처박혀 있었다. 그들은 뒷문에서 마약상을 만났다. 안에서 그 남자애를 봤다. 시간문제라는 것을 알았다. 진입로에 그 애 차가 세워져 있는 것을 봤다. 숲의 경계 근처였다. 거기서 잡으면 되겠다는 것을 알았다.

나는 종이에서 시선을 들고 제니를 봤다. 제니는 정신을 집중하고 있었다. 아직 감정은 보이지 않았다.

그 남자애가 파티장에서 나왔지만 자기 차로 가지는 않았다. 계속 진입로를 걸어 주니퍼 로드로 나갔다. 녀석이 보이지 않는 곳으로 가버리는 바람에 나는 화가 났다. 그때 그 여자애가 나왔다. 여자애가 뛰어가는데 땅바닥에서 타닥타닥 부러지는 소리가 났다. 우는 소리도 들렸다. 나는 쉽게 그 애에게 정신이 팔렸다. 너무 슬퍼하고 있었다.

제니의 숨소리가 가빠지는 것이 들렸다. 무슨 일이 벌어지는지 알고 싶었지만 그것이 뭐든 과정을 중단할 수는 없었다. 이 글이 제니를 과거로 이끌고 있다는 것을 알았다. 느낄 수 있었다.

그 여자애에게 다가갔다. 여자애가 소스라치게 놀랐다. 그때 내가 마

스크를 쓰고 있다는 것을 알았다. 내가 다가가면 사람들은 보통 미소를 짓는다. 사람들은 나를 좋아한다. 마스크를 벗으려고 손을 가져가다가 그럴 수 없다는 것을 기억해냈다. "무서워하지 마. 너를 다치게 하려고 온 게 아니야. 다른 사람을 기다리고 있었어." 여자애가 뒷걸음치기 시작했다. 무슨 괴물 보듯 눈을 커다랗게 뜨고 있었다. "무서워하지 말라고 했잖니! 왜 그런 눈으로 나를 보는 거니, 얘야? 너한테 잘해주려는 거 안 보여? 얘! 그렇게 가버리기만 해봐라! 나는 괴물이 아니야. 얘! 얘야!"

그때 웅얼거리는 소리가, 아주 조그맣게 웅얼거리는 소리가 들렸다. 제니를 봤다. 뺨에 눈물이 흐르고 있었다. 그 말을 속삭이는 제니의 입이 바짝 말라 있었다. "얘, 얘야."

숲 저편으로 그 남자애가 다시 보였다. 녀석은 파티장으로 다시 들어갔다. 내 기회가 사라졌다. 이 여자애가 알고 있으니 여기 머물 수는 없었다. 그러나 저지르려고 마음먹고 온 짓을 하지도 못한 채 돌아설 수가 없었다. 가서 누구 다른 사람에게 말하면 파티고 뭐고 기회는 더 이상 없었다. 쉬운 일은 아니었지만 워낙 훌륭한 의사를 만나 치료를 받은 덕에 강박증을 멈추는 법을 알게 됐다. 융통성을 발휘할 줄 알게 됐다. 그리고 이 여자애가 나를 열 받게 했다. 나는 자기에게 잘해주려 했는데, 도와주려 했는데, 내게 잔인하게 굴었다. 그것이 어떤 기분인지 나는 안다. 자신을 좋아하게 만들어놓고 밀어내다니 무슨 자격으로 그런 짓을 하는지. 전에 다른 사람에게도 그런 대접을 받아봤지만, 다시는 용납하지 않을 작정이었다. 나는 여자애의 따귀를 세게 때리고 땅바닥에 쓰러지는 모습을 봤다. 그 몸에 타고 앉아 그 남자애에게 할 계획이었던 짓을 시작했다. 약을 쓸 필요는 없었다. 여자애는 워낙 약했고, 나는 정말 강했

다. 일을 끝내자고 마취를 할 필요도 없었다. 나는 셔츠 밑에 손을 넣어 몸을 만졌다. 피부가 너무나 보드라웠다. 오랫동안 남의 살갗을 느껴보지 못했다.

"얘…… 얘야……. 소리 그만 질러……. 얘야…… 네 피부가 좋아. 정말로 네 피부가 마음에 들어."

제니는 이제 이 말들을 읊조리고 있었다. 공책에 적힌 말들, 내가 아직 읽지도 않은 말들을. 내 심장이 터질 것만 같았다! 지금 제니는 그날 밤 그곳에 있었다. 돌아가는 길을 찾은 것이다!

나는 옷을 벗겼다. 콘돔을 했다. 너무 쉬웠다. 여자애는 너무 작아서 한 손으로 붙잡을 수 있었다. 그러고 나서 나는 사랑을 나누기 시작했다. 여자애는 울고 있었지만 나는 아주 신사적이었다. 그러다가 부드럽게 대할 계획이 아니었다는 것이 기억났다. 어떤 이야기를 따라 하려고 여기 온 게 아닌가. 그리고 내가 부드럽게 하면 그 이야기에 맞지 않는다. "미안해, 얘야." 나는 사랑을 그만두고 성기를 넣었다 뺐다 하기 시작했다. 세게, 세차게. 그 남자애를 상상하려고 노력했더니 훨씬 쉬웠다. 가방에서 그 막대기를 꺼냈다. 그 이야기는 단 한 단어도 잊지 않았다. 여자애의 살갗을 벗기기 시작했다. 어디에 해야 할지 알고 있었다.

나는 읽기를 멈췄다. 거기에 뭐가 쓰여 있는지 알고 있었다.

그것은 내 이야기였다. 눈을 감고 기억을 되살렸다. 놈이 내 몸을 찢고 들어올 때의 고통은 이루 말할 수 없었다.

내가 글렌 셸비에게 해준 이야기였다. 내가 넘은 선이었다. 환한 오리건의 태양이 내 얼굴에 내리쬔다. 집이 너무나 가깝게 보인다. 내 비명 소리를 들으며 그가 웃는다.

글렌 셸비가 기억하고, 만끽하고, 이 아름다운 처녀에게 가한 그 이야기다. 그가 나를 보고 웃으며 못된 암캐라고 부른다.

나는 얼굴로 흘러내리는 눈물을 닦았다. 눈을 뜨고 글렌의 글을 계속 읽었다.

나는 막대기에 붙은 살점을 약간 뜯어서 손가락으로 비볐다. 미끌미끌했고, 곧 잘게 부서져 작은 공처럼 땅으로 푸스스 떨어졌다. 나는 살갗을 좀 더 긁어냈다.

제니가 입을 열었고, 그 말들의 날개를 타고 기억이 터져 나왔다.

"처음에는 간질이는 줄 알았어요. 팔뚝으로 내 목을 짓누르는데 너무 세게 힘을 주고 있었죠. 그래서 이제 그만하고 한동안 간질이려고 하나 보다, 그랬어요. 어쩌면 이제 끝인지도 몰라. 그런데 간지럽던 자리가 쓰라리게 아파오고, 점점 더 쓰라려서 내 피부를 벗겨내 뭔가 새기고 있다는 걸 깨달았어요."

그래, 제니. 그래! 그러자 피가 내 등줄기를 타고 흐른다. 느낌이 선하다. 뜨끈하고 끈적끈적하다. 그가 내게 지금 자기 표식을 새기고 있다고 말한다. 내 몸을 먹을 거라고, 내 몸의 작은 조각을 식인종처럼 먹어치울 거라고 말한다.

제니가 내 생각을 들을 수 있는 것처럼 말을 이었다. 마치 우리가 한 사람이 된 것 같았다. 그리고 그 순간, 우리는 같은 이야기를 공유한 한 사람이었다. 내 회한은 깊고 깊었지만 그런 생각은 하지 않으려고 했다.

제니가 우리 이야기를 이어나갔다.

"신경이 느껴져요. 그가 내 신경을 건드리는 바람에 나는 또 비명을 질러요. 그가 멈추더니……."

나는 그때 우리 이야기를 계속 읽었다.

"미안하다, 얘야." 나는 스토리를 따라가야 한다. 피부에 새기는 건 그만하고 성교를 더 했다. 여자애가 또 소리를 질렀다. 이게 별로 즐겁지 않았다. 따라 하기 쉬운 이야기가 아니었다. 그 남자애도 아니었고, 그래서 얼마나 오래 이 짓을 해야 하나 싶었다. 이야기를 잘못 기억하고 있는 게 아닐까 의심이 되기 시작했다. 한 시간은 정말 긴 시간이다. 내 팔도 지쳐가고 있었다. 게다가 어찌나 소리소리를 지르는지! "얘야! 소리 좀 그만 질러!" 중간에 몇 번이나 그만두고 여자애가 진정하고 조용해질 때까지 기다려야 했다.

제니가 합류한다. 우리는 오케스트라 같다. 똑같은 노래를 연주하는 두 개의 악기.

"얘야…… 소리 좀 그만 질러. 얘…… 아, 맙소사!"

나는 속으로 생각한다. 안다, 제니. 놈이 내 몸 안으로 쑤셔 넣을 때의 그 고통은 견딜 수가 없지. 나는 겨우 열두 살이었어. 내 몸은 작았지. 그는 열일곱 살이었다. 남자고. 뱀을 찾으러 가자고 이리로 나를 데려왔어. 내가 뱀을 잡을 수 있다고 했지. '자 봐. 네가 뱀을 잡았지.' 그가 말했다. 그때 나는 울었다. 그냥 울었어. 한 시간은 아니었어. 글렌이 나한테 얼마나 오래였느냐고 해서 꼭 한 시간처럼 느껴졌다고 했어. 실제로 한 시간이라고 한 건 아니야. 어머니 차가 진입로로 들어오는 걸 봤을 때까지 말이야. 놈은 그때 내 몸에서 빠져나와 피를 흘리는 나를 거기 두고 가버렸지.

나는 한 대목을 더 읽었다.

한참 쉬면서 시간을 확인했다. 그리고 애가 숨을 고르게 했다.

제니는 말을 더 이어갔다. 기억이 되살아났다. 조용히, 속삭임처럼 흘러나왔다.

"거의 다 끝났어. 겨우 17분 8초밖에 안 남았다."

제니가 눈을 뜨고 내 눈길을 받았다. 불과 몇 센티미터 거리에 있었다. 우리는 둘 다 울고 있었다. 우리의 기억이 선연하게 우리 앞에 놓여 있었다.

"기억이 나요. 그 사람이 기억나요."

제니가 말했다.

"안다. 네 눈을 보니 알겠어. 다 보인다!"

그리고 나는 볼 수 있었다. 모든 것을 볼 수 있었다. 나 자신을 볼 수 있었다. 더 이상 혼자가 아니었다.

36

부모님은 내가 당한 일이 알려지지 않기를 바랐다. 보건 선생님이 말하기 전까지는 신고도 하지 않았고, 나를 의사에게 데려가지도 않았다. 그것도 벗겨진 상처를 봉합하기 위해서 갔을 뿐이었다. 부모님은 위탁받은 아이들을 주에서 다시 데리고 갈까 봐 두려워했다. 그중 한 명이 집 뒤의 숲으로 나를 데리고 간 그놈이었다. 어머니는 우리가 다 극복할 수 있는 일이라고 말했다. 이 애에게 워낙 슬픈 사연이 있어 우리 도움이 필요하다고 했다. 그의 행동은— 어머니는 그가 한 짓을 이렇게 말했다— 힘든 삶의 결과이니 너무 혹독하게 비판하면 안 된다고 했다. 보건 선생님은 내 셔츠에 묻은 피를 봤고, 나는 그냥 넘어져서 다친 거라고 둘러댔다. 보고서가 올라가긴 했지만 그게 다였다. 이 비밀의 고통, 아무와도 나누지 못한 아픔은 잔혹했다.

내 이야기를 글렌 셸비와 나눈 그날을 기억한다. 우리는 서머스 교도소에서 상담 치료를 하고 있었다. 그는 자신이 스토킹했던 소년 이야기를 해주고 있었다. 그 집 밖 숲에 서서 소년을 바라봤다고 했다. 얼마나 소년을 만지고 싶었는지 모른다고도 했다. 나는 그런 충동은 나쁜 거라고 말하기 시작했다. 사람들을 아프게 할 수도 있다고 말했다. 상상만 해도 이렇게 좋은데 어떻게 그럴 수 있느냐고 그가 물었다. 그러면서 죄수들끼리의 사례를 들었다. 죄수들이 서로에게, 또 자신에게 하는 짓들을 알려줬다. 자신은 남자, 여자, 10대 소년을 막론하고 수백 명과 해봤다고 했다. 대개는 몸 파는 사람들이었다고. 일부는 심하게 약에 취해 있었고, 몇 사람은 그의 매력에 이끌려 사랑을 절박하게 갈구한 나머지 자신에게 감정적으로 유착하는 그의 정신병을 미처 알아차리지 못했다.

나는 아무리 몸을 팔더라도 절대 미성년 소년들에게 손대선 안 된다는 것을 설명하려 했다. 그가 어린애들에 대한 성적 취향을 키우는 것이 싫어 그 이야기를 해주기 시작했다. 꼬임에 넘어가 숲으로 끌려 들어간 소년의 이야기를. 그 두려움과 고통에 대한 이야기를. 글렌 셸비는 자세히 말해달라고 했다. 어째서 그것이 소년을 아프게 하는 거냐고 물었다. 나는 내 이야기를 아주 상세하게 말해줬다. 아무에게도 이야기한 적이 없었다. 단 한 사람에게도. 일평생 단 한 번도. 내 앞에는 내 공포스러웠던 기억을 두 눈 크게 뜨고 소비하는 사람이 있었다. 마침내 그 말들을 입 밖으로 소리 내어 말해보고 싶은 충동을 뿌리치지 못했다. 글렌 셸비는 지하 깊숙이 묻은 비밀을 다시 파내라고 사람들을 꼬드기는 솜씨가 대단했다. 그리고 나는 한심하리만큼 약했다. 그에게 육체적 고통을 말해줬다. 이 소년은 의지를 박탈당했다고 말해줬다. 그리고 막대기로 새겨진 상처를 말해줬다. 내가 그 소년이었다고 말해줬다.

글렌은 그 숲에서 우연히 제니와 마주쳤을 때 이 이야기를 지침서처럼 따랐다. 나머지는 — 자신의 몸을 방어하는 법, 그러니까 음모를 깎고 콘돔을 쓴 것은 — 다른 죄수들이 끝도 없이 폭로한 이야기에서 배운 것이었다. 그가 내 아들을 강간하러 거기 갔었다는 사실을 너무 심각하게 생각하지 않으려고 노력했다. 놈은 나를 벌주러 거기 갔는데 오히려 선물 같은 유대감을, 우연히 숲에서 만난 이 소녀 제니와의 철저한 공감 경험을 내게 선사했다. 이 선물이 나를 자신에게로 다시 데려다주리라는 것을 알고 있었다. 형벌에 가까운 이 선물. 이것이 그날 아파트에서 내게 한 이야기다. 자기가 융통성을 발휘했다는 이야기.

나는 이야기 초반에 정직했다. 제니를 치료하기 시작할 무렵, 기억을 되찾아주고 싶다는 욕구는 정의라는 관념과 제니의 치유에 도움이 되리란 확신에 의거했다. 그러나 경찰 보고서에서 몸에 새겨진 상처에 대해 읽는 순간, 모든 것이 달라졌다. 충격적인 정보가 두뇌에 들어오면 머릿속을 온통 휘저어 뒤죽박죽으로 만들어버린다. 두뇌가 새로운 현실에 적응하려면 시간이 걸린다. 그 단어들을 읽었을 때 내가 바로 그랬다. 정신을 차리고 사실관계에 적응하고 나서 보니 부인할 수 없는 진실이 보였다. 우연일 수가 없었다. 나는 글렌 셸비가 제니 크레이머를 강간했다고 절대적으로 확신했다. 그리고 나 때문에, 내가 해준 이야기 때문에 그런 짓을 저질렀다는 것도 알았다.

그렇다면 왜 파슨스 형사에게 달려가지 않았느냐고? 어째서 톰에게 그토록 갈구하는 복수의 기회를 허락하지 않았느냐고? 어째서 내 환자에게 정의 실현의 기회를 주지 않았느냐고? 여러분이 아직도 알지 못한다면 어떻게 내가 설명할 수 있을까? 나는 너무나 오랫동안 혼자로 살아왔다. 물론 내 환자 중에도 폭행 피해자가 있다. 강간 피해자도 있다. 그러나 나만큼 그렇게 어린 환자는 없었다. 살갗이 깎여 동물처럼 낙인이 찍힌 환자도 없었다. 이 지구상에 나를 이해할 수 있는 사람은 아무도 없었다. 내 길은 혼자 걸어야 했다. 제니 크레이머가 나타나기 전까지는. 기억을 되찾아주고 싶다는 느닷없는 욕구는 양심보다 강했다. 그런데 진실을 털어놨다면 아마 그 기회를 빼앗기고 말았을 것이다.

아들을 구하기 위해서는 다른 계획이 필요하다는 생각이 들어 글렌이 사는 아파트를 찾아갔다. 다시는 우리 식구 근처에 얼씬도 못 하게 할 생각이었다. 그럴 수 있는 방법이 적어도 하나 이상 있었다.

아들의 휴대전화를 보기 전까지는 글렌이 내 아들을 해치기 위해 파티에 간 줄은 몰랐다. SNS를 통해 내 아들을 스토킹하고 있었다는 사실도 몰랐다. 그 순간까지는 그냥 희생자를 고르러, 아무 희생자나 고르러 10대들이 많이 있는 데를 찾아간 거라고 순진하게 믿고 있었다. 심지어 열두 살짜리 옆집 꼬마 테디 덩컨이 목표물이었던 게 아닐까 하는 생각까지 했다. 글렌은 내가 폭행 당시 열두 살이었다는 것을 알고 있었다.

처음 글렌을 만났을 때의 나보다는 지금의 내가 경계성 인격 장애를 다루는 데 있어 훨씬 더 좋은 의사다. 그 병의 깊이, 개인에 대한 유착으로 인한 강박증의 심각성을 이해한다. 우리 마음을 뒤흔들기 위해 무슨 짓까지 할 수 있는지도 안다. 글렌을 혼자 두고 아파트를 나서기 전, 나는 독한 말들을 내뱉었다. 그 독한 말들이 결국 그를 죽였다.

"넌 실패했어, 글렌. 내 아들한테 손도 못 댔고, 네가 줬다고 생각하는 이 선물은 불만족스러워. 제니는 여자애야. 나는 남자애였고. 그 애는 열다섯이었어. 나는 열두 살이었지. 이제 나는 너를 만나지 않을 거야. 오늘 이후로 다시는 보지 않겠어. 무슨 짓을 해도 그건 바꿀 수 없을 거야. 나한테 무슨 짓을 해도, 네가 나한테 중요한 사람이 될 순 없어."

나는 글렌에게 다른 이야기도 해줬다. 뉴욕—프레즈비티리언 종합병원에서 만난 환자 이야기였다. 내 환자는 아니었다. 레지던트 과정을 밟고 있었는데, 내가 관찰하던 환자 하나가 자살했다. 걱정되긴 했지만 주치의에게 아무 말도 하지 않은 기억이 있다. 잘못했다가 바보처럼 보이고 싶지 않았다. 그녀는 길게 찢은 가운을 묶어 화장실 문 경첩에 목을 맸다. 나는 글렌에게 이 여자를 끝내 잊을 수 없었다고 말했다. 내 환자도 아니었는데 잊히지 않는다고 했다. 죽는 날까지 내 양심의 가책으로 남을 거라고 했다.

글렌 셸비는 위험한 남자였다. 괴물. 나의 괴물이었다. 내가 내 욕심을 채우다가 그 괴물을 창조하는 데 일조했다는 것을 안다. 내가 경솔했던 탓이다. 그리고 아마도, 내가 그를 죽였을 것이다.

나는 글렌 셸비를 치유할 수 없었다. 아마 하느님이라면 낫게 해주실 수 있을 것이다.

나는 유죄다. 그래야 한다면 나를 증오해도 좋다. 나는 당신에게 정상참작의 근거를 제시했다. 샬럿, 톰, 숀. 나는 그들에게 인생을 돌려줬지만 우리가 그때의 대격돌을 겪지 못했더라면 그 모든 것이 불가능했을 것이다. 내가 불안정한 환자에게 내 이야기를 들려주지 않았더라면. 제니가 그 숲에 그와 함께 있지 않았더라면. 진실을 알게 된 순간 내가 고백했더라면. 나를 미워해도 좋다. 마음껏 경멸해도 좋다. 그러나 내가 모든 것을 저울에 달고 계산했다는 것만은 알아줬으면 좋겠다. 그리고 매일 밤, 내가 단잠에 든다는 것을 알아줬으면 좋겠다. 아침이면 일어나서 아무 문제도 없이 거울을 본다는 사실을 알아줬으면 좋겠다.

이제 크레이머 부부를 진료실에서 만나는 일은 없다. 제니와는 여름 내내 생산적인 작업을 했고, 제니는 이제 학교로 돌아갈 수 있게 됐다. 제니도 숀처럼 자신 안에 숨어 있던 기억을 찾아냈고, 그 기억이 귀신을 잠재우는 데 큰 도움이 됐다. 이제 제니는 좀 더 전통적인 트라우마 치료 요법에 반응하기 시작했다. 가을쯤이면 일상을 누릴 준비를 마칠 것이다.

나는 환자가 다 나았을 때 늘 기쁨과 아픔을 동시에 느낀다. 나는 그들이 그립다.

크레이머 부부는 시내에서 본다. 우리는 모두 친구처럼 잘 지낸다. 톰과 샬럿은 행복해 보인다. 제니도 행복하고, 정상적으로 보인다. 친구들과 폭소를 터뜨리는 모습을 볼 때도 있다.

아내는 나와 함께 있을 때 가끔 두 팔로 내 허리를 껴안고 손으로 내 등의 흉터를 만지곤 한다. 가끔 아내가 그럴 때면 제니를 상상하며 내가 이제 혼자가 아니라는 것을 실감한다. 고통은 사라졌다. 나는 나 자신을 치유했다.

개인 병원은 성업 중이다. 내가 일종의 기억 복원 전문가로 이름이 알려져 가끔 나라 반대편에서도 환자가 찾아올 때가 있다. 클리닉 개업을 고려하고 있다. 문제의 트라우마 치료 요법은 계속 활용되고 있다. 나는 논문을 쓰고, 학회 발표도 했다. 나는 망각을 통한 트라우마 치료에 반대하는 십자군 기사 비슷한 입장이 됐고, 실제 적용을 줄이기 위해 최선을 다해왔다. 망각 요법의 매력이 뭔지는 안다. 너무나 쉬워 보이니까. 그냥 과거를 삭제해버리면 된다니. 그러나 이제 여러분은 그렇게 어리석지 않으리라.

잃어버린 열쇠를 영영 찾지 못하고 죽을 때까지 귀신에 쫓기는 삶을 살아야 한다고 믿는 환자들이 맨 처음 나를 찾아왔을 때 나는 매번 똑같은 말을 해준다. 모든 게 잊히지는 않는다고. 이 말을 들으면 환자들은 안심한다. 전부 잊히지 않는다는 것을 알면 마음이 한결 편해진다.

| 작가 노트 |

이 소설에 나오는 약물 요법은 현재 온전한 형태로 남아 있지 않다. 하지만 트라우마의 사실 기억과 감정 기억을 변경하는 일은 기억 과학 연구와 기술 분야에서 새롭게 떠오르는 첨단의 영역이다. 연구자들은 성공적으로 사실 기억을 변경하고 있으며, 이 소설에서 묘사한 약물 요법과 치료를 통해 기억의 감정적 영향을 완화한 바 있다. 나아가 이런 기억들을 삭제하는 약물을 계속해서 찾고 있다. 기억을 변경하는 약물 요법의 원래 의도는 참전 병사들을 치료하고 PTSD 발병을 줄이는 것이었다. 하지만 이제 민간 분야에서도 활용되기 시작해 향후 극심한 논쟁을 불러일으킬 가능성이 점점 높아지고 있다.

| 감사의 말 |

이 책의 집필과 출판까지의 여정을 이야기하려면 아예 새로운 소설을 한 권 써야 할 것입니다. 실제로 글을 쓴 시간은 10주 정도였지만, 그 전에 17년이라는 세월과 다른 소설 네 권, 시나리오 두 편, 법률가로서의 경력과 세 아이, 그리고 수년 동안 포레스터 박사의 일정표를 채워준 제 불안증이 없었다면 세상에 나오지 못했을 소설입니다. 물론 실제로 글을 쓰는 것은 매우 어려운 일이지만, 뭘 써야 할지 알아내는 것은 훨씬 더 어렵습니다. 제가 이 이야기를 할 수 있는 나름의 길을 찾아냈다는 사실을 축복이라고 느끼며, 겸허하고 감사한 마음입니다.

그런 점에서 제일 먼저 에이전트 웬디 셔먼에게 감사의 말을 전하고 싶습니다. 웬디 셔먼은 제가 무슨 글을 써야 할지 알고 있었을 뿐 아니라 제가 새로운 장르를 탐색하느라 골머리를 앓는 동안 참을성 있게 기다려줬습니다. 작가를 발견하고 시장을 파악하는 그녀의 능력은 실로 굉장합니다. 더불어 흔들리지 않고 열정을 간직해준 편집자 겸 출판사 대표 제니퍼 엔덜린, 내용의 정확성을 위해 엄청난 노력을 기울여준 리사 센즈, 도리 와인트라우브, 그리고 세인트마틴프레스 출판사 직원들에게도 깊은 감사를 표합니다. 이렇게 많은 전문가들과 함께 일할 수 있어 참으로 기뻤습니다. 웨스트코스트 지역에서는 영화 판권 에이전트인 CAA의 미셸 와이너에게 진심으로 감사합니다. 덕분에 퍼시픽 스탠더드 영화사의 리즈 위더스푼과 브루나 파판드리아, 워너 브러더스처럼 믿음직한 분들이 우리 작품을 맡아주셨습니다. 전 세계의 가장 훌륭한 출판사들에 이 책을 소개해주신 해외 판권 에이전트 제니 마이어에게도 감사합니다.

기억 과학과 심리학에 대한 묘사에서 부정확한 부분이 있다면 모두 제 책임입니다만, 캐릭터와 사건의 심리적 역학에 대한 예리한 통찰은 펠리시아 로젝 박사님과 에프랏 지놋 박사님께 빚을 지고 있습니다. 그리고 《무의식의 신경 심리학 : 정신 치료에서의 두뇌와 마음 병합(The Neuropsychology of the Unconscious : Integrating Brain and Mind in Psychotherapy)》의 저자는 기억 과학, 복원, 재경화의 논리를 떠받치는 과학적 지식을 가르쳐주셨습니다.

용감하게 매일 백지를 노려보면서도 기꺼이 제 작품을 읽어주고 제 의혹을 달래며 도움을 준 제인 그린, 베아트리즈 윌리엄스, 제이미 벡, 존 러빗, 마리 파사난티 등 동료 작가들에게 정말로, 정말로 깊은 감사를 드립니다. 제 믿음직한 독자 여러분과 정직과 격려의 균형을 맞춰주신 '플롯 테스터' 여러분, 밸러리 로젠버그, 존 그레이, 다이앤 파워스, 신시아 바단, 무조건 응원을 보내주는 내 사랑하는 친구들, 참을성 있는 나의 배우자 휴 홀, 그리고 열심히 일하고 큰 꿈을 꾸라는 말을 믿고 있는, 용감하고 복잡하고 아름다운 나의 가족들, 고맙습니다.

너의 기억을 지워줄게

초판 1쇄 발행 2017년 7월 10일
초판 4쇄 발행 2017년 11월 9일

지은이 웬디 워커
옮긴이 김선형
펴낸이 金湞珉
펴낸곳 북로그컴퍼니
편집 김옥자 서진영 김현영
마케팅 강동균 이예지
디자인 김승은 송지애
경영기획 김형곤

주소 서울시 마포구 월드컵북로1길 60, 5층
전화 02-738-0214
팩스 02-738-1030
등록 제2010-000174호

ISBN 979-11-87292-64-7 03840

· 잘못된 책은 구입하신 곳에서 바꿔드립니다.

· 이 도서의 국립중앙도서관 출판예정도서목록(CIP)은 서지정보유통지원시스템 홈페이지(http://seoji.nl.go.kr)와 국가자료공동목록시스템(http://www.nl.go.kr/kolisnet)에서 이용하실 수 있습니다. (CIP제어번호 : CIP2017014310)